U0455581

Qianxun-Culture

—图书·影视—

原总,在让我爆发的边缘大鹏展翅.

一般人都没有你这种水准跟胆量.

金西呵

半糖

Sweet

墨西柯 著

北京燕山出版社

BEIJING YANSHAN PRESS

目 录

第一章
体育生与星二代

米乐遇到童逸的时候第一次意识到，自己对首次见面的人，也能厌恶到恨不得抽死对方的地步。

是夜。

H 市，嗨酷 KTV。

米乐有点受不了 KTV 包间里的气氛了。

包间里面坐着的除了剧组的几名演员，还有导演、制片人等，大家一起出来说是庆祝杀青，实则是陪赞助商吃饭。

之前在晚饭的酒桌上就是听到腻的奉承话，以及喝不完的酒。可离开酒店"狂欢"依旧没有结束，演员们还在唱歌、跳舞来助兴。

啧。

恶心。

米乐坐在角落里，跷着二郎腿表现得十分安静。

他之前没有喝酒，所以没有醉意，冷着脸连个笑脸都不给，跟其他人显得格格不入。

KTV 房间里的彩虹球灯在他的身上闪来闪去，留下七彩的影子，映衬着他那张无可挑剔的脸。

好像……就这样静静地坐着，做个花瓶偶尔看看也不错。

其实按照米乐的身份他完全不用过来，不过他来了，就算表现不尽如人意也没人会主动招惹他，偶尔有人跟他聊两句表现出没有冷落他就行了。

米乐扭头看向一直拘谨地坐在他身边的年轻女演员，语气冷淡地说了一句："醉了就回去。"

女演员慌乱地扭头看了看他，又好似不经意似的看向赞助商。

赞助商的眼神一直在往她的腿上瞟，漂亮的外形加上极好的身材，这位女演员无疑是今天这些人垂涎的目标。

"可以吗？"她试探性地问。

"不想接受就拒绝，回去了他们也不会封杀你，别想太多。"

女演员点了点头，双手紧紧地抓着自己的包，终于鼓足勇气对其他人表示自己醉了，非常不舒服，想要回去。

她说话时房间里已经没人唱歌了，画面出现了消防宣传的幻灯片，让他们能够正常对话。

赞助商团队其中一人立即起身，笑呵呵地说："我送你回去吧。"

"孙哥，我想唱首歌，你也听听，看看我有没有做歌手的潜质，如何？"米乐突兀地开口，说完真的起身走向了点歌机。

女演员感激地对米乐点了点头，拎着包快速离开了。

赞助商也知道米乐的意思，只好坐下了，心中不爽却不能表现出来，于是点了一首非常恶心人的歌，米乐也点了点头，唱了。

这种妥协有些无奈，也是一种令人厌恶的聪明。

女演员也知道，米乐一早就看出了这些人对她图谋不轨，所以故意过来帮忙应对。此时也是为了帮她解围，这样做有点直白，算是因为她招惹了人。

她也得识相，既然解围了就赶紧滚蛋。

米乐愿意唱这首歌，也算是缓和一下赞助商的心情。

这首歌唱完米乐又重新回到角落坐下了，他也很想离开，但是紧跟着离开意图太明显，会让赞助商下不来台，于是对大家说："我出去透透气。"

说完拿起口罩跟帽子，出了包间。

米乐在走廊里徘徊，取出手机看到好友给他发来的消息。

花儿子：米乐，你什么时候来学校？

花儿子：学校换新校区了，寝室也搬了，我本来想给你留一个床铺，但是辅导员不让，说先住满了再说，只能到时候看看其他人愿不愿意换寝室了。

花儿子：还有一件事，系领导的意思是想问问你的时间，让你给新生演讲，如果时间来不及就安排其他人。

米乐想了想后打字回复：电视剧已经杀青了，我下个星期一就回去。

他回消息的时候迎面跑来了一个人，那人跑得跌跌撞撞的，差点撞到米乐，伸手扶了一下米乐的手臂，米乐手臂顿时蹭上了不少血。

米乐立即后退了一步闪躲开，看着那个人跑远了，要去追想了想又作罢了。

他是公众人物，随随便便一件事都有可能给父母招惹麻烦，做好人好事都会被说成是作秀。还是算了。

他扯着自己的袖子看着上面的血迹嫌弃得直蹙眉，朝洗手间的方向走，想要洗一洗。

与此同时。

叶熙雅气鼓鼓地回到包间门口，正好碰到走出来的童逸。

童逸手里拿着一支烟，显然是烟瘾犯了想去吸支烟的。

"怎么了？"童逸见她表情不太对，开口问她。

"别提了，从洗手间走出来，居然有一个戴口罩的男的过来摸了我的大腿，我直接一拳给他打出鼻血了。"

叶熙雅长相属于中上，但是身材火辣。

她身高178厘米，要胸有胸，要屁股有屁股，偏偏还没有其他的赘肉，在他们体育系是系花级别的。不过她的性格比较像男生，所以平日里都是哥们儿居多，至今都没有男朋友。

童逸脚步一顿，看到叶熙雅的表情后居然还笑了："那他可真不会选人了。"

叶熙雅有点气，对童逸骂骂咧咧地说："可不就是，慌不择食到这种程度了，连我这种汉子都不放过！"

"不是，连我们的人都敢碰，这货是找死。"童逸说着，抬手揉了揉叶熙雅的头，"以后这种事情别自己动手，女孩子是用来保护的，我去收拾他。"

叶熙雅愣了愣，有那么一瞬间被童逸撩到了。

不过她很快就回过神来，对童逸喊："童逸，你别太冲动了！"

"嗯，我知道了。"童逸摆了摆手便离开了。

童逸走到洗手间的位置，本来以为人早就跑了，结果看到那人居然依旧留在洗手间的公共区域，扯着自己的袖子洗上面的血。

童逸站在不远处看着，接着点燃了一支烟，到了男生的身后单手撑着洗手台的边沿，将男生困在自己的势力范围，俯下身问："小子，你很嚣张啊。"

米乐看着袖子上的血已经很烦了，突然来了一个男人上来就挑衅，让他更加厌恶，冷声说道："滚。"

童逸扬了扬眉，没想到臭流氓比他还嚣张，问："你知道那个女的跟我什么关系吗？"

米乐下意识地以为童逸说的人，是他刚刚帮忙的女演员，于是问："什么关系？"

"我护着的人。"

米乐侧移开身体，离开童逸控制的势力范围扭头看向童逸。

这样正面观察，才发现这个人个子高得有点离谱。米乐的身高有185厘米，在如今娱乐圈虚报身高的小鲜肉里也算是很高的，但是在这个人的面前真的不值一提。

这个人比他还高大半个头，看起来身高将近两米。

童逸留的是球头发型，耳朵两侧更短，几乎贴着头皮。这种发型很考验颜值，偏偏童逸驾驭住了，还显得很爷们儿。似乎他就该留这种发型，将自己精致的五官全部都展现出来。

童逸的帅，是那种侵略感很强的帅。

俊朗的眉眼带着盛气凌人的气势，谈吐间带着痞气，属于有点坏，有点张扬，让人产生不了亲切感，看了就会下意识地紧张的长相。

一看就不像个好人。

"哦。"米乐随意回应了一句，闻到了烟味，下意识蹙眉，接着转身离开。

童逸见米乐居然要跑，快步追上米乐拽住了米乐的手腕，迫使米乐再次转过身来，身体撞在了走廊墙壁上。

紧接着童逸单手撑在墙壁上，利用身高优势居高临下地看着他，冷着脸问："你知道错没？"

"啊？"

米乐觉得这个人莫名其妙，似乎是精神不正常，或者是故意找茬的。

他也从来没想过，他也有被人壁咚的一天，并且自己这样的身高居然也显得娇小起来。

"耍流氓很刺激是不是？摸一下你就能成仙了？你也试试，被摸爽不爽？"童逸说着，伸手顺着米乐的大腿摸了一把。

米乐虽然每天都是不太高兴的样子，却不是一个会轻易暴怒的人，毕竟他要顾及形象。然而被人摸大腿，还是触犯了他的底线，他直接抡起一拳开始揍人。

"你说的是什么我听不懂，你恐怕认错人了。"米乐这样说。

童逸早就料到米乐会动手，平日里他也是一个习惯惹是生非的人，一把握住了米乐的拳头，冷笑了一声："戴着口罩，身上还有血，出现在案发现场还跟我对了一句话，不是你是谁？"

米乐抬起头瞪了童逸一眼，接着抬腿一个膝袭。

两个人就此打了起来。

叶熙雅总怕童逸闹得太厉害，回到包间里没坐住又走出来打算看看情况。

结果就看到童逸跟一个陌生人打了起来。

叶熙雅赶紧去拦："童逸，住手！你怎么跟别人打起来了？"

童逸被叶熙雅说得一愣，立即停了手，结果又被米乐结结实实地打了一拳。

叶熙雅赶紧拦住米乐的手，怕米乐继续打童逸，听到童逸问："不是他跟你耍流氓啊？"

"不是，之前那个男的身高顶多一米七，穿的也不是这身。"叶熙雅确认童逸打错了人。

米乐抽回自己的手退后了一步，啧了一声。

叶熙雅则是对米乐连连道歉。

"对不住啊，哥们儿我打错人了，刚才有人跟我朋友耍流氓，我当成是你了，你别生气，我也让你摸一下怎么样？"童逸赶紧换了笑脸过来跟着道歉，就跟刚才动手的不是他似的。

"滚。"米乐气得说话声音都在发颤。

"你伤到哪里没？我赔钱给你行不行？咱去医院看看？伤到脸没？"童逸不肯罢休追着米乐查看他的情况，还伸手去扒米乐的口罩。

口罩被拽下来只有一瞬间，米乐又快速重新戴好了。

童逸稍微愣了愣神，似乎没想到自己错打的人居然会这么帅。

叶熙雅则是认出了米乐，惊讶得眼睛睁得溜圆。

米乐没多留，转身就走。

童逸还想道歉，最后得到的依旧是那个字："滚！"

童逸硬着头皮问："要不你今天唱歌我请吧？"

"不用。"

等米乐走远了，童逸才蹲下来，捂着自己的肩膀喊疼。

"你打了我们学校的校草。"叶熙雅这样感叹了一句,带着点唏嘘。

"我们学校的?"

"对,那个传说中的星二代,童星出道,考到我们学校都好像我们学校拱了小白菜,让你永远成为不了校草第一的人。"

童逸倒是听说过这么一号人物,但是都没怎么关注,更不知道对方长相。

他这个人,第一,对其他的帅哥不感兴趣,也从来不追星,也就偶尔看看球赛;第二,对校草的位置也不感兴趣,平日里多半是在队里练习,从不关注校园八卦。

童逸含糊地应了一声,浑身疼得倒吸一口凉气,结果叶熙雅居然在关心帅哥:"你刚才下手不狠吧?"

"也就是按照不杀人的狠法打的。"童逸回答。

"那人家不生气就怪了,也怪我,刚才光顾着生气都气傻了,该跟着你过来的,这回误会大了。"

童逸翻了个白眼,问叶熙雅:"怎么只问我一个,不问问他?"

"哦,对了,他下手狠不狠?要不我带你去医院看看?"

"他是按照能杀人的狠法打的……"

叶熙雅扶着童逸回去的时候忍不住暗暗震惊。

童逸一个身高198厘米的体育生,校排球队队长,混世魔王当了好多年,据说小的时候还练过散打,居然也能让他这么吃瘪,那个米乐有两下子啊。

叶熙雅一路上都在跟童逸道歉,想着怎么补偿童逸。

几日后。

米乐走到停车场,看到自己的车就沉默了。

他的车规规矩矩地停在停车位上,前面不知道是谁停了一辆阿斯顿马丁,刚好挡在了他车前。出去的路被挡得严严实实,左右都是其他车,让他的车根本离不开停车场。

他今天要去学校报到,还约了辅导员谈新生致词的事情,现在时间已经有点来不及了。他绕着车身找了一圈都没找到挪车电话,只能将行李箱放进自己车的后备厢,坐在车里等待。

等了半个小时后他开始不耐烦了,给管理人员打了电话。

又等了十五分钟左右,来人过来拖车了。

等车子移开了米乐才启动自己的车子,紧接着就发现……车子抛锚了。

坐在车子里米乐狠狠地拍了一下自己的额头，觉得自己倒霉透了。

他前几天在 KTV 没忍住火气跟一个傻大个打了一架，回去后被赞助商发现了端倪，找到了监控录像来威胁他，闹到了他父母那里。他父母把事情摆平了，却也因为这件事情臭骂了他一通，还扣了他的零花钱作为惩罚。

他打开 App 挨个查看，发现打车钱都不够。

至于收得这么干净？

如果知道他把车停在哪里了，是不是连车也要收上去？

他在车里的每一个角落寻找，终于找到了三个硬币，准备去乘坐公交车。

拖着行李箱跟着手机 App 的导航去了车站，他真是很少有这种落魄的感受。

米乐走到车站的时候扯了扯自己的口罩，左右看了看，注意到周围没多少人才终于放下心来，坐在了站台的椅子上。

他戴着帽子，坐下后旁人从上往下看，更不容易看到他的样子。

只不过，他就算坐下，那双无处安放的大长腿也十分扎眼。外加他的衣品不错，光坐着不动都能吸引旁人多看两眼。

米乐在暑假的时候演演了一部偶像剧，演的是男二号，属于苦恋女主默默付出，最终没能得到女主角却十分招观众喜欢的角色。

因为这部剧，耽误了他新学期开学，等他看到搬校区的通知时已经开学一个星期了。

他的学校又有了新校区，他们所有艺术生要全部搬到新校区去上课，寝室自然也搬了。他只能匆匆地收拾了行李，独自一个人去学校报到。

米乐的大学是 H 市十分霸气的学校。

很多人都说，H 大覆盖了整个 H 市，因为每个区都有一个 H 大的校区。

曾经有一对励志情侣一同考到了 H 大，以为考入了同一所大学，可以继续恩爱。结果他们被分在了两个校区，一个在城市的最南边，一个在城市的最北边，最后也成了异地恋。

新校区在郊区。

他在路上看到戏剧社的群里拼命吐槽周围有多荒凉，学校一边围栏后面是玉米地，抬头就能看到山。

校区里换个教室上课不但得走很远，说不定还得顺便爬个百来级的台阶。唯一的优点是空气质量不错，读个书都有种隐居山林的感觉。

郊区另外一个特点就是交通不方便，去学校只有一辆公交车，还是半个小时才发一辆车，据说车上人超级多。他只能叹一口气继续等车，准备体验一下这辆公交车的厉害。

不多时，车站又走来了一群人。

这群人颇为惹眼，所经之处必定会引起一群人的侧目，紧接着又匆匆错开目光，生怕被这群人问一句：你瞅啥？

怕是这群人无论走在哪里，都会是受人瞩目的存在。

这群男生目测平均身高应该在一米九以上，有两个男生身高绝对超过了两米，其中一个甚至有两米一。这样的身高在国内已经十分罕见了，聚集在一起更是显得声势浩大。

其中只有一名身材纤细的男生看起来还正常一些，身高估计在一米八左右。一米八，放在男生的身高里已经算高的了，但是在这群人里却显得十分娇小。

他们统一穿着黑色的短袖T恤，以及宽松的短裤，脚上踩着人字拖。

每个人手里还拎着一个黑色的袋子，形状并不规则，看不出来装的是什么，形象上看起来还挺统一的。

这群人结伴而来，就好像来了一股"黑"势力。

等他们站在了车站站台，米乐才看到了他们身后印的字体。

黑色的T恤，印着红色的笔锋锋利的大字：只要胜利，不要友谊。

这些人里，只有一个人的印字十分特别，稍微小点的两个字被框框圈着："我是"。后面跟着两个巨大的字："友谊"。

连起来就是：我是友谊。

到了车站后，"两米一"走到了车站边的小摊子前站定，卖东西的老大娘喉咙一滚，瞬间变得战战兢兢的。

好在"两米一"只是买了几瓶水而已，他拎着袋子回到了人群里，拿出水来丢给其中几个人。"两米一"丢得很随意似的，其他人还在说说笑笑，然而"两米一"叫到名字后，所有人都稳稳地接住了水瓶。

绝对是磨合过的默契。

最后一瓶水丢给了"我是友谊"。

"两米一"看都没看，直接往后抛，"我是友谊"同样在跟朋友说笑，抬手瞬间接住了水瓶，拧开喝了一口。

这群人……是……练杂技的吗？

"我是友谊"伸手拦了一辆出租车，俯下身探头问："岭山去不去？"

出租车司机看了看这群人，再看看这群人手里拿着的不明物体，一脚油门踩下去，车子直接飞了出去，迅速离开了。

"我是友谊"看着出租车离开，忍不住吐槽："什么意思？看到我就跟车瞬间长出滑翔翼了似的，这架势是要起飞啊。"

其他人开始嘲笑他："队长，放弃吧，你长得就不像个好人，还是去岭山那么偏的地方，一般人不敢拉你。"

"就是，你出门基本就放弃出租车吧。"

"我是友谊"有点不爽，指着自己的脸问："我长得很凶吗？"

说完还对他们笑了笑。

"不不不，长得就像小天使似的。""两米一"这样回答。

"承认自己长了一张家暴脸很难？""一米八"这样插刀。

"啧……""我是友谊"放弃了，继续等公交车。

这群人交头接耳了一阵，似乎要组团出去吃饭，只留下"我是友谊"一个人在车站。

"是兄弟就陪我一起回学校！""我是友谊"对着他们几个喊。

"这个兄弟我们不要了，谁愿意陪着你回去挨教练的骂？"说完，他们真的走了。

米乐的双手插在口袋里，看着这群人离开，再看看"我是友谊"忍不住啧了一声。

因为"我是友谊"就是前两天跟他打架还打错人的傻大个。

他看了看时间，已经来不及了，不然他真想继续等下一辆车，跟这个人碰到一块都容易掉智商。

两个人一前一后上了公交车，售票员看了看米乐，提醒："你这么大个行李箱，得两个人的钱！"

居然还是人工售票的车。

"一共三块钱。"米乐回答，语气波澜不惊。

"行吧，上来。"售票员似乎早就习惯讨价还价了。

童逸因为这一声回头看了一眼，似乎才注意到米乐，仔细看了看米乐唯一露出的一双眼睛后认了出来："哟，校草。"

米乐白了童逸一眼，没搭理他继续往车里走。

可惜车子实在太挤，他到中途就进退不得了，只能扶着栏杆站着。

"你也去学校啊？"童逸依旧厚着脸皮跟米乐聊天，一直站在他的身边。

米乐终于意识到，他跟童逸恐怕是校友，心里更加烦躁起来。

童逸厚颜无耻地夸起他们那一战来："咱俩也算是不打不相识了是不是？我总觉得我们俩打架那段真拍下来绝对是比赛级别的，放网上去说不定能瞬间吸粉。美摔都没有咱俩激烈，咱俩那叫美男摔，好看还精彩。"

提起这个米乐更气了，如果不是这家伙，他也不会被人抓住把柄。

童逸笑呵呵地看着米乐，结果又收到一记白眼。

但是童逸愣是没看出来自己被嫌弃了，还继续说道："你哪都挺好的，长得好看家庭背景也好，就是眼神不太好，特别凶恶。不过我理解你，我也是长得就不像个好人，不少人对我都存在误解，唉……"

米乐不理他，取出手机看未读消息。

表哥：我要结婚了，要不要做我的伴郎？

米乐：不。

米乐：我不要。

米乐：不可能。

拒绝三连。

表哥：再商量一下呢？

米乐发过去一组数字。

表哥：这是什么？

米乐：我的肩宽、胸围、腰围、腿长。

表哥：行，我记住了，伴郎服一共三套，你看看样子。

表哥：[图片]×3

米乐：丑得要死，我绝对不会穿。

表哥：你长得好看，穿什么都好看。

米乐：[图片]

米乐：西装那套配这种花色的领带可以吗？

表哥：这么快领带都选好了？

米乐：只能靠领带力挽狂澜了。

表哥：好看！好看！

米乐又点开图片仔细看了看伴郎服，突然觉得不对劲，回头看了一眼，发现童逸就站在他身后，在低头看什么。他立即捂住了手机，警告似的瞪了童逸一眼。

童逸被米乐瞪得心里有点小委屈，只能错开目光，不再看米乐的限量款联名鞋了。

米乐对于个人隐私这方面非常注重，特别讨厌别人窥探自己的生活，所以对童逸的印象更加不好了，心里只有一个念头：白瞎了那张帅脸。

米乐再次取出手机，看到表哥给他转账了，5000 元钱。

看到钱米乐的心口荡漾了一下。

表哥：买领带跟配饰吧。

不过别扭如米乐，还是拒绝了。

米乐：不用，我不缺钱。

表哥：我有钱烧得慌，帮我花花。

米乐：哦。

接着秒速收了钱。

有钱真好。

米乐最近的确倒霉。

公交车行驶到后半段突然抛锚了。

司机尝试了几次后都启动不了，只能对车上的人说："等后面的车吧，开不了了。"

一车人怨声载道，却也没有办法。

米乐拖着行李箱下了车，抬头看看夏天大大的太阳，再看看周围，想到下一辆车还需要等半个小时就有点绝望。

这么大的太阳会被晒黑吧？

这里可以称得上是前不着村后不着店，只有破损的柏油马路以及路两边的树，两边延伸的都是土路，估计是通往附近的村子。

米乐左右看了看，发现附近根本没有出租车可以打，路边只停了几辆小型的老年代步车。他拖着行李箱走过去，探头问："能扫码吗？"

司机笑呵呵地回答："行！微信、支付宝都行，我们也是与时俱进的，跟城里一样，还能打票。"

米乐看了看，将行李箱放在了副驾驶的位置，那里实在太挤，有点蜷腿，他决定坐在后面。

刚坐上去就有一个不速之客也跟着上了车，特别坦然。

"一块走，其他的车都被其他人抢了。"童逸缩着身体硬是钻了进来，竟然还挺灵活的。

米乐刚才上车的时候还特别注意了一下，看到童逸站在很远的地方，怎么这么快就过来了？

这么短的时间这么一段距离，百米冲刺过来的？

"滚！"米乐终于跟童逸说话了，不过说出来的话特别不招人听。

"我说你是复读机啊？翻来覆去就这么一句话，大不了车钱我出。"童逸进来后坐下了。

这种车真的很小，米乐坐在正方向，童逸进来之后只能跟米乐面对面，在前面对着的位子背对车前方。

他们两个人的个子都高，还都是大长腿，这样强行挤在一起十分艰难，腿放在车里交叉着，似乎再软一点都能系一个蝴蝶结。

司机见车门关上了便启动车子，米乐都没办法再赶童逸下去。

接下来的路都很颠簸，周围的环境不行，路都没修过，坑坑洼洼的，车里还没有安全带。

米乐双手扶着座椅，童逸则是一只手扶着顶棚固定身体，一只手伸出去挡在了米乐头顶。

车子再次剧烈颤抖，米乐的身体弹了起来，头顶刚好撞到童逸的手掌心。

走了一段，童逸忍不住吐槽："我今天特别倒霉，停车总共不到一个小时就被人举报了，车子被拖走了，我还被教练盯上了叫回学校去训话，这还碰上公交车抛锚了。"

米乐听完问："你开的是阿斯顿马丁？"

"不错啊你，不少人都不认识我的车是什么……"童逸说到这里突然停顿下来，问，"你怎么知道？"

"我举报的。"

"你没事闲的举报我干什么啊？哦……报复我啊？"童逸咬牙切齿地问。

动点脑子行不行？车停在那里也没有驾驶员，米乐怎么可能知道车是谁的？跟报复有关系吗？

"违章停车还有理了？"米乐也懒得解释。

"得，我得罪过你，这事咱俩就这么算了，我倒是没有那么斤斤计较。"

"我计较。"

"……"

童逸算是发现了，这个人的性格是真不招人喜欢。他之前有愧于米乐，现在也不觉得有什么了，干脆懒得再跟米乐套近乎了。

两个人就此沉默下来。

没一会儿又到了颠簸的路段，这段路简直颠簸到了"汽车蹦极"的程度。

米乐扶着车身都没能稳住身体，司机又突然刹车，让米乐出于惯性摔倒在童逸身上。

童逸下意识地扶了米乐一把，低头看了一眼忍不住嘴贱："你这姿势就跟扑过来投怀送抱似的。"

米乐身体一顿，很快出手去揍童逸。

"嘿！你还来劲了是吧？"童逸也跟着来了脾气。

童逸原本不想还手，只是挡了几下，结果米乐没完没了的，两个人又在车里打了起来。

司机也是个人才，因为车身本来就晃，他身体不方便又坐得矮，居然都没发现后面两个人在打架。

车子继续行驶，颠簸的路面"教"两个人做人，打着打着就又扑到了一块。

这回他俩终于老实了下来。

米乐扯了扯自己的衣服，整理了一下发型。

童逸活动了一下脖子，挪了挪自己的腿，不然真的跟米乐的腿缠在一块了。

米乐搬过去的新校区在岭山，名为岭山校区。穷乡僻壤的地方，据说旁边最大型的网吧也只有 20 台电脑。

米乐拖着行李下车的同时心中一凉，这里真的太偏了。

童逸还是到了前面付了车钱，回头对米乐说："咱俩扯平了啊！别打了，不然我教练知道了能把我撕碎。"

米乐拖着行李扭头就走，根本没理童逸。

走了一段米乐回头去看。

童逸跟他走的不是一个方向，全程用跑的，似乎专门练习过跑酷，速度极快，且越过障碍物的时候身手敏捷，动作还挺帅的。

米乐路过操场，还看到了大一军训的学生，喊着响亮的口号。

新校区整体环境不错，也许是因为校区足够大，所以绿化做得特别到位。

学校中有不少树木，走在其中可以躲进树荫的庇护之下。据说，学校里还有一个小型的瀑布，已经成了情侣圣地了。

米乐首先到了辅导员的办公室，辅导员翻找了半天寝室分配表后才给米乐安排了一间寝室。

"艺术系这边的寝室都满了，只能找一个有空床的寝室安排给你了，你先凑合一阵子，等有其他房间了，再给你调过去。"

说是这样说，真等有空位了，也得等这学期过去，甚至有可能是一整年后，不然很少有学生流动。

"无所谓。"米乐依旧是那副冷淡的样子，他说不定什么时候就又去拍戏了，在学校的时间并不算多。

"嗯，好在室友有一个是艺术系的，孔嘉安你认识吗？"

听到这个名字米乐愣了一下，迟疑了一会儿后还是点了点头："嗯。"

"去吧，13 号楼，438 寝室。"

"……"

438 寝室。

数字不错。

米乐拖着行李箱走到 13 号楼，到了 438 寝室门口。

在这一层楼活动的学生都是陌生面孔，看起来都是体育系的。许多人在走廊里打打闹闹，他们之间似乎不能好好说话，大多骂骂咧咧的，显得特别吵闹，米乐仿佛一脚踏进了菜市场。

走廊里很脏，很多宿舍门口还堆放着杂物。最显眼的是一只蓝色的拖鞋，后跟都没有了，横在过道中间彰显着霸道蛮横。

米乐四处看了看，又看向 438 寝室的门。

门牌号数字虽然很大，但是到了 4 楼后的第一个寝室就是 438 寝室。

他推门发现门是锁着的，用钥匙打开门走进去，就看到这间寝室的画风跟走廊差不多，也是脏、乱、臭的环境。

米乐看了看四张床跟书桌，上面都摆放着东西，根本分辨不出哪张床是空的。他放下行李箱，调整了自己的状态后才走了进去，到每张床前看上面贴着的名字。

童逸。李昕。孔嘉安。只有一个床铺没有贴名字。

米乐想了想，总觉得除了孔嘉安的名字熟悉，另外一个人的名字似乎也听过。在哪里听到过来着……记不清了。

他放下行李后到附近超市买了些东西，然后拎着购物袋回到寝室。

将袋子放在自己的行李箱上面，取出胶皮手套戴上，接着拿出一个大大的黑色塑料袋展开放在地面上。

他将自己床铺、书桌上、柜子里所有的东西全部丢进黑色的袋子里，确定干净之后系上袋子，丢在了一边。接着取出一条干净的毛巾，进入独立卫生间内浸湿后出来擦自己的床铺、书桌。

从床铺的木板到栏杆，每个缝隙都不放过，书桌更是擦得彻底。看到桌面有干了的方便面残渣，他嫌弃地啧了一声。

收拾完自己的床和书桌，米乐顺便将整个寝室的地面打扫干净。

其他人的床铺他连碰都不想碰。

从袋子里拿出消毒喷雾，对着自己的床铺从上喷到下。

最后一步完成后，他看了一眼手表，将行李箱丢进自己的柜子里，出了寝室去找辅导员聊新生致辞的事情。

排球馆内。

"不是吧！"童逸被教练训了几句后才知道是怎么回事，难怪教练非得在他们休息的时候把他单独叫回来。

他之前跟米乐打了一架，米乐的父母居然调查到了他是谁，带着打架的视频来学校找到了他的教练，教练气得直接把他叫了回来。

"这事你还不认是不是？小伙子跟谁学的这么流氓？你看你这架势，就跟调戏小姑娘的臭流氓似的，人家不揍你就怪了。"吕教练双手环胸继续骂，显然看过录像的内容。

"叶熙雅被耍流氓了，我生气就想还回去。"

"我警告过你没？别给我惹事！不然我没法给你推荐到国家队去！"

"我发现打错人当场就道歉了，而且也提出了补偿，他根本不理我！现在居然还闹到你这来了……我最讨厌别人玩阴的。"

童逸气得牙痒痒。

"人家是艺人，一家人都很有名，你跟人家打这么一架给人家造成了不良影响，人家的父母找来了你还不爽是不是？"

"不是，有什么事正面来不行吗？我不还手让他打我一顿，或者我赔钱，要不干脆他报警把我抓起来，用得着人前一套人后一套吗？"

在车上童逸还在说如果录下来就好了，但是现在录下来送给教练了，这就有点过了。

"你承不承认是自己的错误？"吕教练抬手拍了童逸手臂一巴掌。

打错人、不按规则停车都是童逸的错误，童逸沉默了一会儿闷闷地说："我承认。"

"鱼跃十圈，三千字检讨书交上来。"

童逸没说什么，直接开始做鱼跃。

鱼跃一圈就已经十分消耗体力了，更别说是十圈了，吕教练看着童逸做完，坐在椅子上问他："怎么，还赌气呢？"

"有点生气。"童逸掐着腰喘粗气。

"在学校里把人找出来再打一顿去？"吕教练扬眉继续问。

童逸喘了半天，才说："我承认都是我的错，我闭嘴，也不会再继续惹事，我生气就是有点……"

具体说不出来，就是心里有点落差，原以为能息事宁人结果非得闹大。

教练也没了之前的严肃，叹气道："我费了好大的劲才把你的处分免了，不过这三千字检讨书不能敷衍，知道了吗？"

"知道了，我让李昕好好写。"

吕教练听完又给了童逸一巴掌，拍在了后背，让童逸身体往前走了好几步才稳住。

排球队的，许多人都是巴掌比拳头还厉害。

米乐回寝室的时候已经是傍晚了。

社团成员见米乐回学校来了，想要给他接风洗尘，大家一起聚餐，被米乐无情地拒绝了。

米乐："没兴趣。"

拒绝，只需要三个字而已。

他回到寝室，上楼的时候就看到一个男生在那里徘徊，见到米乐戴着帽子、口罩也一眼就认出来，兴奋地叫了一声："米社长。"

"嗯。"米乐看到孔嘉安之后，冷淡地应了一声，神色如常。

"我听说你以后是我的室友，太好了，我终于有伴了。"孔嘉安看到米乐，仿佛看到了亲人，激动得眼泪都要流出来了。

"你怎么也在这个寝室？"米乐问他。

"我……报到晚了，前天才来。"孔嘉安吞吞吐吐地回答。

"这个寝室是怎么回事？室友都是什么样的人？"米乐没有深究孔嘉安报到晚的事情，而是问了这个问题。

"哦，体育系比我们先搬来新校区两个月，很多人都没放暑假，这几天刚结束比赛，这件事情你知道吧？"孔嘉安立即对米乐介绍。

当初新校区装修完不久，没有立即住人，规定是这学期搬过来。

然而体育系那边有比赛，老校区的体育场馆设备老化，外加地方不够用，他们就提前搬过来两个月进行封闭训练，所以先霸占了新校区一部分寝室。

"知道。"米乐回答。

"438寝室原来是接待室，就是用来接待学生家长的，线路跟其他寝室都不是一起的。其他寝室晚上11点肯定断电，用电超标了也自动断电，438寝室从来不断电，24小时有电，而且不限制。"

"哦？"这倒是不错。

"后来体育系不够住了，就把接待室改成了寝室，门牌号是后挂上的，以至于数字很大居然在最前面。这个寝室是……体育系老大住的，原本是最好的寝室了，人还少，就两个人，结果我进去了……弄得我怪尴尬的。"

"老大？"米乐听到这个称呼忍不住停下脚步。

这里已经是大学了，还有老大？系霸吗？幼稚不幼稚？

"对，个子特别高，还总来一众小弟来这个寝室聚会，我……我被他们……"孔嘉安说到这里，居然眼眶都红了。

米乐扭头看了看孔嘉安，低声说："你演技不到位。"

"嗯？"

"不用装哭增加戏剧效果，有事说事。"

"……"传说中的鉴婊达人果然名不虚传。

孔嘉安尴尬地咳了一声，这才垂头丧气地说："就是……整栋楼都是体育系的，就我一个艺术系的男生，天天被他们叫小娘炮。他们还每天闹得不行，特别难相处，你来了就好了，我有伴了。"

米乐点了点头，接着对他说："我知道了。"

他们两个人走到寝室门口，就听到了里面的说话声。

"什么意思啊？东西直接扔垃圾袋里了！来了知会一声拿走不就行了？这么做有点过了吧？"

"我进寝室后就是这样了，会不会是老师收拾的？"另一个人问。

"老师能给你收拾这么干净？顶多过来告诉你们有人要搬进来。"

"名字还没贴，来的是艺术系的？"

"估计是。"

米乐抬手要推门进去，接着动作一顿。

"艺术系这群娘炮住进来真是晦气，你看这个呼啦圈，拿着练腰的？还有这桌子上的化妆品，我妈用的都没有这么多，我都不知道这都是一些什么牌子，la……"

"好恶心……"

"哈哈哈哈！"充满恶意的笑。

米乐用眼睛的余光看向孔嘉安，看到孔嘉安咬着嘴唇，身体瞬间僵直。

这一回的窘迫不是伪装的。

米乐推门走进去，就看到了几个熟悉的面孔。

"一米八"，也就是司黎，他站在孔嘉安的书桌前，手里拿着一个面霜，正在看上面的文字。

"两米一"，本名叫李昕，他坐在椅子上，面前的书桌上还放了一碗泡面。

还有两个人坐在了米乐的书桌上。

最后一个人蹲在另外一个书桌上面，手里拿着手机，正在玩游戏，在他们进门的时候说了一句："别太过了。"

从声音上分辨，童逸第一次开口说话。之前的嘲讽童逸并没有参与，还在他们说话过分的时候制止了一句。

米乐径直走过去，从司黎的手里拿走了面霜，放回到孔嘉安的桌面上，看向司黎问："你的父母身体都好吗？"

司黎觉得很奇怪，这个人是谁啊？怎么第一句话就问这个？

"都挺好的，怎么个意思？"司黎问。

"既然父母都身体不错，为什么没能好好地教养你呢？"

司黎当即怒了，质问："你什么意思？"

"有教养的人怎么会随便碰别人的东西？"米乐依旧淡然，然而说出来的话却冷冰冰的。

司黎走过来想要给米乐一拳，却被制止了："司黎，别生气。"

童逸说完放下手机跳下桌面，让人意外的是，他这样的身高，跳下来之后居然没有多沉重的声音，反而有点轻盈似的，站稳后走了过来。

"队长！"司黎很不爽，这是被人骂到头上来了。

"道歉。"童逸这样吩咐。

司黎抿着嘴唇，不肯吱声，也没再动手。

童逸没再说什么，笑呵呵地看着米乐，眼底却没有半点笑意，问道："新室友吗？刚才我哥们儿冒犯了，其实他人不坏，就是说话的时候不过脑子，你别生气。"

米乐看了看童逸，对于他靠近自己有点嫌弃，后退了一步回头看向孔嘉安。

孔嘉安立即受惊了一样地摆手："没事！没事的！"

米乐再没说什么，回到自己的床铺前摘下口罩跟帽子，从箱子里取出行李箱，打开后开始收拾床铺。

坐在米乐桌子上的两个人面面相觑，最后全都离开了，然后看着米乐狂擦自己的桌子。

司黎本来看米乐不爽，结果看到米乐的长相后突然就愣住了。

真！的！帅！

李昕探头看了看，很快认了出来，睁大了眼睛偷偷指了指米乐的后背，用口形说：校草！

司黎也认出来了，用口形回问：星二代？

李昕点了点头。

米乐在 H 大很有名。他的父亲是著名导演，他的母亲是曾经的影后。

这样的家庭生出来的孩子没有考戏剧学院，却念了 H 大的艺术系，这挺让人意外的。

后来出了报道才知道这是怎么回事。

原来米乐的母亲是 H 大艺术系毕业的，她很感谢自己的恩师，愿意让自己的儿子也来这里读书，继续跟着恩师学习。

米乐从小成绩优秀，更是童星出道，想要考戏剧学院也是有把握的，然而米乐只报考了 H 大。这种情怀感动了很多人，以至于米乐刚入学就引起了关注，在头条挂了几天，H 大就没有几个人不知道米乐的。

"原来是校草啊！怪不得这么嚣张。"司黎阴阳怪气地嘲讽了一句，"就是你把东西扔进垃圾袋的？"

米乐转过身，看着他们三个人，问："谁是我的室友？"

司黎指了指童逸跟李昕。

"哦，那就请你先出去。"

"什么？"司黎真的是受不了这位校草了，感谢人民群众的宽容，才能让这个小子安全长大。

"我要跟你们约法三章，"米乐靠着自己的书桌说道，"第一，我不喜欢别人碰我的东西。第二，我不喜欢无关的人等进入我的寝室。第三，我不喜欢吵闹。"

米乐说完，寝室一静。

司黎想骂人，结果看到米乐接了一个电话出了寝室。现在的气氛简直太可怕了，孔嘉安不敢多待，跟着跑了出去。

司黎指着门的方向问："这都不收拾他？"

"……"童逸看到米乐之后就觉得心中五味杂陈，现在什么都说不出来了。

"别生气，和气生财，和气生财。"李昕赶紧起身劝司黎。

"还约法三章！"司黎气得要翻白眼了。

米乐挂断电话后看到孔嘉安等候在不远处，不安地看着他。

"怎么？"米乐问。

"我……不敢回去了，我等你。"

米乐跟童逸并不一样。童逸长相坏，本质不至于太坏。然而米乐长得不像坏人，本质却是一个毒舌到让人无法忍受，性格挑剔到刻薄的人。一个让人又爱又恨的存在。

他们两个人回到寝室后，司黎立即过来问米乐："我们不离开你能把我们怎么样？"

"那我也不客气了。"米乐回答。

司黎没明白米乐的意思，还当米乐要打架，谁知道米乐坐下之后就开始发消息。

司黎走到了童逸身边小声问："怎么？这是叫人了？"

同时还不自觉地露出凶恶的表情来，一看就是在示威。

童逸直捂脸，不知道该怎么做了，谁能想到他突然跟米乐一个寝室了？这明明是他的寝室，他居然因为米乐的到来拘谨起来。

没过一会儿有人来敲门，孔嘉安立即跑过去开门。

来了三个人，他们进来后直接找米乐："社长，剧本在这里呢，我们把需要修改的地方都批注了，你再看看有没有需要再改改的。"

"简单介绍一下这个故事。"米乐坐在椅子上翻开看了看。

来的三个人看了看寝室里面，孔嘉安战战兢兢地站在一边，另外一边则是体育系凶神恶煞的五个巨人，不由得有点惶恐。

不过他们还是介绍了这个故事。

"属于一个单元故事，就算前几场演出没有来看也不耽误，一期是一个小故事。故事主要讲述的是一名道士成了国师，很多人对他不服，其中一名少年将军尤甚。后来皇上派少年将军辅佐道士去各处降妖除魔，少年将军见到了道士的能力，两个人在磨合中渐渐产生了……"

"感情？"米乐蹙眉抬头问。

"不，是牵绊，属于友谊，道士得到了少年将军的认可。"

米乐点了点头，继续看剧本。

过了一会儿又有人敲门，孔嘉安就好像一个手下一样过来帮忙开门，又走进来了五六个人。

"社长，这个是社团招新的海报，还有学长毕业后一些空缺位置，你看看怎么填补？"这些人进来后，也是来找米乐汇报工作的。

没一会儿，寝室就站满了人。

司黎看着很不爽，忍不住嘟囔："这是比谁人多是不是？我一个微信就叫来一群人。"

童逸摆了摆手："别闹了，用人把寝室挤满了？到时候真打起来手臂都抬不起来，顶多比比谁能挤死谁。行了，你们先回去吧。"

司黎忍不住问童逸："队长，你怎么突然怂了？"

"我是为了你们的未来。"童逸可是被教练警告过了，如果把自己和米乐的事情告诉他们，这群傻子估计会去跟米乐找茬，他只能叹气。

罢了罢了，都扯平了。

司黎他们走了以后，童逸爬上了床，躺在床上玩游戏。

李昕则是吃完泡面后也跟着上了床趴下跟女朋友发语音消息，时不时能够听到女生的声音，只不过声音很小，听不清具体内容。

童逸玩了两局后发现自己今天的手感不好，于是放下了手机，往下一看，就看到米乐身边的人又换了一批，在汇报其他的事情。

真忙啊……

之前来的人叫米乐社长，听着挺高大上的，聊的大多是剧本、迎新、排练的事情。接着来的人叫他部长，聊的都是迎新晚会的事情。

厉害了。戏剧社的社长、学生会文宣部的部长。

好像也是大二的学生吧？

到了寝室断电的时间，438寝室才算是安静下来，他们的寝室虽然不断电，但是大灯也得关上。之前有寝务老师在楼下巡逻，看到灯亮了站在楼下就喊："438！438你们寝室怎么回事？关灯！"

这个寝室的数字实在难听，这么一喊就跟骂街似的，让他们寝室一喊成名，他们可丢不起这个人，后期也就不开大灯了。

米乐坐在书桌前打开台灯，继续看剧本。

童逸睡觉晚，俗称是修仙党，凌晨两点才准备睡觉，一扭头就看到米乐还在奋战，不由得佩服。不过米乐爱岗敬业也不关他什么事，盖上被子睡觉。

米乐凌晨三点半才爬上床睡觉，迷迷糊糊间做了一个奇怪的梦。

梦里他一直在走，一直在走，走不到尽头似的，周围的景物都是新校区的样子。

突然身后出来一个人到了他身边，伸手捏了一把他的大腿，接着拔腿就跑。

米乐气得不行，跟过去追，却见到那个人身材高大，练过跑酷似的，他怎么也追不上，距离越拉越远。

醒过来后，米乐躺在床铺上看着天花板，接着扭头看向另外一边。

这个时候他才发现，对面两个人的床铺非常特别，似乎是照顾他们两个人个子高，脚底下的栏杆都没有了，只留下外面一圈，让他们睡觉的时候脚可以伸出去。

童逸跟李昕两个人是头对头睡的，跟米乐完全不是一个方向，所以一扭头就看到两个大脚丫子，以及半截小腿，腿上的腿毛都显得十分招摇。

他坐起身来看了看寝室，再看看时间，早晨 8 点 10 分。

抬手抓抓头发，爬下床准备去洗漱，就看到童逸趴在床上，头扭在外侧正眯缝着眼睛看他，似乎是被吵醒了，还没缓过神来。

两个人对视了一瞬间后，米乐突然想起自己狂奔了一晚上的梦，于是瞪了童逸一眼。

童逸被瞪得莫名其妙，接着目送米乐进入洗手间。

这人……什么毛病？

米乐开学后比较忙，自己的课因为选得晚，课程表看上去乱七八糟的，还选了两门不搭边的选修课，据说考试非常难过。

他还要同时管理戏剧社的事情，还有文宣部的事情要处理。

所以他早早就出了门，第一件事就是去了文宣部办公室，安排两个副部长的工作。

走进去就看到左丘明煦笑眯眯地坐在椅子上，单手撑着下巴看着部里的其他人，说道："哎呀哎呀，好麻烦，不如我们就延续去年的方案吧，反正新生们没参加过去年的迎新晚会。"

左丘明煦是一个看上去十分轻浮的男生，偏偏长相好，脸小加上身材修长，笑眯眯的一双眼睛，配上小嘴巴，长得挺精致的。

之前在戏剧社反串过一次女性角色，意外的御姐范，使得不少人还称呼他为大佬。

米乐跟他认识得很早，总觉得他整日里花枝招展就跟朵花似的，所以一直叫左丘明煦花儿子。偶尔开玩笑的时候，左丘明煦也会叫米乐一声："帕帕。"

米乐跟左丘明煦是好友，两个人站在一起时总是米乐一脸冷漠，左丘明煦一脸灿烂的微笑，反差感很强。

米乐把文案往桌面上一扔："就算方案一样，那主持的台词呢？我在你们的稿子里看到了三年前的流行词，你们是走复古路线？改一下能累死？"

其他人立即不吱声了。

"小米米真严格呢！"左丘明煦这样感叹了一句。

"你带头偷懒，怎么被选上副部长的？"

"人缘好？"

米乐还以"和善"的目光。

"老师交代说新校区要举办一场篮球赛，沟通一下感情。"左丘明煦赶紧转移话题。

"新校区有哪几个系？"

"我们艺术系跟体育系，还有新闻系跟经济系的学生。"

另外一名成员忍不住抱怨："我们跟体育系比？简直在给体育系当背景板，怎么不举办歌唱比赛？"

"最可怕的还是组织这件事情。"另外一个人跟着感叹。

大学跟中学的校运动会不一样，经常有不响应号召的学生，能不能组织起来，阵仗过不过得去真挺考验人的。

"什么时候举办？"米乐问。

"新生军训完就开始了。"左丘明煦回答。

"跟体育部的沟通一下这件事情。"米乐坐下来继续看面前的策划案，手里拿着笔一下一下地点着桌面，弄得其他成员都十分紧张。

左丘明煦立即轻咳了一声，开始交代其他人该如何去做，去跟谁沟通，接着把所有人都支开了。

"下午忙什么？社团？"左丘明煦问米乐。

"我车坏了，刚有钱得去修车，还要买点东西，我新宿舍还缺很多东西。"

"行，我陪你去。"

"不用陪你女朋友？"

"她啊……"

左丘明煦忍不住笑了笑，带着点苦涩："她不召唤我去侍寝，我们俩根本不会单独出去，约会啊礼物啊通通不用，我们俩都嫌麻烦。"

"你们俩也是有趣。"米乐低头继续看方案。

左丘明煦跟他的女朋友是从同一所高中考上来的，如果不是左丘明煦偶然跟米乐说他们俩分手了，米乐都不知道他们俩在一起过。

没过多久他们俩又和好了，根本不用其他人操心。

左丘明煦也有自己的车，他开车带着米乐回到了米乐停车的地方，找来拖车公司把车拖走后，他们接着去了市场。

"保险柜？"左丘明煦忍不住凑过来问。

"嗯，宿舍有其他的人，不太熟悉，我不喜欢别人碰我东西，干脆锁保险柜里面。"米乐在货架上挑选合适的保险柜。

左丘明煦也知道米乐有多龟毛，点了点头，又问："不试着换寝室了？"

"我的室友挺恶劣的，谁去谁都会觉得不舒服，我也不能坑了别人。"

"体育系的？"

"一个叫童逸，一个叫李昕，你听说过吗？"

左丘明煦还真就听说过："童逸不就是校排球队的主攻手吗？挺有名的。因为他们的队服是黑色的，所以外号叫小黑豹。"

左丘明煦想了想后补充："我们学校的排球队十分有名，没少为校争光，刚刚结束的比赛又是第一名。男排教练是国家队退役的运动员，童逸那批体育生都是从高中的时候就被看中了，跟学校签约进来的，都挺有实力的。"

"哦。"

"你打算怎么办？"

"呵。"米乐冷笑了一声。

"了解。"左丘明煦点了点头，知道米乐肯定吃不了亏就是了。

童逸回到寝室，将包丢在自己的书桌上，转头就看到米乐的书桌上放了一个小型的保险柜，书桌下面还放了一个稍大一点的保险柜。

桌面上倒是干净，除了一盏台灯再没有其他的东西了。

他没太在意，走进卫生间打算洗漱，就看到洗手台上放了一个小型的保险柜，看大小顶多能放进去一个刷牙缸跟其他的一些小型洗漱用品。

"我天！"童逸忍不住感叹了一句，终于被米乐震惊到了。

再去看马桶，马桶边也放了一个保险柜。他探头探脑地看了看，发现这个保险柜好像忘记锁了，从缝隙能够看到保险柜里整整齐齐地放了两卷手纸。

至于吗？

手纸镶金边的？

洗漱到一半，他的其他队友就推门走了进来，进来后便吵吵嚷嚷的："火锅火锅！队长，把锅拿出来，我们开饭啦！"

童逸用毛巾擦完脸后走了出来，看着他们有点迟疑，怕米乐回来看到寝室里坐了八九号人聚在一起吃火锅会发飙。

不过想了想，也没说什么。只有这间寝室插上电源之后不会断电，他们食材都买好了，不可能不吃啊。学校附近穷乡僻壤的，也就能买点东西满足自己的胃了。

"李昕呢？"童逸问。

"陪女朋友去了。"

"其他几个人也陪女朋友去了？没听说他们脱单了啊？"

"没有，看大一学妹军训去了。据说昨天成功要到了学妹的微信号，今天就给人家送水去了，贼殷勤。"

童逸笑了笑没再说什么，走出来跟着他们一起吃火锅。

米乐回到寝室的时候，正好看到他们吃得正嗨，满屋子火锅的味道，就连米乐的书桌上都放了一些袋子，甚至粘上了酱汁。

童逸赶紧对米乐说道："抱歉，我们吃完就走，一会儿我让他们把你那里收拾干净，实在没地方放东西了。"

弄脏他的桌子，这种事情就算左丘明煦做米乐都不会原谅，更何况童逸了。

米乐沉着脸看了看后说："穿上裤子，有女生来。"

屋子里还有几个人只穿了平角内裤。

屋子里的人不太在意，笑呵呵地说："没事儿，我们对自己的身材非常有自信。"

等人进来后，这群人都后悔了。来的人是宫陌南，H大校花。

宫陌南看了看米乐的寝室，说道："你的寝室可真脏。"

"嗯，以后不会再让你来了。"米乐打开桌面上的保险柜，取出一份文档来递给了宫陌南，"主持稿。"

米乐跟宫陌南进来只有一会儿就出去了，离开的时候米乐问："你主持的时候可不可以笑一笑？"

"可以。"

"跟左丘搭档？"

"不想，换个人吧。"

等他们两个出去，吃火锅的人才回过神来。

"好像是……校花吧？"

"嗯……真漂亮啊，看到以后整颗心都荡漾了。"

"校花跟校草走在一起，的确很养眼啊！看着就很般配。"

童逸又夹了一块肉，盯着门口看了看说："他们只是一个系的，那个米乐是文宣部部长，好像还是什么戏剧社的社长。"

"校花是戏剧社的副社长。"司黎嫉妒得牙痒痒。

"啊啊啊！刚才校花好像看了我一眼。"一个人站起来晃了晃。

"你赶紧坐下来吧，不然刚才吃的都要吐出来了。"童逸用筷子敲了敲锅边，对那个人说。

"队长！把校花抢过来！"其中一个人突然大吼了一声。

"对，让我们体育系扬眉吐气！"

"队长，你该谈恋爱了，我跟别人说你没谈过恋爱，一般人都不信。"

童逸看着他们，翻了一个白眼："滚蛋，我没时间。你们激动个什么劲？是排球不好玩了，还是叶熙雅不好看了？"

"叶哥是不错，但是……她真的是我哥啊！"司黎叹气。

"队长，你不会对叶熙雅有意思吧？"另外一个人问。

童逸再次摇了摇头："不，学校里我能记住名字的就这么一个女生。"

其他人全都沉默了。

真是白瞎了童逸这张帅脸了，活得跟个和尚似的。

吃完饭，童逸亲自给米乐收拾的桌子，收拾完后想了想，还给米乐的桌面上放了一袋辣条，一袋妙脆角，算是赔礼道歉。

结果米乐回来后看着桌面上的东西，扭头问童逸："你放的？"

寝室里只有他们两个人。

"嗯。"童逸正在玩游戏，坐在椅子上，长腿搭在书桌上正投入，根本没空搭理米乐。

米乐将东西丢过去，说了一句："用不着。"

童逸抬眼看了一眼，没吱声。

爱要不要。

"我说过，我们约法三章，你还记不记得？"米乐突然提起，"你可以带人进来寝室，我也可以。你可以把我的桌子弄脏，我也可以。我们没必要这样互相干扰下去。"

"你带人呗我无所谓，而且你的桌子我也给你收拾了，无所谓吧？"

"有所谓。"

童逸还在玩游戏，又按了几下才回答："你这样不好吧！你以前没有室友吗？他们是不是都特别烦你？"

"我尊重我室友的个人习惯，他们也尊重我，所以我们相处得还可以。"

"我的习惯就是朋友想过来就过来，进了我的寝室就随意，大不了我收拾，你能不能尊重我的习惯？难不成平日里你们家亲戚上你家玩，你还把人家赶出去？"

米乐烦得直蹙眉，抬手揉了揉自己的眉头："这不是你们两个人的寝室，带来一群人吵吵闹闹，会打扰到其他人。"

"对，这是四个人的寝室，你能不能别干扰其他人？"童逸打完了一把游戏，将手机丢在了桌面上，发出咚的一声响。

等童逸转过椅子看向米乐，两个人四目相对后，寝室里立即弥漫了一股火药味。

"所以你的答案就是不行吗？"米乐问。

"对，你要是受不了就找人换寝室，反正我在这里住习惯了，不换。"童逸说完，拿起手机给李昕发消息，询问他什么时候给自己带饭回来。

米乐低垂着眼眸，想了想后问："你们体育部的副部长是谁？"

这是学生会方面的工作了。

之前体育部的部长毕业了，有事想联系副部长，发现微信群里、各种档案居然查无此人，根本联系不上。

之前米乐很忙，学生会的很多活动都没参加，外加H大分了几个校区，学生会搞得十分复杂，依旧是几个校区一个学生会，学生会成员分布在几个校区，做工作非常麻烦，以至于米乐至今没见过体育部的人。

童逸扭头问："有事？"

"嗯。"

"什么事？"

"……"米乐蹙眉扭头看向童逸，有一种不好的预感。

童逸指了指自己的鼻子："副部长是我，另外一个是搞田径的。"

"你有他的联系方式吗？"米乐问，直接无视了童逸，不打算跟童逸沟通。

"没有，我们俩打了一架之后就互不来往了。"

"……"体育部这么自由奔放，也难怪查无此人了。

"学校领导安排，要举办一场新校区的篮球赛沟通友谊。"米乐最终还是开口了。

"哦。"

"这个需要我们两个部配合。"

"你们加油呗！"一竿子将所有的事推给了文宣部。

"也需要你们的配合。"

童逸特别不想管，低头再次发消息给李昕：赶紧回来，帮我处理点事情。

"我们部门负责宣传工作，海报已经在制作中了，还有……"米乐走到童逸身边介绍。

"你不用跟我说，说了我也记不住，等一会儿李昕回来了你跟他说。"

米乐立即不再说话了，走回自己的床铺前对着书桌喷消毒喷雾。

童逸扭头看了一眼，怎么看怎么不爽。

至于吗？

就好像故意似的，没一会儿童逸叫来了自己的队员，李昕也回来了，给童逸带了晚饭。一群人在寝室里叽叽喳喳地讨论篮球赛的事情，嗓门很大，还闹哄哄的。

李昕虽然个子高，但是脾气还不错，在排球队里看起来挺特别的。他客客气气地向米乐询问情况，还拿着笔做记录。

两个人交接完了之后，米乐取出戏剧社的剧本看，然而寝室里吵吵闹闹的根本看不下去。

米乐抬起手腕看了一眼时间，迟疑了一会儿，拿着剧本走出寝室，去了寝务老师的房间，坐在里面安安静静地看剧本。长得帅，还是明星的好处在这里就能体现了：寝务老师都喜欢他。

第二章
心机男与富二代

新生军训结束了。

在迎新典礼上，米乐要作为优秀学长给岭山校区的新生致辞。原本沉闷的会场，在老师宣布"下面由米乐同学……"后，一瞬间不一样了。

后面的话说什么都不重要了，听到名字后就够让台下的学弟学妹们沸腾了，台下爆发出震耳欲聋的尖叫声，竟然盖过了音响的声音。

一个正经的会场，愣是出现了演唱会一般的震撼场面。

米乐，如今的人气小鲜肉，虽然作品不是太多，但是也因为长得帅、家世好，红得一塌糊涂了。最近这几天，整个岭山校区都在跟米乐偶遇。

米乐跟左丘明煦一同去食堂吃饭的相片被拍下来，都上了微博的热门。

好多 H 大岭山校区的学生都觉得自己幸运，居然能够跟米乐同校。在生活里遥不可及的大明星，会时不时地出现在他们身边；有人跑去跟米乐要签名或者合影，米乐都不会拒绝。

简直就是天堂！

童逸他们的排球队刚刚结束一场比赛，有了几天假期，不用去训练，所以懒散得不行。此时他们就混进了新生的队伍里，打算认识一些学妹。

童逸是被其他的队友硬拽过来的，他们总觉得有童逸在，队伍的平均颜值都会得到提升。

看到米乐上场后的震撼场面，他们忍不住撇嘴。

"如果这群学妹、学弟知道他们的偶像在我们寝室楼里，都没有人搭理他会是什么想法？"司黎忍不住问。

"也就是我们体育系男生不太追星，前两天有别的寝室的人过来帮女朋友要米乐的签名，米乐也给了。而且，他已经在寝务老师那里三天了。"李昕跟着说了一句。

"啧，现在寝务老师看到我们几个就不顺眼。"

童逸嘴里叼着棒棒糖，坐在椅子上看着米乐从容地上台，开始演讲。

平时米乐话不多，不过童逸还是发现，米乐的声音很好听，是标准的普通话，说话的时候字正腔圆，有点电视台主持人的风范。

估计是米乐特意练习过普通话，才会说得这么标准。

此时米乐站在台上，全程脱稿演讲，从容淡定，脸上还有着一抹淡淡的微笑，整个人都似乎在发光。

真的很帅啊！

就是性格太讨人厌了。

童逸托着下巴又看了一会儿，突然感觉自己被米乐的目光扫到了，让他身体一顿。

很快米乐就移开了目光，让他觉得刚才只是一种错觉。想来也是，米乐这种演讲就是要看台下，在他看来台下密密麻麻的都是人，估计是无意间看到的。

典礼结束后，紧接着就是迎新晚会了。

为了能让学生们玩得开心，领导们都离开了，场馆内立即喧哗起来。

迎新晚会的主持人有四个，其中就有宫陌南跟左丘明煦。不过他们只有在四个人一起出来的时候才会上台，其他时间都是跟另外一个人搭档。

表演节目的有高年级的，艺术系的居多。

更多的还是大一新生们的表演，看起来挺有意思的，不过童逸对这些不感兴趣，坐在台下直打哈欠。

这时场内开始起哄，喊着："米乐！米乐！米乐！"

"真开演唱会了？"童逸忍不住问了一句。

"长得帅真好啊……"司黎有点羡慕。

起哄了一阵子后，米乐还是上台了。

他之前要做新生致辞，所以穿着很正式，此时上台后手里拿了一把吉他，坐在了舞台上，身边是宫陌南帮他调整麦克风支架，画面看起来还挺和谐的。

因为衬衫有点拘谨，米乐特意解开了领口的两颗扣子，引得台下女生一阵尖叫。

排球队一众嫉妒得直咬牙。

司黎一拍大腿："虽然不想承认，但是这家伙真的很帅啊，就跟小说里的男主角似的，真花心点后宫不得布满 H 大？"

童逸一直看着台上的那个男生，问司黎："不觉得他有点假吗？"

"怎么？"

"跟我们相处的时候死气沉沉的，现在却笑呵呵的。"

"可能是因为他讨厌我们吧？你看到田径队的那群雪橇犬，不也是死气沉沉的吗？"

童逸的胸口仿佛中了一箭，直扎心口。

调整完毕后，米乐终于开始自弹自唱了。

挺老的歌，校园民谣，偏偏米乐的声音清澈，唱歌的时候格外温柔，一开口就让人心口一荡。

好听！

非常好听！

童逸静静地看完米乐的表演后只说了一句话："嗯……是挺帅的。"

米乐唱完歌准备下台的时候，再次看向童逸他们那边。

想不注意到这几个人真的很难。

有高年级的学生混进来很常见，他们也不会阻止，但是这几个来了之后，坐下跟其他人站着一样高。米乐在台上的时候扫视了一眼，认出了是他们几个才确定：嗯，的确是坐着的。

等他唱完歌，站起身就看到排球队一众齐齐对他比量中指，举得老高。

米乐依旧微笑谢幕，转过身后就冷下脸来。

一群讨人厌的家伙。

节目表演结束后，还有自由活动时间。

H 大的岭山校区第一年入住，外加有足够的场地，这一次的迎新准备得尤其用心，最后还有聚餐的环节，所有学生都可以参加。外联部联系了投资人，赞助了烤肉等食材、器械，非常豪气。

能够拉来这样的赞助其实也不奇怪，首先是允许这家公司在学校里号召办他们的电话卡，学校出人配合。刚来学校的大一新生需要换本地的卡的话，自然要来他们这里。

聚餐的时候，许多人都来凑热闹，还有学长过来"勾搭"大一学妹。一群大一的男生，也成了学姐们"调戏"的目标。

米乐的身边聚集了一群粉丝，排队要他的签名。

文宣部的人干脆搬来一个单独的桌子，拿来了一个小夜灯，方便米乐帮忙签名不会太累，身边还有其他成员维持秩序。

米乐不骄不躁，一直温柔地配合，还会跟这些人合影。

虽然他也知道，有些人估计不是他真的粉丝，只是想跟他合影发个朋友圈炫耀一下。然而，他不想拒绝，万一寒了真正粉丝的心就不好了。

他忙碌的时候，注意到另外一边似乎也很热闹。结束一组拍照后，他回头看了一眼，发现是童逸他们身边围拢着一群女孩子。

童逸原本只是坐在桌子前吃烤肉，是司黎跟其他的队员到处乱撩，不知道怎么做到的，居然吸引了一群人过来。

"队长，我们身边的女生不比米乐那里少。"司黎好胜心特别强，对童逸说道。

童逸很疑惑："为什么要跟他比？"

"我觉得你更应该是校草！"

童逸很无奈，看着这群女孩子又不好冷下脸来，那不就跟米乐一样了？

"啊……要不我给你们表演一个小技能吧。"童逸看着她们说道。

"好！"

"好厉害啊！"

"你特别帅！"

童逸笑得有点假，还没表演呢就厉害了？不过身边的人很配合，给童逸递过来了纸和笔。

童逸接过来之后开始表演，双手同时握笔，同时写字。重点在于两只手分别写一首诗，内容完全不一样。

女生们开始惊呼，大声议论："看过《神雕侠侣》里的小龙女也会左右手同时运用，你比她还升级了。"

"哦哦哦，左手画方右手画圆？"

"两只手同时写两首诗，简直分裂了吧？而且……字还都好好看。"

"我很小就开始练了。"童逸写完之后回答，将笔随手丢在桌面上。

他打排球时之所以攻击变幻莫测，就是因为左右手都可以用，让人无法预测。拦网的人如果预测错了方向，会错开半个肩膀的位置，让球可以从缝隙穿过去。

这是童逸特有的技能，被不少人誉为王牌必杀技。

周围响起了尖叫声，还有女孩子的起哄声，还因此吸引来了另外一批人，非得让童逸再表演一次。

左丘明煦站在外围看了看后小声感叹了一句："厉害了。"

难怪刚刚大一就成了 H 大排球队的王牌，大二就成了队长。

童逸见情况有点不妙，拽了拽李昕的袖子，李昕点了点头，两个人突兀地站起身来，就好像在人群中突然立起了两根旗杆。紧接着，两个人快速跑开了，速度快得像成功地偷了谁的钱包拔腿就跑。

之后排球队其他人满载而归，大多是有女孩子想认识童逸，要童逸的微信号，他们就说：不知道队长愿不愿意，不如你先加我，我问过他之后再告诉你微信号？

等聚餐结束后，米乐带领着自己社团跟学生会的人整理场地，不少米乐的粉丝也跟着留下来帮忙打扫。

米乐走到童逸待过的桌子前拿起两张纸看了看。

"确实有点厉害。"左丘明煦这样感叹。

"长得其貌不扬，字倒是写得不错。"米乐看完之后只有这样一句评价。

"其貌不扬？我怎么觉得挺帅的啊？"左丘明煦笑了笑，小声问米乐："其实说真的，如果不是你比较红得到的投票多，你觉得校草还能是你吗？"

"怎么，还能轮得到他？"米乐不爽地问。

"不，会是我。"左丘明煦指了指自己。

米乐笑了笑，想要骂人却没说出什么来，最后点了点头："我还真挺喜欢你的自信。"

"我也很喜欢！"

米乐早晨起床后，发现童逸跟李昕比他起得还早。

从今天起，排球队就恢复训练了。

米乐的化妆品不比孔嘉安的少，甚至更多。光是面膜就装满了一个储物盒，还有其他的东西也是琳琅满目。他每天早上都会整理自己的发型，用一个发夹夹住发线下方用风筒吹一吹，再用发蜡抓头发，这样头发能够蓬松一些。

他现在已经出道了，每天都要注意自己的形象，不然被拍到私底下的形象，也能被人黑一波。

这也是无奈之举。

他从小就接受过专业训练，从举止德行，到说话的礼仪，走路的姿势都要接受培训。他会给自己化妆，还要去看流行资讯，搞定自己的服装搭配。每天都要控制饮食保持体形，抽空就要去健身。

他有人设，温润如玉的少年，其实他本质上并不是这样的……

今天比较特别，在他整理发型的时候，身边站了两个很高的"哈士奇"围观。

"有事？"米乐奇怪地问童逸跟李昕。

"学习一下怎么弄头发。"童逸回答。

"啊？"

"你看我的头发就该知道我有多不擅长整理发型了，直接剪短多好，不用打理。"

"那你为什么不直接剃成秃头？"米乐问。

"我紫外线过敏，剃成秃子后我的防晒得涂到后脑勺，麻烦。"

好像很有道理的样子，米乐居然无言以对了。

米乐整理完头发，放下发蜡，李昕愣愣地问童逸："逸哥，你总结出什么技术技巧了吗？"

童逸抬手托住下巴，故作深沉地回答："大致就是趁头发还在空中停留，尚未反应过来的时候，一把抓住！时机要准，手法要稳。"

"Get！"李昕跟童逸击掌庆祝。

米乐："……"

神经病吗？

头发不要面子的？

这时有人敲了敲门，李昕也不等开门就说："队长，我走了。"

"哦！"童逸在屋子里回应。

过了一会儿，又有几个人来到寝室，拎着一袋子的小笼包："队长，李昕，给你们俩带的。"

米乐嫌弃地看着这些人走城门似的又离开了。

过了没一会儿，又有人进寝室："给你们带了豆浆！"

紧接着就走了。

米乐整理好自己包的工夫又有人进寝室了，絮絮叨叨地说昨天认识的学妹有多漂亮。

"米乐，包子要不要？"童逸站在桌子前整理早餐的时候扭头问米乐。

"我们很熟吗？"米乐反问。

"抱歉，以后不给了。"童逸吃瘪后回答。

"非常感谢。"

等米乐走出去，排球队的成员忍不住感叹："我去，这家伙怎么这么不知好歹？"

"大明星鼻孔朝天呗。"

"这么牛怎么不出去住？"

"这附近真没什么能住的地方，你让大明星去农村住土炕去？"

这个时候又有人进来："队长，我给你带了烧麦！"

"过来一起吃。"童逸招呼他们都进来。

米乐上课回来后，走进寝室就看到自己的书桌上有一杯豆浆倒了，流过桌面，沿着桌边还在往下滴，滴在椅子上，湿了一片。

他再看看其他桌子，上面还有装包子的塑料袋，一个小碟子里放着醋跟蒜末，在大热天里散发出更浓郁的味道来。

窗户敞开着，风呼呼地吹进来，将米乐的刘海吹到了头顶。

他握紧了拳头又松开，在没有其他人的房间里骂了一句脏话。

这几日的疲惫加上寝室里的破事，让米乐有点扛不住了。他甚至没有去管桌面，而是爬上床躺下休息。

天气很热，岭山校区又在大片的森林里，知了像成了灾，成片地发出声嘶力竭的鸣叫，让夏日的气氛更焦躁了几分。

他没有打开空调，只是扯着毯子盖在肚子上睡觉。

疲惫时的梦总是奇奇怪怪，眼前是光怪陆离的影像，紧接着他又回到了初中的教室里。

他站在自己的书桌前，桌面上都是垃圾。有人将自己的盒饭扣在了他的桌面上，汤汁流淌了半个桌边，还在滴答滴答地往下滴，滴在他的椅子上，书包也被染了一片污渍。香蕉皮、苹果核也堆放在那里。

周围是吵闹的声音："就是他吧，星二代……"

"写个情书给他都至于交给老师，逼得人家小姑娘转学。"

"垃圾！"

"垃圾人坐垃圾座。"

不！

不是的！

不是他做的。

他收拾好了桌面，用湿巾擦书包，拿出来的书都带着黄色的边缘，看起来十分恶心。从书桌抽屉里掏出书来，碰到了柔软的东西，低下头看是一只老鼠的尸体。

他吓了一跳，然而他没有大叫，故作镇定地将尸体清理走。不能露出软弱，不能让人看到笑话，这是他的要强。

画面一转，他回到家里，丢掉书包对着两道身影疯狂地喊着："为什么要进我房间！为什么要偷偷看我的东西！我没有隐私的吗？"

眼泪啪嗒啪嗒地下坠，砸在领口跟地板上，那两个人居然不屑地笑了。

"你以后会是艺人，你注定不会有个人隐私，你随时都要等待着你的隐私被曝光的一天。"

"为什么要那么做？！为什么要送到学校去？！"他握紧了拳头问。

"你为什么要留着？丢掉不就好了？难不成还准备跟那个小姑娘在一起？你恋爱了都会是成名后被扒的一项，我保护了你，也保护了她！"

他低下头看着自己的手……

这是谁？

这不是真正的他。

他本来不是这个样子的……

"因为你们……我根本没有朋友。"他这样说。

"没有朋友挺好的，这样能够出卖你的人就少了。"

"放了我吧……"

高大的身影俯下身，捏着他的脸颊，低沉着声音说："你出生在这个家庭，享受了这个家庭给你带来的一切，你就要承受这些，明白了吗？"

米乐突然从梦中惊醒，睁开眼睛就看到童逸站在他的床边。

两个人四目相对，都很诧异。

童逸看着米乐从眼睛滴落的眼泪，不由得一愣。

米乐刚刚睡醒有点迷糊，之前不知道做了什么梦，让他瞬间清醒。然而头发蓬松地搭在头顶，发尾有点翘。原本有点不好相处的人，哭的时候居然……有点萌。

米乐回过神来，抬手擦了擦眼睛，听到童逸解释："桌子我给你收拾干净了，我把我的椅子换给你。"

说着，还晃了晃手里的抹布。

米乐看着他，没说话。

"我跟你解释一下，我叮嘱过他们别靠近你桌子，结果早上有个傻子进来后忙着跟学妹聊天，豆浆就随手放在桌子上了。教练突然通知集合，我们特别慌乱，那家伙拎着包就走撞翻了豆浆。我总觉得不好，他们去吃晚饭的时候，我回来给你收拾了。"

米乐："……"

"做噩梦吓哭了？"童逸问他，"你不用害怕，我从小就经历各种灵异事件，比如突然出现在我面前一个倒完水的杯子。或者是玩的时候有球要砸到我，结果被一个透明的屏障挡住了，我早就淡定了，我是在灵异窝里长大的。"

"滚。"米乐这样说道。

童逸说话的时候还在笑呵呵的，紧接着表情以肉眼可见的速度变化，变得有点愤怒。

"行，我滚。"童逸点了点头，接着转身进了洗手间，投了抹布后直接离开了寝室。

米乐坐在床上，看着安静的寝室许久没有动。

米乐跟左丘明煦到排球队的时候，就看到排球队的成员全部躺在地上，摆着统一的姿势，看起来特别妖娆。

所有人的身体躺在地面上，一条腿勾起摆在另外一条腿上面，用手按着膝盖的位置，如果露个肩膀就是电视剧里典型的诱惑姿势了。

"好像是在肌肉拉伸。"左丘明煦见米乐愣了一下，小声解释。

"我知道。"依旧是面无表情。

"虽然知道，但是还是好想笑。"

"……"米乐也有点想笑，但是控制得特别好。

童逸看到他们两个人立即蹦了起来，弹跳力惊人，没用手扶着就站起身走过来质问米乐："你还没完了是不是？"

米乐来他们这里又要找教练告状了是不是？

"我们的工作已经做完了，如果不需要配合，篮球赛你们自己搞。"米乐冷着声音回答，本来他也不愿意掺和。

童逸发现自己会错意了，点了点头后叫了一声："李昕。"

李昕立即跟着起身过来，笑呵呵地看着他们两个说道："来啦，呃……我给你们倒杯水？"

"不用，说几句就走。"米乐回答。

"行，你们来了就蓬荜生辉！蓬荜生辉啊！"

左丘明煦被李昕逗笑了，跟着李昕到了座椅的位置，说了他们这边的工作，询问体育部的想法，该如何组织。

司黎气势汹汹地跟了过来，一直在怒视米乐，一副小狗龇牙示威的样子，实则配上他那张娃娃脸一点威慑力都没有。

米乐根本没理他，工作交接完就打算离开了。

"报名表格我们打印完给你们送过来。"左丘明煦说。

"麻烦了，我们这边开始训练了，不然我们去取也可以。"李昕依旧客气，态度恭恭敬敬的。

"没事，我们办公室距离你们的训练馆不远，看到前面那栋没？正对着人工湖的就是我们的楼。"左丘明煦指着介绍。

"是挺近的。"

米乐跟着左丘明煦离开，根据体育部的想法修改了报名表格，接着打印。

打印完表格左丘明煦收到了一条微信，看着手机屏幕迟疑了一会儿说道："帕帕。"

"嗯。"一般这么称呼米乐，就是有事求米乐了，米乐倒也淡定。

"我家女王叫我。"

"去吧。"

"你自己去的时候别打起来。"

米乐整理了表格后看向他，问："你当我傻？他们人多势众，我一个人去踢馆？"

"也是……"左丘明煦晃了晃手机，对他说，"那我去了，我们家那位脾气大，去晚了就分手了。"

"好。"

米乐整理好报名表格后，拿着再次去了排球馆。

这个时候排球馆内已经开始训练了，正在打练习赛，他走进去的时候正好看到童逸以极快的速度跃起，接着将球扣过球网。

砰的一声，球砸在地面上，又弹起飞出老远，拍下去的时候力道可想而知。

打排球时的童逸跟平时吊儿郎当的模样并不相同，此时的童逸很有气魄，有一种所向披靡的架势。

或许是因为鼻梁很高，才显得童逸的眼眸十分深邃，认真地盯着对方的时候，眼中全是肃杀之气。

没有友谊。

只有胜利。

眼神足以说明一切。

"校草！"叶熙雅走过来到了米乐身边叫了一声，笑得特别荡漾，简直恨不得伸手去摸摸，这是真的米乐啊……

"你好。"米乐冷淡地回应。

"你找童逸吗？"

"对。"

叶熙雅伸手指了指报名表格："我之前听李昕说了，你把表格给我就行。"

"你也是体育部的？"

"不，我不是，我只是隔壁女排的，偶尔过来帮忙，算是球队的经理，平日里帮忙打杂的。童逸是体育部的，身边有我跟李昕两个秘书。"

"哦。"

叶熙雅接过报名表格后，看到米乐还在看比赛，于是问道："童逸打球的时候是不是挺帅的？"

米乐："……"

"李昕是二传手，他们俩以前一个学校的，配合好多年了，一起被咱们学校签约进来的。刚结束的比赛，我们童逸是最佳主攻手加 MVP！李昕是最佳二传，我们 H 大也是全国大学生队伍的第一名，厉害吧？"

米乐侧过头看叶熙雅，问："女排不用训练吗？"

叶熙雅轻咳了一声，接着说："我是替补，参加完基础训练后，没我什么事了我就过来帮忙。"

"记得随时跟我沟通。"米乐又指了指报名表格。

"可以加你微信吗？"叶熙雅兴奋地问。

米乐想了想后点了点头："可以。"

接着拿出手机来准备跟叶熙雅加微信好友。

"喂！我们排球队的女神你随随便便就加好友了？"司黎似乎早就注意到他们了，立即杀了过来。

叶熙雅急了，赶紧拦住司黎："你别捣乱，我好不容易能加男神好友！"

"不行，我不同意！"司黎不愿意。

米乐看着他们两个人，放下手机问："那我跟谁交接工作？"

"我我我！"叶熙雅一脚踹开司黎，瞧这架势她不应该打排球，而应该去踢足球。

童逸那边的比赛被打断了，于是走过来，从一边的杂物里拿来自己的包取出手机："联系我吧。"

"哦。"然后两个人互加了好友。

等米乐离开后叶熙雅仰天长啸："啊啊啊！司黎，你坏我好事！"

"你就别惦记了，性格那么差的男生真恋爱了也是垃圾堆里的男朋友。"

"恋爱我根本不想啊，他怎么可能会看上我？校花跟在他身边一年也没擦出什么火花来，可是那是米乐啊！米乐啊啊啊！"

叶熙雅走到童逸身边："哥，米乐微信号给我一下。"

"不行，你还小，不能恋爱。"童逸回答，笑得特别慈祥且欠揍。

排球队整日里勾搭学妹，自己家的妹子却护得离谱，他们不吃窝边草，也不许别人吃。叶熙雅再再再再一次决定，她要辞职不干了！

童逸手指点屏幕，弄了一会儿才结束。

"逸哥，干什么呢？"司黎问童逸。

"发一条朋友圈。"童逸回答完将手机放回了包里。

司黎拿来自己的包，取出手机看了一眼，童逸没更新朋友圈啊！

没发送成功吧？

米乐离开后，鬼使神差地打开微信，看了一眼童逸的朋友圈，最新一条就是几分钟前发的：你，就是你！我去你大爷！

米乐看着屏幕翻了一个白眼，将手机放进口袋里。

这个人果然讨厌。

米乐上完课还需要去戏剧社盯着他们排练。

虽然他今年也是大二，有些人是他的学长，单论资质也不够。但是米乐的实战经验多，童星出道的经验自然不是盖的，很多人都愿意得到米乐的指点。

米乐的这个社长并不算是挂名，只要有时间一定会过来看看，也算是尽职尽责。

从社团回来后，走进寝室推开门就听到了啤酒瓶滚动的声音。

米乐："……"

他推门走进去，就看到寝室里果然一片狼藉，一堆下酒菜堆在寝室中间的一个小方桌上，一地的啤酒瓶。

他再看向自己的桌子，上面没有东西，不过椅子被搬到小方桌前面了。

寝室里没有其他人在，只留下一屋子的酒味，其中还夹杂着一股臭脚丫子的味道。

他看着寝室，有点无奈。

现在的体育生比完赛都这么放纵吗？他还以为运动员都不喝酒。

他走进去进入洗手间准备洗漱，接着就看到自己放在洗手池边的保险柜掉进了洗手池里。

他扶正后打开，看到海藻面膜的盖子开了，洒得到处都是。

抬手揉了揉眉头后，又沉默地收拾好。

洗漱完毕，米乐回到自己的书桌前取出自己的化妆品开始化妆。

这次并非平日里的日常妆，而是戏妆，在童逸跟李昕回来的时候，米乐已经化得差不多了。

童逸进来后到卫生间冲脚，还在跟李昕聊天，李昕则像个保姆一样地开始收拾寝室。

"学胜是不是来我寝室脱鞋了？屋子里怎么这么臭？"童逸进来后就问。

"好像是脱了，窗户开着都没用。"

"他那玩意就跟生化武器似的，半天不散，香水要是有他的那种残留度，一准是香水里的小强般的存在。"

米乐低头发了消息，接着一直盯着手机看，看到左丘明煦发来的消息后站起身来，说了一句："童逸，我有话要跟你说。"

童逸探头出来看了看，接着穿着拖鞋走过来问："怎么？"

紧接着就发现米乐有点不对劲。

米乐的嘴角似乎有一块伤口，隐隐约约还有点血迹，颧骨的位置还有一块淤青，看起来就像是被揍了。

米乐见童逸过来了，还伸手拽了童逸一把，让童逸面对自己站着，接着猛地自己后退，身体撞在了柜子上，发出巨大的声响。

童逸愣愣地看着米乐抽风，一脸茫然："嗯？"

这个时候突然有人破门而入，左丘明煦看到这个场面后立即质问童逸："你怎么打人啊？"

童逸扭头看向左丘明煦，依旧一脸疑惑："啥？"

在左丘明煦的身后还跟着寝务老师，以及一名学生会的成员，如果童逸没记错的话，这个人是公寓管理部的。

寝务老师进来就喊了一句："住手！"

这一嗓门把童逸跟李昕都镇住了，真真是喊得荡气回肠。

童逸跟李昕简直是一模一样的莫名其妙脸。

米乐在这个时候站直了身体，抬手擦了擦嘴角，手背上粘上了血迹，抬头瞪了童逸一眼，眼圈居然红了。

童逸差点都信了自己刚才打了米乐。

"我没事。"米乐说。

"还没事呢？都出血了！"寝务老师夸张地大叫。

童逸终于回过神来，指着米乐说："不是我打的，我也不知道他是被谁打了，不过他这么招人烦，肯定很多人想揍他。"

寝务老师问："刚才我们都看到了，不是你，难道还能是米乐自己打自己？"

"你们怎么回事？"学生会的成员跟着问。

"他们在寝室喝酒弄得很脏，我就抱怨了两句，没想到让他生气了。"米乐这样跟寝务老师说。

童逸都震惊了，什么玩意啊这是？

"你……你刚才叫我说话，什么都没说呢……我可没碰你啊！"童逸结结巴巴地解释，真是所有的事情来得让他措手不及。

"我以为在这个寝室让一让可以息事宁人，没想到还是闹成这样。"米乐说完，居然鼻子一酸哭了出来。

并非号啕大哭，而是很想忍着，但是因为真的受了委屈，眼泪不受控制地往下掉。

童逸扭头看着米乐，简直是叹为观止。

他是第一次亲眼见识到什么叫演技，还是在最前排，没买票就真实地看到，他还是看得最清楚的一个。

可是……

他看得怎么这么憋气呢？

他是被坑的那个！

"必须上报给辅导员，还有你们的教练，优秀学生也不能无法无天！"寝务老师气得不行。

前几天米乐就往他的房间跑，说寝室太闹了，他需要安静看剧本，寝务老师已经知道了一些 438 寝室的恶行。之前寝务老师就知道这群体育生的胡闹程度，自然印象越来越差。

今天左丘明煦突然找到他们，说是 438 寝室已经上升到暴力了，希望他们去制止一下。寝务老师一向很喜欢米乐，看到米乐居然被揍了气得不轻。

童逸一听就慌了，赶紧拦着："别别别！我真什么事情都没做，别跟我教练说。"

他也知道，这玩意真百口莫辩。

寝室里没有监控，目击证人只有李昕，现在李昕傻乎乎的还没反应过来呢，真帮了童逸作证，也会被说成是统一口径。

最可气的是米乐会演，装得真像那回事似的。

就刚才那个场面，还有米乐撞到柜子的声音，这群人妥妥地认定了这件事情，除非米乐自己承认，不然这种事情真的说不清楚。

"我现在就打电话！"寝务老师气得不行，想了想才说道，"不，明天就联系他们。"

他没有那些人的联系方式，明天才能联系到。

"童逸同学，你这次真的过分了。"学生会成员也这样说道。

童逸一瞬间火气上来了，扭头看向米乐，骂了一句："你这个戏精怎么这么阴呢？"

"我只是希望有一个良好的寝室环境。"米乐委屈巴巴地回答，说话的时候还在掉眼泪，看起来特别委屈似的。

童逸本来特别火大，看到米乐哭成这样居然又消气了。

特别没有原则。

"约法三章是吧？行行行，你别搞这些，我答应你。"童逸赶紧妥协。

"你确定？"

"君子一言驷马难追，实在不行我一会儿写个保证书给你行不行？"

米乐盯着童逸看了一会儿，接着点了点头对寝务老师说："老师，我不希望这件事情闹大，我是艺人，真传出去会给学校带来负面新闻,造成不良影响。"

寝务老师一听也犹豫了。

米乐的影响力真的很强大，真要是传出去，估计会有米乐的粉丝闹到学校来，童逸说不定会被开除。

童逸可是教练和学校领导的心头肉。

"那……怎么办？"寝务老师问。

"既然他愿意跟我好好相处，这件事就先算了吧，我没事。"

寝务老师还挺纠结的，左丘明煦见米乐的目的达成了，也跟着过来劝，跟米乐一唱一和。最后在一群人的监督下，童逸特别憋屈地写了一份保证书，还印了个手印。

等所有人都离开了，左丘明煦才回来笑呵呵地问童逸："篮球赛的事情，我们还能和平地一起合作吗？"

"恐怕不能。"童逸阴森森地回答，还瞪了米乐一眼。

左丘明煦赶紧解释："我只是个群演。"

童逸："欺人太甚！"

如果不是教练那边警告过他，他如果再犯事的话后果十分严重，甚至会影响到他的前途，他绝对不会认了这份罪名。

他不妥协的话，保不齐米乐还会不会闹出别的事情来。

"如果你们一开始就听进去，我也不会这样做。"米乐回答。

童逸冷笑了一声："你把我们俩打架的事情举报到我教练那里去，得到甜头了是吧？还用这件事情威胁我？"

米乐有点诧异，解释道："这件事情我并不知情，估计是我父母在未通知我的情况下做的。"

"什么样的父母教出什么样的孩子。"

米乐听完沉默了一会儿，左丘明煦轻咳了一声打算劝米乐一句，毕竟他知道米乐家里的事情。

结果就听到米乐说："不过，就算举报了也是你活该，因为这件事他们被人威胁了。"

米乐对左丘明煦摆了摆手，示意他可以走了。左丘明煦立即跑得远远的，生怕溅自己一身血。

童逸气得不行，到走廊里给童爸爸打电话。

"爸！我受委屈了，这个寝室住得我这个憋屈，你在我新学校旁边买块地，给我盖个别墅我去住！"

童爸爸那边听完就火了："瞧把你能的，还给你买块地，你咋不把学校买下来呢？你上家里坟头抽支烟，是不是都能被你吹成是祖坟因为你冒青烟了？上个学不够你嘚瑟的，打个排球噼噼啪啪的真以为自己成托塔李天王了？"

"不是，我被我室友阴了，我都憋屈死了。"童逸听完童爸爸的吐槽，委屈得不行。

"你被人阴阴也行，光长个子不长脑子，我看到你缺心眼的第一天，就知道早晚有一天社会会教你做人。你真要生气就打回去，大不了不打排球了，回来继承家产，我们家的矿又多了不少。"

"我不愿意当煤老板。"

"我说你都二十来岁了，能不能现实一点，有钱不就行了？"

"爸，我今年十九岁。"

"啊……没到二十吗？那我之前给你过的是多少岁生日？"

"十八岁的。"

"……"

"你能不能有点出息，努努力？争取早点二十岁？"

"不是……没到二十岁是我努力就行的吗？"

"什么都指望不上你，岁数都赶不上热乎的。"

"算了，爸，我自己看着办，你早点睡觉吧。"

童逸挂断电话后叹了一口气，他爸好像还没他自己靠谱呢。

童逸写完保证书后，就跟自己的队员说以后不要来他的寝室了。

李昕在群里大致说了当时的情况，气得不少人想冲过来揍米乐一顿，都被童逸拦住了。

童逸对他们说：最近教练在推荐我们，我们不能给他丢人，你们别惹事，我想办法收拾他。

大义凛然地过了第二天，就又有人来了童逸的寝室。

当时米乐正在桌子前整理自己的头发，童逸则是在一堆球鞋里寻找一双今天穿的。

这个时候有人砸几下门后直接走了进来，童逸被吓了一跳，回头就看到李昕的女朋友来了。

呃……确实忘记告诉李昕的女朋友了。

童逸下意识地看向米乐，见米乐也在看他。

童逸耸了耸肩，小声说："漏网之鱼，我也不知道。"

米乐点了点头，扭头看向李昕的女朋友。

不愧是李昕的女朋友，身高估计有一米八，女排的，还是女篮的？

"李昕，咱俩分手吧！"李昕的女朋友直截了当地对正在上铺整理床铺的李昕说。

李昕吓了一跳，噌地起身，接着撞到了天花板，撞得结结实实的，疼得哀号了一声。

"怎么了？"李昕狼狈地问。

"去你的金链子！"女朋友从口袋里取出一条金项链，直接抛过去砸在了李昕的脸上。

"怎么了？不喜欢吗？"李昕赶紧下来问她。

"不喜欢！我爸送我妈都不至于送这玩意。"

"逸哥给我的主意，说送这个实惠。"

李昕女朋友瞪了童逸一眼，接着质问李昕："你问童逸？还不如问村东头的一头驴。"

童逸听完挺不爽的："这就有点不对劲了啊！你们吵架怎么能连累无辜群众呢？"

"你们俩和女生谈恋爱，是不是除了多喝热水，说'你这么想我也没办法'之外，就没有别的话说了？"她问童逸。

童逸叹气："呃……是，你这么想我也没办法了。"

李昕女朋友气得不行，又对李昕吼了一句："分了！以后别联系我了，我把你拉黑了！"

说完扭头就走。

李昕昨天晚上看到米乐坑童逸，就觉得一头雾水，后来看童逸写保证书才明白是怎么回事。今天被甩依然同样的一脸迷茫，问童逸："逸哥，怎么回事啊？礼物送得不行吗？"

童逸也不理解："我觉得吧，估计是你送的金链子不够重！"

"这样？"

"估计是吧……"

米乐放下风筒，回头看向他们俩，忍不住笑了笑。

"你想不想分？"米乐问李昕。

李昕摇了摇头。

"那就赶紧去追，现在不追出去，等她冷静下来你也就彻底凉了。"米乐说道。

李昕赶紧拔腿就跑，因为着急，脚底下还打了个滑。

寝室里只剩下米乐跟童逸了。

孔嘉安一如既往地出去住，回寝室的时间很少。

童逸问米乐："你是不是只有在别人过得不好的时候，才会笑呵呵的？"

米乐有点疑惑，问："为什么这么问？"

"在我的记忆里，我写保证书的时候你笑了一次，李昕被甩你看热闹笑了一次。"

米乐自己都没反应过来，过后也只是感叹："观察得还挺仔细。"

童逸没再回答，盯着自己的球鞋继续看。

"你这身运动服，适合穿黑色的那双。"米乐又一次突然开口。

童逸伸手去拿球鞋，想了想后，偏偏拿了金黄色的球鞋穿上了。

接着米乐表情冷漠地看着童逸上下身不协调地走出了寝室。

童逸开着自己赎回来不久的车，在路上狂按喇叭，嘀嘀嘀地行驶。

旁边骑自行车轻松超过童逸车的人还回头看了看童逸的车，比量了一个中指。童逸好胜心强，开始跟自行车飙车，一路上都没有红绿灯，童逸愣是没超过自行车，还被甩得远远的。

童逸坐在车里开始暴躁地咆哮："啊啊啊！怎么这么憋气！"

他的驾照刚考下来不久，开车的时候浑身紧绷不说，还不敢开太快，不然心脏都要跳出来了。他把一辆好端端的车开成了老爷车，还把自己累得够呛。

打排球时以速度著称的童逸，在跟自行车飙车败北后开始安安分分地开车，正常行驶四十分钟可以到的地方，童逸开了两个小时。

车子行驶进入小区，杆子升起来了，他刚想摆手示意就发现门卫根本不在。

这个小区的设备好像不是自动的……

童逸没管，继续往里面行驶。

童逸他爸不是个一般人，脑回路与一般人不一样。他们这个小区早些年发生过命案，一家四口被人杀害，事情发生后小区的住户都疯了，好些人都搬走了，总觉得小区里阴气森森的。

如果童逸家的房子是之前买的还行，偏偏童爸爸是在之后买的。

首先，这里的房价便宜到跟白捡的似的。

其次，童爸爸不知道在哪里听说的，说什么阴宅出秀才，童逸在这里住能考上大学。

童爸爸没什么文化，就是有钱，就希望自己的儿子以后能是个大学生。童爸爸至今仍觉得，童逸能上 H 大，也是因为住在这里。

所以，童逸是在这里长大的。

童爸爸忙，没时间常回来，童逸是被保姆带大的。

他身边的保姆早期几天换一个，因为这个小区实在瘆人。后来来了个胆肥的，拿着高额工资也愿意拼命，童逸甚至听阿姨感叹："这活就跟在火葬场值班似的，虽然吓人，但是高薪。"

童逸将车子开到了自家停车场，没有进家门，而是去了不远处的另外一家，站在门口抬手准备按门铃，门却在这个时候开了。

童逸每次来见许哆哆，都要先做深呼吸。

淡定……

淡定！

真要是会出事，他也不能活到今天。

童逸从小就住在这一片的别墅区，最角落的一个独栋别墅引起了他的注意。这里经常换保姆，似乎没有大人，只有一个小女孩在这里住。

他没心没肺的，总是跟许哆哆玩，后来渐渐发现了许哆哆的不对劲。因为许哆哆神神叨叨的，还是一个信奉玄学的，还真有那么点门道似的，怪厉害的。

结果他心也大，竟然没在意，还真成了许哆哆的青梅竹马。

童逸坐在客厅沙发上玩着手机，许哆哆从楼上自言自语似的下了楼，然后坐在了童逸身边。

他低头看一眼手机，再看许哆哆，许哆哆手里凭空多了一杯饮料，然后说了一句："谢谢。"

他朝着空气看了一眼，看到许哆哆手里又凭空多了一杯饮料，并且递给了他。他伸手接了过来，然后也对着空气说了一句："谢谢。"

童逸喝了一口饮料，点开朋友圈看到米乐居然更新了，是三张戏剧社的大合影，外加一张自拍。

米乐是艺人，自拍自然不用说，好看得跟不是个真人似的。

因为对米乐特别烦，他忍不住嘟囔："事儿妈。"

嘟囔完，又把图片放大，看了看米乐的脸，然后又看了看其他，鬼使神差地将相片储存了。

"谁啊？"许哆哆问。

"我一个寝室的室友，一天事儿事儿的。"

"哦——"许哆哆故意拉长声应了一句。

"嗯，是不是长得挺好看的？"说着，举起手机给许哆哆看米乐的相片。

她随便看了两眼，就回答："还行吧。"

"就还行？我就是觉得他长得还不错，才宽宏大量让他安安稳稳地跟我同寝到今天。"

"哦，今天来我这里有什么事？"

"你有没有什么招儿能收拾他？"童逸突然回来的意图就是这个。

"嗯？怎么个收拾法？"许哆哆还挺感兴趣的。

"最好能让他意识到自己的过分！"

许哆哆问："你想怎么样？"

"就是收拾他，我不能揍他不能骂他的，太憋气了。"童逸继续盯着许哆哆看。

"哦，怎么收拾？"

"我来问你的啊。我就想痛痛快快地打他一顿，还不会犯错误。"

"套麻袋啊。"

"也行，但是……一想就是我。"

许哆哆双手环胸看着童逸半天，最后说："要不这样吧，我弄个法子，让你能够进入到他的梦里，你去他的梦里折磨他，让他天天做噩梦，或者干脆在梦里揍他。"

"啊……也行，我该怎么做？"

许哆哆抬手在童逸的额头点了一下，接着说道："行了。"

"这就……行了？"

"对，不过有前提的，就是他得梦到你了，你才能够进入到他的梦里，如果你强行进入，会发生不好的事。"

童逸一听就不乐意了，问："这……太苛刻吧，他要是永远都梦不到我，我是不是永远都收拾不了他？"

"日有所思，夜有所梦，你白天在他那里刷满存在感，他晚上说不定就梦到你了，然后你就进去收拾他。"

"哦……"童逸仔细想一想，觉得好像也挺有意思的。

喝完饮料童逸就又起身了："那行，我回学校做梦去了。"

他接着开着自己的车，一路嘀嘀嘀地向学校开去。

途中遇到老太太过马路，他准备踩刹车让路，后来发现自己开到人行横道位置的时候老太太已经过去了。

于是继续嘀嘀嘀地行驶，渐渐习惯了被自行车超车。

这回不会郁闷了，反而挺快乐的，他就要能收拾米乐了！

哈哈哈！

童逸回到岭山校区后，就觉得自己跟以前不一样了，他有特异功能了。

非常兴奋地吃了晚饭，又在排球馆兴奋地训练到闭馆，才兴致勃勃地回了寝室。

回来后就看到米乐坐在书桌前正在改剧本。

童逸在心里想着：小子，你等着吧，看我怎么收拾你。

脸上也跟着嘚瑟。

米乐觉得童逸有点不对劲，扭头看向童逸，就看到童逸没来得及收回去的嘚瑟模样。

"有事？"米乐问。

"没有，你什么时候睡觉？"

"改好了就睡。"米乐回答完后想了想补充道，"如果你嫌亮，我可以去寝务老师那里。"

"你可别去，去了好像我又欺负了你似的。"童逸说完就去洗漱，之后上了床。

躺在床上童逸开始观察米乐。

十一点了，米乐没有睡觉的意思，他继续游戏。

十二点了，米乐上了次厕所，回来继续改剧本。

两点后，童逸坚持不住先睡了。

睡着之后，童逸发现许哆哆没唬他。

他进入睡眠后就发现自己是有意识的，进入了一个黑暗的空间里，空间里突然出现了一道声音问道："你是谁，入侵者？"

童逸吓了一跳，四处看了看，最后在一个地方看到了一头小猪。

看上去圆鼓鼓的，有点像晴天小猪。

"啊，我是许哆哆的朋友。"童逸自我介绍。

"来此何意？"

"来……去一个讨厌鬼的梦里，收拾他。"

晴天小猪想了想后突然靠近童逸，读取了什么东西后说道："嗯，我是食梦貘，可以帮助你。"

啊……食梦貘啊，长得跟晴天小猪似的，怪卡通的，一点也不霸气。

童逸在这里等了一会儿问："我怎么才能进去？"

"他没梦到你，所以你进不去。"

"也就是说，他没梦到我，我就要一直在你这里待机？"

晴天小猪想了想，突然变幻出来一个排球训练馆来说道："如果你觉得无聊，可以练习一会儿排球。"

童逸非常嫌弃，问道："我不想在梦里也在打排球，能不能给我放个电影？"

"我读取的是你的脑容量，将你所看所思所想变为你的梦境，你的脑袋里都没记住一个完整的电影。我读取了一些，发现你最近的脑袋里，除了米乐就是排球，只能变出这个来。"

童逸："……"

童逸保持了最后的倔强，没有在梦里打排球，而是坐在场馆内扣手指头。

扣了整整一夜……

第二天，童逸醒过来就觉得浑身疲惫不堪，真的杀敌一千自损八百。

米乐正站在镜子前刚刚涂完打底，头顶上还有发箍将头发全部拢在头顶，一回头，就看到童逸死气沉沉地下了床，还顶着两个黑眼圈。

米乐忍不住问："没睡好？"

童逸一听就急了，大声抱怨："还不是因为你！"

米乐扬了扬眉，看到童逸气急败坏地去了洗手间，很快反应过来，他之前算计了童逸一次，估计童逸还没消气呢。想一想就忍不住笑，不过又很快忍住了。

米乐找到自己选修课的教室，推门走了进去。

他一般是踩着上课铃上课的，不是迟到，而是怕提前进去，会引来其他学生跟他蹭课，让他不能好好上课，这样踩着铃声进来还能好点。

不过这种方法只能维持一阵子，不久后他的课程表就会被人公布出来。

他进入教室的时候，一打眼看到两个人在站着，还以为老师让迟到的学生罚站。

找到座位仔细看看才松了一口气，没罚站，他居然跟童逸、李昕选了一样的选修课。

童逸的文化成绩只比文盲好一丢丢。

他小学的时候也是经常考满分的人，结果到了初中后就发现……他应该是个学渣。为了能让他上大学，童老爹想到了体育生这个方法。他对儿子的认识也算是深刻，毕竟是一个四肢发达头脑简单的存在。

童逸最开始不是打排球，而是去了篮球队，后来晃来晃去阴差阳错之下又去了排球队，没想到就此打出了点名堂来。

童逸高二的时候，就有大学来找他签约。

但是童逸的教练没放人，让童逸再看看，在高三的时候童逸被现在的吕教练看中，单独约谈后，童逸跟 H 大签约了。毕竟 H 大的排球在国内也是首屈一指的，教练更是资深。

李昕也是同样的成长路线，两个人配合了五年多了，关系算是最好的。

童逸到了选课的时候，就是两眼一抹黑。

这个是啥玩意？这个课又是干啥的？就不能不选吗？他纠结来纠结去，最后点豆点出来了几门课，这个选修课就是被童逸乱点的。

听到教室里有骚乱，童逸回头就看到米乐也进了教室，立即问李昕："我们走错教室了？"

李昕看了看后回答："没错啊！"

开始上课后，米乐的听课状态就是认真听讲，全程记笔记。

他从小就是学霸，聪明加好学，让他的成绩一直不错。外加他是艺人，他的成绩一直被人关注着，让他不能挂科，所以上课的时候足够认真。

童逸跟米乐完全相反。

童逸坐下后听着老师讲课，接着惊喜地发现，他就算认真听课也完全听不懂，选课的时候听到名字不理解也不是意外。

坐在他身边的李昕也跟个傻子似的，一副丢了魂的模样：我是谁？我在做什么？我为什么在这里？

他们两个人对视了一眼，然后开始一起打瞌睡。

盛夏的课堂，空调给学生们带来了一丝清凉。

然而这个季节似乎十分容易犯困，加上老师讲课的时候声音软绵绵的，就好似催眠曲，童逸没一会儿就睡着了。这个时候站在讲台上的老师问台下的同学："这个观点你们同意不同意？"

台下有学生回答："同意！"

童逸听到这一声之后瞬间惊醒，坐起身来看向周围，眼神惊恐又迷茫。

怪就怪童逸实在太高了，这么坐起身来都显得十分突兀，于是老师问童逸："这位同学是有不同的观点吗？"

童逸尴尬了一瞬间，然后笑呵呵地回答："没有，我名字叫童逸，刚才你们喊完我下意识觉得是在叫我。"

紧接着哄堂大笑。

这门选修课算是冷门，不然米乐也选不上这门课。

教室里的人不多，大半个教室都是空的，老师也不在意，似乎早就习惯了，笑了笑之后继续讲课。有几个女孩子小声议论，接着拿着手机偷拍。

米乐单手托着下巴记笔记，随意朝几个女生的方向看了一眼，眼神扫过，几个女生立即老实了。然而她们惊慌的样子，暴露了她们的行为。

米乐没太在意，继续记笔记。

写着写着，就忍不住扬起嘴角笑，抬眼看了看童逸的背影，心里念叨：这个傻子……

下午的阳光透进未遮挡窗帘的玻璃窗，平铺在教室内。

阳光镀在了米乐的身上，让发尖都带着些许光亮。

女孩子胆子大，明知道被发现了，还是拿着手机将米乐的模样拍了下来。

长相精致的少年，漂亮的侧脸，完美的下颚线，嘴角还含着些许微笑，眼眸低垂却掩饰不住笑时的温柔。

纤长的脖颈搭配不算如何突出的喉结，书写笔记的手漂亮纤长，露出的手腕彰显着少年的身材纤细，甚至有些许瘦弱。

女孩子去看自己手机里的相片，被这个画面美得心口直颤。

为了能够连拍，她没有开美颜相机，iPhone 手机自带的摄像头，随便拍人都能妖魔化，米乐上镜却如此好看。

他不红，谁红？

女孩子翻了自己的相册，偷拍了十余张愣是没有一张舍得删，最后全部留下了。再拿起手机，对着童逸继续拍摄。

童逸似乎没有经常被偷拍，所以毫无反应，不像米乐立即就发现了。

因为全班同学的那一声"同意"让童逸再无睡意，坐在椅子上继续听课，发现自己听不懂后又想起了自己的死对头也在教室，于是回头看向米乐，想看看米乐是不是也是什么都不懂。

米乐也在这个时候抬头，两个人四目相对片刻，童逸又转回头去，低头玩手机游戏。

米乐看起来比他聪明的样子……他没再自讨没趣。

女孩子偷拍的时候，原本为了凸显童逸的身高，特意将镜头调整，拍整个教室，带上其他人做对比，就能体现出童逸的身高了。

结果意外地拍摄到了童逸跟米乐对视的全过程。

啊啊啊！女孩子在内心疯狂尖叫，这个画面真的是美炸了！！！

整个相片里，根本看不出童逸回头时的眼神鄙夷，米乐的眼神嫌弃，而是深情对望。

两个校草的眼神碰撞，画风极美。

下课后，米乐第一个整理完东西走出教室。

童逸跟李昕没什么东西需要整理，紧随其后。

童逸双手插兜，在走廊里盯着米乐的背影看，接着对身边的李昕说："你看他的腿细得，跟两根筷子似的，我用球砸他腿上都能给他砸断。"

李昕也跟着看，接着点了点头："对，他太瘦了。"

童逸继续吐槽："对，是男人就要有肌肉！"

李昕继续神捧场："对，是的。"

紧接着前面的人越来越多，跟着米乐走的，追着米乐要签名的，人多了之后干脆堵得水泄不通了，所有人都被堵在了走廊里。

童逸跟李昕看着不爽，直接打开窗户，衡量了一下后跳了下去。

"有人跳楼了！"

"这里是二楼吧？！"

"个子好高，跳下去一点事情都没有似的。"

"他们俩是先扒着窗台，身体垂下去后距离地面也没多高了，就直接跳下去了。"

"楼下的学生肯定会被吓一跳，窗户外突然出现两条腿，然后一个人跳下去了，这画面……"

走廊里惊呼出来。

米乐扭头看向窗外，随意一瞥后继续签名。

当天，校园论坛就被上传了一个帖子，半个小时内成了"HOT"（最热）。

紧接着微博娱乐营销号转载了这个帖子的内容，3小时内分别上了微博热搜头条、微博热门头条。

童逸还没出体育馆，就莫名其妙地……红了……

帖子标题：这节选修课简直是天堂！

内容：猜猜我跟谁同一个教室？没有错，就是每天都在被偶遇的米乐！奉上校草无PS高清无码偷拍照，手抖时拍的轮廓都好看！［图片］×8。

1楼［楼主］：还是我！这节选修课还有一个意外收获，就是传说中的校草选拔第二名，校排球队队长，全国大学生排球的 MVP 获得者——童逸！[图片]×2。

2 楼 [楼主]：意外拍摄到了两位校草的对视，有朝一日我也拍出了电影海报！[图片]×5。

3 楼：楼主，求告知这是什么课？

4 楼：我怎么从来都不觉得米乐帅？在学校遇到过一次，瘦得跟猴似的。

5 楼：楼上仿佛眼瞎，米乐弟弟一直是小鲜肉里未动刀的代表，颜值担当。

6 楼：不觉得米乐帅，不过做我男朋友刚刚好，我不挑的。

7 楼：以前看过一个座位表，周围都是明星选择座位的，我觉得楼主待的教室就是这种座位，简直是 H 大的 VIP 课堂。

……

28 楼：是我的错觉吗？两位校草的眼神好像有点什么。

29 楼：楼上带我一个！

30 楼：米乐怎么那么好看？居然有人说他不好看，恐怕自己是天仙吧？

31 楼：免鉴定，我男生，童逸比米乐帅。

32 楼：看到大家都在喷 4 楼我就放心了。

……

274 楼：图片放大看过了，确实无 PS，米乐的皮肤状态非常可以了。

275 楼：米乐笑得好甜啊。

276 楼：米乐，你还记得大明湖畔的江西瑶吗？

277 楼：果然有人提江西瑶，他们俩都澄清过了是谣言，两个人只是普通朋友。

……

1834 楼：被微博大 V 转发了。

……

2943 楼：热搜头条了，楼主你红了。

……

微博：

樱桃娱乐 V：米乐又双叒叕被偶遇了，只是这次有点不一样。新学期开学后，米乐没有工作任务正常上学，无疑是 H 大的节日。这一次，米乐偶遇了 H 大的体育系草，两个人在教室内对视一眼，画面堪比偶像剧，这位系草真是有

着不亚于明星的颜值。小编还了解到，这位系草还是排球队的队长，全国大学生排球比赛的MVP，前途不可限量！[图片]×6

微博配的图片有几张是在论坛里直接保存的，米乐单独的相片居多，做成了连图，有两张是论坛楼主主帖的截图，最后是两个人对视的相片。

评论：

子木：十分钟内，我要得到系草的全部资料。

棠卿：瞎拍也能特别帅的米乐弟弟，颜值我是服气的。

如故Artless：看完对视的那两张，已经脑补出了两万字的小说情节。

各各：如果不看内容，我还以为是剧照！

体育馆内。

"童……童……童逸！"叶熙雅拿着手机，整个人都不对劲了。

童逸还在做发球练习，见叶熙雅有点奇怪，于是问："有人不长眼跟你表白了？"

"不是！比这个劲爆多了。"

童逸更加惊讶了："你跟别人表白对方居然同意了？！"

"你的思路能不能拓宽一点？"

童逸活动着肩膀走过来，站在叶熙雅面前问："怎么了？"

"你红了！"

"啊？"

"你上了微博头条！"

"米乐那个损贼曝光我们打架的事情了？"童逸一听就炸了。

叶熙雅把手机给了童逸，童逸拿着叶熙雅的小手机摆弄半天，然后问："我怎么没看明白呢？"

"就是你们俩一起上课被人拍到了。"

"我也没干什么坏事，至于这样吗？"

"不是，是大家觉得你们俩对视的画面太好看了，还有很多网友觉得你长得好看。"

童逸继续低头看手机，又翻了翻评论，忍不住蹙眉。

童逸指着手机问叶熙雅："不是，我瞪他一眼，他白了我一眼，怎么就能脑补出来这么多？"

"你们俩明明是在深情对望啊！"

"我跟他深情？能恶心到我隔夜饭都吐出来。"

这个时候排球队其他人也跟着凑了过来，抢走手机看，接着开始起哄："哇哦，我们队长真上相哎！"

"我看到评论里说逸哥比米乐帅，我也这么觉得，我们童小脚就是这么无敌俊朗。"

"队长红了，你杀入娱乐圈吧，秒杀一众小鲜肉，以身高突出重围。"

"他进娱乐圈除了当平面模特估计干不了别的。"

"能当打星啊。"

"这个行！这个行！"

童逸直接将手机抢走了："什么乱七八糟的，发球训练，每个人二十次，开始！"

一群人恹恹地往回走。

童逸又看了看相片，拿着手机问叶熙雅："承认吧，我比米乐帅。"

"不，米乐比你帅。"叶熙雅回答。

"你被开除了。"

叶熙雅冷哼了一声，跑过去帮忙捡球。

童逸又拿出自己的手机来，看到一排未读消息，都是好朋友发截图通知他，他红了的。

这个米乐真牛，他跟米乐合了个影都能影响这么大？

如果是正常人，都会在想红了该怎么办，这件事该如何应对。

童逸不是，他现在想的是：这么有影响力，果然不能在现实里收拾米乐，不然自己容易被搞死。

童逸回到寝室时，刚巧碰到米乐一脸厌恶地将手机丢在了桌面上。

童逸眼神好，看到手机屏幕上是他们俩的那条微博，心下了然。

对于他们这些男生来说，跟一个男生传出这种莫名其妙的新闻，简直就是恶心人。米乐也是一个正常的男人，自然不喜欢。

他也没招惹米乐，进入洗手间洗漱。

米乐侧头看着童逸进入洗手间，心中依旧烦躁。他很早就知道了这个帖子，联系了自己的助理，让他想办法删了帖子。结果后来帖子没删，反而还闹大了，他找助理问了几句，发现助理也很委屈。

因为有人出马了。

这种两个人对视的消息能上头条是有人营销的。而营销的人居然是他的妈妈，为的不过是让米乐上头条。

米妈妈曾经是影后，但是随着年龄的增长，米妈妈的热度越来越弱，后期的片酬也不尽如人意。经历过大起大落，所以她深知热度对于一个艺人来说有多么重要。

米妈妈开始培养米乐，经营米乐的人设，帮米乐参谋资源，还会营销米乐的一切。一切可以利用的，米妈妈都不会放过。

之前米妈妈就主动放料传过米乐的绯闻，当时米乐刚刚成年不久，这种绯闻真是非常恶心。

米乐跟那名女艺人见面的时候都会恭恭敬敬地点头问好，微信加了好友却从来没聊过，居然也传出了绯闻。好在女艺人以及她的团队还算不错，对这种事情见怪不怪，没有如何计较。

这一次，米妈妈再次利用了一点点小事，买热搜把米乐推了上去。

最开始恐怕也只是想让米乐去前排，没想到还真引起了关注，一下子跑到了头条，此时米妈妈估计正高兴呢。只要能上头条，跟一个男生传绯闻也无所谓，这就是米乐的妈妈。

就在前几分钟，米妈妈还发来消息：想办法跟那个男生认识，过两天跟他合影发到微博上调侃几句，你还能上一次头条。

米乐看完消息，再去看微博头条，怎么看怎么不顺眼，暴躁地将手机丢到桌面。

刚巧童逸在这个时候回来了。

等童逸走出来，米乐开口对童逸说："你不用担心，热度也就几天，网友的遗忘能力很大，只要后期不再炒这件事情，你很快就不会被关注了。"

童逸擦着头发回答："哦。"

"抱歉，给你添麻烦了。"

"哟！你还能道歉啊？"

米乐没好气地白了童逸一眼，接着关掉手机看剧本。

童逸则是盯着米乐的后脑勺看了半晌，想着：今天能梦到我了吧？然后美滋滋地爬上床开始玩游戏。

438寝室，李昕在恋爱，之前闹了一次分手，如今和好了之后李昕加倍陪着女朋友，每次都是到门禁时间了才回来。

孔嘉安就更离谱了，十天里能回寝室一天就不错了。

之前 438 寝室非常热闹，现在没有其他人来了，一下子冷清下来，以至于米乐跟童逸单独在寝室的时间居多。

　　两个人都没有什么声音，只有童逸被猪队友坑了会骂一句，之后就没有其他的声音了。

　　不过今天童逸睡得早，期待能去梦里收拾米乐，结果今天依旧没进去。

　　因为米乐失眠了。

　　童逸因为等了两天也没报复成功，改变了策略，换了方案。

第三章
小祖宗与傻白甜

周末。

米乐起床之后走进了洗手间。

童逸看到之后立即精神了，从床上爬下来偷偷关了水阀，接着悄悄地蹲在洗手间门口，还忍不住偷笑。

厕所里，米乐坐在马桶上看了一会儿手机，结束后伸手去拧保险柜的门，结果发现密码不对。他又仔细看了看，发现保险箱好像……不太一样。

手机突然收到消息，是童逸发来的。

童逸：保险箱被我换了，想要手纸就叫声哥哥我听听。

米乐看着手机上的消息，身体一僵。

童逸显然非常开心，连发了几条消息过来。

童逸：别想着用花洒洗干净，我把水阀给关了。

童逸：现在叫一声哥哥还来得及，我不会嫌弃这一声带着味道。

米乐：我是不会叫的。

童逸：那你就在厕所里蹲着呗，反正我一会儿就去晨跑了。

米乐：哥。

童逸那边似乎没想到米乐居然叫得这么快，爆发出了一阵爆笑声，米乐坐在洗手间里都听得清清楚楚的。

杀人犯法……

杀人犯法……

结果童逸还是没完没了的。

童逸：用语音叫，叫逸哥。

米乐：[语音消息]

真的乖乖叫了逸哥。

米乐坐在马桶上，听到外面重复放了好几遍，气得他牙痒痒。

这人怎么这么贱呢？

童逸：再叫一声童逸小哥哥。

米乐：[语音消息]

童逸：承认上次是你算计我，我根本没打你。

米乐：我给左丘打电话，让他过来了。

童逸：喊，你回头，在水箱里用塑料袋包着呢。

米乐放下手机回头打开马桶水箱，从里面取出一个塑料袋来，童逸这货居然包了三层。也感谢这三层，让手纸一点都没有湿。

外面童逸打开了水阀，让寝室洗手间恢复了正常。

米乐在洗手间里又整理了一会儿才走出去，出去的时候看到童逸还拿着手机，反复听他叫哥哥的语音消息呢。

米乐走到童逸面前，盯着童逸看。

童逸还真不怕米乐，米乐要是先动手，他就说他是正当防卫，大不了防卫过当。手机点了几下之后放进口袋里，平静地跟米乐对视，接着问："米乐弟弟，有事？"

"我说过我不喜欢别人碰我的东西。"

"哦，我记性不好。"

米乐点了点头表示自己知道了，又朝前走了一步。

童逸不躲不闪，坦然地看着米乐，接着看到米乐没绷住自己先笑了。

这回的笑跟平时不一样。

之前米乐的那种笑挺招人烦的，就好像他多聪明，别人都是傻子似的。这回的笑很纯粹，就是被戏弄了也没生气，反而觉得挺好笑的，且笑得好半天都没停下来。

童逸就这样看着米乐笑，因为距离近，可以清楚地看到米乐笑时弯弯的眼眸，比死气沉沉的时候好看多了。

米乐笑了一会儿，才轻咳了一声说："既然你也报复回来了，我们算是扯平了，是不是？"

"啊……算是吧。"

"那以后好好相处。"

"你上次诬陷我打你的时候，想过要跟我好好相处了吗？"

"啊？你本来就打我了啊！"

"就我们俩的时候你装什么装？"

米乐走到了童逸的身边，伸手把他的手机拿走了。

"哦，录音呢，你是突然恢复智商了吗？"米乐关了录音功能后问。

"我被冤枉了，心里不服！"童逸说着就要夺回手机。

米乐立即身手敏捷地躲开了，还打开了童逸的微信，删除了自己的语音消息。

童逸一看就急了，抓不到手机，就一把按着米乐不让他删："不许删，我这几天就指望这个快乐了。"

米乐已经删除了一条，还有一条没删。这时，出去买早餐的李昕回来了，玩闹的两人愣了一下，然后，童逸顺势抢走了米乐手里的手机。

米乐轻咳了一声整理自己的衣服跟头发，然后就听到童逸在检查自己的语音消息，并且听到了自己的声音：童逸小哥哥。

真……丢人！

不过童逸很满意，立即关了手机屏锁，哼着歌出了寝室。

米乐站在寝室里，还能听到一群人轮番跟童逸打招呼，人缘是真好。

童逸站走廊里问："去哪吃啊？"

"412，司黎他们寝室。"

"妥了。"童逸心情好，回答的语气都是愉悦的。

童逸今天训练的时候特别开心。

要知道，他跟米乐同寝后就没怎么开心过，今天终于报复回来了。

可惜……好景不长。

童逸休息的时候回到休息区，拿出自己的手机看了看消息，很快就震惊了。

小事精：[图片]

图片上的童逸的鞋。

小事精：[图片]

第二张图片是童逸的鞋子全部没了鞋带。

童逸：你要对它们做什么？！

童逸：它们都是天真无邪的孩子，没招你没惹你，安分守己的，就不能放过它们吗？

在童逸的心里排球第一位，鞋第二位。

小事精：叫一声哥哥我听听，不然你将永远失去你的鞋带。

童逸立即对着手机吼："哥！亲哥！爸爸！爹！祖宗！"

小事精：我看到你给我的备注是小事精。

其实这个备注改没两天，是童逸去米乐的朋友圈窥屏，发现什么内容都没有，设置三天可见了，于是愤怒之下改了备注。

童逸：改！

童逸：[图片]

备注瞬间改成了祖宗。

祖宗：叫声米乐小哥哥。

童逸再次对着手机发语音："米乐小哥哥。"

发完训练馆里就一静，所有队员用惊恐的眼神看向童逸。

童逸被艺术系的那小子虐傻了？

童逸没太在意，恨不得现在就飞奔回寝室，因为米乐不回他的消息了！

童逸：米乐！你要是敢对它们下手，咱俩就在学校后山决一死战。

祖宗：[图片]

祖宗：哦？

图片是米乐把鞋带穿回去了，并且这种系法比童逸弄得好看多了。

童逸撤回消息。

祖宗：我已经看到了。

童逸：祖宗，我错了。

祖宗：乖。

童逸气得七窍生烟，米乐怎么那么能拿捏别人的软肋呢？

祖宗：趁着气氛不错，我们把篮球赛的事情商量一下吧。

什么不错，现在在眼前就能打起来！

童逸：不如我们俩先打一场。

祖宗：可以，作为表演赛，可以拉拢人气，之后号召其他的学生参加。

童逸回答的时候真没想那么多，不过米乐很快就延伸出来了。

米乐人气高，最近童逸也被带了一波，他们俩如果打一场比赛，一准会吸引人气。到时候大家知道了这个比赛，报名的人也能多起来。

怪鸡贼的。

童逸：祖宗，我的孩儿们它们现在还好吗？

祖宗：［图片］

祖宗：我跟孩子们都挺好的。

图片是米乐的自拍，拿着手机对着镜头摆了一个剪刀手，旁边摆着童逸的鞋，鞋规规矩矩地放着。

童逸终于松了一口气。

米乐跟童逸其实都有点甩手掌柜的意思。最后篮球赛还是李昕、叶熙雅跟左丘明煦张罗起来的。

米乐走进超市，突然听到了一阵惊呼声。他故作淡定地走进去，心里想着：H大的学生还没习惯他的存在吗？

他走进去在货架前挑选自己需要的东西，低头的工夫就看到了熟悉的鞋子。

能不熟悉吗？那鞋带都是他系的。

童逸有一个排球队内部的外号：童小脚。

童逸的脚不算特别小，穿42码的鞋子，但是童逸身高198厘米！

在整个排球队，童逸的脚都是一个异类，就连司黎都比他的脚大一号。

可怕不可怕？神奇不神奇？裹小脚也能打排球。

那人没说话，到了米乐身边取出手机来，播放了一段语音消息："童逸小哥哥。"

米乐左右看了看，注意到他们周围没有别人，这才扭头看向童逸。

紧接着从口袋里取出手机，对着童逸播放："米乐小哥哥。"

"童逸小哥哥。"

"米乐小哥哥。"

"童逸小哥哥。"

"米乐小哥哥。"

来啊！彼此伤害啊！

到最后两个人都听得有点受不了了，非常默契地同时收起了手机。

"啊……这玩意听几次真让人受不了，心脏疼。"童逸捂着自己的心口，难受得不行。

听米乐叫他，他觉得心里舒坦。

但是听到自己叫米乐，他恨不得杀了自己。

这是心灵攻击。

"有事吗？"米乐云淡风轻地问童逸，换成了平日里一成不变的冷漠脸。

"没事，看到你过来打个招呼。"

"哦。"

"明天就比，你们出几个人？"

"打篮球能出几个人？"不是固定人数吗？难道因为他们是艺术系，让他们上11个人吗？那比赛规则是按足球，还是按篮球啊？

童逸特意叮嘱："找体格好的，不然显得像我们欺负你们似的。"

"你们队的'两米'跟'两米一'能不能别参加？"米乐问。

"什么？"童逸没懂他的意思。

糟了，米乐顺口把自己瞎起的外号说出来了。

童逸想了想后明白了："哦，'两米一'是李昕吧，两米是那个臭脚，我是什么？快两米吗？"

米乐："……"

"我们派谁上场就不劳您关心了，再见了，矮子。"童逸说完，就嘚嘚瑟瑟地走了。

矮子？

矮子？！

米乐目送童逸离开，开始默念静心咒。

米乐啊，淡定，老天爷安排你渡劫了。童逸恐怕就是你的那个劫。

米乐一般比童逸睡得晚。

两个修仙党谁也不服谁似的。

童逸原本在自己的梦境里抠手指头，后来食梦貘说可以变出一个米乐出来，接着他的空间里出现了一个米乐。

他看着这个虚拟的米乐转了一圈一圈又一圈，伸手戳了戳米乐的脸颊，居然还有触感。

然后，童逸沉浸在米乐叫他"童逸小哥哥"的声音中，继续抠手指头。

食梦貘偶尔来看看，见到童逸做的事情，忍不住叹气："你也就这点出息。"

童逸一想也是啊，不能就做这么点事情，于是开始带着虚拟米乐打排球。

食梦貘："……"

不久后，食梦貘提醒童逸："你可以进入你死对头的梦里了。"

童逸一听就兴奋起来，兴致勃勃地问："我该怎么做？"

"想怎么做就怎么做，不过你进去之后，有一刻钟的时间是身不由己的状态，也就是入梦适应期。一刻钟后，你就可以控制自己了。"

"好的好的。"童逸摩拳擦掌，终于进入了米乐的梦里。

进入米乐的梦境后，他就发现他在米乐的梦里，正在跟一群老大爷、老大妈们一起跳广场舞。

什么鬼？

此时童逸的身体还不受自己的控制，只能顺应着米乐的梦继续跳。

跳了一会儿，居然开始扭秧歌了，童逸手里捏着红绸子，跳得那叫一个浪！

他注意到，米乐坐在正对面的长椅上，一直看着他。

这一刻钟的时间简直是煎熬，他恨不得现在就离开这个梦，在梦里都在受侮辱，这谁能受得了？

一刻钟过去后，童逸立即丢了红绸子，气势汹汹地朝米乐走过去。

他到了米乐面前，米乐已经笑得不行了，前仰后合的。

米乐感叹完继续大笑："快两米的个子跳广场舞果然好丑，就一个憨憨，笑死我了。"

童逸：米乐说脏话了？这家伙不是走优雅高冷路线吗？

紧接着就看到米乐跳上了椅子，居高临下地看着他，伸手按他的头："就你个子高是不是？叫谁矮子呢？"

原来是对这个耿耿于怀，才会梦到他的？

"叫哥！"米乐说道。

"滚，我还没收拾你呢。"童逸终于回过神来，反驳道。

米乐歪了歪头，看着童逸，似乎觉得看不清楚，于是又凑近了一些："嗯……长得是挺帅的。"

"……"这句话童逸反驳不出来。

米乐："你哭的时候会不会特别带感？"

童逸："老子不会哭的。"

米乐跳下椅子，对童逸招了招手："来，小哥哥带你去吃好吃的。"

童逸想了想，还是跟着米乐去了，吃饱了才有力气收拾他。

童逸在米乐的梦里到处看，这里的景物还挺真实的，应该是某个米乐熟悉的城市，就连哪里有红绿灯都清晰可见。

路上也会出现行人，然而这些行人都行色匆匆，对米乐并不感兴趣。

在米乐的梦里，米乐只是一个普通人，不戴口罩走在路上也不会被人跟着要签名。

米乐带着童逸来了一家烤肉店。

进去之后两个人面对面坐下，米乐连菜单都没看，直接一拍菜谱："所有的一样来一份。"

童逸看得目瞪口呆的，他家里有矿都很少干这种事情，星二代果然壕（网络用语，土豪的简称，指有钱）啊。

两个人开始烤肉之后，童逸就发现，梦里居然能够吃到味道！真的是烤肉的味道，并且非常好吃，重要的是无论吃多少，怎么吃，都不会觉得饱。

用后脚跟想也知道，在梦里狂吃一通根本不会胖。

童逸跟米乐两个人对视了一眼，米乐对着童逸笑，童逸比量了一个大拇指，接着一起胡吃海喝，觉得哪个好吃就再来一份。

吃到他们觉得可以了，老板过来催他们结账。

童逸看着米乐，米乐看着童逸。

童逸忍不住问他："你不是带我来吃的吗？"

"带你来吃不证明我请客啊！"米乐回答得理直气壮。

童逸立即就急了，骂了一句："你吃霸王餐啊？"

米乐耸了耸肩："就是因为你跟我打架，我父母把我所有的零花钱都扣了！我的片酬我也摸不到，我没钱。"

"是亲爹亲妈吗？"

米乐叹了一口气："我也觉得不是。"

"怎么的，你们俩准备吃霸王餐吗？"店老板问。

童逸掏了掏口袋，发现自己也没钱没卡，于是傻了。

一转眼，米乐就跟童逸一块去刷盘子了。

这个梦可真够狗血的。这小子看狗血电视剧长大的吧。

哦……这小子演狗血电视剧长大的。

米乐刷盘子的时候还在哼歌，似乎心情不错。

童逸骂骂咧咧的："你脑子是不是有毛病？没钱还来吃东西。"

米乐没回答，继续刷盘子，接着举起来对童逸说："看，笑脸。"

童逸扭头看过去，就看到盘子上都是泡沫，被米乐用手指画出来了一个笑脸。

四目相对，场面一度十分尴尬。

"哦。"童逸回应了一声。

米乐举着盘子，对童逸展颜一笑，笑得特别好看。

"亏得你还能笑得出来。"童逸气不打一处来。

"吃到烤肉了，特别开心。"

"吃顿烤肉就美成这样？"

米乐点了点头，接着继续哼歌。

米乐哼的是自己新专辑里的歌，没公开过，童逸听了一会儿觉得挺好听的，问米乐："这首歌叫什么？"

"我喜欢你很久了。"

"嗯？"

"歌名是《我喜欢你很久了》，是我新专辑里的歌，过阵子就拍 MV 了。"

"你还唱歌？"

"对啊，全方位发展成为优质爱豆（偶像），走流量路线。"米乐说完将盘子放下来，"我们不聊这些糟心的事情了，赶紧刷，我们去吃下一家。"

童逸都震惊了："怎么的？你还准备继续这么干？"

"对啊，继续吃！"米乐这一声竟然喊出了回响来，俨然一副热血少年的样子。

为了吃。

童逸都气炸了，气急败坏地继续刷盘子，他一个矿主的儿子，哪里干过这种事情？偏偏梦里味道真实，刷碗也特别真实。

估计打架的时候痛感也会真实。

不过梦到底是梦。现实里，他们吃那么多东西，得刷个十天半个月的盘子，结果他们俩一会儿就完成任务了，接着米乐带童逸吃下一家。

米乐走在前面，就像一只兔子，蹦蹦跳跳的，跟现实里稳重的样子根本不一样。这让童逸开始怀疑他是不是进错梦了，还是说米乐其实是个精分？

到了冷饮店，童逸对甜食没什么兴趣，坐在一边看米乐吃。

米乐舔着甜筒，一点一点的。

童逸支着下巴看着他，催促道："你赶紧吃，吃完我要揍你。"

米乐看了看童逸突然探过身来问："童逸小哥哥，你要揍我啊？"

"呃……"童逸看着米乐凑近的脸，下意识地往后退了退。

"长得好看的小哥哥都不打人的。"

"哦、哦……"

米乐见童逸不执着于收拾他了，便又重新坐好继续吃甜筒。

不对劲啊……这个米乐不对劲啊……

现实里米乐如果这样，他们根本打不起来！

童逸突然开始坐立不安。

不对劲啊。

不对啊！

难不成是米乐最近研究剧本，入戏太深，走了别人的人设？

也有可能？

后半段，童逸跟个保镖似的跟着米乐，看着米乐到处去吃霸王餐。

还会杀出来一群人拿着锅碗瓢盆要打他们，米乐跟童逸狂奔了五六条街才甩掉那些人。

走在路上的时候，米乐突然回头看童逸问："你觉不觉得我们俩走在一起，就跟杨过身边跟着大雕似的？"

"埋汰谁呢？老子是黑豹。"

"你是沙雕。"米乐抬手用食指点了点童逸的鼻尖。

童逸差点脱口而出：是是是，你说什么是什么。

到梦结束，童逸都没有做出任何有意义的事情。

这个梦算是白做了。

童逸醒过来回到现实，半天回不过神来。

他这种入梦跟平时做梦不一样，如果是做梦，起床后就忘得八九不离十了。

但是他入梦后就发觉，他记得清清楚楚的，每一句话，每一个细节。

于是童逸开始观察对面铺的米乐。

米乐悠悠转醒，躺在床铺上愣一会儿神，接着猛地扭头看向童逸的床铺。

童逸没什么演技，两个人四目相对后都是一愣。

不过米乐很快就恢复正常了，坐起身拿来手机看了看有没有未读消息。其实米乐也觉得很奇怪，这次的梦居然记得清清楚楚的，主要是他到现在还能回忆得起烤肉的味道。

真的很好吃。

不过米乐没当回事，不过是一个梦而已，醒来后还是要继续自己的事情。

他今天上午有课，挺早的，看到时间后米乐立即下了床，洗漱后开始整理自己。

童逸比米乐后下来半个小时，米乐化完妆整理好造型后，童逸跟他同步整理好了。

米乐拎着包走出去，约了左丘明煦去了食堂。

他是艺人，需要保持身材，他又不是吃不胖的体质，只能靠自己维持。

现实里瘦是一回事，但是在镜头里就完全不是一回事了，镜头会让一个人变得扁一些，就更加显胖。他要走流量路线，就只能一直保持自己的身材跟颜值。

到了食堂，他只点了一碗粥，还有一叠水煮西蓝花。

H大岭山校区有艺术生，这里就会有减肥餐，米乐连沙拉都不吃，只吃水煮菜。吃到一半，抬头看到童逸跟他的队员们进入了食堂。

童逸端着餐盘坐下，看到米乐吃的东西似乎愣了一下。

不过两个人都没有互相打招呼，继续平静地吃饭。

戏剧社的招新仍在继续。

然而今年的招新有点特别，或许是因为知道米乐在戏剧社，所以来报名的人非常多。这些人里有一些根本不是因为喜欢演戏而来的，而是想要借机会认识米乐。

这种局面去年还没有，因为米乐是开学过半才加入的戏剧社，很多同级生此时后悔都晚了，名额满了。

对此戏剧社的人十分头疼，最后决定会对提交申请表的大一新生，进行一对一面试、审核。米乐原本不想参与，全都交给宫陌南来完成。

不过待在寝室里也安静不下来，他干脆到戏剧社坐在角落里围观。

过几天他要去拍摄一组广告，广告也有剧情，他随便看了看就发现剧情挺弱的，估计整个广告全靠脸。

左丘明煦来了戏剧社，左右看了看后感叹："嚯！新场馆厉害了，跟大剧院似的。"

"不然我们也没必要搬新校区。"米乐的回答依旧十分冷淡。

"喏，篮球赛的名单，跟排球队的打我总觉得有点玄，我们站在他们身边都显得有点个子矮，画面美得我不敢想象。"

"没办法的事情，一群穿上鞋就两米的人……"米乐也很无奈，先天优势真的逆天。

两个人说话的工夫，有人过来跟他们打招呼，宫陌南也在其中。

左丘明煦扫了宫陌南一眼，笑呵呵地问好。

戏剧社的一名女成员问："副部长还不加入我们戏剧社吗？"

左丘明煦回答："过阵子要去公司接受培训，没什么时间过来。"

成员B感叹："好厉害，都有公司签约了，像我们还前途未卜呢。"

左丘明煦笑呵呵地回答："米乐才厉害好吗！"

成员 C 突然感叹了一句："左丘跟我们宫陌南一直很有 CP 感。"

"欸？"左丘明煦觉得很意外。

米乐放下手里的东西看向他们。

成员 C 回答："名字啊！画风跟我们不一样。"

"对对对，玛丽苏文的男女主角似的。"另外一个人附和。

左丘明煦笑了笑后也不在意，直接回答："我改过名字，我改的时候正流行这种名字，我那个时候中二啊，就改了，不过我是真的姓左丘。"

"原来叫什么啊？"成员 C 好奇地问。

"左丘明，就加了一个字。"左丘明煦也不避讳，直接回答了。

"宫陌南原本也姓宫吗？是也改过名字吗？"成员 B 看向宫陌南问了一句。

成员 C 跟成员 B 对视了一眼，用眼神传递信息似的。

宫陌南没说话。

左丘明煦笑呵呵地帮忙解围："宫这个姓还行吧，挺普遍的。"

倒是没说宫陌南名字的问题。

其实宫陌南改过名字，还是跟左丘明煦一起改的。

他们最开始就打算走艺术这条路，名字是初中入学前改的。

左丘明煦叫左丘明，至少还姓左丘。

宫陌南其实不姓宫，而是姓王，叫王洋洋，查人名录都翻不过来的那种名字。

他们初中前正"中二"，那时候也流行这种名字，毕竟以后要签名做明星的，就取了这样一个名字。然而现在看起来，宫陌南跟左丘明煦这两个名字真的很……"杰克苏"。

米乐想说点什么，又怕自己说了会间接承认了宫陌南改过姓。

好在这个话题被其他人打断了。

童逸跟李昕来到了戏剧社，看到他们之后立即亲切友好地问好："小乐，小明！"

左丘明煦一听就笑了："我这么'杰克苏'的名字一秒被叫破功了。"

说完就去跟童逸他们说话了。

米乐跟在旁边旁听。

戏剧社的人很快转移了视线，而是关注童逸跟李昕。

"好高啊！"

"对啊,两米多了吧?"

"米社长跟左丘看起来都矮了。"

"我记得米社长有185厘米吧,左丘也有183厘米。"

"童逸也帅……"

"真挺帅的。"

"对,痞帅,不知道有没有女朋友。"

"别惦记了。"

然后一群女生开始起哄。

宫陌南看向他们几个,扫了一眼就对他们说:"别花痴了,干正事。"

"篮球场地搞定,时间搞定,宣传搞定,没问题了。"左丘明煦看着手里的表格,扭头看向米乐。

米乐问:"你们……"

他看到了出赛名单,李昕、"两米"、童逸、司黎,还有一个米乐不太熟悉的人。

这个阵营……怪恶心人的。

童逸笑嘻嘻地看了米乐一眼,接着问:"米社长?"

"有话快说。"

"我们希望有啦啦队。"

"你们体育系没有吗?"

童逸摇了摇头。

米乐看到童逸那贼兮兮的样子,就知道又是排球队的成员想看妹子。

不过这也不算什么无理的要求,他点了点头:"我试着安排。"

等米乐忙完,宫陌南问米乐:"第二轮考试你要不要来参加?"

"可以,改内容吧。"

"安排成什么?"

"天黑请闭眼,考验演技跟智商的时候到了。"

体育系跟艺术系的"友谊表演"篮球赛开始了。

排球队的成员就跟故意找茬似的,穿的是上次米乐见过的T恤,"只要胜利,不要友谊"跟"我是友谊"印花的。

这件T恤只在胸前有数字,童逸是1号。

五个男生站在球场里就跟砸场子似的。

然而他们站好之后就看到艺术系那边举着横幅的啦啦队，顿时觉得他们这边来了一众弟兄真的是弱爆了。对家是偶像天团，他们这边是街霸小分队。

本来是期待啦啦队的美女的，但是看到啦啦队是艺术系阵营的，单独给艺术系加油，他们就有点心情复杂了。

司黎不爽地看了一会儿，回头喊了一句："叶熙雅！"

真当他们没人了是吧？

叶熙雅正跟好朋友站在一起花痴："啊啊啊，米乐好帅啊！"

"人家的少女心都要蹦出来了。"

"我一会儿要给米乐送水。"

听到司黎喊她，叶熙雅立即回过头去问："干啥？！"

这一嗓子比爷们儿还爷们儿。

"哦……没事，没事，你忙你的。"司黎秒怂，他们这边的"人"就跟对方派来的细作似的。

司黎心里不舒服，示威犬一样地去米乐那边龇牙去了。

米乐跟左丘明煦看着司黎："……"

这家伙看古惑仔长大的吧？"中二病"这么久都没好？

"我们尽可能手下留情。"司黎仿佛自己很帅似的对米乐说，毕竟米乐身边有一众啦啦队，仿佛他这么示威很帅。

然而，他这样示威的后果就是艺术系女生众怒，暗骂哪来的二货，居然敢跟她们男神示威。

一瞬间剑拔弩张。

"哦，那谢谢了。"米乐回答。

"输了别哭太惨。"

"万一我们赢了呢？"米乐又问。

司黎仿佛听到了一个笑话，立即大笑："就你们啊？难。"

"要不这样吧，我们打个赌，如果我们赢了，你就绕着学校跑三圈。"

"啊？"司黎没想到米乐也是这种画风的，于是继续问："如果你们输了呢？"

"我给你介绍女朋友。"

司黎吞咽了一口唾沫，觉得这个条件十分诱人。

米乐身边的妹子一个比一个漂亮，随便一个他都非常满意！

于是同意了："行，别想我们放水了。"

等司黎走了，左丘明煦问米乐："还真介绍啊？"

"到时候你扮成女装去相亲。"

"……"交友不慎，左丘明煦想跟他友尽。

米乐跟左丘明煦换了篮球服，看着对面忍不住唉声叹气的："什么鬼啊，铜墙铁壁似的。"

"他们是排球队，训练久了会有身体的反射性反应，所以我们可以在这方面做文章。"

"可是身高方面？"

米乐沉默了一会儿，叹了一口气。

左丘明煦也跟着叹气。

排球队那群是什么魔鬼身高？！

真的开始打篮球赛了，米乐才发现对方的身高的确是个问题。

只要他们这边投篮，对方就会出现三个人挡篮板，李昕站中间，"两米"跟童逸一边一个。碰到球了之后，他们就啪地拍下来，接着司黎灵活地去接球。

接也不是正常地接，而是排球里自由人的那种姿势，双手握住去接，把球给了李昕。

李昕是二传手，将球托起后传给另外一个人，交替着传球，童逸就跳跃而起去扣篮。

真的是扣篮。

童逸身高够，速度够，弹跳力够，扣篮的姿势非常潇洒。但是，每次他都恨不得将篮筐拍下来似的。

他们这种打法速度很快，也很猛，最重要的是很奇怪，完全不是常规打法，让人摸不到门道。真的跟这样的打法对阵，非常之气人。

球传过去了，啪就拍出去了。

投篮了，啪地就拍远了，篮板球都没得抢。

"我去……"左丘明煦被弄得都有点不爽了。

这种打法就好像在戏弄人，艺术系的人就是被耍得团团转的人。

体育系那边起哄得厉害，毕竟比赛打出了娱乐效果，这群排球队员打篮球打得真的是非常恶心了。

体育系笑得幸灾乐祸的，艺术系气得不行，一个劲地喊加油，啦啦队也跟着起劲。

米乐拍着篮球看着对面，看到童逸站在了他的正对面一直盯着他。

这种针锋相对的场面，居然引来了一阵尖叫声。

米乐早就习惯了，童逸也很淡定，但是排球队其他人有点溜号了。因为突然狂奔而来了一个队伍，手里拿着应援的牌子，来了之后开始给童逸加油鼓励。

队伍里还有两个男生，喊得比女孩子还起劲，内容都是一样的："童逸童逸我爱你……"

童逸快速看了一眼后，问米乐："你雇的群演？"

"还真不是。"米乐听完都有点想笑。

上次童逸在网上跟着米乐红了一把，本来以为热度能很快过去，毕竟童逸没有微博，主角也没有回应这件事情。

但是童逸还是意外地有了一群粉丝，他们看到童逸后，就觉得发现了宝藏。

神通广大的网友找到了童逸排球比赛的视频，剪辑出了个人精华版，还各处寻找童逸的相片。

总结后一看，我的老天爷，这个男生怎么这么帅？打排球的时候威风凛凛，私底下跟队友聊天的时候又笑得像个天使。

身高穿上鞋有两米了！掀起衣角擦汗的时候露出来的腹肌，天啊，疯了疯了！

痞帅的风格，看起来还不让人讨厌。这个人简直完美！完爆娱乐圈小鲜肉！体育圈冉冉升起的新星！

童逸的粉丝团，在童逸都不知道的情况下悄然而生。

听说童逸要跟米乐进行篮球比赛，他们加班加点做了牌子，因为太赶了，才会来得有点迟，到了赛场边就开始拼命给童逸加油。

童逸没忍住，往他们那边看了好几眼，每次的眼神都非常复杂。

该对他们微笑吗？可是完全笑不出来。

他又去观察米乐，发现米乐一直很淡定，平时也不怎么笑，就觉得算了吧，他也装高冷吧。

因为这批粉丝的到来，让排球队的成员有点溜号，还真让艺术系得了几分。

米乐打篮球还是有两下子的。

篮球属于他为数不多的个人爱好之一，这项运动有助于长高，家里也没阻拦，还曾给米乐请过专门的教练培训，这也是米乐敢跟司黎叫嚣的原因。

米乐觉得总被童逸他们挡住投篮不是办法，让他的队友已经有了心理阴影，现在已经不敢放开胆子投篮了。

米乐带球过人后，直接从童逸这里作为突破口，准备投篮。

"你选错人了吧？"童逸看到米乐过来，忍不住问。

"没办法，你最矮。"

"我去？"

米乐说完就跳了起来，童逸立即跳起来阻拦，然而米乐并不像他外表那么柔弱。

力道有，弹跳力有，正面对决。

两个人身体撞在了一起，米乐的注意力全在球跟球篮那里，气势汹汹地进攻，真的投进了一球。

童逸被米乐的气势压住了，两个人身体落下的时候，米乐身体失重砸向他。

童逸下意识伸手去扶米乐，然后就发生了下面一幕：

米乐被童逸双手提着腋下接住了，然后随手搁在了一边，两个并没有倒在一起。

然而……这一幕……就好像大人拎小孩一样。

全场沸腾。

米乐以为他得分后会鼓舞士气，然而这样一来，反而更加搞笑了似的。

什么鬼？

米乐自己都愣了一瞬间。

这个时候童逸已经过去鼓励自己的队友："没事，没事，慢慢来。"

童逸是队长，这种事情已经做习惯了。

米乐不是那种会鼓励人的性格，他们的队伍还是临时组建起来的，只能左丘明煦说话："我们也是可以得分的，继续加油。"

说完转头看向米乐，想说什么，结果却只发出一声来："噗——"

米乐看了想打人。

米乐沉下脸来，重新回到自己的位置，就看到童逸笑呵呵地走过来跟他说："别老蹦那么高，摔坏了怎么办？"

米乐啧了一声，没回答。

接下来，米乐他们似乎将注意力放在司黎身上，单独欺负这个人。

李昕跟童逸都曾经学过一阵子篮球，所以还好一点。

但是司黎不一样，他只学过排球，而且是自由人，职业病很重。

有一次看到球落地后就停下了脚步，迟疑了一下才想起来："落地之后球也是可以接的是吧？"

司黎被人防守得太严了之后，再次犯规，带球走步。

被判了之后司黎直接问童逸："逸哥，你没告诉我这个啊。"

"你连这个都不知道？"

司黎气得直蹦："气死我了，他们都防我一个，欺负我个子矮是吧？"

"恐怕是的，但是你如果动气就中计了，淡定。"

米乐走到了自己队友身边说道："那个司黎……啊……司黎，就是7号，性格不够沉稳，现在已经气急败坏了。"

"他们队长安慰了。"左丘明煦说道。

"劝也没有用，智商没跟上。接着是李昕，3号，他的性格摇摆不定，许久不打篮球经验不足，所以打球很谨慎，做假动作他会迟疑，可以用这个哄骗。"

"概括一下就是智商也没跟上？"左丘明煦问。

米乐点了点头。

另外几名队员忍不住笑。

短暂的交流之后，再次进行比赛，他们果然开始利用排球队的软肋猛烈进攻。其中能够构成威胁的只有童逸了，偶尔可以得一个三分球，扣篮更是厉害。

最可怕的是童逸的运动神经十分发达，反应能力惊人，几乎不用思考就能做出每一个规范动作。

这之后，米乐跟童逸再次对上了。

两个人较量了几次后，场面越来越激烈。

原本排球队因为打法奇特，大比分领先了一阵子，现在艺术系也渐渐追上来了。

左丘明煦在李昕的面前跳起来后，李昕跟着跳起来阻拦，却看到左丘明煦将球往后一抛给了米乐。

米乐接到球后李昕已经落地，再想阻拦已经来不及了，球进了。

比分追平。

又一局，米乐拍着球问童逸："就你们这样，排球比赛是怎么赢的？"

"靠实力。"

"就算是玩球，也得动动脑子。"

童逸看着米乐气得牙痒痒，看到司黎气急败坏地想要换人，已经不想继续打了，不由得嘲讽："是，你这样的人尤其讨厌，玩战术的人心都脏。"

米乐笑了笑，重新回到自己的位置。

米乐一笑，全场尖叫。

啦啦队再次开始卖力地加油。

可能稀少才会显得珍贵，米乐的微笑总是能够引起女生们的疯狂，这种炸起来的气氛可比童逸刚刚成团的粉丝团震撼力强太多了。

篮球赛也打出了演唱会一样的效果。

体育系的一众看到了也开始拼命加油，听着这种阵仗，简直要打群架似的。

排球队有点被打乱了阵脚。

司黎进入了暴躁的状态，李昕被利用了几次后反而更加谨慎了，这样就更加被人利用了。

童逸看得咬牙，对他们说："别紧张，跟他们打就跟玩似的。"

接着走到了司黎身边，小声说："别慌，那么多妹子看着呢。"

司黎："对哦！"

之后又走到李昕身边说："你女朋友来了，别乱了阵脚。"

李昕："哦哦哦，好的。"

这样就拯救回来了。

作为队长，童逸知道怎么鼓励每个人。

然而人算不如天算，艺术系反超了比分后，比赛不得不暂停了，后来也没再打起来。

主要是米乐的粉丝来了太多，童逸的粉丝也来了不少，不少外来人员聚集在学校里，场面十分混乱。

老师们亲自来控场，首先要做的就是把米乐带走。

米乐已经习惯了，走到一边的空场地对自己的粉丝说："不许捣乱，乖的话陪你们十分钟，不乖我立即走。"

这一句非常有用，米乐的粉丝也开始帮忙控场。

米乐这边离开了，左丘明煦过去帮忙控场，艺术系一些人帮忙，球员没了两个就没法打了。

排球队的人等了一会儿得到通知说比赛中断，于是准备回去，童逸却被围住了。

童逸可说不出来乖不乖的那些话，竟然问自己的粉丝团："你们给我加油，我用付钱不？"

"不用啊！"

"我们是你的粉丝啊！"

"我们还没有粉丝名字呢。"

"真的不是花钱雇的？"童逸居高临下地看着他们。

实在是童逸站在人群中，都是最高的存在。

"不是！"

"绝对不是！"

"你怎么傻乎乎的？"

童逸有点受宠若惊，想了想后豪气万丈地说："我们别在这边添乱了，我请你们吃好吃的。"

说完就带着自己的粉丝浩浩荡荡地走了。

排球队跟在后面一块走，队员们兴奋地讨论："妹子！好多妹子！好漂亮。"

"队长好有艳福。"

"长得帅真好。"

"我们队长有种霸道总裁范，小卖店的零食随便你们吃。"

童逸给自己粉丝发零食的时候问其中的几个男生："陪女朋友过来的？"

"不是啊，我是你的粉丝啊！"其中一个男生 A 回答。

"你喜欢排球？"

"不，我喜欢你。"

童逸没听懂，一脑门的问号，想了半天终于明白了："明白了，你喜欢运动员是不是？"

"算是吧！"男生 A 回答。

"那行，以后你们就是我哥们儿了。"童逸豪爽地说。

男生 A："……"

男生 B："哈哈哈，行！"

与欢乐队伍格格不入的，恐怕只有司黎了。

体育系居然……输了……

童逸回到寝室的时候，听到了浴室里哗啦哗啦的声音，于是站在洗手间的门口问："洗澡呢？"

明知故问，浴室里的人没理他，继续洗澡。

他看了看屋子里，孔嘉安的床铺还是那样，桌子也干干净净，显然没回来过。

这小子身高也就一米七，还瘦瘦小小的，每次站在他们身边都战战兢兢的，估计换寝室之前一直都不会回来。

米乐的桌面上放着一沓东西，应该是看东西看到一半去洗澡的。

李昕依旧是在陪女朋友，让童逸这个单身狗回到寝室没事做，就只能逗逗寝室里的小事儿精了。

他继续站在门口说道："我在卫生间里安摄像头了。"

浴室里安静了一些，似乎人不再动了，只有哗哗的流水声。

童逸忍不住笑，接着身体移动了一下，再次继续说："哟！小伙挺白啊！"就好像真的看到了似的。

洗手间里的人迟疑了一下，继续洗澡。

童逸又到了卫生间门口："我要上厕所，我内急，你快点。"

洗手间里继续了一会儿才停下来，等了一会儿后米乐打开门走出来，看到童逸等在门口，忍不住问："你幼稚不幼稚？"

米乐刚洗完澡，脸上没有妆，皮肤好到不似真人，头发依旧是潮的，脖颈上还有水滴滚落。

身上套着睡衣，有点松，显得十分慵懒。

"我就问你有没有被吓到？"童逸兴致勃勃地问。

"无聊。"

"给你看个东西。"童逸没再说这个，从口袋里取出手机走到了米乐身边。

"你不内急了？"

童逸之前只是逗米乐的，根本没打算去厕所，他打开手机点一个视频给米乐看："刚才拍的，司黎真的是拼了。"

视频里司黎一边跑，一边哭丧着脸，最壮观的是司黎身后跟着一群幸灾乐祸的队友，举着手机跟着司黎一顿猛拍。

"你们不是朋友吗？怎么还起哄？"米乐忍不住问。

"分事情。"童逸看到事情的时候还忍不住乐呢。

米乐看了看，想着，他们的关系一定很好吧。

关系不好怎么会开这种玩笑？

早友尽了。

一个视频看完，童逸又给他看下一个视频，司黎一边跑一边哭，也不喊话了，标准的泪奔。

"跑哭了？"米乐问。

"司黎爱面子，羞愧到泪奔了，这小样是不是挺逗的？"童逸嘿嘿直乐。

"……"米乐的确觉得挺逗的，强忍着才没笑出声来。

"为什么不叫我去看看？"米乐问。

"我给你发消息了啊，你没理我。"

米乐伸手拿来手机看了一眼，童逸的确在十分钟前发了消息。

"哦……十分钟能跑一周吗？"米乐又问。

"别那么苛刻了，孩子都跑哭了，意思意思就行了，相处久了你就知道了，他表面招人烦，其实人还行。"童逸说完，将手机收了起来，拉来了自己的椅子坐在了米乐的身边，问他，"微博这玩意怎么弄？"

其实米乐跟司黎打赌的时候，也没准备怎么样。现在司黎照做了，他沉默了一会儿也没再说什么。

米乐忍不住问："这都什么年代了，你连账号都不会注册？"

"平时训练忙啊，我一般也就微信聊个天，没有其他的社交软件，都不知道怎么用。"童逸说着，开始笨手笨脚地注册微博账号。

这还是他的粉丝团要求的。

"你说我的微博叫什么好呢？"童逸问。

"本名比较好，你以后不是有可能是运动员吗？"

"好的。"童逸开始看推荐他关注的列表，大部分都去掉了，他也不认识。

往下滑了一会儿看到了米乐，于是关注了米乐，点了"下一步"。

之后童逸的微博诞生了。

名字：童逸。

关注：1。

粉丝：3。

关注的人是米乐，粉丝是微博硬塞的。

他把自己的微博账号发到了粉丝群里，看到自己的那些粉丝激动万分，闹着要给他弄什么认证，他也没太在意。

看到他们讨论的内容后问米乐："你的粉丝群叫什么？"

"乐天派。"米乐回答。

米乐没说他童星的时候粉丝叫米米兔，到现在还有人叫他小兔子。

"你说我的粉丝叫什么呢？"童逸很愁。

"不知道。"

童逸冥思苦想后，在粉丝群里打字：就叫我乐逸吧。

原色：真的不是 CP 名？

棠卿：官方发糖？

子录兜森森：这……

童逸没明白什么意思，于是打出一串问号：？？？

Claireyyhx：没事没事，挺好的。

啾：你想我们怎么称呼你？

童逸：叫大哥吧。

麻薯：可……可以吧……

火花河海：大哥！

火花河海：大哥我拍了篮球赛的图，PS完了，可以发后援会的微博了吗？

火花河海：[图片][图片][图片]

童逸：挺帅啊，你们随便吧。

童逸聊了一会儿，问米乐："咱俩能合个影不？"

米乐没理他。

童逸又把椅子挪了挪更靠近米乐，举起手机，打开前置摄像头，再次说道："来，笑一个。"

米乐依旧没回头，而是举起了靠近童逸那边手的中指。

童逸对着镜头微笑，接着拍下了他们俩的"合影"，扭头就发了微博。

童逸：我们俩本来就是室友，关系团结友好，我们互帮互助，谢谢大家关注。

[图片]

发完微博童逸就关了微博App，又看了看群，发现这群人聊天他都插不上话，于是放下手机去洗手间洗漱了。

米乐还在看剧本，手机突然收到了消息，他拿起手机看了一眼，是他母亲发过来的。

妈妈：这次热度炒得挺好的，账户给你恢复了，给你打了一笔钱。

米乐看着觉得莫名其妙，有点不解，快速发消息问自己的助理，这才知道怎么回事。

他立即打开了童逸的微博，看到了童逸发的消息，一阵无语。

微博内容莫名其妙，相片用前置摄像头拍的无滤镜，无PS，非常直男，如果不是童逸颜值能打，这相片真没法看。

最重要的是相片里还有他，只是一个后脑勺加后背，外加一个竖中指的手。

头发依旧是潮的，明显刚洗完澡，两个人虽然不是正面合影，但是这样合影更显得关系好似的，还有点恶搞的味道。

米乐什么时候暴露过这种形象？

还好童逸没@（提到）他，他就继续装死吧。

原本这条微博只是在童逸的粉丝群内转发传播，但是被米乐的团队发现了，毕竟很多人@米乐。

团队发现了，米乐的妈妈也发现了。

思前想后，还是给童逸买了热搜，买了水军。

童逸的微博一下子热闹起来。

米乐看着童逸的微博，再看看童逸的关注列表，发现只关注了他一个人，忍不住蹙眉。

等童逸出来后，他立即问童逸："你为什么不关注别人？"

"因为别人我都不认识啊。"童逸回答得理直气壮，从抽屉里拿出一袋纯牛奶，咕咚咕咚地喝了起来，几下子就喝完了。

"你朋友的呢？"

"他们不玩微博。"

"你知不知道只关注我，会让很多人误会？"米乐继续问。

"误会什么？"

"我们俩在传绯闻你知道吗？"

童逸仿佛听到了一个笑话："我们俩？绯闻？"

米乐算是服了童逸了，想让童逸取消关注，又觉得欲盖弥彰。

想了想后将手机丢在一边，又瞪了童逸一眼。

"不是，咱俩传绯闻有什么意思？咱俩在一起天天打架啊？我直接就换项目了，不打排球了，直接变成自由搏击了。"童逸跟在米乐身后喋喋不休地问。

米乐抬头白了童逸一眼。

童逸也是无语了，问："我给你添麻烦了？"

"没事，没什么大不了的。"米乐回答完，就合上剧本去睡觉了。

童逸在寝室里转悠了好几圈，然后拿起手机看微博，看完就惊呼了一声"我的天"。

显然是被这么多消息吓坏了。

果然沾米乐就红啊。

"之后你老实点，别显得跟我很熟似的。"米乐在上铺说了一句。

童逸点了点头，比量了一个手势："OK！"

米乐辗转了一会儿才睡着，让他意外的是，他又一次梦到了童逸。

恐怕是因为童逸这一波骚操作，让他印象深刻吧。

他坐在夜店的吧台，看着调酒师调酒。

周围都是来夜店玩的年轻人，音乐声震耳欲聋。

待了一会儿也没有人来找他要签名，让他觉得很舒服，其实他一直很想出来玩。

四处看的时候，居然看到了童逸跟他的朋友们聚在一起，正在玩闹着。他看了一会儿后，继续坐着，要了一杯酒。

过了一会儿，童逸一边回头看自己的朋友们，一边走到了米乐的身边，看着米乐喝酒的样子忍不住笑。

童逸笑着感叹："你这回的梦挺完整啊，还有司黎他们。"

米乐一愣。

梦？

哦，是梦啊，不然怎么会让他来这种地方，还没有人来找他呢？

"我就是有点羡慕，你有这么多朋友。"米乐问他，这是在现实里绝对不会说的实话。

"你就是性格太讨人厌了，不然也会有朋友的。"童逸回答。

"性格……"米乐嘟囔了一句，接着喝了一口酒。

"不过你这里就不太严谨了，司黎他们在有这么多妹子的环境下，是不会那么'正人君子'地坐在那里的。"童逸的注意力还在朋友那里。

米乐忍不住笑，笑得前仰后合的。

童逸发现了，米乐在梦里其实笑点很低，且一笑就停不下来。

笑得人莫名其妙的。

在童逸目瞪口呆的工夫，米乐又点了杯酒，同时扭头问童逸："你喝什么吗？我请你。"

"怎么？上次吃霸王餐，这次喝霸王酒？"

"不，我有钱了。唉，失之东隅，收之桑榆。"

"……"啥意思？问了会不会显得很没文化？

童逸拿来牌子看了看，然后大手一挥："一样来一个。"

刚点完就被米乐拍了后脑勺："你倒是不客气。"

"你上次不就是这样吗？"童逸揉着后脑勺问，特别委屈。

"这次我花钱啊。"

"你怎么这么抠？你不是大明星吗？"

"我的钱是大风刮来的？"

童逸撇了撇嘴角，低头看牌子，点了一个彩虹图案的，看着好看。

等酒水的时候，米乐突然说起了其他的："我说你们打篮球怎么那么恶心人呢？"

"怎么恶心人了？你让我们一群打排球的去打篮球，还嫌我们不行？"

"身高压制，真憋气，你个子怎么长的？你吃什么长大的？"

童逸点的酒杯送过来了，童逸喝了一口后酣畅地打嗝，接着回答："吃什么没注意，我愿意喝牛奶算不算？"

"还有吗？"

"可能是因为遗传，我爸一米八七。"

"你妈呢？"

童逸想了想后回答："那个女的应该也有……一米七五吧。"

那个女的？

米乐看着童逸，想了想后没再问，毕竟他不是那种好打听的性格。

"那估计是遗传了。"米乐点了点头感叹。

"你说咱俩能醉吗？"童逸问。

"我千杯不醉。"

"你挺能吹牛啊。"

米乐举起酒杯对童逸晃了晃，特别狂地说："我从小学开始练习喝酒，到高中就开始跟着家里去应酬了。"

"你家里倒是挺会从娃娃抓起的。"

"嗯，因为我是赚钱工具。"

童逸不明白，扭头看着米乐。

米乐又喝了一口酒："我身体还没长好呢就喝那么多酒，让我从小肠胃就不好。在剧组吃到稍微脏一点的菜就会上吐下泻，然后被剧组里的人背后议论，'星二代就是矫情'。"

童逸放下酒杯，忍不住骂："过分了吧？"

"无所谓，这样的肠胃也能让我下意识控制饮食，之后就不会胖了。"

童逸突然想起米乐在食堂里吃"鸡食"的样子，那哪里是正常人吃的？能有什么味？童逸吃了估计都能吐出来。

米乐早就习惯了，举起酒杯跟童逸示意："干杯！"

"你别喝了。"

"这里是梦，无所谓。"

童逸想了想，还是跟米乐干杯了。米乐将酒一饮而尽，继续开始酒桌吹牛模式："不是跟你吹，我跟你们整个排球队喝酒，绝对能干倒一整队。"

"嗯，你厉害，米乐这杯酒，谁喝都得醉。"

米乐又开始笑，笑得像打鸣的老公鸡。

童逸看着米乐没忍住，也跟着笑。

"喝得过，但是会肠胃不舒服。"米乐又说了一句后站起身来，在童逸身边摇头晃脑的。

在夜店里的人大多是这个舞姿，童逸觉得他们就跟有毛病似的。

但是米乐做反而挺好看的。

米乐从小就接受培训，舞蹈、音乐都学习过，这样跟着晃也非常好看。

童逸转过椅子看着米乐，忍不住笑，觉得米乐现在这个样子真挺不错的，至少他们打不起来。

"跳得挺好看。"童逸夸米乐。

米乐立即骄傲地仰起下巴，一副本来就是这样的模样。

"我跳舞给你看！"米乐说完放下酒杯扭头就走。

原本在疯闹的其他人不见了，就连司黎他们也跟着消失了，调酒师也突然凭空消失，整个夜店里只有他们两个人。

灯光依旧昏暗，但是米乐走上台后依旧十分抢眼。米乐自己去调整了曲子，接着跟着音乐的旋律开始跳舞。

POPPING，是米乐的偶像最擅长的舞种，也是米乐最喜欢的。

夜店里的灯光还在晃，似乎在配合米乐跳舞时的动作。米乐常年练习，动作干净利落，力度足够，尤其卡点特别准，所以特别好看。

绝对是专业级别的，也难怪米乐会这么红，确实有点能耐。

童逸坐在台下特别捧场，放下酒杯开始鼓掌、吹口哨。

整个夜店里只有他们两个人，米乐的舞只跳给童逸一个人看，童逸肯定得捧场。

就好像一场专门开给童逸一个人的演唱会。

米乐跳完一首之后，摆了一个姿势，对童逸招了招手。

童逸四处看了看，最后在卡座拿了一束假花送了上去。

米乐嫌弃地接受了。

"其实你性格还行啊，如果你平时这样朋友也会很多。"童逸在米乐下台后对米乐说。

"我有很多事情不能说，说多了都有可能是我的黑料，而且我家里排查我朋友的家庭背景，把我的朋友分三六九等，看着心烦。"米乐回答完，蹦蹦跳跳地走了。

童逸蹙眉，这算什么父母？

都说，人总是特别奇怪，跟熟悉的人吵架，跟陌生人说心里话。

米乐也是压抑得太久了，这样跟童逸倾诉一下，也会觉得好一些。毕竟是在梦里，没有后患。

童逸跟在他身后想了想后继续说："之前我说卫生间里有摄像头的时候，你是不是吓着了？"

他对这件事情耿耿于怀。

既然米乐在梦里不掩饰自己，会跟他说实话，他就打算再问一次。

米乐转过身来，对着童逸笑，再次走到了童逸的身边，眼神有点坏。

童逸脚步一顿，整个人都傻了。

米乐看到童逸傻乎乎的样子，忍不住笑起来，笑容好看到晃眼。

接着看到童逸突然消失了。

米乐在梦里左右看了看，发现四周都没有其他人了。他觉得无所谓，回到吧台看到只剩下童逸的酒了，拿起来抿了一口之后吧唧吧唧嘴。

这个酒也挺好喝的。

第四章
米细腰与童小脚

童逸被吓醒了。

他猛地睁开眼睛，扭头就看到米乐还在沉睡，不由得松了一口气，擦了一把额头的汗，拿出手机看了看时间。

凌晨三点钟，还能继续睡。梦里的米乐不太好对付，他得想想战术。

于是童逸再次入睡，这次却是跟食梦貘面面相觑。

食梦貘："需要变出来一个排球馆，再变出一个米乐陪你打排球吗？"

童逸愣了愣，反应过来是米乐的梦换内容了，没再梦到他，不由得有点失落。下回不能随便吓醒，简直浪费机会。

童逸失落地回答："不用了，我玩手指头吧。"

学校有健身房，位置在体育系的地盘内。就像图书馆一样，有卡就能进，费用比校外便宜很多，可以让学生锻炼身体。

健身房初期都被体育系的霸占了，外加这群学生凶神恶煞的，让其他系的学生很少过来。自打进行了篮球"友谊"赛，两边紧张的关系缓和了点，渐渐融洽了些。

米乐跟左丘明煦结伴走进来，开始在场馆里做热身运动。

童逸跟排球队的众人进来后，就看到米乐跟左丘明煦在压腿——身体站立着，一条腿搭在墙壁上，压成了一字马，男生身体柔韧性好成这样也是厉害。

童逸贱啊，立即走过去跟着压腿，还跟米乐挑衅："你看着，虽然我压得没你平，但是我脚比你高。"

童逸说完，仗着自己的腿长跟着压腿，还真比米乐高一点，只不过身体斜着的，还劈了一个"大"字。

米乐没好气地白了童逸一眼，觉得这个男生简直只长身高，不长智商。

"我怎么觉得我们俩脚差不多大？"童逸看着他们两个人的脚问。

"你多大？"米乐问。

"我42码的。"

"我也是。"

"你脚怎么这么大？"

"还好吧？是你脚小。"

童逸摇了摇头："不不不，你的脚大，跟蒲扇似的。"

"……"米乐没好气地走了，转过身去了跑步机那里。

左丘明煦想笑又不敢笑，也跟着走了。

这个时候司黎突然出现在米乐面前，气势汹汹的，把米乐吓了一跳。

司黎紧握双拳，下定决心后对米乐说："我没跑完一圈，我们改别的，从今天开始的一星期内，你要我做什么我就做什么。"

"哦……"米乐都有点没缓过神来。

他迟疑了一瞬间，说道："算了。"

"没必要同情我，"司黎左右看了看后说，"你先锻炼，我去给你买瓶运动饮料。"

"不用了。"米乐还真就不差一瓶饮料，而且他一般只喝柠檬水。

"也就这一个星期！"司黎说完，就大步流星地走了，不容拒绝的样子竟然意外的霸道总裁。水你拿去喝，不喝完不要来见我。

米乐跟左丘明煦对视了一眼，似乎都在对方的眼里看到了不解。

米乐又看了看司黎，已经跟排球队的人会合了。

他走到跑步机按了操作面板，本来只想按"速度6""坡度4"的热身走一段，十分钟后就去做别的，结果童逸来到他旁边的一台跑步机。两个人没有互相看对方，只是用眼睛的余光瞟一眼。

童逸调到了"速度8"开始跑步。米乐想了想后，也跟着调到了"速度8"跟着跑步。两个人互相较劲似的，热身十分钟后也没停，继续跑。

司黎拿着运动饮料到了旁边后问左丘明煦："兄弟，他们俩是不是……有点虎啊？"

司黎都能这么说，可见两个人较劲的明显程度。

左丘明煦跟着奇怪："米乐平时都很淡定的，怎么回事呢？难道是因为童逸说他脚大他不高兴了？"

司黎看了看后，撇嘴："是童逸脚小，外号就是童小脚。"

"确实挺小的。"左丘明煦看了看之后，去一边撸铁了。

两个人一起较劲，"速度8"跑了50分钟后，童逸扭头看了看米乐，见米乐脸上都是汗，脸颊还有点红，似乎已经坚持不住了，终于按了降速的按钮。

他用毛巾擦了擦脸上的汗，在跑步机上走步缓一缓，忍不住笑着问："行了，你也停下来吧，我看你嘴唇都发白了。"

米乐轻哼了一声。

童逸又走了一会儿，关了自己的跑步机，看到米乐调整到了"速度4"在慢走。正要离开，他听到米乐说："我之前一直是'坡度4'。"

童逸点了点头："对，你厉害。"想了想又补了一个大拇指。

司黎走过来丢给他们俩一人一瓶饮料，接着扭头就走。

米乐拿着饮料看着司黎离开，问童逸："他真要这么做？"

童逸毫不在意："不然呢？他还是说话算数的人，肯定能孝顺你一星期，珍惜点吧，一星期后他又要开始招人烦了。"

米乐迟疑了一会儿，再次去做拉伸，缓了一会儿才跟左丘明煦一起去撸铁。

他刚过来，左丘明煦就到了米乐身边，用下巴朝向排球队那边，说道："他们身材还都挺有料的，看起来就结实，跟健身教练似的。"

"肌肉有点夸张了。"

"童逸的身材挺好，倒三角身材也不驼背，李昕驼得挺严重。"

"也就一般，腿毛还密。"

"果然是住一个寝室的人，这个都了解。"

"……"米乐觉得他最近在掉智商，说话居然不过脑子了。

司黎还真说到做到了。

第二天一早，米乐刚洗漱完司黎就来敲门了。他打开门，看到司黎站在门口指了指自己的脚下："我没进寝室。"

"哦。"米乐回应了一句。

"我去给你买的早饭。"司黎把打包盒递了进来，是薏米粥和水煮西蓝花。

"你怎么知道我吃什么？"米乐伸手接过来问。

"我跟童逸讨论过你吃的'鸡食'，一看就非常难吃，所以记忆深刻。"

"其实还好。"米乐觉得还可以啊，至少不坏肚子。

"你今天有什么课吗？"司黎又问。

"嗯……别告诉我你要陪我去上课。"

"不用就算了。"

"算了正好。"

司黎欲言又止了一会儿，扭头就要走，童逸突然走到门口问："没给我带饭啊？"

之前米乐只是拉开门，并没有完全打开，一直挡在门口跟司黎说话。童逸直接靠在了米乐的身上，哈腰将下巴抵在米乐肩膀上。

"没带。"司黎回答完就走了。

童逸不由得有点失落，紧接着米乐就用大手去按着童逸的脑袋让他移开："你给我滚蛋。"

"这么凶，你粉丝如果知道你这样一准脱粉。"

米乐拿着早餐坐在桌子前吃东西，听到童逸发了一段语音："吃了。"

米乐回头，童逸就把手机放下了："司黎问我你吃没吃，真别说，他对你比对我还要好。"

"你的队友挺有意思。"

"你来寝室第一天就怼了他一通。"

"他活该。"

"是是是！"不然又得吵起来。

米乐回到戏剧社，就看到司黎在戏剧社里帮忙打扫卫生，拿着拖布在大厅里跑来跑去，动作利落。

他脚步一顿，站在大堂里看着司黎。司黎看到他之后立即大喊了一声。

米乐轻咳了一声，问："你怎么过来了？"

"过来帮忙打扫卫生。"

"我们也有社员打扫。"

"没事，反正我现在没有什么训练，而且我在排球馆打扫习惯了。我们教练每次对训练不满意就罚我们打扫，我们最高纪录一天打扫了四次。"

"其实你不用过来。"

"没事。"

米乐看了看周围其他人诧异的目光，有点不自在，不知道该说什么，慌乱地逃跑了。

司黎还挺热情的，对着米乐的背影招呼："我一会儿送你回寝室啊？"

米乐慌张地回头看了一眼，然后快步逃跑，走到没人的位置没绷住，笑了。

这群体育系的男生打直球真的了不得。

别看司黎有点无厘头，弄得米乐莫名其妙的，但是"打入敌军内部"的本事是真的强。没两天司黎就跟戏剧社的很多人混熟了，还加入了戏剧社的微信群，在群里认识了几个妹子，聊得热火朝天的。

今天的微信群里则是在聊戏剧社迎新的事情。

米乐：节约经费，雇车去市区聚餐太奢侈了，没必要。

宫陌南：附近真的没有合适的饭店。

成员 E：我们野炊？

成员 G：可以的吧！这个可以，我们自己买东西，到山上风景区找个小湖边烧烤。

司黎：给你们讲一个故事，是我们体育系刚来的时候发生的。

米乐：说。

司黎：当时童逸带领我们排球队成员去学校后面去掰玉米，没找到农户就在叶子上夹了三百块钱，背着玉米就走了。农户看到我们离开的样子了，没注意到钱，报告学校领导全校找个子高的男生，就找到了我们，我们被罚绕学校跑了十圈。

成员 R：不是给钱了吗？

司黎：对啊，找到我们后，我们说其实夹钱了，农户回去真找到了，他还怪不好意思的，还补送了一堆玉米给我们。

宫陌南：为什么要说这个？

米乐：突然诗兴大发？

司黎：听我继续说啊。

宫陌南：说吧。

成员 P：这不是 HE（happy ending）了吗？为什么还跑圈？

司黎：因为童逸缺心眼，带着我们上山找了一个小河边火烤玉米，冒了烟之后学校领导拎着水桶、拿着灭火器就来了，然后看到了烤玉米的我们。我们教练火冒三丈，罚我们跑圈，还把童逸的腿都踹青了。

米乐：……

成员 E：呃……

成员 P：哈哈哈哈哈哈！

司黎：值得一提的是，我们最开始拿走的玉米都没熟，根本没法吃，农户后来送给我们的才能吃。

米乐：当时是几月？

司黎：7 月末。

米乐：能吃才怪。

司黎：你还知道这个？

米乐：百度一下。

司黎：你真厉害。

成员 A：哈哈哈哈，你们这群逗比。

成员 B：我要笑死了。

成员 C：那现在怎么办？野炊不可以，我们吃什么？

司黎：根据我们先来几个月的经验，有一家店的确可以作为聚餐的场所。

米乐：你可以跟宫陌南沟通，定下来。

司黎：不过这个饭店定下来有点特殊要求，你们能接受才行。

米乐：什么意思？

司黎：这就又是另外一个故事了。

米乐：……

宫陌南：说吧。

司黎：我们的确知道一个饭店，当初在这里封闭训练的时候食堂每天就五个菜，去晚了就没有，我们都馋哭了。童逸就带着我们骑着自行车到处乱逛，还真发现了这一家。

司黎：这家是附近十里八村最大的婚庆饭店，我们去的时候正好有人在办结婚宴席，我们就去了。

司黎：他们是流水账，进门给钱，我们一看还有人给五十块钱的。我们对视了一眼后没好意思也给五十，一人掏一百块钱进去吃了一顿。没有人知道我们究竟是娘家人，还是婆家人。

司黎：最憋气的是我们一边吃，一边被乡亲们围观，感叹这帮小伙子个子真高，这一顿饭吃得羞愧感特别强。

米乐看着手机，没忍住笑了。

童逸也坐在寝室里玩游戏，听到米乐的笑声回头看向他，问："笑什么呢？"

"你居委会的？什么都管？"

"不是，我输了好几把了正憋气呢，你有什么笑话就说给我听听呗。"

米乐看着童逸的眼神有点复杂，如果告诉童逸其实他是笑话的主角之一，主角本人会是什么样的心情。

最后戏剧社还是订了司黎说的那家饭店。

这家饭店为了好好做生意，还有一些讲究，就是只接婚宴，其他的宴席不接，哪怕是生日聚会都不行。所以戏剧社为了能够就近聚餐，还真就订了婚宴。因为来的人并不是全部，所以只订了四桌，看起来还挺寒碜的。

大家到了时间后在校门口会合。

米乐到了就发现他们人手一辆自行车，只有他没有准备，毕竟他平时都是开车去上课。而从他们学校过去需要穿小路，开车不方便，骑车反而更快。

米乐到的时候，戏剧社的成员已经差不多分配均匀了，很多骑自行车的人都有带另外一个人。好像还故意安排过，男生带着女生的情况居多。

"我带你过去？"童逸在一边问米乐。

"你为什么在这里？"米乐蹙眉问。

"司黎说你们要去吃饭，过去订饭店订四桌人家说数字不行，有讲究，必须订五桌，一桌备用，你们还没那么多人，我们排球队过去就是凑数的，而且我们那桌自费。"

童逸说得大义凛然，好像跟着去吃饭是见义勇为。

"怎么还有这种讲究？"米乐觉得很奇怪。

童逸耸了耸肩："我又没结过婚，我也不知道。"

米乐左右看了看后，找到了左丘明煦，左丘明煦指了指自己的自行车横梁："这个你可以吗？"

米乐摇了摇头，最后还是上了童逸的自行车后座。

这边的小路挺颠簸的，之前乘坐老年代步车就感觉到了。米乐在后面扶着自行车座完全扶不住似的，好几次颠得身体都弹起来了。

"屁股还好吗？"童逸问米乐。

"不太好。"

"我就知道，你细皮嫩肉的，要不我慢点？"

"……"米乐没好气地回答，"你把嘴闭上。"

童逸沉默了一会儿才算是明白，又问米乐："我没别的意思。"

"明明是你说话奇怪。"

"我正常问。"

"你骑车的技术不行。"

"扑哧——"童逸笑了半天才算是冷静下来，然后问："要不你来骑，我看看你技术怎么样。"

说完还真停下了。米乐也下了车，跟童逸交换位置。

童逸坐在后面跟个遮阳伞似的，大咧咧地直接抓着米乐。

"你把手松开。"米乐警告。

"不行啊，我会掉下去的。"

"……"米乐不说话了。

一行人就这么浩浩荡荡地骑着自行车去参加"婚礼"了。

到了饭店，就看到一个红色的气球拱门，上面还挂着横幅，恭喜"黄体育"跟"韩艺术"喜结连理。

"这个字是怎么回事？"米乐问。

童逸看着没忍住乐，解释："我们是 H 大，所以姓氏是这么来的，我们体育系，你们艺术系，凑在一起吃饭，婚事就这么订了。"

"真的是……让人非常无语。"

别看米乐在戏剧社挺德高望重的，但是真吃饭的时候没人愿意跟他一桌。

主要是跟米乐吃饭就会觉得气氛有点压抑，跟米乐有多红，是不是小鲜肉一点关系都没有。

米乐这桌坐了一半的人，排球队那边没坐下，也过来了几个人，一直在安排的童逸顺势坐在了米乐的身边。

米乐还在玩手机，就听到童逸跟左丘明煦聊天："小明，你不是戏剧社的，怎么也来了？"

"我有戏剧社的灵魂。"左丘明煦回答。

"他经常过来帮忙。"宫陌南跟着说道。

童逸点了点头开始整理餐具，见米乐没动弹的意思，伸手顺便帮米乐也给弄好了。

米乐抬头看一眼，又看了看童逸。

左丘明煦也注意到了："你弄了也没什么用，他一般很少吃东西。"

"哦，对，据说点的菜里面没有水煮的。"童逸回答。

等上菜了，店里老板走过来问司黎，毕竟是司黎过来订的酒席："小伙子，新娘跟新郎呢？"

"啊……悔婚了。"

"怎么回事？"老板很惊讶，声音瞬间拔高了几个度。

"本来就是家里不同意的婚事，来的都是新郎、新娘的朋友，家属都没通知。结果被新娘家里知道了，愣是被家属带回老家不让结了。可是宴席订了啊，我们就来吃了。"

老板仿佛听到了一个不得了的消息，还多问了几句："新郎呢？心情肯定很糟糕吧？"

"可不嘛！都没心情过来了。"

"现在的年轻人啊，这种事情还是得听家里的，不听老人言，吃亏在眼前。"

童逸也跟着一起聊上了："对，可不就是？对象还得找脾气好的，不然天天干架。"

"是，脾气不好的相处难。"老板感叹。

童逸扭头对米乐说："你说你以后是不是得娶一尊佛啊，不然一般人忍不了你。"

米乐："……"

菜陆续上来了，大家开始吃吃喝喝。

米乐果然很少动筷子，就吃了两口青菜。

司黎一边吧唧嘴吃着饭，一边一个劲地说："分量真多，这个好吃，你们尝尝，真好吃，我拿命担保。"

童逸吃了一会儿，见米乐继续吃"鸡食"，起身去后厨逛了一圈，接着又回来了："我去看了，厨房挺干净的，吃点吧，偶尔吃一顿没事。"

米乐听完没说话，左右看了看发现大家都在吃，迟疑了一会儿后也跟着吃了一口，接着放下筷子静坐，生怕自己再动筷子似的。

坐了一会儿发现其他人吃得挺欢的，还吃得特别香，米乐再次悄悄地拿起筷子吃了几口，又快速放下了。

这时有人过来给米乐敬酒。这个人表示代表大一新生，要敬米乐一杯。米乐也没迟疑，倒了一杯之后直截了当地喝了。

之后大家就开始畅饮了，一边喝酒吃菜，一边聊天，排球队跃跃欲试想要试着撩妹。米乐身边总是有络绎不绝的人过来敬酒，让米乐喝了不下五杯。

第六个人过来的时候，原本在吃饭的童逸伸手拿来了米乐的酒杯，一饮而尽："我替他喝了，感情到位了，行了。"

米乐看着童逸愣了愣，敬酒的人识趣地走了。

"我用不着你帮我。"米乐冷声说道，他可不想别人误会他们俩关系很好。

"别不知好歹啊。"

"是你自讨没趣。"

"你这小嘴一天怼来怼去的，真当你是皮撅子啊？我告诉你啊，我脾气不好，再惹我生气我就收拾你。这附近可没什么摄像头，拎小树林里就是一顿揍，死无对证，你去领导那里使劲演也没用。"

"我怎么就惹你生气了？"米乐问。

"你再喝我就生气。"

"我喝不喝酒关你屁事？"

"你回寝室发酒疯影响我睡觉。"

米乐还想反驳，童逸就开始张罗其他的活动了。

"我们做点其他的事情吧，你们平时都有什么游戏吗？比如玩骰子？"童逸主动转移大家的注意力，让他们别专注于喝酒了，不然米乐身边的人不会停。

"我们最近都在玩天黑请闭眼。"一名成员回答。

"啊……可以啊……"童逸吞吞吐吐地回答，他不太擅长。

"有点惩罚吧！"其中一人提议。

"怎么？"米乐问。

"输的一方要接受真心话大冒险。"

米乐微微蹙眉，因为他如果被挖出什么料来，真的很麻烦，不过为了不扫兴，他还是答应了。

童逸在玩之前忍不住问："玩这个游戏的诀窍是不是得先把米乐这个戏精干掉？"

宫陌南难得地点头回应："的确。"

左丘明煦跟着说："米乐玩得特别厉害，为了增加游戏的趣味性，首先干掉米乐是明智的选择。"

"对，长得挺干净，心特别脏！"童逸继续吐槽米乐。

米乐："……"

游戏开始，警察睁眼后，米乐跟童逸对视了。

童逸："……"

米乐："……"

等到了投票环节，童逸没投米乐，左丘明煦忍不住笑呵呵地问："童逸，你不是要干掉米乐吗？"

"啊……其实不干掉也行。"童逸回答。

左丘明煦立即笑得前仰后合。

米乐："……"

单纯如李昕，还有点不理解，问童逸："他为什么笑？"

司黎回答："可能是因为队长出尔反尔吧？"

果不其然，再次闭眼后，米乐被"杀死"了。

接下来一轮，童逸被"杀死"了。

平民是不能睁眼的，所以不知道队友是谁。只有警察跟匪徒能睁眼，童逸不杀米乐，证明知道米乐跟自己是一伙的。匪徒睁眼的时候没看到他们俩睁眼，就证明这两个人是警察。"杀死"他们俩准没错。

这一轮警察跟平民毫无疑问地输了。

米乐忍不住吐槽童逸："就你这个智商，基本告别出轨了。"

童逸特别委屈："我很努力在玩。"

左丘明煦忍不住说道："可你真的特别明显，你以后找一个傻白甜谈恋爱还行，万一找一个聪明的，撒谎立即就被发现了。如果真找米乐这种脑袋的，你有出轨想法十分钟内就能被发现。"

童逸不服："我一个堂堂七尺男儿，恋爱就会负责到底，出轨、撒谎这种事情是不会干的！"

紧接着在座的各位给了他稀稀拉拉的掌声，童逸气得直捂脸。

"真心话大冒险！"

"从童逸先来。"

"赢的匪徒一人问一个吧。"

左丘明煦跟童逸不熟，想了想后问童逸："你的……初吻在什么时候？"

"还没有。"童逸回答。

左丘明煦不太信。

李昕立即跟着说："我作证，他确实没谈过恋爱，高中有个小姑娘想强吻他，没够着嘴，之后被躲开了。"

没够着嘴让所有人狂笑不止。

轮到司黎问问题了，童逸立即就急了："你这个智商也能赢？"

"火车跑得快，全靠车头带，这话没听过吗？"其实司黎都觉得莫名其妙地就赢了。

童逸话语里带着点威胁的意思："行，赶紧问吧，自己掂量着来啊。"

"在这里坐着的这些人里，你对谁最感兴趣？"司黎问完直扬眉，眼神充满暗示。

排球队一直有让童逸拿下校花的想法，可惜童逸榆木脑袋，根本不行动，至今都没跟宫陌南对视过。之前司黎混进了戏剧社的群，第一件事情就是问童逸要不要校花的微信号，童逸没要。

现在司黎问这个问题，就是打算童逸回答对校花有意思，让校花知道知道，之后两个人眉来眼去的，说不定就成了呢。

可惜童逸没懂，奇怪地回答："我对谁都不感兴趣。"

"就是，你对谁有好感？"司黎继续引导。

"都一样啊。"

"你平时都会想着谁？"司黎不死心，非得让童逸回答出来。

"米乐。"童逸回答。

米乐白了童逸一眼。

司黎十分不解："你想着他干吗啊？"

"想着怎么逗他啊。"童逸也不隐瞒，直接回答。

结果回答完一群人阴阳怪气地起哄。

童逸见他们这样，立即用手指敲击桌面说道："你们的社长贼阴，联系小明一块算计我，我差点被寝室老师举报给学校，真闹大了我前途都毁了。就这样我能看米乐顺眼？"

左丘明煦立即轻咳了一声。

"我心里有数，事情根本不会闹大，只是想让你让步而已，不然对我们俩都会有影响。"米乐回答。

"你有什么数？"

"寝室老师的性格我已经摸清了，就是大事化小小事化了的人，只要我稍微有让步，她就不会再继续追究。"米乐回答。

"你不觉得你这样算计人很让人讨厌吗？"

"你不做让我讨厌的事情，我也不会对你做讨厌的事情。"

气氛一下子就僵了，在座的人都有点尴尬。

要是在平时，排球队肯定无脑护自己人，但是今天妹子只撩到了一半，犹豫的时候就错过了最佳的时间。左丘明煦开始打圆场，米乐起身去卫生间。

童逸坐了一会儿后也跟着起身，还准备继续跟米乐理论几句。

饭店被他们包场了，这时间也没有其他人在，米乐走进洗手间看着只有两个厕所，里面都没有人，才推开门走了进去。

童逸进来的时候，就听到米乐在吐。

他脚步一顿，突然知道米乐在做什么了，迟疑了一会儿又退了出去。

司黎怕他们俩打架，特意跟了过来，过来后就看到童逸站在走廊里。童逸看到他就把他拦住了。

"你等会儿再过去，陪我聊两句。"童逸说道。

司黎觉得意外，但也没拒绝，笑呵呵地过来问："怎么了？"

"不知道，就是突然……心里怪难受的，你说怎么回事呢？"童逸问司黎。

司黎叹了一口气，开始劝导童逸："你跟着童叔长大的，他身边就你一个，什么都顺着你来，你长这么大都没怎么受过委屈，在米乐这里受了气心里过不去也是正常的。"

童逸咬着嘴唇思量。

他原本很气，进去洗手间碰到米乐在吐又有点心里不得劲。

打架不可怕，可怕的是要打之前突然同情起了对手。

司黎继续说："也不是童叔不向着你，教练跟他打过招呼了，不能太惯着你，让你没有一点承受能力根本不行。教练的意思也是……让你管管你的臭脾气，还有就是以后做事动动脑子。"

"我没怪我爸。"

"对嘛，"司黎拍了拍童逸的肩膀，"我看米乐也不太顺眼，但是这家伙太难搞了，还有就是出名，一点小事只要他一闹一准闹大。你只是跟他合个影，你的粉丝团都出来了，所以你就再忍忍。"

童逸点了点头。

司黎觉得很欣慰，他终于劝说住了童逸。

没一会儿米乐出来了，童逸立即说："咱俩后山打架去，立个君子协议，打不过我，你也不许闹。"

司黎只拍脑门，劝了半天算是白说了，童逸听进去的只有一小部分没什么用的。

"我身边常年跟着狗仔队，我听说他们最近跟着我来学校了。"

狗仔队跟着米乐，是想拍米乐的校园生活，看看米乐学校里有没有女朋友。

"我怎么没看到？"童逸不信。

"不信你可以去能拍摄到大厅位置的地方看看，可以抓到几个狗仔队。"

童逸半信半疑地跟着司黎去了，出去十分钟左右，就拎着两个人回来了，这两个人手里还拿着家伙，看起来极为专业。

左丘明煦很惊讶，问："这是？"

"狗仔队，偷拍米乐的，"童逸说完松开了其中一个人，"见到我们就跑，但是没跑过我们俩。"

米乐直接走过来，拿过这人手里的相机，看看都拍了些什么。

其他人则是凑过来围观："哇！狗仔队！"

"活的狗仔队欸！"

"你们肯定跟过不少明星吧？"

"传说苏锦黎跟安子晏在谈恋爱，是不是真的？"

两个"狗仔"都无语了，他们还真很少有这种待遇。

米乐删除了他们设备里的东西后，将设备还给了他们。

童逸看着他们突然说道："好不容易来了专业人士，不如帮我们拍个大合影吧。"

狗仔队二人："……"

在莫名其妙的气氛中，狗仔队的两个人，还真就帮这群人拍了大合影。

戏剧社几名成员还过来跟狗仔队套近乎："大哥，你看过的明星多，你觉得我们有没有红的潜质？"

"大哥，我给你传几张我的图片，你给 P 到某个流量的合影里呗，然后传我们的绯闻让我们红。"

狗仔队二人："……"

离开了饭店后，米乐借了一辆自行车，带着左丘明煦回了宿舍。

童逸回到宿舍就开始生闷气，一句话也不说。忍了两个多小时忍不住了，问米乐："你今天吐是因为吃坏肚子了？"

米乐没想到童逸遇到这件事后不但没笑话他，反而关心起他来。

米乐想了想后回答："吃太多了，所以我催吐了。"

"至于吗？"

"至于，节食减肥的人反弹都很严重，我也要格外注意。"

童逸看看米乐纤细的身材，哪里需要减肥？

想到米乐自嘲是父母的赚钱工具，他又一阵烦闷，直接爬上了床。整个过程中心里只念叨一句话：他遭罪你该高兴，你郁闷个什么劲？

又是一个有童逸的梦境。

米乐坐在一个二楼的阳台，正在往下看。眼前是熟悉的景色，身边环绕的是浸着草木香的空气。他看到楼下有一个身影由远至近地走来，然后站在阳台下朝他看过来。

"今天我可不会轻易放过你了。"童逸说。

米乐看到童逸后冷哼了一声："就你？"鄙视之情溢于言表。

童逸被周围的景色吸引了目光，双手插进口袋里，左右看了看后问："这是哪儿？"

"瑞士的一个小镇。"

"你还来过这种地方？"

人的梦境，都是他的所思所想，就连里面的路人，都是曾经见过的人。

虽然记忆不深刻，但是样子残留在脑中，梦里还能活灵活现地出现，出现的也是想法中的那一面。所以这里都是米乐来过的地方，才能够出现得这么具体，童逸随意问了一句。

"我高中的时候曾经离家出走，来这里住过三个月的时间。"米乐双手搭在阳台扶手上，对童逸说道。

"你幼稚不幼稚，还离家出走？"

"对啊，就是觉得很烦，人生都被家里控制着，想要摆脱他们，就拿走了自己两年的收入，躲到这里虚度人生。"

童逸想了想后，算是理解了。

米乐估计并不想被父母利用，所以也挣扎过。

然而现在米乐回来了，明明馋得不行，做梦都在吃东西，却还是在控制饮食减肥，甚至催吐。

他又问："你为什么又回来了？"

"我妈自杀威胁我，还真差点丢了半条命，我还是回来了。"米乐说完居然还能笑得出来，"回来后就被控制得死死的，收入都被他们控制着，动不动就封锁我的经济。"

"居然这样？！"

"不过我不用你同情，愿意回来，吃这些苦都是我自己贱，狠不下心来，怨不了别人。"

童逸也懒得同情米乐。米乐是死是活关他什么事？收拾完米乐，童逸就不打算再管米乐了，爱咋咋地吧，多大的明星他也不在乎。

"你下来，我们俩单挑。"童逸突然说道。

米乐真的点了点头，这次完全不撒娇了，居然突然跃起跳下来了。

童逸吓了一跳，下意识伸手去接，结果就看到米乐居然悬空了，就在空中看着他。

"这？"

"来啊，单挑。"米乐说道。

"你先告诉我你白天经历了什么？"

"无聊的时候看了一部电影。"

童逸还想问是什么电影，米乐已经开始尝试攻击了。

米乐抬起手来，手掌心凝聚了银色的光亮，瞬间凝聚成一把冰剑。米乐把剑握在了手里，居然很帅。

童逸都看愣了。

米乐也觉得很神奇，又抬手在另外一边尝试，手臂边环绕着冰铸成的箭，看起来十分锋利，蓄势待发。

米乐稍稍动动手指，冰箭就发射了出去射击在地面上，入土扎进去老深。

童逸都吓傻了，也想试试自己的招数，看看自己会不会什么法术。不然在这个奇幻的梦里，他只有挨打的份。

结果童逸努努力，突然从手心变出一束鲜花来。两个人看着花都愣了。

童逸迟疑了一下，想着是不是他的花有毒，于是将花递给了米乐。

米乐迟疑了一下伸手接了过来，然后笑了："居然还是我喜欢的花。"

可不就是！这是你的梦！你的地盘你做主！童逸算是发现了，进米乐的梦里收拾米乐也是不容易。

发现自己的特异功能不行后，童逸拔腿就跑，好汉不吃眼前亏。

米乐接过花之后，看着童逸落荒而逃的样子觉得有意思，立即操控自己的身体去追。

跑步的过程中就发现童逸进化了，身体越来越轻盈。开始只是跑酷，后来居然成了弹跳力惊人，就好像古典武侠电影里面那样飞檐走壁的，身轻如燕，他的悬浮术想追到童逸十分困难。

追到森林里后，他把童逸追丢了，于是在森林里谨慎地四处寻找，找了半天才看到童逸蹲在一个小角落继续试异能。

童逸见到他来了，慌张地一抬手用力一伸，紧接着就看到从童逸那里到米乐的脚下，渐渐地扩散出一条花路来。这个异能真的好离谱啊。

"不是要打架吗？你跑什么啊？"米乐问童逸。

童逸气得直嚷嚷："你这是什么破设定？我变一地花出来熏死你吗？"

"我都同意单挑了，你怎么能不打呢？"

"你这个人怎么这么骚呢？"

"这一点我比得过你？"

童逸觉得自己光躲也不是办法，想了想问："敢不敢让我抽个时间升级个技能？"

"怎么，你还打算去打怪赚经验？"

"或者下个本，我动不动弄出一堆花来，花仙子啊？"

米乐笑了起来，发梢凝结成了一层霜。原本就皮肤白皙的少年，配上冰霜跟微笑，竟然有种冲突的美感。

童逸看着米乐愣了愣神，想骂人又没骂出来，大摇大摆地走了过去："说不定我还有什么风火雷电的天赋，不能只有速度。"

米乐双手环胸，看着童逸在空地傻子一样地摆出各种姿势，尝试发射自己的大招。

后来发现，越努力，变出来的花越多，越鲜艳，香气沁人心扉。

童逸气急败坏地走过去踩花："今天不比了！下次比！"

米乐也没多少斗志，到了鲜花丛中突然仰面躺下，身体张成一个"大"字。

童逸看着米乐惬意的样子，忍不住问："你为什么要离家出走到这种地方，看起来挺荒凉的，连一栋超过四层楼的房子都没有。"

"你有没有幻想过在丛林里隐居，住在一个单独的院子里？院子里有花有草，最好还有流动的小溪。早上会有鸟落在枝头，冬天院子里都堆积厚厚的积雪。房子不用太大，但是要有阁楼，里面有一间茶室……"

童逸没忍住打断了，问："你的喜好怎么跟个老头子似的？"

"不觉得这就是世外桃源吗？"

童逸摇了摇头，跟着坐在了米乐的身边说自己的想法："我就想住在市中心，去哪里都方便，购物啊，看个电影啊，出去吃个饭啊，出门步行就可以了。然后我的哥们儿都住在我家附近，可以一起看世界杯。"

他们两个人完全是两种性格，喜好也完全不一样。

对视了一眼后，他们都在彼此的眼中看到了浓浓的嫌弃。

"咱俩就应该毕了业老死不相往来，不然一准打架。"童逸这样表示。

"只要有其他的寝室我就搬走，或者学校周围有其他满足我住宿条件的房子，我也可以搬出去住，我看到你也觉得挺讨厌的。"

"呵呵。"

"啧。"

两个人又沉默了下来。

米乐伸手去摘花，折了几朵之后突然到了童逸的身前，然后在童逸的耳朵上别了一朵。

"真当我是花仙子了是吧？"童逸没好气地问他。

"挺好看的，我再给你编个花环。"说完真的去弄了。

童逸看着米乐摆弄花还摆弄得挺开心的，不由得叹气，任由米乐折腾了。

"我不但会编花环，还会编戒指。"米乐编好了两个花环，点缀了不同的花，把其中一个戴在了童逸的头顶，另外一个自己戴上了，接着又开始编戒指。

童逸不适合戴花，一看就跟野猪拱了小花朵似的。但是米乐看起来挺适合的，毕竟真的是花一样好看的少年。

米乐编了一个戒指，拎起童逸的手试着戴上。

"怎么搞得跟求婚似的。"童逸问他。

"别开玩笑了，我眼光没有这么差。"

"你还看不上我了是吧？"

"本来就看不上。"

"我眼光特别差，一直觉得你长得挺好看的，声音也蛮好听，就是性格太招人烦。"

"我很欣赏你的眼光，非常不错。"

童逸低头看了看自己手指上的戒指，居然是一根狗尾巴草，不由得郁闷："这玩意可真不好看。"

"你这张狗嘴里真吐不出象牙。"

"能吐出象牙的狗你找出来一条给我瞅瞅。"

结果米乐一伸手，真变出一条狗出来。

童逸目瞪口呆地看到一条长着象牙的二哈，在正儿八经地练习着什么，接着吐出一朵花来。

童逸立即气得不行，去揪米乐的衣领："你这小子真欠揍，别用异能，咱俩真人打一架，这次不让你了。"

两个人很快打成一团。

梦里感触十分真实，导致打架时的痛感也几乎是真实的。

两个人互相打得不可开交，能在花丛这么浪漫的地方打成这样也就只有他们俩了。

打了一通之后，两个人累得不行，躺在花丛里互相骂。

米乐突然醒来，睁开眼睛看着棚顶，耳边还响着闹铃声。扭头再看看躺在另外一侧的童逸，还能看到童逸伸出被窝的脚丫子。

他躺在床上突然开始怀疑人生。

他最近怎么总是能梦到那家伙，如果是被童逸惹了，梦到个一次、两次的还算是正常。但是他已经在短时间内，梦到童逸四次了。

虽然第一次他们一直在狂奔，但是米乐能够确定，梦里跑酷的人就是童逸。

最要命的是，关于童逸的梦都特别真实。

比如食物的味道，身体的感触，打架时的痛感。这些都统统该死的真实，该死的全部记忆深刻，完全不会忘记。

米乐翻了一个身，觉得自己不太对劲了。他觉得他要疯了，浑身的汗毛都要炸开了，一瞬间睡意全无，恨不得咆哮两声。

他伸手拿来手机看了一眼时间，凌晨4点钟。原本还想继续睡，却听到了童逸翻身的声音，身体一瞬间紧绷，莫名地紧张起来。

"怦怦怦。"

"怦怦。"

心脏开始不规则地跳动，他侧着身，身下压着的手，指尖都在跟着微微颤动。他觉得自己不太对，这情况非常不对。

童逸只是翻了一个身！

他只是做了奇奇怪怪的梦，有点心虚才会这样。

就这样，米乐再也没睡着，早早起床洗漱，准备在童逸他们没起床之前离开寝室。擦着头发从洗手间里走出来，却看到从床上爬下来，眼睛都没完全睁开的童逸，突然脚步一顿。

童逸看到他，突然开口问："你怎么很少吹干头发？"

听到童逸跟自己说话，米乐突然紧张起来，迟疑了一瞬间才回答："我头发总做造型，发质很差，所以能不吹就不吹，让它自然干。"

"瞧你这德行……"童逸嘟囔了一句走进洗手间，觉得他矫情事还多。

米乐立即走到自己的桌子前，照着镜子整理自己的形象。

等童逸洗漱完出来，米乐还没整理完……实在是步骤太多了。

"那个……"童逸走到了米乐的身边,靠着床铺的栏杆看着米乐打扮自己突然说道。

米乐听到身体立即一僵,还没描完的眉毛画出去了一些。

"什么事?"米乐故作镇定地问。

"聚餐的钱我们俩是不是得算一算?直接总共花了多少钱,按人头除,最后我们把钱给你们。"童逸说道,还拿出手机打开了计算器。

对于他来说,加减法都得用计算器,不然脑袋会短路。

"哦,你跟宫陌南说这件事情吧。"米乐懒得管这些事情。

"我不愿意跟她说,我们队里的人成天让我去追她,她根本不是我喜欢的类型。"

"你喜欢什么类型?"米乐突然问了一个这样的问题。

"啊?"童逸被问得一愣,并不觉得他会跟米乐聊这些事情,不过还是很快回答:"哦,估计是胸大的吧,没仔细想过。不过唯一的硬性要求是身高必须超过一米七五。"

"个子矮的不是挺可爱吗?"米乐又退后了一步,看着镜子里的自己继续整理发型。

"不是,实在是太精致了。"童逸回答。

童逸见米乐今天的态度有点不对,似乎没有之前盛气凌人了,突然觉得是自己收拾得有效果了,立即笑呵呵地得寸进尺。

"特别不公平,昨天的问题你都没回答,你初吻什么时候?"童逸追在米乐身后问。

米乐没搭理他,已经整理好发型,拿起自己的包准备离开了。

童逸不依不饶的,跟在米乐身后继续问:"快点回答,我们一起输的。"

"我是被你害输的,你还有脸问我?"说着已经走到了寝室门口,准备开门出去。

童逸立即大步追了过去,按住门继续问:"快点说,不然不让你出去。"

"你幼稚不幼稚?"米乐扭过头瞪了童逸一眼。

童逸正按着门站在他斜后方的位置,他这样转过头,正好站在童逸怀抱的范围。

两个人四目相对后,米乐立即错开目光,接着去推童逸的手。

童逸傻,没看出来米乐的不对劲,坚持按着门,对这个问题耿耿于怀。

这个人怎么这么烦?

阴魂不散的。

"没有过。"米乐回答。

"我不信。"

"不信拉倒，滚开！"

"还有呢，昨天那些人里你对谁最感兴趣？"童逸又问。

听到这个问题米乐开始心虚，开始更努力地推童逸，发现两个人还是有着力量悬殊的，立即对童逸吼了一句："你要死啊？！"

童逸被吼得一愣，往后退了一步让开，米乐风风火火地跑了出去。

米乐推门走进寝室听到了童逸说话的声音，脚步下意识地一顿，很快又恢复正常。

"非常滑稽，就跟在搞笑似的，你这种身高网购买件上衣已经是极限了好吧？还敢买裤子？"童逸坐在椅子上，面朝椅背那一边，手臂搭在椅背上盯着李昕看。

李昕正在试一条八分裤。

米乐扫了一眼包装，写的是长裤。

"我看评论写的是可以穿的啊。"李昕还是不死心，想要继续坚持这条裤子他能穿。

"评论里那个人的身高绝对没有两米一，如果他有两米一，我就把我的名字改成'不同意'！"童逸摇了摇头，"脱下来吧，穿着跟个精神小伙似的。"

米乐将包放在桌面上，扭头看着李昕的裤子，迟疑了一下对他们说："站着别动，我给你改一改。"

两个人都十分诧异，没明白米乐的意思。

米乐说完从箱子里取出一个小盒子来，到了李昕身边蹲下，把裤脚剪掉了一圈，然后用针线缝了一下两侧。

李昕的审美还是非常标准的，没有任何花样的直筒裤，他穿上一看就是裤子不够长的效果，有种蠢呆呆的感觉。

米乐干脆把裤子改成乞丐裤，收了一下裤脚。

迟疑了一会儿，还把膝盖的位置剪开后，做出了漏洞的自然效果，其他的地方也勾了几处。

这样改完要比之前时髦多了，而且看不出来是短裤子，毕竟破洞正好在膝盖的位置。尺寸不对的裤子，改成了量身定做版。

"心灵手巧啊，小乐乐。"童逸看完，忍不住夸米乐。

"别乱叫，搞得好像我们很熟似的。"米乐说完开始收拾自己的东西。

李昕看了一会儿，对童逸激动地说："好看！我很少穿到合身的裤子。"

"凑合穿吧，他改成这样你也没法退了。"童逸被米乐怼得不舒服，也不夸了，开始冷嘲热讽。

"米乐你人真好啊！"李昕没理童逸，开始跟米乐道谢去了。

"顺手就能做的事情。"

"你能给我签个名吗？我女朋友她们想要。"

"签几个？"

"六个。"

"可以。"

李昕一听，立即开心了，一个劲猛夸米乐。

比如："你长得好看，字也写得不错啊，你人可真好。"

"我女朋友们都特别喜欢你。"

"我一开始就觉得你人很好，的确是我朋友们太闹了。"

"你用的香水真好闻。"

一般这种时候，对方一定会说"我什么都没有喷，估计是体香吧"。结果米乐从自己的箱子里取出三瓶香水来，对李昕说："我常用的三种，你闻闻看，可以试着喷一喷。"

童逸忍不住扯嘴角，心说：你好娘啊，大老爷们儿还喷香水。

接着就看到李昕跟狗似的把三瓶香水挨个闻了半天。

李昕开始夸米乐买香水有品位，夸得童逸都听不下去了，扭头就走，李昕竟然没搭理他。童逸没好气地看着他们俩，总觉得他身边出现了两个叛徒。

一个是司黎。

一个是李昕。

没一会儿，司黎就来了，站在门口问："我可以进来吗？"

问得特别夸张。

米乐坐在椅子上，迟疑了一会儿后"嗯"了一声，算是破例了。

司黎进来之后就问："你们寝室喷花露水了？"

童逸听完噗地笑出声来。

李昕尴尬得没说出来。

"还有风油精的味，呛死我了。"司黎继续骂。

"没没没，就喷了点消毒水。"童逸回答。

"米乐喷的吧？也不知道怎么想的，用得着消毒这么多次？"司黎进来后就去打开了窗户。

"有事吗？"童逸幸灾乐祸地问。

"哦，我是来断绝关系的。"司黎回答完就去了米乐身边说道："咱俩约定的时间可是到了，从此……"

司黎说完，竟然从自己的口袋里掏出一根黄瓜来，接着又拿出一把水果刀，一刀劈下，黄瓜一分两半。

"从此我们俩就恩断义绝。"司黎说得颇为惊心动魄。

"为什么用黄瓜？"米乐问。

"因为我只找到这个。"司黎说道。

"你这么戏精，为什么不参加戏剧社？"米乐又问。

童逸走过来拿走了一半黄瓜，直接咬了一口："你别在我这里挖人啊，我们另外一个自由人的水平还没跟上。"

"你们队大二是主力军吗？"米乐又问。

司黎撸起袖子说道："说起来你可能不信，但是我真的比你们大一届，我们分寝室的时候是为了我们训练方便特殊安排的。"

米乐的思考角度十分刁钻："所以你来 H 大已经单身两年多了？"

"……"司黎抬手捂住心口。

"太毒了，太毒了，我们不理他。"童逸走过来拍了拍司黎的后背。

司黎心口疼得半天回不过劲儿来，他扶着墙壁踉跄着离开了："我……我先回去了，我……得早点睡觉，不然绝对会失眠。"

司黎走出去后，门刚关上，米乐就忍不住笑了起来，这回的笑很自然，扬起嘴唇，笑得内敛又很纯粹，挺好看的，然后，他拿起手机开始发消息。

童逸看到米乐的笑容，立即阴阳怪气地问："你觉得我们这群单身狗很可笑是不是？"

"不会啊，李昕不是有女朋友吗？"

"他伺候他女朋友跟伺候祖宗似的，这样处对象有意思吗？"童逸特别不解，觉得李昕太拼了，对女朋友也太纵容了。

他觉得自己不会像李昕那样，他绝对会把未来的女朋友"收拾"得服服帖帖的。

"我很开心啊。"李昕突然回答。

"滚蛋吧。"童逸继续数落，还比量了一个中指。

米乐继续发消息。

米乐：你们女生的群我可以窥屏吗？

宫陌南：其实我没几个小群。

米乐：听说我们戏剧社干部一共7个女生，拉了5个群？

宫陌南：居然这么多？

米乐：你有几个。

宫陌南：两个。

米乐：你被排挤了。

宫陌南：可能是为了吐槽我方便吧。

米乐：嗯，我冒充新人加群了。

宫陌南：不怕被发现？

米乐：立一个人设就可以了。

宫陌南：好，我拉你进女生群。

米乐进入小群后，就看到女生们在刷屏聊天，看着看着脸就黑了。

成员A：这个电影不好看。

成员B：我觉得男主好丑，只有身材好。

成员A：[图片]

成员A：我全程脑补成社长跟童逸。

成员B：哇！哇！会觉得好带感！

成员G：可以的可以的。

成员E：说起来，童逸真的身材超级好，倒三角身材，有胸！有腹肌！

成员B：看不起我们社长吗？我们社长有颜有钱有脑子！

米乐迟疑了一会儿打字回复：呃……你们觉得司黎怎么样？

成员B：？？？

成员A：有点傻乎乎的。

成员T：新人吗？

宫陌南：嗯，对，新人。

成员D：不会对司黎感兴趣吧？

成员E：呃……不知道该怎么说。

成员Q：进群第一句话就是问一个男生，呵呵。

群里安静了。

米乐有点不解，私聊问宫陌南：怎么回事？

宫陌南：估计开小群吐槽你去了吧，然后扒你是谁。

宫陌南：你这是要干吗？

米乐：看司黎可怜，想给他介绍个女朋友，试试看有没有人对他感兴趣。

宫陌南：你什么时候这么好心了？

米乐：只是突然兴起而已。

宫陌南：可以办联谊啊，你把他叫来。

米乐：我跟他不熟。

宫陌南：啧啧。

米乐：算了，不管了。

米乐放下手机还有点不甘心，想不明白为什么这群女人会这样。

他这么做值得吐槽吗？

关了手机躺下准备睡觉。

躺了一会儿没有睡意，又爬下床吃了两粒褪黑素，再次爬上床。

米乐失眠挺严重的，估计跟心情长期压抑有关。

他觉得他应该去看看心理医生，但是又怕消息传出去，所以一直都在忍着。

躺下不久后，米乐渐渐睡着了。

米乐又梦到了童逸。

这个梦有点特别，童逸居然留着披肩长发，而他手里拿着一把剪刀，站在理发店里，显然是理发师的模样。

他很快进入了角色，招呼童逸坐下来，他帮童逸披上了围布后，站在童逸身后，看着镜子里长发披肩的童逸问："想要什么发型？"

童逸的回答也非常奇怪："挨个试试。"

然而米乐竟然没觉得有什么不妥，还真的开始帮童逸尝试不同的发型。

这是一个很奇特的梦，因为童逸的头发在他做完一个发型后就会快速变长，他又可以帮童逸做下一个发型。

理发店他印象里去过几次，属于小型的工作室，理发师非常有名，去之前都需要预约。

米乐是艺人，所以需要私密性很高的地方，很多次都是预约的这里单独换造型。这位理发师接待过很多艺人，所以办事周到，米乐也愿意经常过来。

在梦里，米乐变成了理发师的学徒，手艺似乎还不到位，所以第一个发型童逸非常不满意。

不过看到他把做得不好的头发剪掉之后，童逸的头发又快速变长，米乐松了一口气，说道："先生，我可以免费帮您继续做发型，做到您满意为止。"

"行吧。"童逸勉为其难地同意了。

这个时候的童逸似乎也突然变得有点无语，看着镜子里自己的头发直揖脸。一副"这是什么鬼"的表情。

童逸是标准的九头身，瓜子脸。

他的身体比例好到逆天，仿佛从肚脐眼下就全是腿了，加上本来就很高，所以这条腿估计会到矮子的胸口了。

因为颜值高，童逸什么发型都可以。

米乐看着童逸，也不知道是不是恶作剧使然，就好像玩了一种换衣服、换造型的游戏。

他给童逸换了几个发型。比如梳成中分头，再比如染一个骚气的绿色头发，又或者弄成大背头。他到了童逸的面前，用发蜡整理童逸的刘海，俯下身看的时候跟童逸对视了。

童逸看着他，眼神充满了侵略性，眼睛从他的脸上扫过，又很快避开了。

米乐没在意，从一边拿来了一副冷色系列的眼镜给童逸戴上，端详着童逸的样子感叹："看起来聪明多了。"

"你这是学徒该有的态度吗？"童逸问他。

"抱歉。"

"你给我弄你的那个发型吧。"童逸提议。

"哪个？"

童逸描述起来的时候还在学动作："就是一把抓住的那个。"

米乐忍不住笑，将童逸的背头弄乱，接着做成自己平日里的头发。

童逸的头发丝很硬，其实很不服帖，很难整理。

不过米乐摆弄童逸头发的时候心情不错，有种知世给小樱做衣服的兴奋感，帮童逸换发型也挺有意思的。

工作室的房间是单独的房间，此时里面只有他们两个人。

米乐在帮童逸弄头发变幻姿势的时候，鞋尖碰到了童逸的鞋尖，童逸并未躲开，反而用自己的脚尖去顶米乐的。

米乐没在意，继续整理童逸的头发。

童逸继续看米乐，因为米乐就在他的眼前晃，他注意到的是米乐的腰，细得有点不像男生该有的腰。

童逸不再看米乐，等米乐弄完发型，他照着镜子看自己，忍不住翻白眼："还是你留这种发型好看，我看起来像戴了假发。"

"我觉得你头发长一点，这样整理好看。"米乐直接伸手去弄童逸的头发。

童逸在看发型的时候站起身来，使得米乐只能抬手去帮童逸整理。

童逸配合的时候微微低下头，凑到了米乐身边，仿佛温顺的大狗。

米乐帮童逸整理了一个发型后，让童逸照镜子："是不是挺好？"

"好你个头，扎个小辫子算什么？"

"你不就是这种花里胡哨的男生吗？"

"不可能，我多正经一个人！"

童逸又看了看镜子，有点受不了了，立即摆手："弄掉弄掉，丑死了。"

"我觉得挺好看的，反正我很喜欢。"

"呃……"童逸又看了看镜子，勉为其难地点了点头，"那行吧。"

"我再给你搭配一身衣服吧。"

米乐说完，就伸手拉着童逸往外走。

童逸被米乐拽着手腕，跟在米乐后还在絮絮叨叨地说："我跟你讲，我也就是给你面子，我这个人特别讨厌逛街，以前整理发型都没耐心的。"

"嗯嗯，谢谢你了，你是要付钱的。"

"我不太确定我有钱。"说完，童逸开始掏自己的口袋，发现他居然带了黑卡。

既然有钱，童逸就放心大胆地跟着米乐去了商场。

米乐一个大男生居然爱逛街，这让童逸十分受不了，要不是一直被米乐拉着，童逸能一头扎进游戏厅里不出来，任由米乐自己折腾去。

米乐到了服装店开始帮童逸挑选衣服。

梦就是梦，童逸这种身材居然也买到了合身的衣服，尤其是裤子！童逸这种腿不是国内正常的腿，经常很难买到合适的裤子。所以童逸的衣服一般都是定做的，不然没法穿。

"我能不能不试了？"童逸换了几件衣服就不耐烦了。

米乐又拿来一身衣服，丢到了童逸身上，童逸居然一秒换装。

"我去，我就跟魔法少女似的，有点厉害啊。"童逸看了看衣服感叹。

"嗯，就像玩换装游戏，还挺有意思的。"

米乐继续选衣服，不理童逸。

帮童逸搭配完，童逸看着镜子里的自己，看着特别油腻，跟他平时就是两种风格。

　　米乐就坐在一边的桌子上看着他，手里还拿着一杯红酒在喝。

　　"你喜欢这种类型？"童逸问他。

　　这也太骚气了吧。

　　"看起来很稳重，而且有种性冷淡的感觉，非常迷人。"

　　"搞笑吧，一个男的绑个辫子会迷人？"

　　"你不懂，这叫韵味。"

　　童逸点了点头，走到米乐的正对面，问米乐："满意了？"

　　"嗯。"

　　"该我了。"

　　米乐还没反应过来，童逸就拽着米乐下了桌子，到旁边的服装店里帮米乐找衣服。

　　童逸找出来的衣服都非常奇葩，居然还有一件是戴着翅膀的天蓝色羽绒服。这是一个正常男生穿的衣服吗？

　　米乐不愿意换，童逸就强迫米乐换，见米乐不同意还不高兴了："我被你折腾了几个小时了，你配合我一下能怎么样？"

　　发现他没办法让米乐一秒换衣，就推着米乐进换衣间，说什么也要让米乐穿胸口印了大胸脯的 T 恤给他看。

　　米乐怎么可能会同意？跟童逸在换衣间就打了起来。

　　他能愿意穿才奇怪了。

　　打着打着，童逸居然醒了过来，坐起身来拿起床头的水瓶喝了一口水。

　　喝完水，他正准备继续去睡觉的工夫，感觉到米乐醒了。

　　他的心里瞬间失落下来。

　　回头就看到米乐似乎拿出了手机，在跟谁发消息，手在屏幕上点击着。

　　童逸也不着急睡觉了，而是去了洗手间。

　　米乐这边是收到了表哥发来的消息，伴郎的服装定做好了，结婚的时间跟地点也定好了，正好是国庆节假期的时候。

　　所有的东西都是提前赶工出来的。

　　衣服今天就会送到学校，米乐要试试看衣服怎么样。

　　其实所有的伴郎里就属米乐最不好伺候，什么都很挑剔，说不定还会后期自己加点修改。所以伴郎的服装刚刚做出来，独独把米乐的送了过来。

米乐匆匆收拾了一下，戴上口罩，披上外套出门了，因为衣服是表哥的司机送过来的，之后还要去工作。

米乐下楼之后拿到了袋子，跟司机确定了一下东西全部收到之后，问："我表哥跟谁结婚啊？"

"呃……你都不知道的吗？"

"之前没问过。"

"一个女艺人，叫冯骁。"司机回答。

"哦，我知道她，她跟我搭过戏，扮演的是我妈，不过那个时候我才12岁。"

"……"

"妈妈结婚，儿子做伴郎也挺有意思的。"米乐想了想就忍不住笑。

"估计会上头条，毕竟是回忆杀。"

提起头条米乐就有点沉默，叹了一口气说道："我尽可能不毁了表哥的婚礼，走了。"

"嗯。"

米乐带着衣服去了戏剧社。戏剧社经常会有戏服，他们也会自己整理或者改动，所以有单独的设备房间。

米乐带着自己的伴郎服到了这里后试了试，又自己动手改了几处。

宫陌南拿着表格站在门口问："可以进来吗？"

"可以。"米乐退后一步回答。

宫陌南走进来，手里还拿着单子，说道："这个是上次聚餐的费用，你看一下账目，跟体育系的人已经对完账了。"

"嗯，好。"

"你要做伴郎啊？看起来挺帅的。"宫陌南看着米乐身上的衣服夸了一句。

"对啊，其实我还有点紧张，生怕我出现什么错误耽误了我表哥的婚礼。"

"你好像跟他关系不错。"

"对，我们家族为数不多还算是正常的一个人。"

宫陌南点了点头没说话，拿出手机开始查询假期车票的情况。

没一会儿左丘明煦快步走了过来，问："我的伴郎服呢？"

"在那边挂着呢。"米乐随手指了一下。

左丘明煦看了宫陌南一眼后，开始整理自己的衣服，接着说："你回家的机票我给你订好了，你拿着身份证去取就行了。"

宫陌南的动作顿了一下，抬头看向左丘明煦。

左丘明煦笑着说道："漂亮的女孩子挤在车厢里不太安全。"

宫陌南放下手机，看着左丘明煦拿着衣服去换，问道："婚礼好像会来很多圈内的人吧？"

"你想来吗？"左丘明煦在换衣间里问。

"有点想……但是我以什么身份去？"

"想去就去，要什么身份？"

米乐到了一边坐下，并且关上了门。

他坐下也不是正常地坐，而是面朝墙壁面壁一样地坐着。

宫陌南看了看米乐，轻咳了一声，似乎有点尴尬。

"我的领口有点紧，估计得改改，这个领子的设计不太合理。"左丘明煦探头出来说道。

宫陌南走过去帮他查看："我帮你看看。"

左丘明煦看了看米乐，忍不住笑，然后拉着宫陌南进了换衣间，两个人半天没出来，一点声音都没有。

米乐支着下巴面壁思过了一会儿，等了半天这两个人也不完事，于是叹了一口气。

他突然在想，如果他恋爱了是不是也要偷偷摸摸的？

过了一会儿有人来敲门，米乐问了一句："怎么了？"

左丘明煦也整理着衣服走出来，到镜子前看自己的样子，宫陌南则是等了一会儿才出来，看样子刚刚补过口红。

"体育系的来送钱了。"门口的人回答。

宫陌南走过去打开门，看到门口站着两个人，比门框还高。

李昕低下头看了看，问："还用写收据什么的吗？"

"你们需要吗？我们这边都可以，其实就是一个小的聚餐。"宫陌南回答。

童逸跟着走进去，看到米乐坐得奇怪，忍不住问："你干吗呢？"

"管得着吗？"

"……"

聊天结束。

"你们这是有演出吗？"李昕问他们，似乎注意到米乐和左丘明煦都穿着西装，很扎眼。

"不，我跟米乐会去做伴郎。"左丘明煦回答。

童逸笑嘻嘻地问："新郎挺自信啊，敢找你们俩做伴郎。"

米乐不耐烦地说道："用不着你来关心，滚出去。"

童逸立即不高兴了，起身直接离开了。

李昕吓了一跳，立即说："和气生财，和气生财。"

但是童逸憋气啊，走了几步又折返了回去，吓得李昕一直预备着，随时准备拉架。

童逸站在房间门口看着米乐，说道："咱俩能不能单独谈一谈？"

"我跟你有什么好说的？"

米乐有意跟童逸拉开距离，因为他发现他总能梦到童逸不太正常。

童逸又走了进去，坐在米乐的身边说道："以前我带我的朋友去寝室，你看我不顺眼我理解。但是我最近都没怎么招惹你吧？黄体育跟韩艺术都百年好合了，你怎么就不能跟我好好说话呢？"

"我看到你就不顺眼。"

"行，你看我不顺眼，你能不能看在我是老弱病残的份上让一让我，让我能有一个舒心的寝室环境。"

"老弱病残你占哪个？脑残吗？"米乐蹙眉问。

"我脚小啊！"童逸回答得理直气壮。

"……"米乐有点无语。

"小时候就因为这个我爸带我去了好几家医院，进去以后用哭腔对大夫说，让大夫救救他的孩子。大夫问他孩子怎么了，我爸回答说孩子的脚太小了。我到现在都忘不了大夫当时的表情。"

米乐依旧没回答，抿着嘴唇努力忍笑。

旁边的左丘明煦倒是笑得不行了，连带宫陌南都跟着笑了起来。

这是搞笑一家人吗？

"就因为这双脚，我来 H 大之前的考试就比别人多好几项，就怕我脚这么小有什么问题。后来证明我站得挺稳，外加我打排球确实厉害，我教练还是签了我。"童逸继续诉苦。

"哦。"

"不过脚小也是有好处的，至少有人骂我大猪蹄子的时候，我可以理直气壮地告诉他，我不是，老子是三寸金莲！"童逸说完还跺了一下脚。

米乐终于绷不住了，扑哧一声笑了出来。

他注定没办法跟童逸好好来往，因为这个人真的很奇葩，吵吵架都能被他逗笑了。

"我现在就非常搞不明白，你为什么要这么对我，之前的错误我该道歉就道歉，事情该翻篇就翻篇，你老这样算怎么回事啊？"童逸终于回到了正题。

米乐依旧无情地摇了摇头："咱俩没完，我看你不顺眼。"

"为什么啊？理由呢？"

"你脚太小了。"

童逸听到米乐跟他抬杠，他真的笑不出来。

"我没跟你开玩笑。"童逸掐着腰，努力镇定地对米乐说道。

"总之，我不想跟你成为朋友，咱俩也只是室友关系。如果你想友好一些，就保持你不招惹我，我也不招惹你的状态，这样我们俩会非常和平，没必要强行成为哥们儿。徒劳的努力都是浪费力气，我们相处起来也不会舒服。"

童逸看着米乐，居然被气笑了，笑容里还透着点无奈。

热脸贴冷屁股，何必呢。

他点了点头："行，咱俩就少说话互不打扰吧，这样也挺好的。"说完就气鼓鼓地出去了。

昨天夜里心里还有些澎湃，在这一瞬间就平静下来了。梦是梦，现实是现实，不能相提并论。

米乐看着童逸离开，沉默了一会儿。片刻后他咬着下唇，眼中闪过一丝异样的情绪，稍纵即逝。

左丘明煦忍不住到了米乐身边，靠着桌子，手里还拿着伴郎服的蝴蝶结摆弄，问："我觉得童逸这个人还不错，你没必要弄成这样。"

"我跟他现在有一些不实传闻，会造成麻烦，还是避讳着点好。"

左丘明煦叹了一口气："你啊，真是棘手。"

米乐靠着椅子，仰着头平静了一会儿，觉得自己心情非常糟糕，也不愿意再折腾伴郎服了。

确定尺码合适他能穿，米乐就脱掉交给了宫陌南，让宫陌南拿去帮忙熨烫整洁。

米乐今天有选修课。

然而他今天要去拍摄广告，自己请了假开车去了拍摄场地，会忙碌一整天。

童逸也是上这节选修课，进入教室就看到里面坐得满满的，他想去上课都没有座位，不由得一愣。

他记得这门课非常冷清，上一次教室大半座位没坐满，还因此扩招了，几个系都可以选。现如今成了热门课程了？

他扫视了一眼教室，米乐不在。

他对这门课也是真的不感兴趣，站在门口迟疑了一瞬间，就跟李昕一起离开了教室，回训练馆去训练。

在他离开教室的一瞬间，教室里就炸了。

"搞什么啊？来这么多人，正经来上课的学生都没位置了。"

"真有意思了，为了看双校草来的，结果一个请假，一个根本没进来教室，你们继续在这里上课吧。"

"没有名字的就该清出去。"

"别的课都可以旁听，怎么就你们的课金贵？"

"明明是你们耽误了报这节课的学生！"

这些人就此吵了起来，也因为这一幕，让校园论坛又热闹了一次。

童逸是不太关注这些的，但是叶熙雅喜欢看八卦，有瓜就吃，看到关于童逸的瓜立即告诉了童逸。

童逸看着论坛一阵无语："至于吗？"

"只要有米乐的课程全部都是这种情况，米乐的课程表都被公开到论坛上了，H大女生几乎人手一份。这节课还有你在，肯定更加热闹，不过你今天看到人满了就没进，算是闹了一个大笑话，不少人在因为这件事情爆笑。"

叶熙雅看完还觉得有意思，拿着手机笑个不停。

童逸看了一会儿就不看了，无聊地坐在休息座椅上问叶熙雅："为什么那么热衷于看米乐？就那么好看？"

"他长得好看，还是星二代，现在又这么火，肯定很多人愿意看他，跟他要签名啊。"

"那他岂不是从很小起就被这么打扰？"

"应该是吧。"

童逸坐在椅子上发呆。

米乐根本没有正常的童年，从小就被关注，没有自由，需要注意形象。

梦里的米乐总是向往没人注意到他，能够自由地玩，外加吃一些好吃的，交一些朋友，简单得要命。有的时候童逸也挺同情米乐的。

但是米乐的性格真的非常讨厌，他主动求和，米乐依旧是那副模样。朋友都不要做，最好没有交流。

童逸气得胃疼，也训练不下去了，回寝室里偷懒，玩玩游戏，然后早早就睡觉了。

童逸睡着之后就进入了那个空间，让童逸觉得索然无味，打算明天就找许哆哆把这个共梦的东西取消了，他以后不打算跟米乐有什么来往了。

也不知过了多久，童逸突然传送到了米乐的梦里。这让童逸觉得非常意外，米乐居然又梦到他了？

他进入的是一间休息室，米乐正坐在里面看剧本。

最开始的一刻钟时间，童逸的身体是不受控制的。他拿着一杯奶茶，走到米乐身边，把奶茶给了米乐。

米乐看到他之后愣了愣，然后迟疑地问："我又做梦了吗？"

童逸："梦？什么梦？"

米乐迟疑了一下接过奶茶，搅拌了一下，喃喃自语："是梦的话，我可以喝吧？"

"喝啊，我排了好久的队给你买的。"

"谢谢。"

米乐将吸管插进去，喝了几口。

童逸坐在了米乐的身边，看到米乐依旧看着搭在腿上的剧本，另外一只手握着奶茶，淡定地继续喝，似乎不觉得奇怪。

但是童逸觉得很奇怪啊。

这不太对劲吧？

身体能够控制后，童逸第一时间往旁边挪了挪，接着问米乐："你不是不愿意跟我做朋友？"

米乐扭过头看向他，一瞬间回过神来。

米乐看着童逸想要远离他的样子，迟疑了一下问道："我不跟你做朋友，你会很生气吗？"

"确实很生气。"

米乐放下奶茶，转过身看着童逸。

"可以让我靠一小会儿吗？我好累，心里好难受。"米乐小声说道，声音听起来挺低落的。

"你难受？"

"我不能跟别人太亲近，不然会给他们惹来麻烦，我的父母真的很烦。"

米乐靠着童逸，继续说，"从小就是这样，我的一切都被支配着，就好像我不是一个完整的人。他们利用我上头条，靠着我上综艺节目，赚够了之后他们过气了，然后开始蹭我的热度。"

"当星二代不是挺好的吗？不少人羡慕你。"

"不是我想要的，多好都没用，而且我并不像你们看到的那么风光。因为他们也是公众人物，我甚至不能对外界诉苦，说出我做一些事情的理由，不然会影响到他们，我也会因此挨骂。"

"所以你今天那么无情无义的，是想疏远我？"童逸问他。

"必须疏远你，如果我们关系密切就会打扰到你的生活。如果你真的跟我成为朋友了，我父母还会去调查你，觉得可以利用才能够继续来往，不觉得很讨厌吗？"

"确实有点。"

"你觉得我讨厌也无所谓，反正我就是这样的人，但是……我心里还是会不舒服。"

"怎么个不舒服法？"

"就是……会觉得委屈，也很难过，其实很想跟你聊聊天，但是不能。"

"所以只能在梦里跟我说话？"

米乐突然坐直身体，看着童逸思考了一会儿，接着笑了："对啊，是在梦里啊……什么都改变不了。"

"其实你只要稍微对我好点，我们俩的关系说不定不会那么僵。"

"算了……"

童逸想了想后才说："既然知道你错了，就哄哄我，说不定我就好了呢！"

米乐扬眉，将剧本丢在一边看着童逸说道："谁要哄你？"

"嘿！你这人，跟我关系不好了觉得委屈，自己做错了还不哄我？我脾气大，不容易好。"

"就不哄，"米乐说完，还得寸进尺地用脚尖踢了踢童逸的脚尖，"踢你小脚。"

童逸看着米乐的样子，忍不住扬眉，没忍住笑，最后决定算了。

童逸又揉了揉米乐的头，头发都揉乱了，软软的头发蓬松地搭在头顶，有一丝慵懒，跟平日里精致的模样不太一样。

童逸看了看周围，问米乐："这是哪啊？"

"我拍摄广告的场地，呃……"米乐回忆了一下，接着说道，"我在中途休息，估计是睡着了吧。"

"这会都半夜了吧，还拍呢？"

"就是这样，我最拼的一次是连坐两次飞机，两趟飞机加一起 16 个小时，下了飞机就流鼻血，头疼得厉害。坐车去拍摄场地的路上调整完毕后，立即开始拍摄，连续工作 32 个小时后，低血糖晕倒被送进医院去了。"

"那么拼？你吃得还少，这么折腾是玩命呢吧？"

"年轻才这么几年，只能拼啊！"米乐回答得理所当然。

"对，拼完你都没有下半辈子了，趁年轻挑一个你喜欢的棺材板，你求求我，我还能在你三十岁以后厚葬你。"

"我觉得你把嘴闭上，我们俩才能和睦相处。"

童逸嘿嘿直乐，之前的坏心情全部都消失不见了。

果然，梦里的米乐比现实里招人喜欢多了。

然而没多久米乐就从梦里消失了。

童逸错愕了一瞬间，大概是米乐被人叫醒了吧。

第五章
小兔子与大傻子

接近早晨。

童逸迷迷糊糊地被吵醒，睁开眼就看到米乐推开寝室的门走进来，模样疲惫，走路居然需要扶着墙。

在洗手间里洗漱了后，米乐缓慢地爬上床倒头就睡。

童逸看了一眼时间，已经 5 点多了，再过一会儿他就要起床去晨跑了。

他又在床铺上躺了一会儿，发现无论如何也睡不着了，准备起来洗漱。

想了想又躺下了，怕自己有动作会吵醒米乐，这是他罕见的体贴。

等李昕开始行动了，童逸才跟着起来，小声跟李昕说："小点声，室友刚回来，让他再睡会儿吧。"

李昕刷着牙看着童逸，没说话。

"你这是什么眼神？"童逸问他。

"如果是平时，你肯定故意放歌就地狂欢。"李昕吐了口泡沫回答。

"呸，我什么时候那么缺德了？"

"你以前一干缺德的事情都是我帮忙善后，你忘了？"

"放屁！"童逸拒不承认。

不过最后两个人还是悄悄地收拾完毕，悄悄地离开了寝室，窗帘都没拉开。

米乐醒过来的时候已经下午两点多了。

他起来后洗漱了一下，接着开始忙碌今天的事情。

他的妈妈又给他接了一部戏，古装剧里的男一号，这还是米乐第一次独挑大梁。

他是童星出身，小的时候演的几部戏都让人印象深刻，到现在还在各大卫视频道时不时地重播。这让很多观众有一个根深蒂固的印象，米乐还是一个小孩，演男主角的话有点早了。

今年米乐十九岁了。

之前的一部戏是男二号，不过属于苦恋的人设，全程除了守护女主角外就没有其他的感情戏了。看着让人心疼，也算是戏路的一种过渡。

这回米乐演的则是一部古装武侠电视剧。

米乐在剧里饰演一名足智多谋的年轻世子。

这部剧是一部历史题材，从这位主角的童年开始讲述，年轻时的剧情居多，正是米乐演绎的阶段，中间还会娶妻生子。到了中年后不会换人，不过那些老年的戏就要换人了，不过戏份极少。

在古代开始参加科举、娶妻都是十几岁的年纪，米乐演十分合适。

这样的一部剧里，大多是权谋跟斗争，感情戏不算多，夫妻俩相敬如宾，没有什么亲密的戏，也算是给米乐的女友粉留下一些余地。

他下午还有课，为了节省时间特意带着剧本离开了寝室。

结果走到楼下就看到了体育系的一群人。

童逸跟李昕、司黎他们都在，还有一些女生，其中还有李昕的女朋友，一群人聚在一起闹闹哄哄地骑着小绵羊小型摩托车。

童逸个子高，蜷缩在一辆骚粉色的小绵羊摩托车上，正在兴致勃勃地缓慢行驶。

最要命的是一边骑一边在用嘴嘀嘀嘀地前进，幼稚得要命。

另外一边司黎也在骑一辆薄荷绿的小绵羊摩托车，一边骑一边驴叫一样地笑，十分没见识似的。

这些人应该是一起买的，一共五辆车，每辆颜色都不一样。

看着大小应该是几个女生买的，被男生们拿来玩了，一群体育系的人骑得热热闹闹的。如果是正常骑也就罢了，实在是童逸跟李昕这样的身高骑着这样的小车，怎么看怎么……搞笑。

米乐看着童逸沙雕的样子，忍不住拍脑门。

偏偏米乐拎着包要去上课的时候，童逸还笑呵呵地骑着小绵羊摩托车到了米乐身边，跟着他走，问他："童逸小哥哥送你去上课啊？哪个楼？"

"不用了。"

"客气什么啊？说吧，我正好试试车。"

"我丢不起那个人。"

"这有什么可丢人的？骑着还挺有意思的。"童逸笑嘻嘻地跟着米乐继续说，结果被米乐白了一眼，眼里全是嫌弃。

童逸就知道这家伙又来了，估计又要开炮了，于是立即摆手："走！你走，你现在就走，我不跟小事精吵架。"

接着骑着小绵羊摩托车离开了。

昨天米乐在梦里吐真言了，童逸瞬间消气了。好了伤疤忘了疼，居然又来搭讪了。

要知道，现在可是现实里的米乐！那个讨厌鬼。

米乐站在原地无奈地翻了一个白眼，接着走到自己的车前。

他的车是一辆白色的敞篷玛莎拉蒂，修了车后才取回来不久，到了新校区后只能简单代步，实在是学校里到处是楼梯，这个环境太坑爹。

司黎看着米乐开着车离开，骑到了童逸的身边说道："队长，还是你的那辆车好看，不过嘛……"

"怎么的？"

"你的车技真的，啧啧，就是吧，我们推着车走都比你开着快。"司黎吧唧吧唧嘴，这样评价，"人家米乐开车明显老司机，你看看，多帅。"

童逸立即不爽了，大手一挥："走，我开车带你们去兜风。"

排球队一众居然喝倒彩。

童逸叉着腰看着他们，真觉得有这帮朋友不如没有。

米乐背着包大步流星地进入了教室，进去后却看到没有他能坐的位置。

就在他纠结的工夫，教室里居然吵了起来。

"没选这节课的出去好吗？正常上课的都没有位置了！"

"我是真的要补这节课好吗？"

"但是得给其他人留位置吧？"

"旁听站着听可以吗？"

"你们来追星可以，但是你们的星都没座位了。"

米乐站在门口听了一会儿，表情不太好看，等有几个人出去后他走了进来，找了一个空位放下了包。

接着微微低下头鞠躬，说了一句："抱歉。"

说完才正式入座。

教室里突然一静。

不久后，有几个女生起身，对米乐坐的方向说了一句："米乐，对不起……"然后快速跑出教室。接着又陆陆续续地走出去了几个人，之前还等在教室旁的其他人补了进来。

气氛压抑地上完了课，米乐又去戏剧社看着成员们排练，回到寝室的时候已经八点多了。

回到寝室的时候，依旧只有童逸一个人在玩游戏。

他走进去洗漱到一半，突然停电。

他下意识地以为又是童逸在搞他，伸手去开水想冲掉脸上的泡沫，发现水也停了。

"童逸！你搞什么啊？！"米乐忍不住低吼。

"关我什么事？停电了，我出去看看。"

童逸说完真的出了寝室，接着又走了回来："不知道是不是停电了，为啥走廊里的绿色灯亮着？"

"那个逃生指示标致就算断电了也能亮半个小时，帮我照个明，我脸洗到了一半。"

童逸果然不是一般人，米乐还以为童逸能拿来个手机的手电筒，结果童逸走进来点了一支烟，举着烟问："看清楚点儿没？"

米乐看着烟头忍不住说道："我是让你照明，不是让你过来点鞭炮的，你怎么不蹲门口给我表演一个钻木取火呢？"

"我这不就是过来点炮仗的吗？你看你，沾火就着。"童逸说完伸手拧了一下水龙头，试了试发现水都停了，便扭头出去了。

过了一会儿，童逸用手机打开手电筒照明，在腋下夹着一瓶矿泉水，拧开了之后单手举着给米乐倒水："你用这个洗吧。"

"嗯，谢了。"

"谢什么啊！一瓶水两块钱，一会儿给钱。"童逸说着继续倒，看到米乐洗脸的样子忍不住龇牙笑。

不知道为什么，每次看到米乐狼狈的样子，童逸都特别高兴。

他故意一会儿水流大，一会儿水流小地戏弄米乐。

米乐洗脸的时候，都听到童逸的笑声了，又被戏弄了之后，一阵不爽。

等米乐洗完脸，童逸主动帮米乐拿来了毛巾，递给米乐："说声谢谢童逸小哥哥。"

米乐没好气地伸手抢走了毛巾，擦完脸，他没好气地也跟着走出寝室看了看，又很快地走了回来。

童逸刚才的那支烟没抽完，米乐进来的时候，童逸正坐在窗台上，长腿搭下来，手里夹着烟头，玩世不恭地看着他。这样背着光，只能看到童逸的部分轮廓。

不得不说，童逸在正经的时候确实有一种侵略感十足的帅气，让人移不开目光。

"我没骗你吧？"童逸问。

"为什么会突然停电？"米乐蹙着眉头问。

"新校区电压不稳，我们刚住进来的时候动不动就停电，最可怕的是停电两天以上，厕所里的那个味道啊，别提了，我都不想回忆。"

米乐走出去，试着去开自己的充电小夜灯，发现已经没多少电了。

他们寝室从来不断电，米乐也没有充电的概念。

米乐叹了一口气，说道："我不喜欢烟味。"

"我都在窗口抽了，再说了，你在我的烟上得到了光明，不能用完就始乱终弃啊。"

"……"米乐想打人。

童逸很快抽完了这支烟，爬上床铺继续玩游戏。

米乐本来是回来背台词的，结果没有电，手机里的电量只能维持继续开机，保持紧急联系，无奈之下只能爬上床铺去补觉。

米乐又做梦了，梦里除了童逸还有司黎，而且这两个人还怀孕了，最搞笑的是，童逸生出了一个 Hello Kitty！

米乐从梦中笑醒，看到李昕无辜地坐在地面上，眼巴巴地看着周围。

李昕的旁边还倒着一堆东西，看样子是撞倒的。

"怎么了？"童逸睁开眼睛迷迷糊糊地问。

"我下床的时候，米乐突然大笑，结果没注意到地上有一个矿泉水瓶，我踩到了，没站稳摔倒了。"

米乐跟童逸都没说话。

昨天晚上停电，童逸给米乐找矿泉水的时候，说不定碰倒了一瓶没有注意到，今天惹祸了。

李昕扶着栏杆站起身来，揉了揉腰问："吵醒你们了？"

真是个天使啊，米乐间接害得李昕摔倒了，李昕还在关心他们，这让米乐有种愧疚感。

"也该起来了。"米乐回答。

"水可能是我碰倒的，抱歉，现在几点啊？"童逸迷迷糊糊地问。

"没事，没摔怎么样，时间是五点半。"李昕回答。

"这么早，我再睡会儿。"童逸说完就又倒下了。

米乐坐起身来，整理了一下床铺。

李昕在厕所里，米乐没催促，拿起剧本开始背台词。

他上午没有课，一直留在寝室里背台词，被左丘明煦打电话叫过去的时候已经过了早饭时间。

他要去学生会的办公室，就要路过排球队的训练馆。

刚到附近就看到排球队的男生们在集体晨跑，清一色的黑色队服，就跟"全员恶人"似的，浩浩荡荡地跑了过去。

米乐路过他们的时候，看到了童逸他们的教练。同样是一个高大的男人，毕竟是前国家队的成员，身高也不含糊。

排球队看到教练后，集体喊了起来："教练！我要打篮球。"

"都给我滚蛋！"教练听到之后气得够呛。

起哄的工夫，童逸看到了米乐，回头盯着米乐看了半天。

米乐注意到了童逸的目光，继续淡定地走过去。

童逸看着米乐，总觉得心里怪怪的，紧接着就左脚绊右脚，撞在了身边人的身上。

"童逸你大早上干吗呢？投怀送抱是不是？你脚太小站不稳是不是？"教练看到童逸的样子，忍不住骂了一句。

"教练，你这属于人身攻击！"童逸抗议。

"就你整天小嘴说个不停，我做梦都是你在我梦里说群口相声！"

"教练你可别梦到我，我害怕。"童逸吓得赶紧跑了，也不敢继续看米乐了。

米乐从他们旁边走过去，进入楼里之后突然脚步一顿。

他看着门口玻璃上自己的身影，突然叹了一口气。如果童逸知道自己每天都梦到他，内容还特别离谱，会是怎样的想法呢？

一定会觉得恶心吧？

童逸在结束热身运动后，走到了司黎的面前。

司黎还在猛吸袋装果冻，看到童逸过来后还有点纳闷。

紧接着童逸就摸了摸司黎的肚子。

"队长，有事？"司黎纳闷地问童逸。

"看到你没事我就放心了。"

"哈？"

"没事没事。"

"哦……"

米乐表哥的婚礼安排在国外举行。

米乐整理了自己的伴郎服，又跟他的造型师聊了一下发型的事情，最后整理了行李箱后便出发了。

表哥家里也算是名门，为了面子，婚礼办得也算是体面，米乐的全程费用都由表哥出。

米乐倒是不缺这点钱，他只是单纯的很抠门而已。

从被封锁经济后，米乐便开始想方设法地抠，转到左丘明煦那里一些钱，留着急用，情急之下才会动用。

他这次终于可以奢侈了，选择了头等舱。

这趟航班的头等舱没有单独的空间，只是座位舒服一些，而且能展开座椅躺下，桌板也要大一些。

头等舱意味着人少一些，有单独的登机口，让米乐能够自在一些，不会被人打扰。

他上了飞机，坐下后就拿出了剧本来，准备背台词。

没一会儿又有人走了进来，坐在了米乐的身边，盯着米乐看了半天。

米乐觉得奇怪，扭头看过去，就看到童逸居然坐在跟他并肩的位置，两个人之间只隔了一条过道。

"呃……"米乐忍不住蹙眉。

"我确定我没跟踪你。"童逸立即解释。

"你要去旅游？"

"不啊，参加婚礼。"

米乐有种不祥的预感，忍不住问他："你参加谁的婚礼？"

"我不认识，我爸让我去。"童逸也糊里糊涂的，连参加婚礼的主角名字都不知道。

"你为什么不坐经济舱？"

"伸不开腿啊。"童逸回答得理直气壮。

米乐立即闭嘴了。

童逸还絮絮叨叨地继续说："我们队去比赛只要坐飞机就跟打仗似的，经费不够全部头等舱，就只能派人去排队，在逃生道道那一排预定了，不然真伸不开腿。有些小型的飞机，我的天啊，下来腿都是麻的。"

米乐打算从自己的包里取出降噪耳机来。

"我们聊会儿天吧，不然好尴尬啊。"童逸坐好了之后对米乐说。

"没什么好聊的。"

"我总觉得我们俩有缘，你看看，我们俩在 KTV 不打不相识，后来又在公交车上碰上了，最后还一个寝室。你说，咱俩是不是被上天眷顾了？"

"孽缘。"

童逸也不知道说什么好了，心里想：如果不是你梦里求我，你当我愿意搭理你？

"要不你就原谅我呗？我这个人从小就这样。"

"哦。"米乐发现自己的包塞得太满了，好像遗漏了东西，耳机没带，耳塞似乎也没带。

"小的时候我家里的阿姨做菜的时候，不是会撒盐吗？我就想去帮忙，抓了一把沙子就扔里了。阿姨特别无奈，一锅菜都得重做了。"

米乐终于停了下来，疑惑地看向童逸："这不就是熊孩子吗？你为什么要说这个？需要我夸你可爱吗？"

"不是啊，我就是说点我小时候的糗事缓解一下尴尬的气氛。"

"可是你的语气就好像是在炫耀，原来你从小就这么不靠谱吗？"

"我说你是不是很少跟其他人聊天啊？捧哏都不会？"

"可是你说的这件事我根本捧不了啊，真的很讨人厌。"米乐依旧是严肃的表情。

"天就是这么被你聊死的。"童逸真的是无奈了。

他跟司黎他们说，司黎他们肯定夸张地大笑，严重了就骂他一声傻子。

但是米乐却正儿八经地说起了事情的严重性，这种人真的很烦。

"无聊。"米乐继续翻找自己的东西。

"算了算了，不聊了，跟你聊天就是扫兴。"童逸也不愿意说话了，坐在椅子上单手撑着脸，盯着一处看，完全不知道该干点什么。

米乐到最后都没找到耳塞，放弃了后放好了包，坐下后思考了一会儿，又扭头问童逸："为什么呢？"

"什么？"

"为什么要说这种无聊的事情？"

"你还合计这件事情呢？"

米乐点了点头说道："我仔细思考了半天，都想不到你的意图。"

"你……"童逸又一次被米乐逗笑了，看着米乐有点无可奈何，"我错了，不该说这个。"

米乐坐好了后还在嘟囔："我要是碰到你这种熊孩子，绝对会收拾你。"

"咱俩同岁，见面顶多打一架。"

"我小时候不这样。"

"嗯？什么样？"

"说了你不会信的。"

"我信。"

童逸心说你梦里那么放飞自我，我都接受了，还有什么不能接受的？

"我小时候动不动就哭，特别爱哭。"米乐回答完翻开剧本，开始看自己的台词。

"那估计我们俩小时候见面的话，你只有被我欺负的份？"

"不会。"米乐回答。

"为什么？"

米乐没回答，他有点说不出口。

米乐小的时候就好像一个小天使一样，看到什么都："哇！好厉害。"

"姐姐你好漂亮啊！"

"哥哥你超厉害的！"

"好开心！超开心的！"

小小年纪嘴这么甜，自然有很多人疼他，外加他是星二代，所以没有多少人欺负他。

他是在初中后发生变化的。

飞机起飞后开始发耳机，童逸打开飞机上的设备后，开始找综艺看，还真就找到了米乐小时候的综艺。

那年流行亲子节目、萌娃什么的。

米乐小时候长得就特别好看了，就跟个大娃娃似的，性格还特别萌，四岁开始就有预订老婆团了。

童逸戴着耳机看着米乐跟他爸爸参加的亲子节目，津津有味地看了半天。

米乐小的时候真的爱哭，爸爸离开他的视线范围就哭。但是也是真的萌，好奇心很重，睁着大眼睛到处乱看，萌得童逸心肝乱颤的。

"你要是跟小时候一个样，我估计还能挺喜欢你的。"童逸突然探头对米乐说。

米乐在看剧本，忍不住扭头看向童逸的屏幕，看到那个画面立即拉下脸来："你怎么这么烦？"

"夸你也不行？看得我都想生个儿子了。"

"谁是你儿子？"

"你觉不觉得你跟我聊天的时候，每句话都像是在找茬？"

"看到你就心平气和不下来，你别跟我说话就是了。"

"我看到你也挺心潮澎湃的。"童逸戴上耳机，继续看综艺，打算看看小时候的米乐消消气。

米乐坐在旁边颇为不自在，就好像有人在线直播看他的黑历史似的。

他伸手去拽童逸的耳机，说道："你别看了，看点别的。"

"我愿意看什么就看什么，你别看我这边就是了。"

"……"米乐瞪了童逸一眼，气鼓鼓地连剧本都看不下去了。

果然见面就吵架。

童逸又看了一会儿，指着屏幕说："你看看你，也是想帮忙，结果把好不容易着起来的火熄灭了，我当时撒沙子也真的是想帮忙而已。"

视频那一段是家长钻木取火，好不容点燃了，米乐高兴地凑过去扇风，结果反而将水给扇灭了。

米乐一扭头，就看到小时候的自己咧着大嘴哭着呢。

"行了，我们不聊这个了。"米乐真是没眼看。

"你这个人真双标。"童逸反而没完了。

两个人对视了一眼后，米乐恨不得现在就解开安全带跟童逸打一架。

童逸也没多高兴，还对米乐竖起了中指。真别说，童逸虽然脚小，但是手不算小，看起来还挺正常的。

米乐坐在椅子上，得平复半天心情才能不再生气。

下了飞机，米乐走出机场就有人接他了。

米乐刚刚走过去，就听到那个人说道："我们还要再等一个人，也是坐这趟航班过来，您稍等一下，我们一起去酒店。"

"哦，好的。"

没一会儿童逸就背了一个包出来了，没有托运行李，居然比米乐还慢。

走过来他看到米乐就忍不住蹙眉，再看看接的人举的牌子，问米乐："你来这边干吗的？"

"我来当伴郎的。"

"孽缘。"童逸感叹。

"呵。"米乐冷哼。

他们三个人朝停车场走过去，米乐拖着行李箱问童逸："你没托运行李怎么那么慢？"

"我看不懂英语，就凭着感觉瞎走，结果走着走着就在免税店丛群中迷路了。这边怎么下了飞机走登机口去了？"

坐在车上之后，米乐开始闭目养神，不然他容易跟童逸吵架。

但是童逸不放过他，探头过来问他："你耳朵难受不？"

米乐装作没听见。

"你不会聋了吧？"童逸又问。

米乐继续装聋。

"可怜。"童逸感叹。

到了酒店，接他们的人安排他们入住。

这里是度假酒店，都是单独的别墅跟院子。

米乐进入房间在屋子里逛了一圈后，走到院子里，看着无边泳池还挺满意的，结果一扭头就看到一颗人头。

这种围栏，正常人都能挡住。

但是童逸的身高不太正常，两个人就隔着看上去不太结实的草编围栏，以露出半个头来的方式……四目相对了。

然后，他们都在彼此的眼中看到了浓浓的嫌弃。

米乐的时差还没调整过来，就要跟着表哥一起忙前忙后了。

伴郎一共有六个人，还有左丘明煦，然而左丘明煦非要把宫陌南送上飞机才肯过来，早上才赶到这里。

刚刚会合，他们就要筹备婚礼的事情了。

司仪给他们六个介绍流程，米乐一直在听，并且十分认真。

他参加综艺节目也算是老油条了，毕竟是从4岁就开始参加综艺，一直参加到成年。

现场录制的时候总会非常忙，很多时候流程都只会跟他们说一次，如果不能很好地配合，就会耽误工作。这让米乐从小就练就了很好的本领，就是很多事情交代一遍他就能够全部记下来。

左丘明煦做米乐的助理快做习惯了，还拿了一支录音笔。

后来发现他们穿着伴郎服随时都有可能照相，这些东西真的没地方放，最后他们几个就只能靠米乐了。好在米乐在这方面十分给力，所有的事情都按部就班。

"现场会不会有记者？我不太擅长面对媒体。"左丘明煦站在米乐的身边问，还真有点紧张似的。

"放心吧，现在不会有多少人采访你们，这个圈子里最势利眼的不一定是员工，而是记者。不过你可以跟他们套个近乎，让他们给你几个镜头。"

"你这个回答让我非常失落。"

"毕业了以后就努力红啊，你家里不是给你安排好资源了吗？"

左丘明煦点了点头，就跟着米乐继续做伴郎去了。

以前参加婚礼的时候不觉得有什么，但是现在做了伴郎，就感觉特别累。

米乐又比较出名，算是伴郎团里名气最高的，所以受关注度高，真有什么事情都是首先从米乐这里为难。

米乐不想搅乱表哥的婚礼，没有平日里的臭脾气，也都配合了。

一直到晚上的晚宴，米乐终于有机会找一个角落坐下休息一会儿。

刚坐了不到十分钟，他就听到了高跟鞋的声音，紧接着就听到米妈妈叫他的名字："乐乐。"

米乐心中纠结了一瞬间，还是回头应了一声。

米妈妈跟他说道："走，我带你去见几位投资商，认识他们也对你有好处。"

"哦，好。"接着迟缓地起身，跟在米妈妈的身后。

童逸觉得他爸有病，参加一个不熟的人的婚礼，进来除了随一个大红包，就没有其他的事情了。

让童逸去看看新娘子漂亮不漂亮也行啊，偏偏被他爸带着跟一群人应酬，这让童爸爸忙的，就跟童逸结婚似的，笑得嘴角都劈叉了。

等周围没有其他人了，童逸立即拉着童爸爸到角落里说："爸，你别瞎投资了，投哪部哪部扑街，最近两年你都亏多少了？我看你根本不是那块料。"

"你没看他们见到我都很热情吗？"

"那是因为你浑身上下都冒着暴发户的气息，就你好忽悠，奉承几句就几千万几千万地投，就你有钱是吧？"

"我这也是想提高一下咱家的档次嘛！"

"提什么啊？你一个矿主，非得搞什么投资，赔了钱你觉得挺爽是吧？"

"你怎么跟你老子说话呢？"

"一说实在话你就不爱听，早晚被人骗死。"

童爸爸没好气地踹了童逸一脚，接着凑到了童逸身边："你看到这里聚集的小花没？都是现在挺红的女明星。"

"咋的，你想养一个？你都多大岁数了。"

"滚犊子，我是想你看上哪个了，就去试着认识认识，你爸有钱，你就去交个女明星当女朋友，说出去也倍儿有面子。"

童逸没好气地白了童爸爸一眼，真是瞧不上这种虚伪的大人。紧接着便打了几个喷嚏出来，感叹："我去，这是谁喷硫酸了，这味道怎么这么刺鼻呢？"

一回头，就看到米妈妈带着米乐过来跟他们爷俩打招呼了。

米妈妈笑得跟朵花似的，向童爸爸问好："童总，我们之前见过，我是陶曼玲。"

"哦，你好，我小时候看过你的电影。"童爸爸也跟着客套地回应。

陶曼玲表情尴尬了一瞬间。

童逸看了看米乐，又看了看陶曼玲，立即说了出来："就是你啊，把我跟米乐打架的视频送我教练那儿去了，差点把我前途都毁了。"

陶曼玲的笑容渐渐僵硬下来，看向童逸，诧异了一瞬间才有点尴尬地说："你是米乐的同学吧？我在微博上看到过你的相片。"

"托您的福，我跟您儿子见面就打，昨天在飞机上刚吵完一架。"

尴尬。

真的尴尬。

童爸爸是这次酒席上最大的"土豪"，有钱还没脑子，属于特别好忽悠的那种投资商。以至于参加这次婚礼的人，都愿意跟童爸爸结交一番，说不定以后可以拉点赞助。

陶曼玲也打算带着米乐认识认识童爸爸，结果没想到，她刚走过来，就因为身上的香水味让童逸不停地打喷嚏。

陶曼玲装作根本没听到童逸的那句话,笑呵呵地来问好,结果童逸太不给面子,直截了当地说了他们之间的恩怨。

陶曼玲也没想到童逸居然是童总的儿子。如果知道,她也不会去学校找童逸的教练,更不会利用童逸让米乐上头条了。

这是老早就得罪了大投资商的儿子?

米乐看了看童逸,又看了看童爸爸,站在陶曼玲的斜后方,看着尴尬的场面居然没觉得有什么,居然没忍住偷偷笑了一下。

还挺幸灾乐祸的。

童逸顿时觉得米乐绝对是缺心眼,自己的妈妈被人数落,他居然还能笑得出来?

直到米爸爸来了才化解了当时的尴尬,他来了之后感叹了一句:"嚯!小伙子个子真高啊。"

童爸爸跟着吹自己的儿子:"我儿子排球队的,都被国家队看中了。"

"不错不错,后生可畏。"

说完,就带着童爸爸去喝酒。

童逸还是第一次见到这些人的应酬,他看到米乐被陶曼玲带去见其他的人,聊了几句之后就对米乐说:"乐乐,来,敬李总一杯。"

米乐也不怯场,笑呵呵地答应了,说了几句什么,拿起酒杯一饮而尽。往往这个时候,就会引来一群人的叫好声。

喝酒有什么牛的?童逸有点不解。

后来新郎官来了,也就是米乐的表哥,童逸再次听到陶曼玲说:"小宇,一会儿你要是喝不动了就找米乐,米乐酒量好。"

"不至于,没事的。"米乐表哥笑呵呵回答了一句。

然而米乐还是被陶曼玲派去帮表哥挡酒了。

米乐今天穿的是西装,属于西装三件套,里面还有一个马甲。这种装扮挺要求形象气质的,不小心就会穿成酒店服务生的样子。

米乐身材好,长得也好看,气质更是出众,穿着这一身正装尤其扎眼,这恐怕也是童逸一直盯着米乐看的原因。

童逸看到米乐在其他人不在意的时候,抬手按了一下自己的胃,终于有点坐不住了,啧了一声。

接着童逸走到一边,找到服务生说了什么,之后对米乐说:"米乐,咱俩单独喝点吧!"

其实童逸今天也很显眼。

一是因为他是童总的儿子，一是因为他是全场个子最高的人，站在哪里都比别人高一头。

米爸爸跟陶曼玲是希望米乐跟童逸关系不错的，这样以后拉投资方便，立即让米乐过去了。

米乐到了童逸的身边，坐下后低声问童逸："你想干吗？别捣乱。"

"跟你喝酒呗，还能干什么？你不跟我喝，也得跟别人喝。"童逸说完，从服务生的手里接过酒瓶，给米乐倒了一杯。

米乐看着酒杯没动。

威士忌。

酒劲挺大的。

这是要整他吧？

"喝啊！"童逸对米乐说道。

米乐见陶曼玲时不时看向他们这里，还是硬着头皮喝了一口。

紧接着又快速看向童逸。

童逸笑着也给自己倒了一杯，还加了冰块，跟着抿了一口，醋畅地说了一句："爽！"

米乐又好气又好笑，坐在童逸对面整理了一下自己的领口。

杯子里的不是威士忌，是冰红茶。

米乐又喝了一口冰红茶，接着对童逸说："我可以坐在这里休息一会儿，但是总这么坐着说不过去。"

"你平时挺有脾气的，怎么这个时候就㞞了呢？"

米乐的眼睛在陶曼玲的身上打了一个转，最后叹了一口气："毕竟是我表哥的婚礼，他平时对我不错。不过……谢谢你。"

拒绝的理由米乐不愿意说，但是童逸的好意他心领了。

"那就坐下陪我看综艺，我可是用着我漫游的流量看的，一共十二期，我看到第八期了。"童逸说着坐在米乐的身边拿出手机来，打开了他小时候参加的综艺视频。

米乐立即捂眼睛："拿走拿走，我不想看。"

"多有意思啊！"

"就感觉我那个时候跟个小傻子似的，看着心里不舒服。"

"我觉得不错啊！"

"我劝你不要看，不然我容易灭口。"米乐再次警告。

童逸可是吃过亏的人。

米乐这个人先礼后兵，先跟你约法三章，不听话就算计你。现在他要是不听米乐的，回头米乐指不定怎么收拾他。

"行，不看，流量不该浪费在这上面，不如……我们看点动作片？"童逸问米乐。

米乐白了童逸一眼。

童逸臭不要脸地嘿嘿直乐，明显是在不正经。

两个人就这样坐在一起，不说话还能尴尬地坐上个三十分钟，一张口就吵。

表哥彻底喝蒙了，过来拉着米乐，非要带米乐去见见他媳妇。

米乐哭笑不得地跟着表哥走了，走到了拐角处表哥拍了拍米乐的肩膀："回房间去吧，今天辛苦你了。"

"呃……"米乐愣愣地看着表哥。

"我今天真的是自顾不暇，其实不用你帮忙，我至少还是个大人，回去休息吧，我回去了。"

"嗯，好的，你也注意点身体。"

"没事，我也就结这么一次婚了。"

米乐回到房间，洗漱完毕穿着浴袍，头发都没完全干就一头倒在床上了。

真的好累啊……

又累又难受。

童逸刚睡一会儿，就进入了米乐的梦里。

这回他更过分了，身体不受控制的时候居然在爬院子里的围栏，还真就把围栏破坏得不像样后过来了米乐的院子。

接着，他开始试图打开米乐这里的落地推拉门。

这一刻钟里，他就一直没出息地扒门。

米乐则是躺在房间里的床上，眉头微蹙，睡得特别难受似的。

一刻钟过去后，童逸终于停了下来，看了看门后，直接就把门打开了。

他走进去后还有点不理解，他为什么这么长时间都打不开这扇门，明明里面没锁啊！

米乐的梦里，怎么老这么不合理呢？

他走到了床边，看到米乐迷迷糊糊地睁开眼睛看向他。

"我在你梦里就不能有一次有出息的时候吗？"童逸没好气地问米乐。

米乐回忆了一下，回答："太累了，所以梦魇了，进入了一种鬼压床的状态。潜意识想起来再敷一个面膜，可就是起不来。好几次觉得自己醒过来了，可是身体就是动不了。"

"这关我什么事？"

"然后就梦到你在试图进我的房间，我就一直想醒过来赶你出去，可还是醒不过来。"米乐颓然地说。

"我在你印象里到底什么样？怎么尽干这种缺德事儿呢？"

"我好困啊。"

"那就睡。"

米乐躺在床上眯缝着眼睛看童逸，迟疑了一下问："要一起睡吗？"

童逸本来不知道该干吗，被米乐问了之后真的迟疑了一下，然后轻咳了一声回答："也不是不行……"

米乐立即后退了一些，掀开被子让童逸可以躺进来。

童逸也没客气，脱了鞋子就上了床，嘴角笑得直劈叉："你说你小时候那么黏人，现在怎么就变了呢？"

"因为那个时候我爸还没出轨。"米乐回答。

"呃？"米大导演出轨了？！这消息爆出来能头条挂几天吧？

"怎么，很惊讶吗？"米乐问。

"肯定啊！"

米乐依旧赖在童逸的怀里不肯动弹，苦笑了一下继续说："我参加综艺的时候家里还好好的。那个时候我真的傻乎乎的，让我现在都不想看到，每次看到心里都会难受。"

"我并不知道这些。"童逸想到自己还叫米乐陪自己看，不由得有点尴尬。

"你怎么可能会知道？这种事情怎么可能会曝光。"

"你爸爸出轨，你妈妈知道吗？"

"知道啊，当然知道，"米乐说到这里，语气里带着一丝恨意，"小三自以为我爸对她是真爱，只是碍于我妈才无法离婚，于是放了狠招。放出我妈早期的一些消息，说她靠潜规则上位，让她的事业经受了致命打击，从那之后她便人气下跌。"

"我好像听说过这件事，当年闹得挺大的。"

"当时我妈的事业几乎崩塌了，然后感情上也遇到了巨大的问题，就是她终于知道我爸出轨了，还有一个私生女。"

"我的天？！"爆炸性八卦还有彩蛋？

"从那之后我妈就彻底崩溃了，精神都出现了问题，她每天歇斯底里地对我说：'乐乐，妈妈就只有你了。'"

童逸想到米乐家里的情况就忍不住蹙眉，问："你妈妈为什么不离婚？"

"不可能离婚的，他们都是公众人物，如果我妈妈提出离婚，我爸一定会背负骂名。我妈呢，事业毁了，如果离婚了就会一无所有。而且我妈当时的想法也很极端，就是……绝对不能让那个贱人得逞，她就是不离婚，那个贱人永远都别想上位。以至于他们现在都在互相折磨。"

"我怎么听着这么生气呢？"

"从那个时候我就意识到了一点，如果有人一直在恶心你，那就是他真的过分。不要留面子，不要自作优雅，说不定什么时候就会给你致命一击。如果想要自己过得痛快，就得比他们更狠！"

"不不不，你的三观不太对劲了，咱不能这样，还是好人多，比如我。"

米乐看着童逸笑："你是什么好人啊？最开始的时候都烦死你了。你想想看，突然打了一架，还害得我经济被封锁，再见面还跟在我身边絮絮叨叨的，在寝室里还一而再再而三地招惹我，我能放过你才怪。"

"最开始？"童逸找到了关键词，"那现在呢？"

"现在啊……说不好。"

童逸看着米乐就觉得心疼，又问："所以你的父母现在已经彻底决裂了吗？那你呢？他们对你好吗？"

"我妈的状况时好时坏，为了捆住我，闹过自杀，一直监视我，我不回她的消息就觉得我也要抛弃她了。但是好的时候，又对我特别好。我有帮她找过心理医生，但是她一直拒绝。"

"你爸爸呢？"

"他啊，过得挺好的，后宫和谐，简直跟个人生赢家似的。"

"那个私生女呢？"

"那个小姑娘曾经找过我，跟我说她嫉妒我，因为我过得光鲜亮丽的，她却只能隐藏身份，隐姓埋名。有什么好嫉妒的，我都要烦死了。"

"其实她也是无辜的，她自己也不想当私生女。反正这场斗争里，最可怜的就是你们两个人。"童逸这样评价。

"我觉得那个小姑娘也不太正常了，她曾经有一次拿着刀来找我，说要划花我的脸。"

"这是神经病了吧！后来呢？"

"我坐在椅子上看着她，跟她说，你这一刀应该捅在米唐的心口上，这样我还能瞧得起你。然后她就开始哭，哭到一半被我的助理跟保安带走了。"

思量了一会儿，童逸才说："你总这样也不是办法，得想办法改变现状，不然你过得难受，我看着也心疼。"

"我就是心疼我妈，但是又有点恨她，很纠结。有什么办法呢，我是他们的孩子啊！摊上了，没办法。"

童逸揉了揉米乐的头，接着说："我觉得你多少被他们影响了，现实里的性格有点焦躁，而且行为也有点偏激，以后我得帮你控制控制。"

米乐不解，问："你怎么帮我？你自己都傻乎乎的。"

"老子有钱啊，没有钱解决不了的事情。"

"突然觉得你说得很有道理。"

"揉揉我们小兔子的头。"童逸又揉了揉米乐的头。

米乐立即推开了童逸的手："你怎么知道这个外号的？"

"我看你综艺了啊，那个时候叫你小兔子，你就配合地蹦来蹦去的，多可爱，我喜欢坏了。"

"滚滚滚，这是正常男生该有的外号吗？"

"我挺喜欢的。"

米乐微微蹙眉："我胃不舒服。"

"喝酒喝的吧，我看你挺能逗能啊！喝酒时牛得就跟动感超人似的，现在知道疼了吧？"童逸提起来就气，接着起身嘟囔，"等我查查胃疼该怎么办。"

"我包里有胃药，你帮我拿来。"米乐小声说道，还故意露出一脸可怜兮兮的样子，让童逸不能再发飙。

童逸拿米乐没辙，掀开被子下了床，一边找米乐的包一边嘟囔："小样，你这是惯犯啊，还常备着药。我跟你讲，你要是以后还这样我就收拾你，小细腿给你掰断。"

童逸拿出胃药，想了想反应过来说道："不对劲啊，你在梦里吃药有什么用？"

童逸挣扎着醒了过来，抬手揉了揉自己的头发，总算是缓过来了。

走到院子里看着围栏，发现这围栏真挺难爬的，主要是没什么支撑的地方。

最后童逸搬出来一个椅子，又找出来衣架支撑着身体，艰难地越了过去，接着轻盈地落地。

探头探脑看了看，发现米乐在房间里还在睡觉，这才走到了落地门前。

打开门，发现门真的没锁。

他直接走进了米乐的房间，打开米乐的包，还真跟梦里都一样。

好在他已经知道药的位置了，拿出药来看了看后面的说明，挤出药来到了床边，给米乐倒了一杯水。

米乐说自己在梦魇，其实在童逸看来米乐睡得挺沉的。

他迟疑了一下搬起米乐的身体，捏着米乐的脸，手指快狠准地将药塞进了米乐的嗓子眼位置，接着开始灌水。

一点也不温柔。

他以前给猫喂过药，就是要快狠准，他给猫都没喂过水，对米乐已经算是不错了。喂完水米乐开始咳嗽，然后整个人蜷缩在被子里。

过了半晌又继续睡了。

"我去……"童逸小声嘟囔了一句，心说这小子睡得挺沉啊，家里来贼了都不知道？

不过想想也正常。

米乐喝了那么多酒，再加上特别疲惫，肠胃还不舒服，人陷入了睡眠中就跟昏迷差不多了。酒量再好，喝了那么多也不可能一点事情没有。

童逸坐在床边，自己把水杯里剩下的水都喝了，正要起身，米乐就迷迷糊糊翻了个身。

他微微一愣，回过头就看到米乐似乎是醒了，然而还觉得自己是在做梦，分不清是现实还是梦里，主动凑过来。

嗯，在米乐那里，他坐在这里给他喂药，是跟梦里连着的。酒精加梦魇，让米乐迷糊了，分不清也不奇怪。

下了床，童逸蹲在床边盯着米乐睡觉的样子看，看了一会儿就悄悄离开了，走的时候还收拾了东西，好像他从没来过似的。

到了院子里他开始踌躇，最后是壮着胆子进了无边泳池里，从边沿回了自己的院子。他在泳池里全靠个子高，全程站着走过去的。

米乐第二天上午九点多才醒过来，起来后去洗漱。结束后打开包决定吃片药，结果发现药似乎少了一片。

他来的时候特意看了一眼，拿来的是一板没有吃过的，怎么少了呢？他突然想到昨天梦里童逸似乎喂过他吃药。

不过他很快就否定了。

不可能的，那只是梦，怎么可能到现实里来，有可能是他记错了吧？

他之所以在梦里大胆，是因为确定梦里的事情跟现实无关。

吃了一片药后，他找来了菜单，打电话给自己点了一碗粥。

手机这时收到了消息，米乐拿来看了一眼。

童逸：我想吃饭，但是我语言不通。

米乐：饿死得了。

童逸：昨天我帮你挡酒了。

米乐：我忘恩负义。

米乐回完就觉得心情好多了，没想到童逸居然直接来敲门了。

最可恶的是米乐当成是他的粥来了，直接开了门，看到门口的是童逸，他立即打算关上门。

童逸推着门，从门缝硬生生地挤了进来："我们还是不是同学了？"

"不想是。"

童逸掏出自己的手机，给米乐看一张图片："你看看这张图，我真是无力吐槽了。"

童逸拿出来是拍照翻译的页面，米乐仔细看了看上面的字笑了，上面的文字有：面……这是什么意思……我的意思是……螺旋……粪便……意面。

"我觉得这个翻译软件有点毛病，一个都没翻译对，还问我是什么意思？还有那个粪便是什么鬼？"童逸指着屏幕吐槽。

米乐忍不住笑，扭头去拿来菜单问童逸："你想吃什么？"

"意面，还有各种。"

"你早上能吃很多吗？"

"我的食量大致是你的十倍，毕竟我的个头不是白长的。"童逸回答。

"这是五种口味的意面。"米乐指着一页说。

"这不用你说我也能猜出来。"

"我劝你选保守一点的，不然真不一定是什么口味的香料，让你无法接受，就黑胡椒跟番茄你选一个吧。"

"两个都要。"童逸说道。

"还要其他的吗？"

"有什么？"

米乐继续看菜单，接着对童逸说："有比萨，各种蛋糕，还有切片面包、果酱、沙拉、冰激凌。"

"点个比萨吧，然后有鸡胸肉的沙拉。"童逸回答。

"走，去你的房间点。"

"为什么？"童逸不解。

"在我房间点会记我的账。"

"你怎么这么抠呢？"

米乐也不管，直接出了门去了童逸的房间，用童逸的房间电话点餐。

童逸的房间还晾着昨天进入泳池时穿的衣服，如今还是湿哒哒的。不过米乐没有特别在意，低头看菜单。

点完菜要走的时候，米乐突然想到了不对劲："我房卡忘记带了。"

童逸看看米乐身上的浴袍，点了点头："好像是的。"

米乐试探性地问："能不能……"

"我忘恩负义。"

米乐再次去打电话，得知这一项需要米乐亲自去前台办理，服务生不能私自帮他开门。

他再看看自己的浴袍，真是不想穿着这身去前台，万一被人拍到就不好了。

于是他叹了一口气，再次看向童逸："借我一身衣服？"

童逸正在拍房间椅子上的鞋印，想了想后还是点头同意了，打开自己的背包，大大方方地问："内裤用借吗？"

"我穿了。"

"你要哪身？"童逸问。

米乐蹲下来看看看，忍不住问："你不就带了一身衣服吗？"

"我就是客气客气。"童逸差点忘了，另外一身在他身上穿着呢。

米乐拿出这身衣服去了卫生间，穿上后出来照了照镜子。

黑色的上衣，印着"宇宙最强"字样，怎么看怎么"中二"。裤子是一般的休闲裤，穿上之后又松又垮又丑。

"挺好看啊。"童逸站在米乐身边感叹。

米乐回了一个嫌弃翻倍的眼神。

童逸看着米乐穿自己衣服的样子还美滋滋的，有种窃喜的感觉。

他比较感兴趣的人，穿着他的衣服，被他的气息包围着，怎么想怎么内心满足。

米乐对着镜子整理了一下自己的发型，努力挽回被"中二"衣服败坏的形象。好在出来之前洗漱过，不然情况就更糟糕了。

确定形象没问题，米乐才出了房间去办理自己的房间手续。

米乐回来的工夫，童逸正在房间里整理餐桌，上面摆了两份早餐。

童逸的食物占了80%，而米乐只有一碗粥。

"他们直接送我这里来了，你跟我一块吃吧，碗还挺烫的。"童逸拿着刀叉开始往一个空盘子里装东西。

两种意面一样挑出来了一些，比萨切了一小块，外加一点点沙拉。

"我的刀叉还没用过，是干净的，你跟着吃点吧。"童逸知道米乐的性子，特意强调了一下。

米乐迟疑了一下还是跟着坐下了，拿起勺子喝了一口粥回答："我不吃。"

"这么点就跟喂鸡似的，我们队里的队员吃早饭如果是粥，那绝对是一大盆的量，我也没见他们有多胖。"童逸把东西推到了米乐的面前。

米乐看着东西的确有点馋，不过还是故作矜持地问："你语言不通，空盘子是怎么要的？"

"我跟他比量啊，指着盘子，然后再比个一，他过会就给我送过来了。"童逸说得还挺兴奋的。

"优秀。"

"一会儿我们一起出去玩吧，我的机票是假期快结束才回去。"童逸突然提议。

童逸来这边参加婚礼，本来就打算在当地玩几天，就当是旅游了。

来之前是打算找地导的，由地导提供车，开车带着童逸就可以到处去转转了，还能给他单独讲解。不过米乐在这里，他就打算找米乐一块去了。

"你在一个旅游景点一站，装成在努力看风景的样子不动，三十分钟内，就会有三波国内旅游团出现在你的身边讲解。如果你嫌弃有方言听不懂，还可以再等等，说不定再过一会儿就有东北团过来用东北话讲解了。"米乐对这个不感兴趣。

"这么神奇的吗？"

"对啊，国内热衷于旅游，买包、买口红，世界那么大到处去看看，做到这三点就仿佛进入了时尚圈一样，是朋友圈发照片的第一选择。"

童逸看着米乐的样子，突然觉得米乐真是跟他渐渐熟悉起来了，不然在之前，米乐怎么可能跟他说这些？

说着话的工夫，米乐吃了一小口意面。等米乐的一碗粥吃完，童逸给他拨过去的东西也差不多吃完了。

童逸突然后悔没多给点，米乐多吃点才能有点肉。

他总觉得米乐就像那种工艺摆件，有个上身，然后腿是两根绳子，吊着两个脚丫子乱晃。腿太细了，又细又长，镜头里好看，现实里看着就有点让人心疼了。

米乐吃最后一点东西的时候，童逸拿出手机对着米乐拍了一张相片。

米乐立即蹙眉看着他，问："干什么？"

"难得穿我衣服，我拍一张。"

"不许发朋友圈，不许发微博。"

"挺好看的。"童逸拿出手机给米乐看。

米乐伸出手要抢手机："还是删了吧。"

"不，"童逸立即锁上了屏幕，将手机放进裤裆里，"有能耐你来掏。"

米乐："……"

米乐回房间的工夫，童逸一直跟在米乐的身后念叨："我们俩出去玩吧，我来买单，你想要什么我也给你买。"

"不去，我要留下来看剧本。"

"我们去海边玩也行啊。"

"不去，院子里就有泳池。"

这个工夫，左丘明煦突然穿着薄薄的衬衫，一条花裤衩来找米乐，看到他们俩就兴奋地问："我们出去玩啊？"

米乐："……"

他以前怎么不知道左丘明煦这么没眼力见？

左丘明煦走过来问："帕帕，你这身衣服不是你的风格啊。"

"这身衣服是我的。"童逸指着衣服说。

"哦？！"左丘一副八卦的样子。

米乐立即解释："不是你想的那样。"

接着快速说了一遍刚才发生的事情。

左丘明煦听着直乐，点了点头比量了一个"OK"的手势："了解。"

三个人一块进了米乐的房间，左丘明煦还跟童逸特别和谐地聊着天坐在了他房间的沙发上。

米乐就盯着他们俩看，结果这两人都不理他。

左丘明煦问童逸："我昨天就看到你了，特别震惊，你怎么混进来的？进来追星的吗？"

"我追什么星啊？星都愿意追我。"

"那你怎么混进来的？"

"就是酒席那个各种被人拉赞助的冤大头老头，是我爸。"童逸回答。

"我没太留意，"左丘摇了摇头，"我喝酒三杯倒。我就在人群中看到你一次，然后我就倒下了再也没爬起来。"

童逸嘿嘿直乐，然后看向米乐："你赶紧收拾东西啊，我们都等你出去呢。"

"真出去？"米乐烦躁地问。

"不然呢？趁年轻享受一下人生，偶尔发发朋友圈刷刷存在感，让关心你的父老乡亲们了解你一下也不错。"童逸开始喂特别无味的鸡汤。

米乐终于妥协了，到行李箱里找衣服出来，接着拿出一个小型的熨斗熨衣服，看得童逸都震惊了："真精致啊。"

"艺人嘛，"左丘明煦非常理解，"我以后也会这样，毕竟我以后肯定比他红。"

这里是旅游城市。

就好像米乐说的那样，到处都是同一个国家的人，就连售货员也说着流利的中文。

童逸到了窗口点了一杯熊猫果茶，又给左丘明煦点了一杯柠檬红茶，接着对售货员说："最后一杯你就接一杯矿泉水，然后把杯子封上，插上根吸管就行，多少钱你开价。"

售货员都震惊了，偷偷看了看这三个人。

左丘明煦还算是正常，但是童逸就很离谱了，戴着一顶帽子，还戴着一副墨镜，大热天还戴着个口罩，身上也是长衣服长裤子。

米乐也没好多少，同样是帽子跟墨镜、口罩，穿的还算正常，至少长裤子是破洞的乞丐裤，露出大片白白的膝盖来。

三个人捧着水离开的工夫，米乐忍不住问童逸："你为什么要把自己遮得这么严实？"

"一看你就不在意跟我的聊天内容，我跟你说过，我对紫外线过敏。"

米乐仔细回想才想起来有这么一回事，点了点头后笑了。

童逸扭头看他，问："你笑什么？"

米乐指着前面的镜面墙壁："你自己看看，同样的打扮，我就是乔装的艺人，你就像一个劫匪。"

"不是，你乔装完还像个艺人，你乔装有什么用？"童逸问。

"只是不想被拍到很丑的相片，尤其是表情呆滞的，这样好一点。"

"我想给我女朋友买点礼物。"左丘明煦对他们俩说。

"逛商场啊？"童逸听完就有种翻白眼的冲动。

米乐看到童逸不高兴，他就高兴了，于是同意了："行啊。"

接着三个人真的去了商场。

童逸到了商场里面才反应过来问："小明，你有对象啊？"

"有啊，我明天就回国侍寝去了。"

童逸震惊得半天没说话。

他们走到二楼后，渐渐有粉丝认出了米乐。实在是这三个帅哥走在一起太扎眼，会引人多看几眼。

童逸进入室内后就拿掉了帽子跟口罩，只戴了一副墨镜，只有米乐一个人围得严实。然而米乐的粉丝眼睛就跟透视镜似的，还是很快认出了他。

"一般这种情况需要玩命跑吗？"童逸低头问米乐。

米乐的嫌弃从墨镜都能透出去："跑什么？我又不是贼。"

"那怎么办？"

"淡定呗，会被偷拍。"

"我需要躲远点吗？"

"没必要，身正不怕影子斜。"

于是他们逛街的时候就成了他们三个人在前面走，后面跟着一群迷妹拿着手机拍他们，童逸没有过经验，弄得他颇为不自在。

商场里在放音乐，此时成了熟悉的节奏。

米乐突然转过身看向他们，然后扯下口罩露出嘴巴，微笑着开始扭动身体。

跟着音乐的节奏，最开始只是简单的跳舞，后来幅度越来越大，说是演唱会的现场级别也不为过，与此同时还在跟着童逸他们走。

一边走一边跳舞，速度同步，居然还很自然，就好像排练过很多次似的。

这一举动引来迷妹们的一阵尖叫声，简直震耳欲聋。

童逸还叼着吸管，回头去看米乐跳舞，嘴角微微含着笑，觉得米乐突然跳舞还挺有意思的。

这个时候有人朝米乐丢娃娃，童逸看到有东西突然飞过来，下意识地跃起，接着一巴掌把东西拍了下来。

娃娃啪叽掉在了地面上，显露着孤独、弱小、无助。

米乐跳舞的动作一顿，接着快速捡起娃娃，笑得特别夸张。

他把娃娃砸向童逸，被童逸接住了，与此同时他大笑着骂："神经病啊！"

"职业病犯了。"童逸也挺无奈的，随口解释了一句。

手里拿着娃娃看了看，发现米乐没有接走娃娃的意思，顺手就把娃娃别自己裤腰带上了，走路的时候娃娃乱晃。

被打断后米乐也不再跳舞了，回身跟粉丝们道别便跟着他们继续逛街。

左丘明熙一直在思考给宫陌南买点什么礼物好，走到玩偶的店铺门口站住，看着里面的玩偶迟疑了一会儿。

米乐也跟着往里面看，突然看到了一面墙的 Hello Kitty。

不知道为什么，他看到 Hello Kitty 一瞬间就笑出了声，然后朝那面墙走过去，似乎 Hello Kitty 对他有特殊的吸引力。

童逸也跟着看过去，看到 Hello Kitty 就下意识地觉得肚子疼。

那不是简单的 Hello Kitty，在童逸的心里，那是他崩塌的男人的尊严。

然而看到米乐捧起一个 Hello Kitty 公仔笑，童逸又很快忘了疼，只觉得米乐此时笑得特别好看，跟个天使似的。

米乐看到 Hello Kitty 之后根本就忍不住，脑袋里全是梦里童逸怀孕时的样子，怎么想怎么有趣，连平时不感兴趣的玩偶都看着十分顺眼。

"给我包一个这个。"米乐下意识地说，紧接着想到是在国外，立即用英语复述了一遍。

童逸突然也有点想买，这玩意儿毕竟成为过他的崽。

可是他又怕米乐发现什么，扭头就看到了哆啦 A 梦，接着对米乐说："我要买那个，最大的那个。"

米乐愣了一下，问："呃……不太好拿吧？拿回国很麻烦。"

"我扛回去。"

"为什么要买这种东西？"米乐多问了一句，眼神在童逸的身上乱看，下意识地想蹙眉。

"你为什么买啊？"童逸反问。

"送给我工作室的员工。"

"我送给司黎。"

"为什么？"

"因为他跟大熊一样傻，适合。"

"……"

米乐难免多想了一些，不过很快就觉得自己的想法很荒谬，立即否定了。

怎么可能？

米乐帮童逸跟售货员沟通，帮童逸买了一个大号的哆啦A梦。

左丘明煦之前在别的地方逛，看着他们两个人包了玩偶，总觉得他们俩都不太正常。

他买玩偶送女朋友，这两个人是怎么回事？

"童心未泯？"左丘明煦问他们。

"送朋友。"他们俩异口同声地回答。

不过米乐的身后还是有粉丝跟着，因为他们光顾，店里也一下子变得拥挤起来。

左丘明煦的礼物都没挑选完，就被米乐推出了店里。

"要不你找个地方休息一会儿，我选完礼物去找你们？"左丘明煦提议。

"我也休息一会儿，逛街只要超过五分钟我就累了。"童逸立即跟着附议，他特别需要休息，明明训练这么多年都坚持过来了。

米乐跟童逸互相看了对方一眼，虽然彼此嫌弃，却还是妥协了。

他们俩为了躲避粉丝，特意找了一个非常偏僻的地方，挨着小河边。

房间里可以吹空调的位置都有人了，两个人在户外的阴凉处坐下，身边还放着玩偶。

两个人为了避免开口就吵架，坐下后就一起玩手机，谁也不理谁。

米乐坐了一会儿突然觉得好笑，但是又不知道笑点是什么。

单手掩着嘴笑，笑容很浅，却纯粹。

童逸探头看他，纳闷地问："你笑什么呢？"

"你别跟我说话。"

"为什么？"

"看到你就想笑。"

童逸觉得莫名其妙的，他真的很认真地去思考每一件事，但是米乐的笑点他真的搞不懂。

"为什么呢？"童逸又问。

"没有为什么，你把嘴闭上。"

回去后，米乐回到房间把 Hello Kitty 丢在了床上。

拿起手机就看到左丘明煦发来的消息。

左丘明煦：你跟童逸的关系突然变得蛮不错的，他用冬天里的一把火燃烧了你吗？

米乐看着手机迟疑了一下，回答：你想多了。

童逸回到房间就接到了许哆哆的电话，这个小神婆能掐会算，甚至能算到什么时候给对方打电话比较合适。

他踢掉鞋子，躺在床上大咧咧地接听电话："喂？有事？"

"你收拾完你室友没？我把共梦取消了啊？"

童逸一听就急了，直嚷嚷："别别别！"

"怎么？还没进去梦里呢？"

"不是，就是还没收拾完呢，我打算慢慢收拾他。"

"实在不行我给你换个法子吧，我这里有一个可以让一个人连续做噩梦七天的法子，七日后绝对会让他神经衰弱、食欲不振一阵子。"

"不用，我觉得做梦的这个挺好的。"

"你怎么有点怪怪的？"

"我能有什么奇怪的？一切都正常，需要取消的时候我打电话跟你说。"

"我怎么搞不明白你了呢？不能入梦的时候不觉得无聊吗？"

童逸有点不知道该怎么回答了。

前几天童逸还想过跟许哆哆说，收回这个东西。

但是现在跟童逸提，童逸却还想玩玩，毕竟梦里的米乐比现实生活中有趣多了。

"不无聊，你跟你的小男朋友怎么样了？"童逸开始转移话题。

"还是那个样子呗，维持吧。"许哆哆提起自己的男朋友，也不知道是个什么心情，看上去还挺复杂的。

"还是我跟你有点接触，他就吃醋？"

"嗯……"

"你说他怎么那么能吃醋呢？正经的大老爷们儿，哪有几个没事儿就瞎吃醋的？"

"算了，不跟你聊了，挂了。"许哆哆说完就挂断了电话。

童逸丢开了手机，看着哆啦A梦，想了想后才忍不住嘟囔："幸好我梦里生的不是你，你比 Hello Kitty 的头还大呢，你脑袋画一画可以当地球仪了吧？"

米乐洗漱完毕，又在房间里看了会剧本。

盯着窗外看了看后，发现天气出奇地好。

米乐开始换泳裤跟防晒上衣，涂抹了半天的防晒，打算去院子里的游泳池游一会儿泳。

正兴奋地要往泳池里冲呢，突然看到隔壁院子露出半个头来，正在往他这边幽怨地看着，吓得米乐脚下打滑，差点摔进泳池里。

"你干吗？"米乐被吓了一跳，声音不受控制地发了出来，尾音还在发颤。

"能教我游泳吗？"童逸问。

"你在那里站多久了？"

"没多久，我本来就在泡脚，听到开门声才站起来的。"

"你不是紫外线过敏吗？"

"这回你终于记住了？"

童逸的确是一直埋伏在院子里等米乐，半天等不到，就时不时站起身往这边看一看。之前还志忑米乐是不是出门了，看到米乐后终于安心了。

他一个紫外线过敏的人，打扮整齐在阳光下暴晒了半天等米乐，也真的是蛮拼的。

米乐立即毫不留情地拒绝了："我不教，你找别人去。"

"我听不懂他们说话。"

"遍地会说中文的，你放心去吧。"

"我过去你那边了？"童逸问。

"我不会给你开门的。"

童逸忍不住嘟囔："我过去还用走门？"说着就打算爬墙过来。

这个围栏说高不高，但是也的确不矮，童逸说着就要爬过来。

米乐看到童逸直接就要跳下来，赶紧过去接。

童逸有把握轻松落地，毕竟爬过一次了也算是有经验，结果米乐突然跑过来接他，他立即一慌，两个人就这么叠在了一起，摔了个四仰八叉。

米乐都被童逸砸蒙了，被童逸压着的时候还在骂："童逸……你大爷！"

童逸赶紧撑起身体来，俯下身去看米乐。

米乐疼得直接蜷缩着身子，继续骂人："你就是一个灾难！"

童逸手忙脚乱地帮米乐揉，还问他："你伤着哪没？肋骨没被砸断吧？"

"滚滚滚！"

"行了，问你正事呢，滚字都比平时翻了三倍，我感受到你的热情了。"

米乐停下来自己揉了揉胸口，又揉了揉后脑勺，没有什么深刻的痛，也就是被压了一下身体难受而已。

确定自己没问题了，一抬头就看到童逸还撑着身子看着他呢。

"起开！"米乐立即推开了童逸，左右去看有没有偷拍的狗仔队。

米乐经历的最惊心动魄的一次偷拍，就是跟踪航拍。

那天他心情不好，回到房间里找了个弹弓就把航拍的机器打下来了，之后被那家狗仔队逮着黑，黑了大半年。

他起来之后就开始找能够隐藏的地方，后来发现正对面就是泳池，前面不远就是大海。周围除了左右的院子，还真没有可以偷拍的地方了。

米乐这才放心下来，起身白了童逸一眼："你土匪啊？"

童逸也跟着站起来，确定米乐没事了，才指着自己的膝盖说："都破皮了。"

"该！"

"你怎么那么瘦，揉了两下都净摸你肋骨了。"童逸就跟下载了枪版电影，看了后嫌弃画质不好的人似的，得了便宜还卖乖。

"谁让你瞎摸了？"

"你先下去扑腾，我看着你，说不定我就学会了呢。"童逸指着游泳池说道。

米乐原本只是打算过来放松一会儿的，结果被人砸得直迷糊，院子里还多了一个讨厌鬼，立即烦得不行。

"滚蛋！"

童逸掐着腰，回答得理直气壮："咱俩四舍五入就是一起出生入死过的好兄弟，你怎么能这么对我？"

米乐终于无奈了，指了指泳池对童逸说："你下去自己琢磨吧，等你快淹死的时候我会去救你的。"

童逸还真下水了，进去之后站在泳池里，水只到他的腋下位置："淹死难，但是我也不会游啊，我就会在里面走来走去的。"

"个子高是犯规啊，"米乐都忍不住感叹，"好好的一个泳池，你进去就跟个浴缸似的。"

"我怎么能横过来？"

"你成尸体以后，尸体就是横着飘在上面，毕竟你脑袋里空荡荡的，可以悬浮在水上。"

童逸以前嘴贱，他自己都承认。现在他真觉得米乐嘴也挺贱的，句句都是奔着吵架去的。

不过童逸也贱，现在居然越看米乐越顺眼了，嘴贱他都觉得挺可爱的。

童逸在水里扑腾了两下后，米乐还是忍不住了，跟着下了水，到了童逸身边说："你扶着这边的扶手，试着起来。"

童逸跟着米乐说的做，米乐会在一边扶着童逸的腰。

"不好，踩到边了……"童逸惊呼了一声。

"……"米乐又被这二傻子逗笑了。

童逸扶着下来泳池的扶手努力飘起来，在米乐扶着的情况下抬起腿，手臂加上身高的长度，成功踩到了无边泳池的玻璃板。

场面一度非常尴尬。

"你适合去大海里学游泳。"米乐忍不住抱怨。

"不行啊，我看新闻里老说，在海里有什么水母，或者什么东西，碰一下就死掉了。"

"你每天看的都是些什么新闻？"米乐问。

"就是每日推送啊。"

米乐伸手把童逸往下按，童逸立即松开手扑腾起来，勉为其难地起身后，擦了一把脸上的水："你要杀人啊？"

"就是刚才的那种感觉，这么游就对了。"

童逸走到边沿，抱着栏杆心有余悸："别人教游泳要钱，你教要命。"

"不喝几口水，都跟没学过游泳似的。"

"你学的时候喝了很多吗？"

"我鼻子里进水，呛得不行，大概是……呃……五岁？"

童逸依旧怨妇一样地扶着栏杆，叹了一口气："让我缓缓。"

这个时候却听到童逸房间里传来了一个男人的声音："兔崽子？在哪呢？"

童逸立即爬了上去，在围栏边探头看，叫了一声："爸！你怎么进来的？"

童爸爸看到童逸的脑袋有点迷茫，问："我进错房间了？"

"没有，我在我同学这玩呢，你怎么进来的？"

"你搬进来之前，我就要了另外一张房卡。"

"哦。"

童爸爸走到院子里，看了看围栏边的椅子，还有旁边扶着的衣架，问童逸："你这是在你们俩中间搭了个门啊？"

童逸有点不好意思："过来方便。"

童爸爸也跟着探头往这边看，接着看到了米乐。

米乐还是点头问好："叔叔好。"

"哦，跟我们家兔崽子喝酒的小同学吧？"

"嗯。"米乐那天跟童逸喝了半天"酒"，童爸爸不可能没注意到。

"那你们先玩吧，我也没什么事。"童爸爸立即懂了什么似的，扭头就打算走，想了想后又回头看米乐，问，"你爸的新戏需要投资吧？"

米乐根本不知道这些事情，他并不关心米唐的电影，只是随便回答了一句："我也不是很清楚。"

"这样啊，让你爸打电话联系我吧，我跟他聊聊天。"童爸爸笑呵呵地说完就走了。

为什么突然就说这个，是想他跟童逸好好相处吗？

米乐突然问童逸："你在这边住得还习惯吗？睡觉都正常吗？"

"还行啊，玩玩游戏就睡觉了。"

"你这样的人是不是都入睡很快？"

童逸点了点头："还真是，说睡就睡，一夜无梦，醒过来就第二天了。"

童逸回答的时候都没多想，他本来就是睡觉很快，而且从来不做梦的人，下意识就回答出来了，还真就没撒谎。

但是米乐是有意试探，听到童逸都不做梦，就忍不住自嘲地笑。

他真是做贼心虚，居然会担心这么离谱的事情。

童逸跟米乐学游泳，两个人后来又吵了一架。

主要的原因是童逸学习的时候犯贱，把水往米乐的身上泼，想来一出水中嬉戏。

米乐开始没在意，但是说了三次"别闹了"之后童逸还闹，米乐就恼了，直接开始动手。童逸最近让着米乐，根本不会还手，被米乐收拾得不行，就赶紧跑了。

收拾完了之后，童逸去了童爸爸的房间，进去就嚷嚷："爸！我饿了！"

"你找我就没别的事？"童爸爸没好气地问。

"我又晒伤了，你看看我脖子都脱皮了。"童逸哈腰给童爸爸看。

童爸爸一巴掌拍了上去。

童爸爸走到一边拿来菜单，递给童逸问："能看懂吗？"

"看不懂。"童逸回答得特别理所当然。

"你这个大学白上的，这个都看不懂？"

"我怎么上去的你心里没数吗？你这几天怎么吃的？"

"天天有人请我吃饭，今天才结束。你说你都二十来岁了，就不能跟你爸好好说话？"

"我十九岁。"

"我说你在这方面怎么这么较真呢？我也就是这么一个语气词。"

童逸倒是急了，直接嚷嚷起来："我要是二十来岁，进国家队都得是一员老将了！"

"把你小同学叫过来，让他帮忙看看菜谱。"

童逸一听就来劲了，立即发消息给米乐。

米乐收到童逸微信的时候，正跟左丘明煦聊天呢。

花儿子：你粉丝怎么那么可恨呢？

花儿子：我难得跟你蹭一次热度，还单独把我截掉了。

花儿子：最后我是在评论里找到了一张三个人的图，相片还糊得跟祖传下来的似的，我看起来就像一个围观的路人。

米乐看了看最新的热搜，之前还是后排，现在已经杀到了中游，不知道后期会不会越来越往上。每次他跟童逸的消息只要上去，就有点不受控制。

原因是：两个人站在一起实在太养眼了。

这一次米乐的团队没再营销他们的消息了，这个热搜全是靠自己的一身"邪"气自己上去的。

他在商场里回应粉丝，突然跳舞能上热搜米乐不觉得奇怪。夸张的时候他一点小事都能上热搜。可是配的文字为什么是"我在闹他在笑"？

然后截取的动图里还有童逸，捧着杯饮料，还在喝东西，回头看他跳舞的样子，模样笑眯眯的，被粉丝誉为最宠溺的笑容。

宠溺个头啊，童逸明显只是笑呵呵地看热闹！

米乐又点开视频看了一眼，这一次着重在里面找左丘明煦。

他发现视频里只是有几次抖了几下，左丘明煦才被拍了进去，大家的关注点果然都是他跳舞，以及童逸的身高。

澜卿未辉：其实米乐平时里多少有点紧绷，这估计跟他一直有压力有关，稍微有什么做不好就会被批评，他承受得太多。但是他对童逸不是这样，跟童逸在一起的时候显得很开心，也很放得开。看过米乐所有的综艺，也没见过米乐大笑着跟谁这样打闹。

原色：我的注意点有点偏，童逸走过去的时候，盯着童逸的那两个妹子表情好逗。她们发现自己的身高只到童逸的腋下后互相对视了一眼，接着捂着脸跑开了。

九醉哥哥保护你：这三个人真的好高啊，看视频里走过去的时候，周围的人都比他们矮一截。尤其是童逸，米乐都比他矮一截儿，米乐可是身高一米八八啊！

米乐在官网上写的身高是 188 厘米，为的是不暴露别人虚报的身高。

这就显得童逸有点太高了。

童逸以后会是运动员，身高、体重不会虚报，之后再看身高，真的就是分分钟打脸。

往下仔细翻，才看到几个夸左丘明煦也很帅的，是他们喜欢的类型。

还有人说是米乐跟童逸单独约会的评论，下面会有回复说，旁边其实还有一个人呢！全程左丘明煦都没有姓名，只是一个陪衬而已。只有在澄清的时候，大家猜想起来还有他。

米乐点开第一个聊天框就回复了一个：淡定。

童逸：？？？

米乐看到名字发现不对，往上看了一眼发现是童逸发来的消息。

童逸：过来帮我们看看菜单呗，我跟我爸都不会。

米乐：淡定。

童逸：？？？

米乐朋友少，微信好友也少，平时只跟左丘明煦聊几句，有点溜号的时候居然点错了人。

米乐：你们没有翻译吗？

童逸：没有啊，多麻烦，你过来呗。

其实陶曼玲有交代过让他跟童逸好好相处，也是因为童逸他爸。

陶曼玲放弃了炒他跟童逸的绯闻上热搜，也是因为童逸他爸。

不然现在这个视频早就头条了。

米乐迟疑了一会儿还是过去了，进入房间就听到这爷俩在吵架。

"你趁你还能说话赶紧找几个护工，久病床前无孝子，你自己喝酒喝成傻子了别想我伺候你。"童逸打开门的时候还在回头跟他爸嚷嚷。

"现在应酬哪有不喝酒的？"

"喝酒厉害啊，你见过喝酒的正规比赛吗？这玩意值得推崇吗？"

米乐走进房间，还没说话，童逸扭头跟着骂了他一句："还有你，以后再

159

瞎喝酒我就收拾你，揍不死你。"

什么叫躺枪？

这就叫躺枪。

米乐被凶得莫名其妙的。

"哟，小米过来了？"童爸爸看到米乐就笑呵呵地打招呼。

"什么小米，跟叫一个品牌似的。"童逸先觉得不好听了。

"行，小老弟过来了？"

"嗯。"米乐立即笑着应了一声。

童逸站在一边一愣，他爸叫米乐小老弟，他得叫米乐什么？

他爸是不是缺心眼，随便给他降辈。

米乐翻菜谱跟童爸爸简单介绍的时候，童爸爸强烈要求米乐留下来吃饭："一起吃吧，大家都是哥们儿。"

"谁跟你是哥们儿？！"童逸在一边掐着腰说。

"你一定要在你同学面前展现你的不孝顺吗？"童爸爸忍不住问童逸。

"我从来没说过我是孝子好吗？"

"我就不……"米乐想要拒绝，又被童逸打断了。

"你就随便点我们俩吃的吧，你的食量，估计每个东西吃一点你就饱了。"童逸到了米乐身边跟着看根本看不懂的菜谱。

米乐只能妥协，打电话点完东西，这爷俩又聊了起来。

他甚至觉得自己在看免费的双口相声，后来画风一转，似乎开始不经意地炫富了。

"你来这边买点纪念品没？"童爸爸问童逸。

"买了个大娃娃，挺大呢，带回去费劲。"童逸说的应该是哆啦A梦。

"这算纪念品？"

"算吧。"

"要不我让助理整理点房地产信息，你在这买套房子吧，就当买纪念品了，正好把你的破娃娃扔那。"

"不，我要带回去。"童逸回答，对哆啦A梦还挺执着的。

"那房子不要了？"

"我觉得这个酒店不错，你给我买了吧？"

"行，我问问他们卖吗。"

米乐看得目瞪口呆，到童逸身边问："你有很多套房子？"

"应该有不少吧……"童逸似乎记不清究竟有多少了，扭头问童爸爸："爸，我有几套房子来着？"

童爸爸正发消息问呢，不耐烦地回答："我上哪记得这种破事去？"

童逸扭头问米乐："名下有多少套房产，这玩意能上哪查一查吗？"

"应该可以查吧，具体我也不清楚。"

"我其他的房子估计都荒废成阴宅了吧。"童逸突然想到自己还真有好多房子没住，不由得有点发愁了。

不提都想不起来。

"买那么多房子干什么？"米乐十分不解。

"我爸土财主一个，投资什么赔什么，干什么买卖什么黄，就那么几个矿撑着。我们一直在未雨绸缪，就怕哪天家里没钱了，这样我们也有地方住，有点后手，房子这玩意赔得不厉害。不知不觉就买多了，还赚了不少，自己都算不清究竟有多少了。"童逸解释完还在查询怎么查自己名下房产。

"呃……矿让你们坚持了这么久？"

"可不就是？每年都捐出去好多，到现在都没捐完，还越来越多，我们爷俩都不知道我们家到底多少钱。"

米乐沉默了许久，总觉得这爷俩的钱至今没被骗光，也是个奇迹。

童爸爸这个时候问米乐："我一看你就觉得你聪明，要不你来我们家帮帮忙，看看钱怎么花？"

这是一个诚挚的邀请，邀请米乐去他们家花钱，多么朴实无华啊！

米乐赶紧笑着拒绝了："不了，我也不擅长这个。"

童爸爸笑了笑没再说话，饭刚送来，童爸爸就又被叫走吃饭去了。

这次吃饭聊的内容是：买酒店。

米乐目送童爸爸离开，童逸已经坐在桌子前开始吃饭了。

"来来来，吃你的'鸡食'了。"童逸开始给米乐挑东西出来。

米乐还是坐在了童逸对面，沉默了半天才又问："还真买啊？"

"不知道，反正买完没多久就忘了这回事了，都是交给别人经营。"童逸说得特别无所谓。

神奇的一家人。

第六章
惹事精与夯毛鬼

米乐当天晚上又做梦了。

童逸刚出现，就世界末日了，直接大地震，许多房子都塌了。

童逸站在米乐身边，看着动荡的世界整个人都傻了，似乎没想到这次的梦这么大的阵仗，米乐去看《2012》了？

米乐看着童逸说："怎么办？你们家的后路都没有了，房子都塌了。"

童逸愣了会神后大笑起来，明白米乐为什么做这样的梦了。

不过他似乎也不在意，回答他："所以我现在什么都没有了，只有你了。"

童逸个子高，在围墙边探头出去，直接说了一句："不是吧！"

"怎么了？"米乐问他。

"歪歪扭扭地来了一群丧尸！这……怎么办？"

米乐拉着童逸就找地方跑，还叮嘱童逸："你别跑丢了，听到没？"

"全世界都是丧尸，咱俩能活几分钟？"童逸陷入了思考。

"我绝对不会让丧尸咬你一口！"米乐回头就说了一句。

"我突然觉得你很可靠啊！"

"怎么？不服？"

"没有，真带劲！"

漆黑的房屋，倒塌的墙壁让这里进入了断电的状态。

童逸的身高进入这样的房屋有点难受，米乐还在门口努力挪东西挡着门。

门外被他们俩吸引来了成百上千丧尸，他们只能冲进一间房子里，以求自保。

童逸先去里面探路，看片多了，就变得特别地谨慎，一直是摸黑探路，轻手轻脚的，生怕突然又蹦出什么来。

米乐从后面跟上他，问："里面能走吗？这要是没水没食物的，我们可就要在这里待好久了，估计就是等死。"

"还不怪你的梦太离奇？"

两个人又试探性地往里走了一段，发现里面是死路一条。

米乐看到不远处有一扇窗户，爬上碎石蹲在窗口往外看，回头对童逸招手："童逸，你过来，外面可有意思了。"米乐看得直乐。

童逸跟着爬了上去，蹲在石头上往外看，忍不住问："混战了？"

"仔细看他们头上。"米乐说。

童逸眯着眼睛使劲看，看到有一批丧尸的头顶缠着一块布，写的是：黑粉。也就是攻击过他们的丧尸。

来的另外一批头上的布是红色的，写的是：真爱粉。

两批丧尸就这么打了起来，真爱粉的战斗力极强，并且有团队意识，会组团作战。黑粉则是零散的组织，渐渐就被打败了。

紧接着就看到真爱粉丧尸们开始举起灯牌，甚至立起了一面大旗，大旗上面写着"我乐逸"三个大字。

"多感人啊，都成了丧尸了还继续粉我们，世界末日还高举'我乐逸'大旗，可见他们的真爱程度。"米乐忍不住感叹。

童逸都有点看不懂了："所以我们现在可以出去了吗？"

米乐摇了摇头："不，更可怕了。还是人的时候还能保持理智，但是如果是丧尸了，看到自己喜欢的人，估计会生吞活剥了。"

"这么可怕？"

"如果你变成丧尸了，看到我了会怎么样？"

"会保护你。"

米乐立即身子一歪，靠在了童逸的身上："我不一样，我一定会一口一口吃掉你，免得便宜了别人。"

童逸打了个寒战，总感觉这对于米乐来说不一定是一个噩梦，但对于他来说，这绝对是一个噩梦。

米乐看到童逸害怕的样子，笑嘻嘻地问："这就怕了？"

"不怕，就怕你的食量吃我得吃半年。"

米乐立即不爽了，抬手拍了一下童逸的后脑勺，结果他一下子就把童逸拍倒下了。

"别碰瓷，我没多用力。"米乐立即警告道。

"我怎么突然浑身没劲呢？还觉得特别热。"

米乐伸手摸了摸童逸的额头，发现童逸的脑袋真的很热，这才慌了："末世症状吧？"

"我要死了？"

"我不会让你死的！"米乐立即伸手去扶童逸，然后去看那个窗户，想要带着童逸出去。

米乐惧怕死亡。

他曾经看过陶曼玲半死不活的样子，一直有着心理阴影，所以他也不会看着童逸死亡。

扶着童逸从窗户逃出去，立即吸引到了丧尸。

童逸此时身体没力气，米乐扶着童逸这个大个子速度慢下来不少。

"要不你扔下我先跑了，我可不想连累你跟我一起被丧尸一口一口吃了。"童逸嘟囔着。

"别废话，不可能！"

他们两个人慢速度地前行，身后跟着一群高举"我乐逸"大旗的丧尸真爱粉穷追不舍。

原本已经绝望了，居然从远处开来了一辆车，有人拉着米乐上车，问："你朋友被丧尸咬了？如果被咬了就抛弃他。"

"他的身体突然没有力气，还有点发热，不过并没有被咬过。"

"是变异。"

紧接着童逸就被拉上车。

这是一辆装甲车，他们在城市里寻找生还者，里面还坐着其他几个人，也是被救的。

米乐进去后就扶着童逸，问救他们的统领："为什么是变异？"

"事情已经发生两天了，我们队伍里也有人发生了变异，还会演变出各种异能……"

米乐一摆手，说道："行了，不用说了，我知道了。"

现在童逸首先变异了，他还没有半点反应。

童逸气得不行，靠在车里闭目养神。

米乐还有点期待童逸会变异成什么，等把他们送到了安全区，有大夫来给童逸检查。

童逸渐渐觉得自己好多了，坐起身来活动了一下身体："我怎么感觉状态比以前还好了。"

"因为你很强壮。"大夫回答。

童逸很兴奋，眼睛里直冒星星。

大夫对旁边的统领说："我们的队伍里又多了一个强劲的战斗力。"

统领也很激动，走到童逸身边拍了拍童逸的肩膀说道："好同志，看看你有什么异能。"

童逸不怎么敢在别人的面前展示，生怕这回又是变出一堆鲜花的异能，于是拽着米乐到了人少的地方。

童逸开始试验自己的异能，很快就出现了奇迹。

他的手一甩，一阵飓风袭来。

他的手一落，立即暴雨来袭。

"呼风唤雨啊！"童逸兴奋得不得了，扭头看向米乐，"我之后就能保护你了。"

米乐微微蹙眉，突然有种不好的预感。

童逸看着他，问："怎么了？"

"不知道我会变异成什么……"

童逸试完异能回去展示了，整个安全区都沸腾了。

他们还是第一次见到这么厉害的异能，大家都觉得他们的安全有了希望。

统领对童逸拉拢的意思很明，打算拉童逸入伙，还给童逸发了身衣服。梦就是梦，十分离谱，童逸换了身军装居然还挺合身。

特种兵的迷彩服，还穿着一个黑色的马甲，马甲上配有各式武器。

童逸还戴着眼镜，走过来的时候威风凛凛的，仿佛走路带风，帅得米乐合不拢嘴。

"身上突然没有力气……"米乐虚弱地说。

"没事，你这是要变异了，一会儿你也有异能了咱俩就打一架，上次变花出来打得不爽。"

许久后米乐恢复过来后，听到了叹息声。

"他这么弱，但愿不会成为累赘。"

童逸就在旁边，听到他们的议论就不乐意了："小嘴怎么就说不出来好听的？说不出来就老老实实用来吃饭。"

童逸现在是整个安全营内异能最强大的存在，在这个动荡的时期，人人都希望自保。关乎性命，人强烈的求生欲展现出来，就没有平日那般在乎尊严，而且不会在意那么多了，态度恶劣也无所谓。

所有人都在努力巴结的对象，他自然不会招惹，于是立即笑呵呵地说："我们也没有其他的恶意，你们先聊着。"

那群人离开了，米乐却蜷缩着身体不肯动弹。

他不喜欢这样……

米乐的自尊心很强，人也特别争强好胜，不愿意输给任何人。他看到童逸那么厉害，自己却成了一个弱小的存在，心里多少有点不舒服。

童逸在这个时候将他扶起来，小声安慰道："别听他们瞎说，没事，我保护你呢。"

"走开，很烦！"

童逸也知道米乐的性子，只能尽可能地安抚："没事，这次打不成了，我们下次再打，乖，不气啊。"

米乐还是缓不过神来。

"你很得意是不是？"米乐突然瞪了童逸一眼。

童逸算是知道李昕的"心惊胆战"了，被米乐瞪一眼把他吓得够呛，赶紧回忆自己是不是哪句话说错了。

与此同时还要思考，怎么做才能让米乐开心。

这是一个难题，毕竟米乐的梦不受他控制。他被米乐的梦安排得明明白白的，米乐被自己的梦安排了，还不高兴了，这个怎么哄？

童逸看到米乐生气的样子陷入了迷茫。

为什么生气呢？

童逸的脑袋里蹦出一百个问号，一个都没得到解答。

米乐自我疏导后开始服软："世界末日了，我还变弱了，你要好好保护我。"

"肯定的。"

这个时候安全区响起了警报，有人通知说有大批丧尸靠近，他们需要紧急撤离。

童逸赶紧起身，结果看到米乐动作还慢吞吞的，立即问："弱到腿脚都不行了？"

"使不上力气。"

童逸立即走过来，横着把米乐抱了起来，快步走出他们单独的小房间。

两个人这种架势走出去，吸引了不少人注目。

他们紧急撤离时分散到几辆车。

童逸跟米乐的车上被安排了几个还没有变异的普通人。

童逸跟米乐坐在中间排，米乐发现自己变得跟林黛玉似的，手不能拿脚不能抬的。

车子在一处地点停下来，前面的人下车，走到了车前说道："这附近是安全的，我们看到前面有一处还算完好的地点，周围有很高的墙壁，说不定可以做下一处落脚点。"

童逸点了点头："哦，挺好的。"

"所以我们准备派一队人去房子里探路，看看是否安全。"

"你们去吧，我陪我朋友。"童逸回答得理直气壮。

这些人面面相觑，都觉得有点尴尬。

他们最想带去的人就是童逸，异能强大，身体素质看起来也好，会是强大的帮手。

于是统领继续劝："我们会留下三名队员驻守，这里的安全不用担心，我们还是希望你能一同过去。"

童逸也有点纠结，扭头问米乐："我是走剧情啊，还是陪着你？"

"我没有那么矫情。"米乐倔强地回答。

"那我去了？"

"你安全回来就行。"

童逸犹豫了一下，还是点了点头去了。

童逸跟着这群人走到了那处房子，有人取出仪器检测里面的情况。

童逸四处看了看，就发现稍远处的地方都有些模糊了，似乎是在远离米乐的梦境的地方。

"里面似乎很安全，没有丧尸移动的迹象。"统领突然说道。

童逸忍不住蹙眉，心中咯噔一下，立即觉得不妙。

这里是米乐的梦，梦以米乐为中心，剧情安排也会是这样。所以只有米乐出现的地方才会出现危险，才会有丧尸。

想到这里，童逸立即往回赶，果然看到有大批丧尸正在朝他们的车子汇聚。

童逸开始调用自己的异能，幻化出六道龙卷风，顷刻间便将这些丧尸卷走，带向远方。消灭丧尸，也只需要一瞬间而已，这就是呼风唤雨的厉害。

童逸找到米乐的车，就看到车里的人都下来了，只有米乐一个人在车里，车门紧闭。

童逸敲了敲门，米乐看到是他才开了门。

两个人一起躲进车里，米乐一直双手抱着膝盖看着车窗外，突然感叹："我们也算经历过很多了，居然还一起度过了末世。"

"是，在你梦里长了见识。"

"可我们现实里连朋友都不算。"

"怎么会？你在我的心里一直都是最好的兄弟。"

童逸醒过来之后发了许久的呆，梦里的米乐能跟他同生共死。现实里的米乐，童逸光想想就觉得头疼。

他现在能够达成的就是努力跟米乐套近乎，尽可能熟悉下来，让米乐别那么排斥他。

但是其他的进展基本等同于无。

童逸第一次动用自己的脑子运转，接着决定：现实里先保持朋友关系，不让米乐越来越讨厌他就可以了。

然而……人算不如天算。

几天后，他们俩现实里的关系就再度恶化了。

凭借努力把好感度刷到了 10，又凭借实力把好感度刷到了 –100。

事发当时，国庆假期已过，重新开学。

事发地点依旧是寝室。

当时童逸正在玩游戏，打排位正是关键时刻，眼睛盯着屏幕看得目不转睛，手指一个错误操作都不敢有。

所有的时机、招式，都要分毫不差。

胜败在此一举。

门口突然有人用力地敲门，童逸连头都没抬，就当寝室里没有他这号人。

米乐原本在洗手间里洗漱、卸妆，头上还扎着小鬏鬏就走了出来，看到童逸玩游戏的熊样也没叫他，自己走到了门口问："谁啊？"

"我们找童逸那个孙子！"

米乐忍不住蹙眉，迟疑了一会儿小声问童逸："开门吗？"

童逸都没工夫搭理米乐，依旧没说话。

米乐站在门口回答："他没在寝室，你们明天去排球馆找他吧。"

"我们眼睁睁看着那个孙子进来的。"说完居然开始撞门。

米乐看这种架势一愣，寝室的门锁都摇摇欲坠了。

然后米乐更不敢开门了，生怕闹出什么事情来，对着门外喊："再这样我叫寝务老师了。"

门还是被撞开了，进来了两个精壮的男生，推门进来后看到米乐，又看了看童逸，忍不住嘲讽："大明星给童小浪蹄子打掩护，好大的面子。"

米乐立即蹙眉，这句话引起了他的强烈反感："滚出去。"

他们俩的目标也不是米乐，转而开始骂童逸，无非是之前的旧恩怨，加上童逸最近又犯贱，让他们很生气。

不过语言组织水平低，骂人都是半天骂不到重点，让米乐听不明白。

童逸也不理人，继续低头玩游戏。

米乐就站在一边看着，有点无奈，特别不想参与。

刚想出去，就看到这两个人拎着桶就进来了，拿着桶往床铺上泼水，还速度很快的四个床铺都泼匀了。

"学校后面臭水沟里的水，你们好好享受吧。"说完就要走。

米乐直接把门一踹，挡上了两个人的去路，接着一拳砸向其中一个人，两个人也不是吃素的，立即开始还击。

童逸一看这是打起来了，立即喊了一句惊天地泣鬼神的话："米乐，你先撑住，等我打完这一把。"

米乐平日里也确实会偶尔多管闲事，当初帮那名女艺人，才会招惹出后来一大堆麻烦，也因此跟童逸有了过节。

但是童逸被收拾，也是米乐愿意看到的，所以根本不会去管。

然而这两人进来就牵连九族就非常过分了。

最离谱的是把米乐这个死对头都算进去了。

米乐不算什么好脾气，经过这些年娱乐圈的磨砺，爱哭鬼已经变成一个睚眦必报的人，还是加倍奉还的那种。这样的人被人招惹了，自然不会善罢甘休。

之前的阵仗已经引起围观了，都在门口探头探脑地看是怎么回事。

米乐关上门，没有目击者方便他动手。

米乐也不是什么善茬，真跟体育系打架也应该没有什么问题，偏偏被童逸那句话气到了。

米乐的确能应付一下子，但是也只能势均力敌，也就是他能打对方，对方也能让他受伤，应付不及时还是挂了点彩。

重点被打到的是脸。

童逸放下手机走过来就看到米乐往后退了一步，揉了揉脸，脸颊青了一块。

童逸立即就急了，他跟米乐打架从来不打脸，毕竟人家米乐是明星，这两个人居然打脸。

两个人跟对面两个人打架，就渐渐有了优势。

没一会儿就成了他们俩暴揍两个来挑衅的人，是这两个人鬼哭狼嚎地引来了人，过来拉架。

混乱的时候米乐还有点气，扭头就开始揍童逸。童逸被米乐打得直懵，问："咋了这是？"

"你就是惹事精！"米乐大骂。

童逸也不抵挡了，转过身亮出自己的后背给米乐揍，最后米乐被李昕架着走了。

本来是拉架，童逸看到李昕将手伸到米乐腋下，拎小孩一样地拎走了米乐，还不乐意了。

"撒手，撒手，我们祖宗打得正高兴呢！"童逸对李昕说道。

米乐扭头就骂："滚！"

李昕他们都是听说田径队的人过来了，临时跑回来的。

整个排球队没啥夜生活的也就是沉迷游戏的童逸了，所有人都是临时跑回来救场的。进寝室后他们都有点傻，根本不知道谁跟谁是一伙的。

先是童逸跟米乐一起收拾人，扭头米乐又开始揍童逸，打得不分敌我。

阵仗大，这次怕是压不住了，一群人很快都被带走了。

走在路上，童逸一直在米乐身边，问米乐："疼不疼？"

"滚！"

"一会儿你就跟上次似的，哭。"

"闭嘴吧你。"

童逸小心翼翼地拉了拉米乐的袖口，米乐很快抽了回去。

"反正就我们四个人，你就说我先动手，你就是在拉架。"童逸说。

"你又不要你的前途了？"

"你前途比我前途重要，我实在不行还能回去继承家产。"

"滚。"

这小暴脾气。

童逸以前一听米乐说"滚"就生气，现在却没脾气了，还垂头丧气地解释：

"我要是不打完那一把，我不就是猪队友了吗？"

"那你在我这里就不是猪队友了？"

童逸仔细一合计，立即恍然大悟："好像还真是这么回事？"

"智障。"

"对，我是智障，我是猪队友，咱俩一会儿去到老师面前了得默契点，统一口径。到时候双方各执一词，谁都不承认老师也没辙。等我教练来了，我后台就到了。"

米乐白了童逸一眼，怎么看怎么不顺眼。

到了办公室，有老师来处理他们的问题，单独叫走了田径队的两个人。

童逸跟米乐两个人在外面罚站，整个屋子里只有他们两个人。

米乐长这么大还没被罚过站呢，真是人生头一遭了，站得这个委屈。

"你跟田径队的为什么不对付？"米乐得知道这个，不然连打架的原因都不知道。

"这个事情呢，说简单也简单，说复杂吧，也真的很复杂。"

"赶紧说！"米乐凶巴巴地吼。

"别生气，我说。"童逸点了点头，开始说他跟田径队的恩怨，"体育系的男生吧，脑壳不清白的多，渣男也多。家里真有什么姑娘的话，一定要告诉她，找体育系的男生要慎重，和脑壳不清白的处对象被气死，和渣男处对象被渣死。"

"跑题了吧？"

"就是刚才那两个孙子，看上了一个美女。当时我们体育系还在杭北校区，还有其他几个院，那个妹子跟我关系还算可以吧，被这两个孙子纠缠烦了，就求我帮忙摆平。"

"英雄救美？"米乐挑眉问童逸。

"算是吧，妹子吧就是太单纯了，这俩孙子送她礼物，她盛情难却的就全部都收了，请吃饭什么的也都不知道该怎么拒绝，也都去了。这两个孙子就觉得事儿算是成了，结果表白被拒绝了。"童逸继续介绍。

米乐听了冷笑："这不就是心机女吗？"

"嘿，你怎么突然骂人啊？"

米乐一听这句，火气噌地就冒出来了。

童逸英雄救美美滋滋，他跟着遭殃？救的还是一个心机女，他都觉得这一架打得非常不值！他怎么这么生气呢？更想再揍童逸一顿了。

米乐忍不住嘲讽："还挺护着啊。"

"就算是事实也不能说出来，我们得给妹子留点面子。"

"呵呵。"

"我帮完忙吧，这俩孙子就觉得他们俩跟妹子没成，是因为我横刀夺爱，我还渣了妹子。"童逸继续说。

米乐笑得更灿烂了："妹子段位挺高，两边都不得罪，还都挺心疼她的，错误的不是她是这个世界，是你们。你跟他们俩互相残杀，她跟个没事人似的？"

被米乐提醒了，童逸才反应过来，再次恍然："好像还真是。"

"一群傻子。"

"刚才那个哭得最凶的是另外一个体育系部长。"童逸还不忘跟米乐介绍。

"我真纳闷，你们俩这么傻怎么加入学生会的？"

"你真当学生会是什么好地方？我大一的时候被忽悠进去的，大二就不想干了，天天微信群里@你，还得收到了回复一声。整得跟开演唱会似的，唱着唱着还得喊一句：微信对面的你们，让我听到你们的掌声。"

米乐这次忍耐得很好，没有中计，不然又得跟童逸吵架的途中被逗笑。

米乐回答："都是这样，我不太理。"

"我当时干脆就退群了，结果退群了这个副部还是我，推给别人都没人爱当。大一还没开始选呢，估计选了新人我才能被换下去，真麻烦。"童逸吐槽完还叹了一口气。

"哦。"米乐冷淡地回应。

"你为什么要参加学生会？明明做明星跟什么社长已经非常忙了。"

"不是我自愿参加的。"

童逸愣了一下，突然就明白过来了。

估计是参加个学生会，传出去名声好吧？然后米乐的家里给他报名的。

"这样啊。"童逸感叹。

米乐没说，不仅仅是参加学生会跟戏剧社还当社长，就连大学都不是他自己选的。他考H大能上头条，能洗白一波陶曼玲。

米乐没再说话，依旧觉得气得胃疼。

童逸则是低头看手机。

过了一会儿，他们俩听到有人敲窗户玻璃，童逸立即回过身打开窗户。

米乐都看愣了，他们这里是二楼。往外看，就看到司黎骑在李昕脖子上，给童逸递东西。

童逸笑嘻嘻地说："辛苦了。"

送完东西，李昕跟司黎杂技二人组就离开了。

米乐还没回过神来，童逸就整理好冰袋走到了米乐身边，把冰袋按在了米乐的脸上："靠脸吃饭的人，得护着点。"

米乐盯着童逸看了半响，伸手准备拿过来自己扶着。

"我给你拿着，挺凉的，你别冻着手，我皮糙肉厚的没事。"童逸不给他。

米乐继续靠着窗台站着，童逸则是站在他的身边，帮他扶着冰袋，还时不时偷偷瞄他一眼。

米乐都感觉到了，但是没搭理。

老师过来后童逸眼疾手快，冰块立即揣进了口袋里，就跟个没事人似的。但是兜里阵阵凉风，还是让童逸有那么点不舒服。

老师问了一句："干吗呢？还挺亲近的？战友情谊？"

"米乐同学被打哭了，我正安慰呢。"童逸回答。

米乐一听，这小子是给他安排剧情啊。

"我听说你们俩打得挺激烈啊，还能哭？"老师看了一眼米乐问道，说着坐下了，手里还拿着一个本子记录。

"老师，你仔细想想，他们俩田径队的，寝室跟我们隔着一栋楼呢，出现在我的寝室里打架，能是我主动挑事吗？"童逸跟着就坐在了老师的对面。

"让你坐下了吗？"老师冷声问。

童逸又灰溜溜地站起来了。

"说说看吧，怎么回事？"老师说。

童逸继续抢答："总的来说就是他们俩找不到对象，怨我太优秀，吸引了太多小姑娘。老师，我不针对整个田径系，但是吧，这俩真不是什么好玩意儿。"

"他们说，是你送人家小姑娘很贵重的礼物，小姑娘心里过不去，跟他们俩借钱买好的礼物还礼给你，不想欠你人情。他们觉得你纠缠人家小姑娘，才过来收拾你的。"

童逸听完都愣了："什么？"

这是什么时候发生的事情？他最近都忙着搞米乐，真没时间搞别的啊。

"怎么，两波人追一个小姑娘，最后大打出手？"老师继续问童逸。

"没。"童逸都不知道该说什么好了，这都是什么事啊？他帮完忙，结果还弄得里外不是人了。

他都不知道此时该怎么解释了。

米乐站在一边看戏，打算看着童逸自食被心机女戏耍的恶果。

结果童逸没招了，回头对他挤眉弄眼的："哭啊……"

"我并不认识他们。"米乐突然开口。

其实米乐不傻，知道用什么样的招数应对什么样的人。

哭对现在这位老师明显不适用，童逸还傻乎乎地以为米乐只要哭了就能扭转乾坤了。

老师终于抬头看向米乐。

他们学校里米乐特别有名，放弃名校报考 H 大，米乐在老师的印象里也特别的好。所以看到米乐，老师的态度顿时好了起来："但是你也动手了。"

"他们突然动手打人，我难道要老老实实地挨打吗？"不动声色地甩锅，是他们先动手的。

"盖闻以杀止杀，圣人之不得已。以暴易暴，悍夫之无所成。"老师回答，一开口教什么的都能听出来，《商君书》都出来了。

"可是很早就有一句俗话，路见不平拔刀相助，既然拔刀，便是用了极致的方法。"

接着，两个人就展开了一场辩论。

无非是老师的想法是：以杀止杀、以暴易暴不可取，米乐这样的方法是不对的。

米乐的观点则是对立面，对面欺负到头上来了，不能就一直忍着。既然要制止，哪怕是用极端的方法也在所不辞。

童逸听了半天，觉得自己仿佛活在梦里。

他们俩说什么呢？学术探讨吗？

老师看着米乐，眼神突然有点奇怪，最后点了点头："把你的联系方式告诉我。"

米乐愣了愣，问："通知后续处分吗？"

"你的想法有点偏激啊孩子，等这次事情过去后我们俩找个时间单独聊天。只是聊天，你一直保持这种极端的想法以后容易出问题。"老师对米乐说道。

童逸一听就来精神了："对对对，他脾气可暴了。"

米乐抿着嘴唇，迟疑了一会儿还是拒绝了："不用了。"

童逸没管，低头跟老师问："老师，您联系方式告诉我吧，我之后联系您。"说完想了想，又跟着补充："不过这事儿不能说出去，米乐到底是公众人物，给他的小暴脾气留点隐私，小暴脾气也是要面子的。"

老师一听就乐了："我还用你告诉？"

"老师您贵姓啊？"童逸继续套近乎。

"我记得你大一听过我的讲座。"老师突然蹙眉，这是连他都不认识？

童逸一听就缩了缩脖子，好多讲座都是被逼着过去，他都没听全过。讲座上具体说了什么，上面的人是谁，他都不记得。

"我姓左。"老师无奈地回答。

"老师你认识左丘小明吗？你们八百年前说不定是一家。"童逸跟老师套近乎，左丘明熙也成了左丘小明。

老师都被气笑了："好好学习啊，以后成运动员了也不能太丢人了。"

"是是是。"

"左丘明吧，其实至今都没办法说他究竟是姓左丘，还是姓左又或者是姓丘，不过最广泛的说法是他名字单字一个明字，住的地方名为左丘……"左老师居然开始讲课了。

"老师，我打架了。"童逸忍不住提醒老师。

老师轻咳了一声，点了点头说："嗯，对，我们继续谈以杀止杀不可取这个问题。"

童逸点了点头，终于明白为什么刚才问那两个人用了那么久，这个老师是说教型，一点一点地感化你，提到一个话题就能给你讲一课。

米乐则是一直抿着嘴唇站在旁边听着，再没说过什么

没多久，田径队的教练跟排球队的教练都杀过来了，一边走路，两教练就吵起来了。左老师起身又开始劝说两位教练。

吕教练看到童逸气得不行："又是你！又是你！你看我回去怎么收拾你。"

童逸刚跟左老师唠得乐呵呵的，恨不得去给左老师倒茶去。结果吕教练一来，立即变成了小鸡仔。

之后吕教练就跟个精分似的，跟左老师好声好气地道歉，扭头就粗暴地揍童逸两下，扭过头再继续道歉，跟恨铁不成钢的家长似的。

童逸点头如捣蒜，还跟着附和："对对对！"

另外一边也特别热闹，田径队的两个人看到教练就哭了，喊着："教练，我们俩差点被打死了，要是没人拉着，上次训练就是您见到我们的最后一面了。"

"你们俩傻玩意，身高一米七非得去惹身高两米的？"田径队教练狠狠地骂道。

扭头又骂吕教练："老吕，你队员怎么回事？我队员的腿都被踢青了，一会儿我就带他们俩拍片子去，你们的队员少不了处分。"

"你们队的还照着我们大明星的脸打呢！"童逸跟田径的教练嚷嚷。

吕教练立即阻止了童逸："用得着你帮着骂，当我骂不过他们是不是？"

"不是不是，抱歉啊教练，影响你发挥了。"童逸立即退后了。

吕教练这才对田径队教练说："真要是处分三个一起来，你们这俩崽子还是主动找茬的，我们家孩子是正当防卫，看谁事大。"

俩滚刀肉就这么对骂上了，左老师笑呵呵地想劝解，愣是半天都没插上话，显得十分尴尬。

米乐就站在一边看着，有点不耐烦。

最后吕教练终于跟田径队的教练统一了口径，两边都是他们非常重视的队员，这件事情不能闹大了，影响他们的未来。

两边孩子都有了认错的态度，写个检讨书，再给他们一个口头警告，这事就这么过去了吧。

左老师也听说过童逸跟田径队的两个人，都是给学校争过光的人。

左老师开始苦口婆心地劝他们："你们啊，年轻气盛，碰到漂亮的小姑娘就乱了分寸，不值得的。小姑娘要好好追，不能这么极端，人家小姑娘也不喜欢你们这么粗暴的样子。"

童逸听完点了点头："对，我回头就打电话骂她，什么玩意啊，净搞事。"

田径队的两个人本来都老实了，结果听到又火了："你还好意思骂她？"

"我没送过她礼物，是她看上什么东西好就来跟我要钱，我前前后后给她拿了快五十多万了，也没收到什么回礼啊。"童逸也挺无奈的。

"多少？！"吕教练一听都急了。

"小姑娘是柳绪。"童逸解释。

吕教练似乎是懂了，"哦"了一声。

什么情况？

米乐看着他们俩忍不住多想了一些。

田径队的两个人突然没声了，好像现在没给柳绪花个几十万都不好意思吱声了。

"这就有点多了……"左老师一听就觉得有点过了。

"其实就是被那个丫头要得团团转，我前阵子有比赛，已经有四个多月没跟她联系过了。"童逸说着还拿出自己的手机，打开微信给田径队的两个人看，

"聊天记录你们自己翻，发现暧昧我现在就表演跳楼。"

田径队的两个人还真看了，看了半天表情都变了。

因为他们看到柳绪跟童逸告状他们俩又纠缠自己了，跟和他们聊天的时候根本不是一个画风的。童逸这边则是清一色的转账记录，都是柳绪说自己看上什么了，童逸就问要多少，接着打钱。

误会这回算是解除了。

"你怎么给她转这么多？"其中一个人忍不住问。

童逸也挺无奈，回答："没办法，欠她的。"

其余的就不愿意说了。

解除误会后，双方开始道歉，接着留在一起闷头写检讨书。

米乐坐在一边看着，检讨书都不愿意写。

"抱歉啊哥们儿。"田径队的人对米乐说。

米乐冷哼了一声，扭头看向一边不理他们。

他们理亏，不敢再吱声了。

"你们俩不骂柳绪去？"童逸问他们俩。

"长得太好看了，不舍得骂。"一个人回答。

"丢人样！"童逸忍不住数落，拿起手机就发语音骂柳绪，"你个心机女，再惹事我就抽你。"

米乐坐了一会儿问左老师："我能回去了吗？"

左老师盯着米乐看了一会儿，看出了米乐的抗拒心理，还是点了点头。

等米乐走了，童逸立即跟左老师说："老师，没事，之后我联系您。"

"你还挺关心室友的。"

"不是，他天天脾气那么暴，我就受连累。"

米乐回到寝室的时候，就看到李昕在寝室里忙活呢。

米乐刚进来李昕就解释了："童逸让我们买新的被子，我们不会挑，就买了整个商场最贵的回来。我不敢碰你床铺，你自己换吧。"

他看了看放在寝室里的包装箱，又看了看自己的床铺，最后只能自己动手去换。

等换完被子，收拾完床铺，童逸也写完检讨书回来了。

进来寝室，童逸就拎着几个袋子跟米乐晃："我买了三杯奶茶，凉的、温的、热的，你要哪一个？"

童逸记得他进入米乐梦里的时候，他给米乐买过奶茶。米乐喝了，就证明米乐想喝奶茶。

但是他当时是拎着袋子，不知道是什么温度的，所以干脆买了三杯。他平时喜欢熊猫果茶，不喜欢喝奶茶，这次纯属是为了米乐。

"我不要。"米乐立即拒绝。

"无糖的。"

"不要。"

"喝一口尝尝呢？"

"你怎么这么烦？"米乐终于抬头看向童逸，问道。

童逸知道他今天算是惹到米乐了，好不容易建立起来的友谊又破碎了，只能尽可能弥补。

"我错了，我以后再也不惹事了，真出现什么情况也不会连累到你。"童逸诚挚道歉。

"你都道歉多少次了，有效果吗？"

"……"

"我跟辅导员申请了，估计这个月末就会换寝室，之后你们就消停了。"米乐回答完，就下了床去卫生间洗漱。

童逸一愣，对于这突如其来的消息感到一丝震惊。

这时，吕教练突然杀了过来，一进寝室就拍了童逸的后脑勺一巴掌。

童逸正看着洗手间门怔怔出神呢，这一巴掌拍得童逸措手不及，蹲下身来捂着脑袋哀号："耳鸣了都！"

李昕原本跟女朋友发短信呢，吓得手机都掉在了胸口，愣愣地靠着床头看着吕教练。

"惹事！你就惹事吧！下次友谊赛省队的人就过来了，你在这个工夫给我惹事，想要气死我是不是？"

"我是人在家中坐，'锅'从天上来。"童逸觉得自己委屈死了。

他每次惹事，他都不是直接当事人，但是"锅"都是他的。

李昕也帮忙了啊，为什么都不找李昕呢？

寝室来了室友惹米乐不高兴了，但是那些队员也是李昕的朋友，也没见米乐跟李昕闹得不高兴。他甚至突然觉得，李昕是不是也挺心机婊的？

"柳绪的事情你下次别管！"吕教练气得掐腰，总觉得这个丫头是个祸害。

"哦……"童逸也挺无奈的。

"我现在就给你爸打电话，让他骂死你。"吕教练说着就给童爸爸打电话，为了让童逸感受到父亲的怒火，还特意开了免提。

童爸爸很快接听了，看样子是喝了酒，说话的时候瓮声瓮气的。

吕教练说明了情况，童爸爸一听就急了："那我给学校捐个图书馆怎么样？教练你努努力，让学校网开一面？我们家小兔崽子肯定不是惹事的性格。"

"老哥，我不是这个意思，你该管管童逸了。"

"这别人找麻烦也不能被欺负了是不是？是不是因为体育生不喜欢看书啊？那我捐个体育馆吧。"童爸爸还在试图商量。

童逸捂着头蹲在地上偷笑，吕教练气得不行，拎着童逸衣领就把童逸拎出去骂了。

米乐早就洗漱完了，听到了外面的全部对话内容，等人走了才走出来。

他出来的时候，李昕战战兢兢地重新拿起手机发短信。

"大学不管玩手机。"米乐看着李昕说道。

"呃……"

"也不管谈恋爱。"米乐再次提醒。

"还没缓过劲来呢，连轴的训练总让我觉得没什么变化，我努力调整。"李昕不好意思地笑了笑。

躺在床上的时候，米乐忍不住发呆。

心情挺糟糕的，好像……不仅仅是因为打架的事情。

意识到这个更让米乐觉得慌乱。

童逸回来的时候，米乐似乎已经睡着了。

童逸没办法再跟米乐说什么，只能也爬上床，希望米乐能梦到他。

米乐的确再次梦到童逸了。

这个梦就好像童话故事一样，周围的景色十分奇特，就好像爱丽丝的童话世界。比如巨大的蘑菇房子，还有大片的花朵，都可以趴在花瓣上睡觉，踩上去都能做蹦蹦床。

周围色彩饱和度都很高，十分鲜亮，就像开启了梦幻色彩的滤镜。

米乐看了看自己的手，发现手背上还有白色的绒毛，吓了他一跳。

他又看了看自己其他的地方，有手有脚还算正常，只不过屁股后面有一个小圆球尾巴，白色的毛茸茸的，碰到的时候还会有感觉。

不是缝在裤子上的，而是长在他身上的……兔尾巴！

他低头的时候有什么东西搭下来，他伸手摸了摸，发现是耳朵。长长的兔子耳朵，也是白色的，栩栩如生。或者说，本来就是真的兔子耳朵，还是绒毛浓密的类型。

要知道现实里米乐体毛都很少。

他终于确定了，他变成兔子了，还是小白兔。

他想去周围看看环境，结果发现自己走路的时候会下意识地蹦蹦跳跳的。

这让他突然站住，迟疑了一会儿打算正常走路。然而脚底软绵绵的，让他还是下意识跳跃。这是一个即将二十岁的爷们儿能做出来的举动吗？

这绝对是一个噩梦！

这个时候，他突然察觉到了危险，似乎变成了兔子，警惕性也随之提高了许多，回头就看到一个大雕在天上飞翔。

没错，大雕，童逸牌的。

童逸在梦里是大雕的形象，身体是人类，只是背上长出来了大雕的翅膀，能够在天上飞翔。巨大的翅膀遮天蔽日，灰褐色的翅膀展开，在地面上留下了巨大的影子。

米乐下意识地往后退了一步，内心当中隐藏的恐惧感油然而生。

这是兔子看到天敌的下意识的反应。

其实米乐一直觉得排球队起的外号不对劲。童逸的确速度很快，但是不像黑豹，而像大雕。

他的特征也十分符合：长得凶巴巴的，看起来就像一个放贷的。身材高大魁梧，手臂也很长，结果配了一双小脚。

此时的童逸似乎发现了陆地上的猎物，开始在空中盘旋，伺机而动，随时有可能攻击过来。

米乐心中一惊，下意识躺下装死。

童逸抓准时机，疾冲下来准备抓走米乐。米乐却突然睁开眼睛，双腿一蹬童逸的胸膛，让童逸仰面倒下了。

米乐赶紧起身，蹦蹦跳跳地到了童逸身边，趁着童逸没回过神来，赶紧将童逸给绑了起来。

童逸度过了不受控制的一刻钟后，身体已经被绑得结结实实的了，完全动不了。

"米乐小哥哥……"童逸可怜兮兮地叫了一声，想要求饶。

"没用了！"米乐低吼了一声。

"你别生气了好不好？我真的不再惹事了。"

米乐蹦蹦跳跳地到了童逸的面前，叉着腰凶巴巴地怒视童逸。

童逸看着米乐头顶两个兔耳朵，以及有点红鼻头的样子，这么凶居然也特别可爱。

"是他们俩来主动挑衅，我也是防不胜防，你说是不是？"童逸努力装出柔弱的样子问他。

"你还没意识到你的错误在哪里吗？"

"嗯？"

"你英雄救美我跟着连坐？"米乐说着，抬手就拔掉了童逸翅膀上的一根羽毛。

童逸疼得倒吸一口凉气。

好半天才缓过劲来，这感觉也太真实了吧？

"疼！真疼！我错了，我不该去瞎帮忙！"童逸立即求饶。

"呵，你凭什么欠那个女生的？还给了她那么多钱？啊？你喜欢人家？还是你脑残吗？"米乐继续问。

"没有……这个有点不好说……"

"行，原因我不管了。你既然想断了，你发现她是心机女了就把微信删了啊，你为什么发完消息后还不删？等她回复你，再哄哄你是不是？"米乐又问。

"为什么要删？"童逸觉得很奇怪啊，他还等着跟柳绪对骂呢，删了多没意思啊？

"还为什么？"米乐又伸手连续拔了童逸的几根羽毛，"你自己想想，到底是为什么！"

童逸疼得都不会思考了，哪里能知道为什么？

想了半天想不到，一睁眼就看到米乐来回走的时候身后的尾巴，眼睛一瞬间就直了。他想捏捏耳朵，也想摸摸尾巴。

实在是米乐这身打扮太让童逸心里痒痒了，明明米乐在生气，他都看到米乐的身上在散发着颜值暴击的光芒。

他连续吞咽唾沫："咱能不能先松开，我保证不吃你，咱俩好好说行不行？"

只要一松开，他绝对第一时间对耳朵发起攻击，紧接着是尾巴。

米乐还没消气呢，蹦蹦跳跳了半天，最后找了一个蘑菇塞进了童逸的嘴里。

童逸都说不出来嘴里到底是什么味道，有生蘑菇的那种腥味，还有点泥土的味道，让他差点翻白眼。

接着米乐开始拔他翅膀的毛。

一次性给他一个痛快也行，偏偏米乐故意慢吞吞地一根一根地拔。这边有点疼到麻木了，米乐就换一边，去拔另外一个翅膀的羽毛。

童逸的脑袋里就在不停地喊：疼疼疼！

等米乐从他面前蹦蹦跳跳地过去，童逸又开始：啊，好萌好萌。

过会儿又开始重复：疼疼疼！

童逸疼得眼泪汪汪的，米乐终于放缓了节奏。

走到他的面前看着他，一直看着他，目不转睛的，眼睛里包含着很多种情绪，转瞬间就用眼睛表达了许多。眼睛会说话，恐怕说的就是米乐这种漂亮的眼睛吧。

米乐看着童逸，开始喃喃自语，根本不用童逸回答，而是连续提问。

他恐怕根本没指望自己"梦里"的"童逸"，能够给出他满意的答案。

"你不是没谈过恋爱吗？柳绪是怎么回事？"

"是有喜欢的人吗？"

"关我什么事呢……"

米乐又静了一会儿，继续叹气。

"童逸，你为什么要老往我身边凑，会让我有种自我良好的错觉。结果又出来一个叫柳绪的女孩子，你的队友、教练都知道她，你跟她好像还有过故事……"

童逸在拼命地摇头，想要表达：并不是这样的。

米乐知道，他的睡眠真的是太差了，长期的工作紧绷，外加生活中的压力让他喘不过气来。

有阵子他需要吃安眠药才能入睡，现在梦里的记忆这么清晰，估计也跟他睡眠质量差有关。

他也知道，他是生活中过得太过压抑，才会编织出这些梦来逃避现实。

总而言之，就是这个人在他的心里产生了强烈的执念，所以这个人才会反复出现在他的梦中。

米乐羡慕童逸没心没肺，有一群好朋友。

他开始觉得跟童逸在一起也许会很开心，渐渐产生了一种幻想，也想和童逸做朋友。

这种情愫随着他的在意越来越大，这才让他会反复梦到童逸。有的时候梦里越美，就越怕接受现实。

这是一种另类的虐心。

心情不好，让米乐开始蹙眉，身体一点点虚化，接着消失不见了。

童逸知道米乐是醒了，或者是换了梦境，没过多久他也回到了属于他的黑暗空间。

他开始在空间里静坐，觉得问题越来越棘手了。

米乐的自我保护意识很重，如果童逸贸然靠近，米乐一定会后退一百步来躲避。

他觉得他明天要做的第一件事就是去跟米乐解释，告诉米乐，他跟柳绪到底是什么样的关系，让米乐别再沉浸在这种情绪之中。

童逸已经确定了这样的想法。

虽然他从想法出现的一瞬间，就知道这条路会非常难走。

梦里无法自由控制醒来，上次童逸强制自己醒过来，是直接跳进游泳池里，是一种等同于自杀的方法，童逸到现在还心有余悸。

所以童逸还是需要现实里的因素干扰才能够醒来，或者是自然醒。

米乐起床一向很早，他不愿意浪费自己的时间。他的时间里不是在学习，就是在看剧本，或者是在剧场里看成员排练。

洗漱完毕，打开保险箱取出自己的护肤品的工夫，有人轻柔地敲门。

米乐知道肯定不是找他的人，根本没理，是李昕去开的门。

"你怎么来了？"李昕看到敲门的人忍不住问。

"童逸他在吗？"问话的是一个女孩子，声音还挺好听的，特别温柔，还有点嗲。

"他还没起床呢。"

"我能进去吗？"

李昕有点犹豫，看了看米乐后说道："我的室友不太喜欢外人进入，要不你先……在外面等等，到处逛逛，之后我叫童逸去找你？"

结果女孩子不愿意，继续哀求："我一大早就过来了，这边校区还特别偏，我哪里都不认识。我过来一趟非常不容易，你让我出去等，我都不知道该去哪里等。我保证跟童逸说两句话就走，行吗？"

李昕特别为难，突然听到米乐说："无所谓。"

这回李昕终于松了一口气，让女孩子进来了。

她进来后看到米乐先是一愣，不过估计之前就知道童逸跟米乐是室友，倒是没表现出来什么异样，找到童逸的床铺后走了过去。

米乐扭头看了一眼。

进来的女孩子是一个身材高挑的女孩子，目测身高在一米七五以上。

她皮肤很白，披肩的大波浪卷发，看起来十分淑女。身上穿着格子的衬衫配了一条黑色长裙，走路的时候动作很轻，到了童逸的床边扒着围栏看童逸，小声叫了一句："童逸小哥哥。"

听到这一声米乐都觉得腻歪，继续涂自己的护肤品。

这时童逸似乎是醒了，迷迷糊糊地问了一句："你怎么来了？"

"昨天收到你给我发的消息我哭了一整晚，我总觉得我该跟你解释一下，所以特意一大早就过来了。"女生回答。

这回米乐算是确定了，这个女孩子就是柳绪。

童逸刚醒过来有点蒙，揉了揉头发，又抱着被子缓了会神才问："你哭什么哭，你不是一直运筹帷幄吗？"

"你居然也这么想我……"柳绪说着又开始哽咽了，"别人都不理解我也没事，我就是不希望你也跟着不理解我，不然我的心里会特别难受。"

童逸听得直烦，啧了一声后突然想起了什么，一抬头就看到米乐拎着书包走了出去。

他立即起床打算去追米乐，因为着急干脆从上铺往下蹦。

"童逸！你干吗啊？"柳绪拉住童逸问。

"你松开，我现在没空搭理你。"童逸甩了甩手，柳绪就是不放。

童逸气得不行，抓了抓头发，烦躁地问："你到底要干什么？"

"就是跟你解释一下。"

李昕站在一边有点尴尬，说了一句："我去买早点？"

"你帮我跟米乐解释一下。"

李昕似懂非懂，点了点头："哦，好的。"

李昕追着米乐跑了半天才追上，跟米乐解释了一句："那个柳绪是童逸的妹妹。"

"嗯，我听到她叫童逸哥哥了。"米乐奇怪地回头应了一声，不理解为什么要叫住他说这个。

"对，他们俩大学才相认。"

"都大学了还认妹妹……"幼稚死了。

"柳绪以前就这样，童逸也挺烦的，不过也没办法。"

"所以她这样也是童逸惯的？"

"啊……也可以这么说吧，就是……童逸其实不是故意的。"李昕嘴笨，继续解释。

"行，我知道了。"米乐把包扔进了车里，关上了车门。

李昕在车旁边站了一会儿想了想，回忆自己是否表达清楚，又赶紧补充了一句："柳绪是跟着妈妈，童逸是跟着童叔叔长大的，到了大学才相认！"

结果就看到米乐已经开着车离开了。

李昕背着包，真的去买早饭了。个子高，少吃一顿就饿得慌。

米乐恍惚间听到李昕又喊了一句什么，打开车窗往外看，看到李昕已经走开了。

说的什么？

管他呢。

关上车窗继续开车，他今天要出去参加活动，需要去机场乘坐飞机。

童逸搬了一个椅子过来坐下，接着对柳绪示意："坐吧，童绪。"

听到童绪这个称呼，柳绪还是有细微的表情变化，不过还是坐下了。

"你哭哭啼啼什么啊？至于吗？从你跟我一起进 H 大后就开始断断续续地算计我，跟我要钱花。你跟我是真打算继续有点亲情，还是真的很恨我？"

童逸这次问得特别直白，他也不准备再继续给柳绪留面子了。

留面子没用，反而惹来更多麻烦。

"你恐怕误会我了。"柳绪弱弱地解释。

"误会什么啊？你根本就不喜欢那两个雪橇犬，你招惹他们干什么？不就是他们过来跟我汪汪叫唤，你看着很爽吗？你图什么呢？还是跟我展示你的女性魅力？"

"并不是这样的！"

"那你倒是说啊！别一天跟你妈学些不三不四的！你这么恶劣是不是随根了你？！"童逸很少生气，但是这次真的很烦，他还是第一次跟柳绪翻脸。

"你对妈一直有偏见。"

"我那叫偏见吗？那叫事实，你也跟她一样。"

童逸是一个脾气很好的人，他很少生气，真的动怒的情况，从小到大都非常罕见。

柳绪的事情让他觉得非常棘手。

一方面柳绪是他的亲妹妹，他没跟她一起长大，再次见到的时候，她已经跟记忆里的柳绪完全不一样了。

　　一方面是童逸挺笨的，他跟哥们儿放得开，处得也开心。但是他不擅长应付小女生，每次遇到她都觉得特别头疼。

　　脾气好也不证明被人玩弄后也完全不在意。

　　只他一个人也就罢了，连累到米乐以及李昕了，就让童逸觉得很烦。他真的不想给别人添麻烦，可是这种破事怎么总碰到他身上？

　　柳绪擦了擦眼角的眼泪问童逸："遇到我以后，你是不是自动将我归为负担里？"

　　"是！"

　　柳绪点了点头，接着对童逸吼，再也没有了之前淑女的模样："我跟着她走以后，第二任爸爸在我青春期就开始对我动手动脚的，我只能逃出家里。我离家出走没有钱就只能骗了！至少我长得好看！"

　　"什么玩意？我前阵子给你那么多钱你干了吗了？不够花还得骗傻狗？"

　　柳绪都被童逸问愣了，半天才缓过神来问："我歇斯底里地说了这么多，你的关注点是这个？"

　　童逸歪了歪头，有点纳闷，不过很快反应过来了。

　　"哦，哦，哦……"连续应了几声，却不会安慰。

　　他真不擅长这个。

　　柳绪再次说道："每次那个男人靠近我，我就会躲开，但是每次都在怨你们俩没带走我。"

　　童逸不知道这些事，忍不住蹙眉问："你没跟你妈说吗？"

　　"说了，刚开始只是想抱着我看电视，摸摸我脸什么的，她没当回事。后来有一次摸我腿，我哭着找妈妈，她才意识到事情不对劲。"

　　"他没怎么你吧？"童逸问。

　　"怎么，你想打他一顿去？"

　　"人渣该打。"

　　"用不着，妈离婚后有钱了，找人打了那个人渣好几顿了。前阵子我还投诉他一把，让他生意受到了损失。"

　　童逸一想，这娘俩的智商跟他们爷俩不一样，当初就给童爸爸玩得团团转，也的确不需要他帮忙，也就没再吱声。

　　柳绪擦了一把眼泪："我学习不好，体育也不行，我这么努力考到 H 大为了什么你知道吗？因为我听说你早就跟 H 大签约了。"

"哦，是吗？我真感动。"童逸回答得阴阳怪气的，真是高兴不起来。

"但是你就知道训练、游戏，难得有时间了你就跟哥们出去玩，你跟叶熙雅的关系都比跟我好。"

"所以你就开始搞事，让我注意到你？"童逸问。

"也不算，就是你不理我我赌气，我就要让你也不舒服。"

童逸忍不住翻一个白眼，点了点头回答："咱俩不是一块长大的，根本融不到一块去。你有什么需要了跟我说，我尽可能帮你，这恐怕是我能做到的极限了。"

"他们俩离婚的时候，你为什么不拉着我带我一起走？"柳绪问完这个问题，又开始啪嗒啪嗒地掉眼泪。

童逸突然被问住了，没回答上来。

"明明我们俩小时候玩得最好，你却在那个时候自己跟爸爸走了，为什么不带我走？"她坚持地问。

"我不想你跟着我们吃苦……"

而且他当时才多大啊？父母突然离婚，母亲一下子变了个人似的，他的脑容量本来就不大。他当时只知道如果他不跟着童爸爸，童爸爸就只能一个人了。

他咬了母亲的手，挣扎着去追爸爸，之后就没再见过她们了。

"哥！"柳绪突然叫了一声。

"嗯。"童逸坐在椅子上仰着头，依旧无精打采的。

这个哥哥当得他心里怪不是滋味的。

"你跟米乐怎么回事啊？我都看到新闻了。"

"没什么。"

"他挺帅的，你说他能喜欢我这种类型不？"

"昨天他因为你被连累，现在都恨死你了，你们俩真要是正面对决的话，你怎么死的都不知道。你也就是一点小聪明，不如他。"

"怎么就不如他了？"

"他是真的阴，并且是不留余地的那种。你啊，见到他就跟小虾米似的。"

柳绪撇了撇嘴，有点不信。

童逸看到柳绪的表情了，忍不住骂："我告诉你啊，你别惦记他，不然我收拾你。还有，以后少给我搞事，挺烦的知道吗？"

"哦。"

"我知道你刚才跟我打亲情牌呢，跟参加选秀节目哭自己死了爹似的，少来这套，比惨是吧？这点我真没服过谁。"

"你怎么惨了？"

"帅惨了。"

柳绪再次翻白眼反馈。

童逸拿出手机来，给米乐发消息。

童逸：米乐，昨天抱歉了，我妹妹不太懂事，我跟她说完了，等会儿我让她过去跟你赔礼道歉。她是我妹妹，亲妹妹，就是我爸妈离婚了她跟了我妈。

消息点击发送后，童逸就看到自己被拉黑了。

昨天晚上要解释，教练来了。

今天早上要解释，妹妹来了。

现在他终于解释了，被拉黑了！

童逸直接站起来，对着柳绪嚷嚷："你怎么那么烦呢？早不来晚不来偏偏这个时候来。柳绪我告诉你啊，我就算是你哥也不会无理由地护着你，你这事做得太不地道，一会儿给我滚去田径队道歉去，把钱还给人家，然后跟我去艺术系道歉！"

结果柳绪一听居然乐了："我就等着你管我呢，这才是哥哥的样子。"

"柳绪你是不是有病？"童逸气得脑仁疼。

"咱家有正常人吗？"

柳绪站起身来，用胳膊肘撞童逸："来支烟。"

"你给我滚蛋，不装了以后就彻底释放了是不是？我问你的话还没回答呢，我之前给你的钱都去哪了？"

"我存了一小点，不过大部分是真的花了，买包啊，买化妆品啊，出去旅旅游啊……"其实真的就是挥霍无度，手里拮据了，就又想起来骗人了。

没想到这次事情惹大了，把童逸给惹急了，柳绪赶紧过来给"大金主"道歉。

之前说的话大部分是真的，一小部分夸张，为的也是童逸别再生气了。

"发发朋友圈是吧？"童逸跟着问，突然想起米乐的吐槽了。

柳绪点了点头，美滋滋地回答："嗯。"

童逸一边走一边回头看柳绪，总觉得看不透这丫头。不过想到米乐还有一个想划花他脸的妹妹，他的这个已经强很多了吧？

童逸带着柳绪先去给田径队的两个人道歉加还钱，还加倍还了点，接着带着柳绪满学校找米乐。

"你还挺在意米乐的？"柳绪问童逸。

"你不懂，跟你说不清楚。"

柳绪也没再问，只是突然挽住了童逸的手臂，立即被童逸甩开了。

"怕人误会？"柳绪问童逸。

"对！影响我找对象。"

柳绪点了点头，没再说什么。

他们到了戏剧社的教学楼，进去后找到了宫陌南，童逸问："米乐今天过来了吗？"

"之前来了一趟很快就走了，他最近两天有记者招待会，需要去现场。"宫陌南回答完，继续低头改剧本。

"你能不能帮我给他打个电话？"童逸试探性地问。

宫陌南抬起手腕看了看时间："这个时间他估计在飞机上呢。"

"那算了。"

离开后，柳绪跟在童逸身边问："她漂亮还是我漂亮？"

"我说是她你会揍我吗？"

"你不觉得她很拽似的吗？听说她家里可穷了。"

"你怎么这么了解？"童逸忍不住问。

柳绪吐了吐舌头："我心机婊啊……H 大两朵花，我一个，她一个，我自然知道她。不过还是第一次见到，没想到她家里那么穷居然保养得不错。"

"你是不是那种别人在你面前诋毁另外一个美女，你会特别开心的那种女生，还会建小群？"

"对头，听完绝对是浑身舒畅。"

"你怎么变成这样了呢？"

柳绪又开始自怨自艾了："你当年为什么不带我走？说不定我会变成傻白甜。为什么？"

童逸呼出一口气："你赶紧给我滚蛋，我不愿意看到你了。"

这个时候，身边有几个戏剧社的女生路过，看到童逸就表现出了厌恶。

"他怎么又来了啊？"

"听说他害得米社长脸都青了，刚才我看到社长来了一趟，可惨了。"

"居然还好意思过来。"

"我也听说了，他们俩关系其实特别不好，体育生老欺负我们社长。社长刚来的那天闹得可僵了，去过社长寝室的人说的，体育系那群人横眉竖目的。"

"体育生真讨厌,穿得丑,性格也糟糕,就知道打架,四肢发达头脑简单。"

童逸听完就沉默了。

柳绪眼神跟着她们走,走远了立即神经质地问:"哥!她们说你坏话,我记住她们长什么样了,我去勾引她们男朋友去?"

"得了吧你,干点人事。"

童逸找到了李昕,特别认真地问了一个问题:"你平时都是怎么哄人的?"

"是一般哄还是终极大招?"李昕问童逸。

"你都说说,我听听看。"

"一般哄就说好听的、买好吃的、买礼物。"

童逸点了点头,接着问:"终极大招呢?"

"我曾经跪化过冰棍。"李昕回答完,就有种自我颓然的神态。

童逸忍不住蹙眉,嫌弃得直撇嘴:"我说你能不能有点出息?啊?一个大老爷们儿能不能有点尊严,这玩意能随便跪吗?"

"能有什么办法?我们家那个就是很难哄啊。"李昕越回答声音越小,越来越没有底气。

"德性,老子就绝对不会这样。"童逸说完,拿着手机继续加米乐好友。

李昕有点不解:"你问这个做什么?"

"未雨绸缪。"

加了一天,米乐都没搭理他,童逸想往外跑回去睡觉去。

结果跑了没几步就被吕教练逮到了:"马上友谊赛了,你怎么回事啊?啊?队长带头跑是不是,你给我滚回去。"

童逸又灰溜溜地回去了。

终于等到了训练结束,童逸就跟野狗似的狂奔回寝室,随手洗漱完毕,直接上床睡觉。

李昕拎着夜宵回来后,看到童逸已经睡着了。

米乐推开休息室的门,就看到童逸居然坐在里面。

错愕了片刻后回过神来,知道发生了什么。

又做梦了。

他走进去,脱掉外套照着镜子看自己脸上的妆,刚坐下童逸就到了他身前,突兀地跪下了,可怜兮兮地说:"米乐小哥哥别理我了,我都要哭了。"

跪得要快，姿势要帅。

米乐被他跪得错愕不已，想要往后退，却被童逸抱住了腿，急急地解释："柳绪是我妹妹，龙凤胎的妹妹！你没觉得她和我长得很像吗？她是我亲妹妹！"

米乐突然想到早上李昕跟自己说的话，恍惚间仿佛听到了李昕喊的那句话的内容。

仔细想一想的话，李昕这个笨嘴想要表达的，恐怕真的是这个？

米乐愣了愣，看着童逸怔怔出神。

童逸这是……疯了吗？

童逸开始抱着米乐的腿幽怨地解释："其实我不太愿意说我家里的事情，因为一提起，就会显得我爸特别傻。"

"那就不说？"

"不不不，还是说吧。"

童逸的语言表达能力不行，平时瞎扯的时候一套一套的，真要介绍情况的时候又开始嘴笨了。

他斟酌了一会儿才开口："'我爸娶了一个心机女'可以概括整个故事。"

"嗯。"米乐点了点头。

"我爸有点家底，家里有矿，所以算是挺有钱的。但是人贼肤浅，就喜欢漂亮的小姑娘，被那个女的骗得七荤八素的。"童逸开始讲述之前的事情。

"然后？"

"那个女的最开始顶多是骗我爸，给她的七大姑八大姨的买卖投资，后来就越来越大了，挪用了不少钱。这就算了，还在我爸矿那边动手脚，成了豆腐渣工程，矿里出了事故，死了人。"

米乐不太了解这方面的事情，只是下意识地蹙眉，知道只要出了人命就是大事。

"当时闹得特别大，一群人去我爸那里闹去，来我家里抢东西还满墙壁写害人偿命。我爸赔了个倾家荡产，说还有可能要坐牢。那个女的瞬间变脸，跟我爸提出离婚，还要带着孩子离开，让我爸自生自灭。"

米乐光听就觉得非常生气："这就确实很过分了。"

"后来我爸真的被判了，不过是缓刑，没有真的蹲监狱。好在我爸人缘好，他的朋友开始帮他调查，最后找出了做手脚的工长，这才算是翻案了。那个时候事情已经过去两年了，我爸心里憋屈加着急上火，身体从那个时候起就废了。"童逸说到这里的时候，还有点心疼童爸爸呢。

"你妈一点事情都没有吗？"

"我爸还念着旧情呢，特别傻，我至今都无法理解我爸的脑袋，难不成是真爱？又或者我们童家有这个根，越被虐就越愿意体谅对方。你最开始也虐我，反正就是贱皮子。"

"那段日子很难过吧？"米乐抬手揉了揉童逸的头发，突然有点心疼，也不在意童逸的吐槽。

他自己都被梦迷惑了，竟然深陷其中，下意识觉得童逸说的事情都是真的。

"对，那个时候我们俩住的是村子里的小屋子，一个月租金才八十块钱，冬天连煤都买不起，冻得我脚都起了泡。我也是那个时候才知道，冻伤居然是起泡，我爸也是因为我起过这个泡，才觉得我脚小是那阵子过得苦才出了问题。"

童逸说完撇嘴。

"那后来你爸是怎么东山再起的？"米乐问。

"当时我爸手里还有几座废矿，我爸又没什么本事，就只能死马当活马医，抵押了全部的矿跟手里仅存的荒地借了钱，居然挖出东西来了。后来又扩大领地，结果荒地又挖到了一块天然温泉。"

"运气真好，一般人都遇不到这种事情，这是锦鲤吧？"

"真要说的话我才是锦鲤呢，碰上个有福气的爸，还捡了个好朋友。"童逸盯着米乐，说得特别温柔。

"我说真格的呢，你爸这福气是非常厉害了。"

"对，我爸就是傻人有傻福，还有他的朋友，十几年前的几千万，我爸敢借，他们也真的敢借给我爸。我爸也没亏待他们，抵押结束后还挨个报恩了。"

米乐若有所思地点了点头，接着感叹："幸好你爸有那样的朋友，不然你会怎么样？"

"送去孤儿院，或者……送到那个女人那里去。"

"你妹妹为什么要做这些事情？"

提起柳绪，童逸又开始无奈了。

"我知道一些……她其实很聪明，跟我不一样。"童逸回答。

米乐："看得出来。"

童逸继续说了下去："她虽然跟我关系很好，但是从小就喜欢戏弄我，比如做了坏事嫁祸给我，大人批评我的时候，她躲在一边笑嘻嘻的。她跟那个女人走了之后，别的没学会，心机女的样子倒是学了个有模有样的。

"到了大学她突然找到我，告诉我她是我妹妹，我其实是高兴的。不过很快就发现了不对劲，她发现我爸居然逆袭了，我还过得很好，说话就有点阴阳怪气了。我觉得不舒服，就不怎么跟她联系了。

"她确定我有钱了，就开始跟我要钱，我觉得她也是我爸的孩子，给她也算正常，就一直没控制。但是她的一些小聪明，很多行为都让我非常不喜欢。

"可是我能做什么呢？她都成年了，难道我去说教吗？我的想法一直都是她如果有事，就跟我说，我会尽可能地帮她。但是真的要跟正常亲人一样的亲近，我恐怕做不到，真的已经熟悉不起来了。"

米乐想了想，他恐怕也做不到跟自己的妹妹成为亲近的人吧。

或许，在一起相处都会觉得难受。

童逸叹气："我也不是不管她，惯着她什么的，就是无可奈何。她真的是我妹妹，我不能拉黑她，我跟她也不熟，还不能多干涉什么，很纠结。"童逸真的觉得头大，他不擅长处理这些，偏偏问题还是来了。

他就跟要处理婆媳关系似的，明明都是道理，但是两边都不讲道理，他完全没辙。

"哦……"米乐拉长音地回答。

"消气了吗？"

米乐俯下身，将手臂搭在童逸的肩膀上："我也不知道是在生你的气，还是生我自己的气，气我自己太尿了，太不争气了，只能窝囊地活一辈子。"

"不怪你的，是你的负担太大。微信把我加回来呗。"

"我看到申请了，又觉得加回来显得我矫情，好纠结啊……"

"没事，我不在意。"

米乐依旧不想，梦境是梦境，现实是现实，不一样。他站起身打算去卸妆，结果走着走着，却发现自己下意识地跳跃。

低下头看手背上的绒毛，回头看看，兔子尾巴又出现了。

他有一种不好的预感。

果不其然，不一会儿，他就被童逸伸手抱进了怀里，接着被带上天空。

童逸挥舞着翅膀，怀里抱着米乐在天空中飞翔。

米乐吓坏了，惊呼一声后低下头去看下面，原本的休息室变成了童话的世界。缤纷的世界，漂亮的景物，甚至能够看到远处的瀑布，以及斜挂在天空中的彩虹。遍地的花朵，成片的树木，还有一座座蘑菇的小房子。

漂亮的景象让米乐忘记了恐惧，开始觉得刺激。

"哇哦！"他指了指下面，对童逸说，"下面的景色特别好看。"

童逸抱着他，并不在意下面有多漂亮，而是觉得米乐眼睛亮晶晶的样子特别可爱。

抱着米乐在空中翱翔了一周后，童逸带着米乐回了自己的窝里。

米乐进入窝里就进入了警惕的状态，战战兢兢地后退，还对童逸说了一句："我……我不怕你哦！"

童逸坏笑着走过来，到了米乐的身前，伸手捏了捏米乐的耳朵。

手感超好！

两只耳朵被童逸玩了半天，终于还是把魔爪伸向了尾巴。捏住，然后就松不开手了，一个劲地鼓捣。

米乐被童逸弄得特别不自在，双手抵在童逸的胸口推他："你别这样，特别难受。"

"这小尾巴我能玩半辈子，前提是我能忍住不吃掉你。"童逸凑近兔耳朵，故意压低声音说道。

米乐的身体立即打了一个战，威胁道："你要是敢过分，我就继续生气。"

"你要是敢生气，我就吃掉你。"

米乐真的怕死了，抿着嘴角说不出来什么，瞪了童逸一眼。

"你这个小兔子胆肥了啊，信不信我收拾你？"童逸说着就再次朝米乐凑了过去，结果被米乐一脚蹬飞了，还掉出了窝。

很快米乐就听到童逸一声惊呼："我翅膀呢？！"

接着就是嘭的一声落地的声音。

米乐赶紧趴在窝的边缘看，发现下面一个人影都没有，童逸消失了。

然后他就忍不住，扑哧一声笑了。

心里已经没有之前那么难受了。

米乐醒过来后，看着童逸的好友申请发愁。

加还是不加呢？

正思考的工夫工作人员叫他去录制，他收起手机继续工作了。

他来这里先是参加了一场记者招待会，接着是乘车到相邻的城市，录制一期真人秀的节目。这档真人秀在近期很火，喜欢邀请一些人气高的艺人，米乐已经是第二次去这个节目做嘉宾了。

到了其中一个环节，内容设置得特别尴尬。

所有的嘉宾分成四队，米乐所在的队伍以及另外两个队伍输了。

胜利嘉宾队伍提出的惩罚特别离谱，让输的队伍打电话给自己的朋友借钱，谁借到的最多，谁先起跑。

然而这个起跑，也是在获胜队伍全部起跑后才可以跟着跑。

米乐打算给左丘明煦打，结果打了几次都无人接听。

左丘明煦好几次都想蹭蹭米乐的热度跟着红，米乐也配合，甚至在自己的微博发跟左丘明煦的合影，左丘明煦也没红起来，只是涨了点粉丝。

这回左丘明煦持续掉价，居然不接电话。米乐特别无奈，看着通讯录迟疑了一会儿，把电话打给了童逸。

童逸接听的时候还在喘，问："喂？"

"嗯，你好，我是……"

"推销什么？"

"不是，我是米乐。"

米乐快速看了一眼镜头和一直在注视他的其他嘉宾，内心之中尴尬无比。

要暴露他没有几个朋友的事情了。

他的"好朋友"都没有他的电话号码，是不是很丢人？

对面沉默了一会儿才问："我说电话怎么没被拦截呢，你什么时候存的我电话号码？我怎么不知道你呢？"

"寝务老师那里有通讯录。"

"哦……"童逸拉长声回答，"还有这招啊，我怎么没想到呢？"

"那个……你能不能……呃？"

"能。"童逸回答得特别迅速。

"我还没说什么事儿呢！"

"只要你开口，只要我能做到，就能。"童逸依旧大大咧咧地回答，接着是开关门的声音，估计是从训练场地到了其他的房间里。

"我想跟你借钱。"

"多少你说话。"

周围响起了小小的起哄声，一位女嘉宾干脆捂脸，小声说了一句："天啊，这是什么神仙朋友，居然有种男友力爆棚的感觉。"

米乐听到了，但是干脆装成没听到，继续对着电话说："你能借多少，我就借多少。"

"我能借……呃……不是诈骗电话吧？你真是米乐？"

"对。"

"我不信，你微信好友申请给我通过了，跟我视频我再考虑。"

米乐这个无奈，挂了电话后打开了微信，添加童逸好友，接着给童逸发视频，依旧是免提的状态。

周围其他的人都躲开，只有米乐一个人在视频里面，让这次"借钱"能够继续顺利进行。

"你怎么突然想找我借钱了呢？"童逸看到视频里的米乐就开心了，笑呵呵地问。

米乐看着视频里的童逸，正穿着球衣，坐在更衣室里呢。

米乐只能瞎说一个理由："我想拍个电影，量身定做的那种剧本，所以得我自己运作，需要不少钱。"

"哦，投资电影啊，行啊，要多少啊？"

"你能借多少，我要多少。"

"你这句话真可气，跟套我家底似的，说个大致的数也行啊。"童逸这个无语啊，他也没投资过什么电影，大致数字都不知道。

之前队友最高的一位直接借到了两千万，全场轰动了一次。

米乐想了想，比量了一个五，能借五千万也行。

"五亿啊？够吗？"童逸问。

米乐都被童逸问愣了，没回答上来。

童逸那边还在念叨："我算算啊……我跟我爸要点，再把我手里的房子卖卖应该够，你着急吗？不着急我先给你打点，等我房子卖完了再给你补。"

"你确定能借我这些？"米乐还真就问了一句。

"又不是不还，有什么不确定的？你虽然性格讨厌，但是不至于欠钱不还，这点我还是能确定的。借你点钱能加你好友，还知道你电话号码了，挺值的。"童逸说着开始在附近找烟想要抽一支。

米乐抬头对着摄像机，有点呆呆地说："我借到了五亿。"

现场立即就炸了，不少嘉宾凑过去米乐身后，想要看看这个五亿土豪是谁。

所有人都在惊呼，现场一下子有点不受控制。

童逸原本还打算抽支烟，一抬头看到视频里出现那么多人，还有摄像机的样子，赶紧收起来了。

童逸看着视频问："什么情况啊这是？就跟打地鼠似的，脑袋一个一个地往外冒。"

其他的嘉宾开始跟童逸打招呼，说着自己的名字。

这些嘉宾随便一个走在街上，都会引来一群粉丝要签名，童逸看到他们却十分淡定。

"哦，你们好啊，我是童逸。"童逸自我介绍，看到明星也不激动。

一位嘉宾问视频里的童逸："你要借米乐五亿是认真的吗？"

"对啊。"

"你家里有矿吗？"

"你怎么知道？"童逸还挺惊讶的。

米乐开始大笑，接着跟其他人解释："他是真矿主的儿子。"

"我的天啊五个亿？真的不是越南盾或者卢布吗？"一位女嘉宾惊呼。

"小哥哥有点帅！"另外一个女嘉宾凑过去看。

"好像是米乐那个……打排球的同学吧，我看过微博。"

"我可以加你微信给你电话号码，你借我五千万就行。"女嘉宾凑到了视频前开玩笑似的问。

"不用了，也就米乐行。"童逸笑呵呵地回答，看到一堆大腕跟摄像机一点也不慌。

真别说，视频里的童逸真的是帅到一塌糊涂。

童逸此时是真的高兴，因为终于把米乐的微信加回来了，所以笑得那叫一个开心。

这个环节，米乐不出意外地获胜了。

之后的环节是趣味闯关，道路上设置了各种障碍，需要嘉宾通过这些障碍，最终首先到达终点的人所在队伍获胜。

米乐在获胜队伍起跑10秒后，开始在后面追赶。他年轻充满了爆发力，并且身体灵活，就算有其他嘉宾过来阻挠，他也顺利地通过了。

在后来队友的掩护下，米乐超过了获胜队伍，第一个到达终点。

录制完节目，米乐拿起手机就看到了一堆未读消息。

打开童逸的聊天框，就看到了整整齐齐一排红包，每个红包都有不同的标题。

米乐按照顺序看了一遍，与此同时收了红包。

——咱能不能成熟点？

——动不动就拉黑。

——算什么英雄好汉？

——也就是我脾气好。

——不然谁能惯着你？

——突然打个电话。

——还蹦出来一群人围观。

——这个我就不跟你计较了。

——你也别跟我冷战了。

……

米乐看着微信上的一排红包，不知道为什么，总是觉得有点想笑。

他的手指在屏幕上徘徊了很久后，看到又蹦出来了一条消息：红包都收了，能回句话吗？

米乐：行。

童逸：多给个字行吗？

米乐：可以。

童逸：看把你抠的。

米乐：[微笑]

童逸：我得去训练了，不然我教练能把我拎起来吊打。

米乐：好的。

放下手机米乐休息了一会儿，又重新拿起手机看了看，没多少的聊天记录反反复复地上滑、下拉。

看了一会儿又点开了童逸的相册。

最新一条：都别给我搞事！你们搞事都别带我！严重警告！飞起来就是一脚！

他看得直乐，童逸那小脚踢人都自带搞笑效果。

一个看起来特别凶的人，熟悉起来却总被他憨憨的气息感染。很快米乐就开始发愁了，他发现他最近真的是因为童逸笑，因为童逸忧。

这真的很麻烦。

算了。

不管了。

反正他也不准备再继续忍耐多久了。

他想要反抗，很快了……

第七章
米素贞与童青儿

米乐回到学校的时候是上午，他还去上了一节课，之后就去了戏剧社看节目排练。

他坐在观众席，腿上还搭着剧本，身边坐着戏剧社其他几位干部，一起聊排练的事情。

这个时候有人快步朝他们这边走过来，气势汹汹的跟来讨债似的。

米乐回头，就看到童逸居然来了。

童逸到了他们身边后，看到有几个坐在前排的女生在回头看他，立即不爽地说了一句："对，我又来了，我居然还好意思过来。"

几个女生被童逸弄得有点尴尬，干脆不说话了。

米乐放下剧本，对童逸勾了勾手指："过来。"

童逸立即乖乖地跟着米乐走了，就像听到主人指令了似的，两个人一起到了楼上的观众席。

这一层属于楼下的盲区，并且因为剧场还没有正式开放，所以只有他们两个人在这里。因为刚刚建成不久，这里连监控摄像头都没有。

"找我什么事？"米乐坐下后，问童逸。

"我让柳绪跟体育系的那两个人道歉了，钱也还了，还让她录了给你道歉的视频，过来播给你看。"童逸坐在了米乐的身边，拿出手机来找出柳绪的聊天框，打开了一个视频给米乐看。

米乐看道歉视频的时候特意仔细看了看柳绪的长相，发现的确跟童逸有七分相似，眉眼轮廓，都有着一样的神韵。

"哦，行，我看到了。"米乐回答。

"所以我们能和解了吗？"

米乐托着下巴，继续朝台下看，思考了一会儿问："上次写了保证书，这次你打算保证什么？"

"我保证不会跟其他小姑娘有暧昧关系，行吗？"

米乐被搞得莫名其妙的："你跟我保证这个干什么啊？你跟谁暧昧跟我有什么关系吗？"

童逸感叹道："我长这么大，就没这么哄过谁，你还真是头一份了。"

"这该是我的荣幸吗？"

"是，你该觉得幸福。"

米乐忍不住丢给童逸一记白眼，接着问："你还有其他的事情吗？"

"我大老远过来的，你就跟我聊这么几句？"

"不然呢？我们还有什么可聊的？"

"聊聊人生啊，聊聊未来啊，聊聊青春期小男生的内心困惑啊。"

"比如呢？"米乐没好气地问。

"啊……你有处对象的想法吗？"童逸突如其来地问了莫名其妙的问题。

"你问这个干什么？"

"就是问问。"

"没有。"

"哦。"童逸点了点头。

米乐等了一会儿，童逸也没再说什么，有点扳不住了，轻咳了一声问："那你呢？"

"你不处我就不处。"童逸回答得特别自然。

"你处不处对象跟我有什么关系？"

"跟你关系大了！"

米乐突然心口一颤，被弄得有点不安，居然一瞬间有点拘谨了。

童逸说这句话是什么意思？

短短一瞬间，米乐的脑子里飞速运转，已经猜想了很多可能性。

可是都被他一一否认了。

米乐又问："那如果我处对象呢？"

"那我估计也处了。"

"什么都得跟我比？"

"估计是……有默契吧，要单身一起单身，要恋爱一起恋爱，大家都是好兄弟，同甘苦共患难，这事儿谁也别落下谁。"

"你跟李昕不是好兄弟吗？为什么他恋爱你不跟着恋爱？"米乐脑子活，一下子就联想到童逸真正的兄弟身上了。

"他恋爱关我什么事？"

"那我怎么就关你的事了？"

"就跟你有关，咱俩死磕的关系不懂吗？"

"你死磕一群人，还是死磕我一个人？"

"就你一个。"童逸一直盯着米乐，答道。

"你这是在戏弄我？"米乐又一次提出了自己的猜想。

"以后再说吧。"

米乐抿着嘴唇，坐在椅子上不再说话。

童逸也不着急，就在米乐旁边坐着，时不时看米乐一眼。

米乐再次开口："你……"

"嗯？"童逸用鼻音回应了一声。

"受什么刺激了？"

"受你刺激了。"

"第一，我跟你不是兄弟，你也少跟我套近乎。第二，你恋爱不恋爱跟我没什么关系，我恋爱的时候也不会告诉你。第三，我现在很忙，如果你没有正经事的话，现在就结束这次谈话，可以吗？"米乐再次开启了冷淡的模式。

童逸就知道现实里会闹成这样，于是点了点头："行行行……"

两个人一前一后地下楼，走在前面的童逸突然停下来回身看着米乐："要不我请你吃饭吧。"

"你觉得我能吃什么？"米乐问他。

两个人这样站在楼梯间，米乐需要稍微低下头看着童逸，这种角度才让米乐觉得舒服。

"要不我请你看电影吧？"

"开车五六十分钟去市区看场电影，再五六十分钟后回来，这么折腾且浪费时间的事情我不干。"

"你怎么那么难伺候呢？"

"这也是我的问题吗？"

童逸愁得直挠鼻尖，想了想又问："那晚上咱俩去逛操场吧？"

"操场场地大，方便我们俩打起来？"

童逸叹气，低下头就看到了米乐脚上那双鞋，立即眼睛一亮："限量联名！我买了好久没买到！"

"哦……别人帮我带的。"

"还能买到吗？"

"估计不能了。"

"你把鞋卖给我吧。"

"开什么玩笑？"

"你脚不是就比我脚大一号吗？我垫个鞋垫就能穿，我出三倍价你卖我好不好？"童逸比量了三个手指头。

"滚蛋！"

"要不你让我踩一脚过过瘾行吗？"

"不行。"

可是童逸胡搅蛮缠，愣是把米乐给扛了起来，重新上台阶，把米乐放在了一个椅子上，接着强行脱米乐的鞋。

米乐气得不行，乱蹬了几下也没躲过，被童逸抢走了一只鞋，眼睁睁地看着童逸穿上了。

童逸穿上鞋直蹙眉："怎么大这么多？"

"你脚有问题。"

"不对啊，43码的话我穿也不能大这么多啊，你这鞋最起码有44！"

其实上次米乐因为不想显得脚很大，故意说小了号码，没想到还是比童逸的大一码。

现在这鞋穿上跟拖拉板似的，走路的时候啪嗒啪嗒地拍后脚跟。

"把鞋还给我。"米乐已经被气得不行了。

童逸还是嘴贱，一边还鞋一边嘟囔："你脚怎么那么大？"

米乐气得胃疼，穿上鞋就跟童逸动手了。

不久后有人惊呼："社长在楼上跟体育系的那个人打起来了！"

一群人赶过去支援米乐，童逸几乎是被众人推搡着离开剧场的。

之前被童逸怼过的女生们气得不行："你以后别再来了，老惹社长生气！"

"太讨人厌了，上门来踢馆了是不是？"

"讨厌鬼！"

童逸被赶出剧场大门，还觉得有点委屈呢。

看到戏剧社的人都走了，他委屈巴巴地坐在大楼门口，开始给米乐发微信消息。

依旧是发一个红包，骂一句。

——米乐同学。

——你有没有点团结友爱的精神？

——我深刻地怀疑你有暴力倾向。

——能不能别总动不动就动手？

——真不想骂你。

——长得挺聪明，结果净干糟心事。

——就你这样的事儿精。

——我脾气暴的时候一天打死三个。

——我也就惯着你。

紧接着，他就看到米乐收了他发的全部红包。

祖宗：谢谢。

童逸：没了？

祖宗：欢迎下次光临。

童逸第一次尝试咬牙切齿地笑，又气又想笑，最后拍拍屁股走人。

米乐回到寝室里，发现室友都不在。

他独自一人洗漱完毕，翻开剧本看，半个多小时后，童逸突然打开寝室门，慌张地问："米乐，你能不能开车送司黎去医院？"

听到这种语气，米乐也跟着吓了一跳，问："怎么了？"

"他吃烤翅把骨头吞下去了，卡得难受，去医院想办法弄出来。"童逸回答。

米乐也来不及多想，随手拿来了一件衣服披上，拿了车钥匙就对童逸说："下楼吧。"

童逸立即点了点头，在走廊里喊了一嗓子，没过一会儿李昕就把司黎背了出来。

在打开车门的时候，米乐走到司黎身边，拽着司黎俯下身，膝盖垫在司黎的胸下面，用力拍司黎的后背。

他以前看过这样急救卡住东西的小孩。

结果司黎干呕了半天，也没咳出来，米乐只能放弃了。

几个人上了车，司黎坐在后排难受得唉声叹气的。

岭山校区附近的路十分颠簸，米乐开车还有点急，司黎扶着座椅嘟囔："每次弹起来，我就觉得那玩意往下沉一点，我都能感觉到它的具体位置，还有行走路线。"

童逸坐在副驾驶的位置，还在回头骂："你脑残啊，吃个鸡翅还能被卡住？"

"贼滑，进去得可顺利了，到嗓子眼里就开始卡，妈的难受死我了。"

米乐导航了最近的一家医院，看到童逸手里还捏着半块比萨。

"你这是打算边走边吃？"米乐问童逸。

童逸这才想起来手里还拿着东西呢。

"刚才被司黎吓着了，一直捏着它到处跑，都给忘了。"童逸想扔没地方扔，干脆就给吃了。

吃完在车里找纸巾，找了半天，拉开中控下面的储物格，就看到里面硬塞了一个 Hello Kitty。

"没送人啊？"童逸问。

"忘了。"

"你还挺少女心的。"

"别拿你的脏手碰！"

童逸也没碰，扭头问米乐："车里有纸巾吗？"

米乐掏了掏自己的外套口袋，从里面拿出了一包纸巾丢给童逸。

"用完了还你。"童逸说道。

"不用还了。"

他们四个人急匆匆地去了医院。

米乐根本没跟着进去，就在车里等着，看着三个大男生穿着睡衣冲进了急诊室。

过了大概半个小时，童逸首先回来了，进来坐在副驾驶席就开始捂脸："啊，老脸都丢尽了。"

"情况怎么样了？"米乐问。

"大夫让他拍了个片子，又反反复复地问了司黎三遍鸡骨头的大小情况，接着写了病历，写的治疗方法是：尝试正常排泄。司黎还问大夫这是什么意思，大夫说，胃具有消化能力，你可以试试拉出来。"

米乐听完都忍不住笑了，这还真是虚惊一场。

"他们俩怎么还没出来？"米乐问。

"大夫给开了药，说是增强胃黏膜的，他们取了药就出来了。"童逸抹了一把脸，"跟他们在一块真的掉智商。"

"你们的生活倒是丰富多彩。"

"不过谢谢你啊，没想到你会答应得那么痛快。"童逸一脸笑呵呵地对米乐道谢。

"我看起来很像见死不救的人？"米乐问。

"也不是……就是突然有点感动。"

"你可真容易感动。"

"你这张嘴真的是可恶，明明是跟你道谢，也能被你气到。"童逸发现现实里的米乐真的没办法聊天。

"就这样了，没救了。"

"小时候挺可爱啊……"

"闭嘴行吗？"

童逸点了点头，比量了一个"OK"的手势。

司黎跟李昕垂头丧气地上了车，司黎都不敢看米乐，闷闷地说了一句："你这个恩情我记住了，以后我一定会报答的。"

"嗯，下回吃东西小心点。"

"哦……"

"说起来，我小时候也干过这种事情，突然肚子特别疼，我爸给我送医院去被诊断为岔气，医生说多放放屁就好，还让我多吃土豆跟红薯。"童逸为了缓解尴尬，说了自己小时候的糗事。

"你们可真是一个队的。"米乐回应了一句，启动了车子。

天又被聊死了。

童逸闭上了嘴。

司黎沉默了一会儿，开始啊啊地叫，弄得米乐直蹙眉："这是干什么？"

"这小子羞愧到泪奔就这样，现在只是在车里没法跑。"童逸回答。

"跟个土拨鼠似的。"

李昕坐在后排，凑过去拍了拍司黎的肩膀："没事，只要不影响身体就行，我们下次注意点。"

"别说出去……"司黎小声哀求，"不然没法找对象了。"

童逸安慰司黎："放心吧，就算不说你也找不着。"

司黎本来没想哭，听到童逸的安慰差点真的哭出来。

米乐开车的时候就觉得这几个人真够搞笑的，跟这几个人混久了还蛮有意思的。

走了一会儿，米乐看了看后视镜，对他们几个人说："我被狗仔队跟车了。"

"完了完了，这事被狗仔队知道了，我吃鸡骨头卡住的事情不得上新闻啊？"司黎立即慌了。

"没事，他们也没拍到什么。"米乐回答。

"要不要跟他们商量商量，帮我保守这个秘密？"司黎问。

"这群狗仔队在意的只是米乐的料，对你不感兴趣，你放心吧。"童逸回头安慰司黎。

司黎："所以我卡鸡骨头，米乐上头条是吗？"

米乐自嘲地笑了笑："幸好你们几个不是女生，不然能传出来我深夜陪女生孕检之类的新闻。"

"要不我们抓住他们？这里山高路远，这个时候夜黑风高的，我们不如……收拾他们一顿？"

结果米乐立即踩了刹车。

童逸立即懂了，回头对司黎说："报恩的时候到了。"

说着，三个睡衣男深夜下了车。

米乐从后视镜能够看到他们三个人围在车边吵吵嚷嚷了半天，狗仔队也不敢下车。最后只是开了个玻璃的缝，给他们三个人递了盒烟。

童逸俯下身，在缝隙里监督他们把拍摄到的米乐的视频跟相片都删了，才一起回到了米乐的车上。

"那几个孙子死活不开车门，态度倒是挺好的。"童逸上了车这样评价道。

米乐没回答，开车回了学校发现寝室关了大门。

四个人站在初秋的冷风中，看着宿舍门迟疑要不要敲门。

司黎忍不住问："这附近连个网吧都没有，我们去哪啊？"

"主要是我们什么都没带，钱包都没有，你们带手机了吗？"童逸扭头问他们。

另外三个人都沉默了。

米乐试着按门铃，但是门卫不给开门。

他们的寝室是一个大院子，到点就关院子门，连楼都进不去。

米乐打算去车里坐一夜，童逸立即对米乐说："你来我们排球队吧，我们那里有休息室，虽然条件不如寝室，但是有垫子。"

米乐迟疑了一下，还是开车去了体育馆。

体育馆一个场馆里有两乒乓球桌，把中间的网拔下来，在上面铺上一个垫子，成了临时的床。

司黎跟李昕去馆里找能盖的东西，米乐看着球桌问："怎么就两个？"

"我们又不是打乒乓球的，也就是我们教练跟其他教练休闲的时候玩的，就这么两个桌。"童逸回答。

他们馆里还真有毯子，平时他们训练累了，就在地面上直接睡一觉，盖上毯子就行了。

司黎他们几个翻遍了所有的柜子，只找到两床毯子，两个靠枕跟一个圆柱形的包，也能充当一个枕头。

司黎则是干脆用衣服卷了一个枕头。

童逸明知故问："怎么办？两个人睡一个？"

"只能这样了。"司黎没多想，直接回答。

"我跟李昕不能睡一起，不然地方不够用，我们俩伸直了腿就出去了。"童逸吞咽了一口唾沫说道。

"那咱俩一起睡？"司黎问童逸。

"我不跟你一起。"

"……"

米乐看了看童逸，最后妥协了，躺在了垫子上努力睡觉。

童逸立即爬了上去，躺在了米乐的身边，还扯米乐的衣服："你睡觉不脱外套吗？"

"不。"

"脱了吧，多难受？"

"你别碰我。"

司黎躺在隔壁，听了一会儿觉得他们俩的对话简直没法听："童逸，你怎么那么闲得慌呢？什么时候这么热情了？"

"滚蛋，消化你的鸡骨头去吧。"童逸骂道。

司黎一下子蹦了起来："一件事情老是提，烦不烦！"

"你干蠢事还不许人说？"童逸也跟着嚷嚷。

司黎开启对骂模式。

米乐听他一口四川口音，忍不住问："司黎不是东北人吗？"

童逸笑着回答："不是啊，司黎我们队里小辣椒。"

司黎则是努力用普通话回答："其实我大一的时候说话还算正常，大二童逸跟李昕来了。后来我们整个队包括教练都开始说东北话了，我也不知道我们队究竟经历了什么！"

童逸开始笑，笑得停不下来。

司黎继续吐槽："我们队一个哥们儿上海的，一句话说成这样：'侬脑子放放清尚好伐？瞅这事儿让你整的。'"

米乐再次被逗笑了，躲在毯子里笑了半天。

没一会儿又被童逸拽他衣服的手烦得不行，还是脱掉了外套，重新躺好后，就感觉童逸近在咫尺。

静下来的体育馆，米乐能够听清楚耳边的呼吸声，突然有点难以入睡了。

又一次进入梦里，米乐觉得自己的脑洞真的是越来越大了。

他扯着自己白色的衣衫袖口，看了看自己身上的衣服，再看看附近古色古香的街道，确定自己进入了一个古代背景的梦。

紧接着，他一甩蛇尾巴。

他成了白素贞。

米乐还不死心，晃悠着身子到了河边低头看自己的样子，看完就忍不住捂住了脸。

米乐在梦里穿女装的样子，还真是国宝级的化妆造型师才能设计得出来，居然一点都不违和。这要是在古代，都得是沉鱼落雁、闭月羞花的美人！

米乐看着自己，忍不住苦笑，这就是自己梦的美化滤镜。

他扶了扶衣袖站起身来，盯着天空看，想着是不是该下场雨跟"童仙"偶遇了，结果一扭头就看到童逸站在自己的身边。

童逸居然也是女装的样子，穿着一身碧绿色的衣衫。

童逸的五官硬朗、线条分明，打扮成女装有点牵强，不过在梦的滤镜下，也有种"扈三娘"的英姿飒爽劲。

这个时候，童逸笑着叫了米乐一声："姐姐。"

"扑哧——"米乐看着童逸，忍不住笑出声来。

童逸也不在意，反而问了一句："姐姐你为什么要笑？"

确实好笑。

清纯可爱米素贞。

膀大腰圆童青儿。

"没什么，看到你这个样子，我总觉得……好看！非常好看！适合你！"米乐伸手拍了拍童逸的肩膀，心说他们"姐妹"俩的身高挺逆啊，妹妹比姐姐高半头。

"姐姐今天好奇怪呀。"

"好好说话。"

"姐，你今天咋神神叨叨的呢？"东北口音回来了。

打扮得很温柔，结果一亮嗓子就是东北爷们儿的低音炮，这反差感极强。

米乐又忍不住笑了，好半天停不下来。

过了大概一刻钟，童逸突然转变了态度："咱俩这算啥，做不了兄弟就做姐妹？"

"我最开始以为你会是许仙，结果你变成小青出现在我身边了。"米乐擦了擦眼角笑出来的眼泪回答。

"啊，不行不行，我晕蛇……"童逸开始捂眼睛，没办法看他们两个人的蛇尾巴，"最痛苦的事情不是我怕蛇，而是我这么怕蛇我居然变成了蛇。"

"你居然怕蛇？"

"对，怕蛇，还怕鹅，不知道你感受过农村的鹅没有，那绝对是村头一霸，我小时候租房子的那会，被鹅追得嗷嗷跑。"童逸试着将自己的蛇尾巴变没，过了一会儿终于成功了。

米乐也赶紧收回了蛇尾巴，对童逸说："既然咱俩都来了西湖了，还变成了蛇，我们俩是不是可以自助游湖了？"

"我怎么这么气呢？我这样的像青蛇吗？我真要变成蛇也是蟒蛇！"童逸一扭一扭地走路，走两步就停下了，看向米乐，"我控制不住自己的腰。"

"我变成兔子的时候也控制不住自己，总是在蹦。"

"我这么扭来扭去的是不是挺恶心的？"

"放心吧，你现在从上到下都是大写的恶心，不只是腰。"

童逸都绝望了，跟着米乐一起扭啊扭地上了镇子里逛了逛。

真别说，好多东西看着还挺稀奇的，甚至细节都特别讲究。做梦景物都这么严谨的，估计只有米乐了。

要是剧情靠谱点就更好了。

"你说，我们这回是不是要跟法海大战三百回合？"童逸问。

"嗯……很有可能，但是有一点我可以确定，就是每次的剧情都不太受我控制。"

童逸对这一点已经非常了解了，点了点头后开始检查自己的身体，生怕自己长出大胸脯来。

两个人走着走着，就看到了一个小摊子，类似影视剧里算命先生的那种破烂摊子，上面挂着个匾额，写着三个大字：保和堂。

旁边还写着：专治疑难杂症，保证药到病除。

米乐看着牌匾，忍不住纳闷："我的医馆就这么没有档次吗？"

童逸也看着这个牌匾陷入了沉思，接着摇了摇头，说："我们这次恐怕要受苦了。"

两个人像模像样地坐在了桌子后面，他们正在查看周围设备的工夫就来了病人。

童逸还忍不住感叹："真有人敢来？"

一抬头就看到司黎一副书生打扮地出现了。

米乐看着司黎还忍不住感叹："他这身扮相还挺秀气的。"

"嗯，他脸小，没有头帘反而好看。"童逸也跟着附和。

司黎坐下了之后，小声问米乐："大夫，隐疾能看吗？"

"能，我努力看，我给你写个单子吧。"米乐拿出宣纸跟毛笔，还拿出脉枕来放在了桌面上。

童逸坐在一边笑呵呵地问："怎么，吃鸡骨头了？"

"这位姑娘为何要这么问？"司黎有点纳闷，问道。

看到童逸这么魁梧，声音这么浑厚，居然也能叫出来姑娘这个称呼也是厉害了。

"没事没事。"童逸立即摇头，不再插话了。

"敢问公子名讳？"米乐拿着毛笔问。

"在下许仙。"司黎回答。

童逸一听就不乐意了："什么情况？他许仙我小青？你是不是对司黎有什么想法啊你？"

米乐也愣了，赶紧摇头："我没有，真没有，绝对不是。"

否认三连。

估计是被司黎之前吃鸡骨头的壮举吓到了，留下了深刻的印象，才会在梦里都在给司黎看病。

米乐安抚童逸："现在他只是患者，我是大夫，你能不能安静地让我诊断？"

"行行行，你们继续，我不吱声。"童逸说完，双手环胸，怎么看司黎怎么不爽。

米乐又问："你要看什么病？"

"司仙"迟疑了好一会儿，才低声回答："肾虚。"

米乐差点没绷住笑出来。

童逸可没那么客气，刚才还生气呢，这回就大笑起来，笑得特别奔放，怎么看怎么气人。

司黎一看就急了，这是在嘲笑他啊，立即站起身来骂人："你们有没有医德？怎么嘲笑病人呢？"

米乐赶紧安抚："我的妹妹是个傻子，你别在意他。"

"你们！你们俩嘲笑我是不是！我也不想这样啊！我也想有女朋友啊！"司黎越说越气，开始砸摊子。

米乐目瞪口呆地看着司黎发飙。

身边还有一个二傻子童逸，笑得直不起身子，一边抚着肚子，一边擦眼泪。

司黎看到童逸笑成这个样子，气得泪奔了，一边啊啊地叫唤，一边跺着脚来回走动。

"这里很还原。"童逸还不忘记点评一句。

紧接着，他们俩就看到司黎突然变成了土拨鼠，钻进了地缝里。

两个人都愣住了。

童逸忍不住感叹："我的乖乖啊，这是许仙啊，还是土地仙啊？"

米乐终于忍不住了，跟着笑了起来。

这都是什么啊！

米乐睁开眼睛，就发现他跟童逸缠在一块了。

然而童逸不是蛇，是八爪鱼，他被童逸缠得结结实实的，这长胳膊长腿搭他身上压得他喘不过气来。

米乐想要挣扎，结果就发现李昕跟司黎在偷偷看他们俩。

几个人对视后，李昕反而比米乐还不好意思，笑了笑说道："我看你们俩睡得挺香，就没叫醒你们俩。"

司黎也跟着说："对，估计是童逸晚上冷了才缠过去的，他有着强大的求生欲，估计求暖的原始本能也挺强的。"

"对，昨天晚上真冷，馆里真冷。"李昕一个劲地点头。

米乐一看，他们俩旁观的连理由都帮忙想好了，变得更不爽了。

他坐起来，看着童逸在毯子里迷迷糊糊地眍眼。童逸看了看他，接着抬头看向另外两个人，问："几点了？"

"挺早的，你可以再睡会儿。"李昕回答。

童逸伸手就去揽米乐的腰："再睡一会儿，没事。"

米乐抬脚就把童逸踹下了球桌，落地后童逸哀号了一声，半天没动弹。

李昕赶紧过来扶童逸。

童逸爬起来后才回过神来，揉了揉身上起身嘟囔："你就这么对我？"

米乐已经穿上了外套，什么都没说，直接往馆外走。

童逸立即披着毯子跟着："蹭个车！喂！等会儿。"

看着他们俩离开，司黎跟李昕还在收拾东西，司黎忍不住纳闷地问："我怎么觉得童逸有点黏着米乐呢，这是受虐体质？"

"我觉得童逸好像对米乐印象挺好的。"

"怎么看出来的？"

"每次童逸骂米乐都是笑呵呵地骂，末了还加一句：'不过他确实挺帅的。'"

"就这？"

"嗯！"

"……"

米乐去上完上午的课，就接到了辅导员的电话。他接听后得知，辅导员居然在戏剧社等他呢。

米乐没有吃午饭直接赶回戏剧社，进去就看到辅导员翻看着档案在等他。

见到米乐过来后，辅导员立即问他："你跟孔嘉安是室友，他最近都在做什么？"

"我从入住 438 寝室后没怎么见他正经住过几天寝室，难得回来也是取走东西，就急匆匆地离开了。"

辅导员听了之后忍不住叹气："他开学就晚了很多天才来，也很少去上课，这样的状态学校恐怕准备让他退学了。"

其实考上了大学并不会就此安稳，可以直接混到毕业。

如果成绩非常不理想，上课总不去，表现很差的话有可能被中途开除。

孔嘉安就是这样的例子，不来上课，不回学校，这个学上得非常"自由"了。

米乐回答了辅导员之后给戏剧社里的成员发了消息，询问后专程去市里找孔嘉安。

他找到孔嘉安时，孔嘉安还在打工，他将事情跟孔嘉安说完，孔嘉安吓得不行，赶紧收拾东西跟着他一起回学校了。

米乐开车回到学校，路过戏剧社时看到童逸带着排球队的几个人在他们剧场外围聚集着。

一群人都穿着黑衣服，人高马大的，周围还围着一群人，看起来就像是来惹事的。

米乐停下车朝那边看过去，孔嘉安看到童逸他们，也跟着看了半天。

米乐一直在乔装的状态，下了车低调地走过去站在人群外围，结果发现童逸他们居然在爆爆米花！他们的设备是最原始的，在最后会发出一声巨响。

几个人忙活得热火朝天的，旁边还放着几个袋子，司黎在叫卖，说着："现做现卖，先尝后买，尝了不买自己掂量着办！"

这群人的形象，说出这样一句话，真的很有威胁的感觉。

童逸跟李昕就跟做小发明似的，兴致勃勃地继续摇呢，童逸的小眼神则是一个劲地往戏剧社那边飞。

为了引起米乐的注意，童逸真的是煞费苦心，生怕米乐注意不到自己，就弄出大阵仗来吸引米乐。在剧场外围蹦爆米花，一声一声的巨响，肯定能够引起戏剧社的注意。到时候米乐出来找他们，童逸还能跟米乐聊聊天。

童逸自我感觉良好，觉得自己非常机智。

结果半路杀出了程咬金，吕教练来了。

吕教练来了之后，叉着腰看着他们几个问："这是作什么妖呢？"

"看不出来吗？爆爆米花，大学生创业。"童逸笑呵呵地回答。

"不错啊，赚了多少钱了？"

"除去成本净赚了28块5毛钱了，我们讲究量大，薄利多销，吸引回头客。"

吕教练气得鼻子都歪了："出动了6个人，一下午赚了28块5毛？都不够你们几个吃粥的，都给我滚回去训练！"

"哦……"童逸垂头丧气地回答，站起身的时候突然看到米乐乔装打扮后站在了人群里，又快速蹲下了，"教练，等我爆完这一锅！"

说着继续摇，比之前更卖力了。

米乐包成这样，童逸也能一眼认出来，也算是一种能耐了。

等着这一锅砰的一声出锅了，童逸快速装了一袋子，送到了米乐手里："我亲手做的，还热乎呢，我回去训练了啊！"

说完就跟着队员带着设备离开了。

孔嘉安坐在车里有些错愕，不知道米乐什么时候跟童逸那群人的关系那么好了。

米乐回到寝室，就看到孔嘉安在寝室里奋笔疾书，疯狂抄笔记。

"知道刻苦了？"米乐放下自己的包，随口问了一句。

"我觉得我还能再抢救一下，我家里如果知道我被开除了，绝对会打断我的腿。"

"嗯，加油吧，我收拾东西。"

米乐早就申请了换寝室的事情，这几天辅导员也在办。

前两天开了一个学生，比孔嘉安还过分。

那位学生在上学期的考试中挂了七科，辅导员好不容易帮忙留住了，结果这位爷在本学期也就前几天好点，后来又开始旷课，直接被开除了。

这个人被开除后，米乐终于可以换寝室了，那里还全部都是艺术生的楼。

米乐正在整理行李箱，童逸跟李昕拎着外卖走了进来，看到米乐收拾东西问："又要去工作？"

"换寝。"

童逸吓了一跳，立即扑过去按住米乐的箱子，激动地问："怎么还换？不是都和解了吗？"

"我什么时候跟你和解了？还是我跟你说过我不会换寝室了吗？"米乐疑惑地问。

"不是……"童逸有点慌，立即对李昕示意，想让李昕也帮忙说说。

"别的寝室晚上断电！"李昕立即说道。

米乐："无所谓。"

童逸急急地保证："我再也不惹事了，我没有朋友过来，没有仇家了，我也乖乖的。"

米乐真是有点无奈了："你不是烦我吗？"

"我什么时候烦你了？！"

孔嘉安原本在抄笔记，听到他们说话忍不住扭头，看到童逸的反应后眼神稍微有点复杂，不过还是说道："社长，你搬走以后，我岂不是要自己住在这里？我之后不会再离开寝室了，这……"

米乐听完才想到，孔嘉安是今天才回寝室。

"你也申请换寝室？"米乐问。

"我刚惹了事，还求辅导员这个，辅导员肯定会烦死我的，我不敢提。"孔嘉安指了指笔记本，"我继续抄笔记了，作业先补上，为了考试努力一把。"

米乐动作稍微停顿了一下，接着拿出手机来给辅导员发消息，问问能不能给孔嘉安也换个寝室。

等了一会儿，辅导员回复了，先是问了孔嘉安的情况，又要了孔嘉安的手机号码，接着回答：这回能空出一个床位来也是意外。艺术系这么能作死的学生不多，找不到第二个位置了，其他的楼什么情况我不知道，不过换到其他系的楼里也没有意义。

米乐有点犯愁，人是他叫回来的，难不成要从一个火坑跳到另外一个火坑里吗？

"呀，小孔回来啦？"童逸似乎才注意到孔嘉安。

孔嘉安扭头看了看童逸，苦笑了一下："谢谢你终于注意到我。"

米乐叹气，最后放弃了收拾东西："那算了，我住到这学期结束。"

"好好好。"童逸立即点头，心里想着：下学期老子也不会让你搬的。

童逸跟李昕手里还拎着烤串做夜宵，迟疑了一下问米乐："吃吗？"

"不吃，垃圾食品，有害健康。"米乐冷冰冰地回答，明明在梦里吃烤肉的时候沉醉得不行。

"小孔呢？"童逸又问。

"大金链子小手表，一天三顿小烧烤，你们那边人都这样吗？"孔嘉安问。

童逸摇了摇头："的确喜欢烧烤，但并不是普遍都这样。"

童逸跟李昕对视了一眼，然后跑到寝室门口，蹲着把带回来的烤串吃完了。

他们俩都知道米乐不喜欢这种味道，干脆就不在这个时候惹米乐生气了。

回到寝室，童逸问李昕："你说我们报什么信息，才能让他们猜不到我们是我们呢？会觉得我们队很弱？"

李昕冥思苦想半天，也想不出来。

童逸扭头问米乐："祖宗，你聪明，帮忙想想呗。"

孔嘉安听到"祖宗"这个称呼，惊得下巴都要掉下来了，回头看了一眼，又快速扭回了头。

"什么意思？"米乐没明白。

"我们要举办一个友谊排球赛，抽签决定单双号，单号的队伍提供信息，让双号的队伍挑选对手的信息，以此选择对手。我们是单号，要提供代表我们队伍的一组信息,却不公开我们是哪个学校的,让双号的队伍按数字顺序选择。"

童逸解释完,自己想了想后又问:"我说明白没?"

"我大致猜到了,不过你既然很厉害,没必要这样冥思苦想,对手是谁都无所谓吧?"米乐立即找到了重点。

童逸故作深沉地摇了摇头:"我们就喜欢那种对手本以为抽到了弱队,结果看到了我们的那种崩溃感觉,有一种扮猪吃老虎的爽感。"

米乐笑了,问:"你的小脚大家都知道吗?"

童逸摇了摇头:"不,只有我们队知道,如果不是统一订鞋,他们估计也注意不到。"

被米乐这么一问,童逸立即眼睛一亮,对李昕摆手:"对对对,报鞋号码,我跟司黎脚都小,他们一准以为我们队两个矮子。"

李昕立即在微信群里跟其他人发消息,然后把信息给了教练。

做完决定,童逸开始在寝室里健身。

米乐看剧本的时候就能看到童逸在那边呼哧呼哧的,忍不住问:"干吗呢?烦死了。"

"戒游戏了,没事干,憋得慌。"

米乐忍不住扬眉,又问:"你不是挺沉迷的吗?"

米乐从来寝室的第一天起,就注意到童逸没事就捧着个手机。

"不玩了,号都送人了。"童逸回答。

"那你能不能换个缓解方法?这么做太干扰人。"

童逸想了想后,开始捧着手机看,看一会儿就偷笑,接着继续看。米乐起身去接水,就看到童逸捧着手机看他小时候的综艺呢。

米乐想说点什么,又觉得自己事多了点,干脆回去了。

他坐下后开始回忆童逸看的那期自己都干什么了,后来干脆拿出手机也看了那一期。那一期是在冰城,米乐一直想去玩雪,但是他们一直在做任务,到离开都没玩成。

日有所思,夜有所梦,米乐梦到了雪。

这在H市估计很难发生,毕竟到了秋天都没有太冷,那里怎么可能下雪呢?

然而梦里的米乐意识不到,伸出小手捧着雪花,笑得特别甜。

每次到梦里,他都会无法控制自己,思维也会跟着陷入这个角色。此时的米乐只有五六岁的样子,思维也跟自己小的时候差不多。

他看到雪之后开始在雪里跑，一边跑还一边呀呀呀地叫唤。这个时候从远处走过来了一个小男孩，看上去要比小米乐大一些。

小米乐对这个男孩有点好奇，朝男孩跑过去叫了一声："小哥哥！"

小男孩比小米乐高出很多，看起来就好像比他大个一两岁似的。小男孩看到米乐后撇了撇嘴角，没搭理，继续朝前走。小米乐愣了愣，接着自己捧起雪来往天空扬，然后自己跑到下面被雪淋。结果这一举害得走过去的小男孩被扬了一脑袋雪，风一吹，直往脖颈里钻。

小男孩又走了回去，对小米乐勾了勾手指头，让小米乐过来。

小米乐立即乖乖地跑过去，还以为小哥哥要陪他玩了，结果听到小男孩说："转过去。"

小米乐听话地转过身去，结果小男孩一脚踢在小米乐的屁股上，让小米乐扑通倒在了雪地里，面朝下，在雪里扑了一个小孩的形状出来。

小男孩准备离开，结果看到小米乐坐了起来，连脸上的雪都不拍干净就开始哭。

小男孩被吓了一跳，走过去蹲在小米乐的身前帮他擦脸上的雪，还嚷嚷起来："你这么哭，也不怕你眼泪冻上！"

"脸蛋都磕到了。"小米乐还在哭。

"别哭了，我给你揉揉，对不起。"小男孩看小米乐哭得这么惨，终于有了点愧疚心理。

"你给我呼呼。"

"呼呼？"

"用嘴呼呼。"

小男孩终于理解了，凑到小米乐的脸前，用嘴给米乐"呼呼"脸上红的地方，接着问："好点没？"

"这边也要呼呼。"小米乐转过脸。

小男孩无可奈何，继续帮小米乐"呼呼"。

小米乐的睫毛仿佛成精了，这么近距离吹，睫毛浮动，脸颊白得几乎透明，仿佛漂亮的小天使。

两边都"呼呼"完了，小米乐自己就开始做小翅膀的动作："疼疼飞走了。"

小男孩冷漠地看着他，说了一句："幼稚。"

"小哥哥！"小米乐突然叫道。

"干吗？"

"你长得好好看啊！"

小男孩被小米乐说得有点不好意思，抿着嘴没说话。

"小哥哥你叫什么啊？"小米乐又问。

"我叫童逸。"

"还有这个姓啊？"

"对啊。"

"我叫米乐，大米的米，快乐的乐。我妈妈说，希望我长大以后都能快快乐乐的，所以才给我起这个名字。"

童逸过去一刻钟的时间，正好听到米乐说的这句话，不由得一愣。

紧接着开始心疼。

"米乐啊，你长大以后并不太快乐。"童逸说道。

"啊？怎么会呢？"小米乐认认真真地问。

"但是没事，以后我会让你快乐的。"

"所以小哥哥会陪我玩吗？"

"对，我不但会陪你玩，还会一直陪着你。"童逸说完，抬手揉了揉小米乐的头。

真的好萌啊……

"那我们堆个雪人吧。"小米乐指着雪地说。

童逸点了点头，这又不是什么难事，还叮嘱小米乐："你一会儿在旁边看着就行了，这玩意挺凉的，容易冻到你的小手。"

"好！"

"看我弄，乖。"

童逸开始撸胳膊挽袖子的，想要在小米乐面前秀一把，结果堆了一个其貌不扬的东西出来。

童逸真的有特别努力，他也极力提高自己的水平，可是就只堆出来一个小雪堆，还是被人踩了几脚的那种。

上面扣了一个坑坑洼洼的圆雪球，歪歪扭扭地摆着，仿佛落枕了，他自己都要看不下去了。

围观了全过程的小米乐突然开始捧场："童逸小哥哥好厉害啊！"

接着开始鼓掌。

童逸羞愧难当，蹲在雪人面前有些自暴自弃。

小米乐立即过来蹲在童逸的身前，捧着童逸的手"呼呼"了几下，然后问童逸："童逸小哥哥的手还冷吗？"

"没事了。"童逸看到小米乐就控制不住自己的温柔，立即柔声回答。

小米乐不信，把童逸的手放在自己的脸上感受了一下，接着惊讶地叫了一声："呀！我的脸也好凉，居然觉得你手还挺烫的。"

"傻乎乎的呢。"童逸忍不住用手指按了按小米乐的小鼻子。

小米乐笑嘻嘻地站起身来，又开始在雪地里蹦蹦跳跳的。

童逸就这么一直盯着小米乐看，心说这么可爱，绝对是小天使吧？结果扭头就被小米乐用雪球砸中了，与此同时是小米乐快乐的笑声。

果然，五六岁的孩子，天使跟熊孩子只在一念之间。

童逸刚将之前的雪球清理干净，小米乐已经开始了下一轮进攻，同时还在喊："童逸小哥哥，我们打雪仗吧！"

童逸立即抱起一团雪就去追小米乐，接着将雪在小米乐的头顶散开。

小米乐快速爬开，同时还在自制雪团。

两个人打雪仗就打了半天，直到小米乐累得不行，干脆躺在了雪地上。

童逸立即走过去拽他："别在这里躺着，多冷！"

"可是我好累啊，想休息！"小米乐委屈地说。

童逸左右看看，附近真没什么能休息的地方，无奈地自己坐在了地上，接着打开自己的外套拉链说道："那你坐在我腿上好了！"

小米乐立即坐了过去，后背靠着童逸的胸膛，童逸同时用外套裹住小米乐。

小米乐靠着童逸晃脚丫子，鞋尖上都是积雪，晃的途中被抖落掉了。

周围都是望不到尽头的白雪，起伏的雪堆豆腐块一样，虽然冷，但是有一种宁静的美感。

"童逸小哥哥的怀里好舒服啊。"米乐眯缝着眼睛感叹。

童逸抱着小米乐还觉得美滋滋的，温柔地问："冷不冷？"

"不，小哥哥的怀里超级暖和！"

"那就好。"

"我都坐困了，好想睡一觉。"小米乐懒洋洋地感叹了一句。

"你可别睡，我看新闻，总有雪地里被冻死的。"

"不会的，小哥哥的怀里好暖和的。"

"那也不行，我们聊聊天，你不许睡。"童逸说着，还掐了一把小米乐依旧有点婴儿肥的小脸。

"好吧……我们聊什么呢？"

"比如，你的理想是什么？"

"我想做一个设计师，设计好多好多好看的衣服！然后看到别人穿着我设计的衣服出门，会好满足的。"米乐立即兴奋地说道。

服装设计师？

跟米乐现在做的事情完全不搭边啊。

不过童逸想到米乐曾经帮李昕改过衣服，动作还挺利索的，不由得觉得这可能真的是米乐最初的梦想。

"嗯，听起来不错，你不想做明星吗？"童逸又问。

"不想啊，我不喜欢被人拍摄，什么都播出去了，还点评我……我可能心不够强大，被批评了就会心里失落好久。"

童逸用鼻尖蹭了蹭小米乐的头顶，跟着叹气："如果以后有机会，我一定帮你完成梦想，到时候我们俩弄一个服装品牌，就叫'我乐逸'。"

"好啊！到时候我去设计衣服，你去卖！"米乐兴奋地说。

"我不卖，我投资入股，雇人去卖，你就做一个设计师就行。"

"虽然不太懂，但是好厉害的样子。"

童逸的想法一下子就管不住了："我们要怎么开始做这件事情呢？我得去问问我爸爸，让他找一个明白的人教教我。"

"嗯嗯！小哥哥的爸爸也超级厉害吗？"

"我爸不厉害，但是我爸钱多。"

"这也是一种厉害啊。"

"也对。"

童逸觉得机会难得，抓紧时间问："你还有什么其他想要的东西吗？或者想要实现的事情。"

"长高！长得高高的。"小米乐不假思索地回答。

"你以后长得挺高的，够用了。"

"还有……还有……吃好多好吃的。"

这个就有点难了，他记忆里米乐其实挺喜欢吃烤肉的，结果他带个烤串回去，米乐都表现出了强烈的不喜。

童逸这样表示："其实只要你愿意吃，我就能带你吃遍全世界。"

"我愿意吃啊！"

"胖成小猪也无所谓？"

"小猪无忧无虑的，多快乐啊！"

"可不就是，你要是以后也想得这么开，咱俩就去吃。"

"其实也没什么了，"米乐靠在童逸的怀里，舒服得眯起眼睛，笑嘻嘻地继续说，"我就希望我和我的家人都快快乐乐的，我妈妈一直漂亮，我爸爸一直那么有才华。然后我们一家人和和美美的，一直这样维持下去。"

听完米乐的话，童逸突然沉默下来。

这个……好难啊。

"小哥哥，你有什么愿望吗？"米乐又问童逸，还扬起小脸来看他，因为太过努力，额头都挤出了几条抬头纹。

"我啊，其实没有什么太大的理想，我最近的想法都是我要进国队，拿一个冠军回来，也给男排长长脸。我爸这个人爱显摆，我拿了冠军也能让他出去显摆显摆，他儿子拿过世界冠军。"

"哇！感觉童逸小哥哥超级厉害！"

童逸得意得嘴角都飞扬了："必须厉害。你妈妈来了！"

小米乐说着快速起身，朝着一个方向跑过去追到了陶曼玲。

童逸看到陶曼玲微笑着抱起米乐，在米乐的脸颊亲了一口，接着带着米乐走远了。两个人好像一直在说说笑笑，特别开心的样子。

童逸就一直看着……不忍心去打搅。

童逸醒了之后，拿来了小本子，最后在床缝里摸出一支笔来，打开笔帽后用手机给童爸爸发消息。

童逸：如果我想创业，创建一个服装品牌该怎么做？

爸爸：又惹事了？都开始想副业了？

童逸：没有，我就是想从事这个行业。

爸爸：放弃吧，你不是那个料。

童逸气得不行，快速打字回复：不是，是米乐喜欢设计服装，我想帮帮他，不知道有什么方法没。

爸爸：哦，帮小老弟啊，他喜欢这个？

童逸：嗯。

爸爸：这方面我也不清楚，我去给你打听打听，你让小老弟把他的设计图拿出来几个，我给人看看？

童逸：你先问问看吧，设计图还没有，我们还没进入实行阶段呢，目前只有创业想法。

爸爸：行，我知道了，天塌下来爸给你顶着呢，你开心最重要。

童逸：好嘞。

结束聊天，童逸就觉得自己这纸跟笔算是白拿了，根本没派上用场。

将东西放在一边后，童逸就看向了米乐，说道："祖宗！"

"干什么？"

"求你个事，我之后有训练，咱俩一块的那个选修课我去不了了，你拿我手机去帮我签个到，那节课蹭课的人多，估计发现不了缺人了。"童逸拿着自己的手机到了米乐身边。

最近的上课签到都用 App 了，这个 App 恶心的地方在于它可以定位，如果签到的手机不在教室里，老师立即就能发现。这种情况下帮忙签到，就只能让人带着手机过去了。

"我不管。"米乐立即拒绝了。

童逸已经开始设置了，递给米乐说："录入一个指纹。"

"我在你手机上录指纹干什么？"

"没事，方便，咱俩没秘密。"

"我跟你有秘密。"

"你保存秘密，我对你没秘密。"

米乐嫌弃得不行，可经不住童逸软磨硬泡，最后还是在童逸的手机上录入了指纹，童逸立即把手机给了米乐。

米乐拿着手机看了一眼桌面，依旧是笔锋犀利的大字：最强！

黑底红字，童逸的风格贯穿始终。

米乐拿着手机放进了包里，继续整理自己的头发，扭头看到孔嘉安偷偷看着他们俩。被米乐看了一眼后，孔嘉安立即装成什么事情都没发生过似的。

米乐动作停顿了一下，却没有做任何反应。

选修课时不时缺人也是常事。

米乐虽然在学校的时间不算多，今年跟公司做了申请想好好上课，才算是清闲一些。

对于童逸这种事情，米乐也司空见惯了。只不过米乐朋友不多，还是第一次帮别人签到，难免有点做贼心虚。米乐到了教室后，拿出自己的手机签到。

接着拿出童逸的手机，输入指纹开锁后，也帮童逸签到。签到完毕，他把手机分别放进两个口袋里，开始听课。

听了一会儿，米乐突然想到了什么，拿出童逸的手机打开微信看童逸的相册，翻找了一会儿找到了一条消息。

你，就是你。

他看了一下设置，果然是针对他一个人发的，他就知道童逸当时是故意骂他的。

他撇了撇嘴角，将手机随手丢在了桌面上。

屏幕还没锁，他看到一堆人在给童逸发消息。随便扫了一眼，屏幕能看到八个人的消息，其中有三条屏幕上的文字是在表白。

米乐立即关闭了屏幕，心说童逸这么傻缺，居然还有人喜欢？

很快又想到，童逸怎么加了这么多人？是不是一有人加他，他就通过了？

不过米乐随便想想就知道，估计童逸连路边求扫码的都会给人家扫一下。

左丘明煦的手机里也有一群莫名其妙的好友，大多是刚入学生会的时候加的，后来办点事情加一批人，不改备注就记不起是谁。

童逸也经历过大一那段学生会经历，估计就是那个时候盲加的。

童逸还糙，连个备注都没有。

想了想又觉得不对劲，再次打开屏幕，看到置顶的人有两个：爸爸、祖宗。

看到的一瞬间米乐心跳都乱了一拍，然后就看到了来自爸爸的未读消息：你们是准备开连锁服装店啊？还……

后面就看不到了。

米乐是一个注重隐私的人，看了童逸是不是针对自己发过朋友圈就已经是极限了，不会再去看其他的消息，再次关了屏幕，把手机放了口袋里。

然而脑子里一直在想：服装店？什么服装店？

这让他想起了昨天晚上童年的梦。

台上的老师突然讲到一半停了下来，开始叫名字，让点到名字的人举手。

米乐心里一惊，知道要完。

他左右看了看，想要找到一个人冒充童逸，结果就听到老师嘟囔："童逸也签到了？我没看到他出来啊，那么高的大个子，我不能看漏。"

上次上课，同学们齐呼"同意"，叫醒了童逸，这件事情让老师印象深刻，所以就记住了童逸。

童逸这次想蒙混过关就难了。

米乐开始装不知情，低头继续写笔记。

结果老师居然打电话，童逸的手机立即响了，手机铃声还是《精忠报国》。

米乐的口袋里响起手机铃声，让米乐的身体一颤，赶紧去关手机。

一抬头，就看到老师走到他身边了。

场面一度非常尴尬。

"你帮童逸同学签到的？"老师笑呵呵地问。

米乐只能点了点头："对不起，我……我……"

之后就说不下去了。

老师没再问什么，回去拿本子记录了下来。

教室里不少人开始议论起来，米乐知道，他跟童逸的新闻怕是要加一条了。

紧接着，老师开始布置："我们之后的课程，就要完成小组作业了，这也是我这次点名的原因。不是我的学生就不要来蹭课了，防止学生无法完成作业。"

教室里立即哀号起来。

在大学，你如果想跟一个人友尽，可以跟他一起做小组作业。

如果你想跟你的对象分手，可以跟他一起做小组作业。

你想整个宿舍闹崩，可以四个人一起做小组作业。

小组作业，最让人无法理解的存在。

为什么就不能独自完成呢？为什么非得锻炼所谓的团队协作能力呢？

为什么呢？

在完成小组作业的时候，碰到靠谱的组员真的值得欢呼。

碰到不靠谱的，一拖三的时候都是好的情况，最怕的是三个人都不做，只推给一个人完成。

那个人真的是不做怕影响成绩，做了心里还不舒服，非常可气。

做完了吧，最后阶段同组的人照着念都念成了狗屎样，分还上不去，气不气人？崩不崩溃？

米乐听到这句话就有种不好的预感，很快他就得到了验证。

"米乐，既然你跟童逸、李昕同学的关系不错，就跟他们俩一起做小组作业吧，再带一个同学，你有想法没？"

听到要跟这两个人一起，米乐就觉得眼前一黑，立即摇头拒绝："老师，给我安排其他的组吧。"

"我把姚娜安排给你们组吧，她的作业都完成得不错，也能帮帮你们。"老师回答，并未同意米乐的拒绝。

姚娜就好像被上天选中的孩子，又期待又担心，小心翼翼地回头看了一眼，就看到米乐正在翻白眼。

刚巧被她看到了，紧接着两个人就对视了。

尴尬……

沉默……

下课后，姚娜战战兢兢地去找米乐："你好……"

"你笔记记得怎么样？"米乐直截了当地问她。

"我都记了。"姚娜立即拿出自己的笔记本给他看。

米乐拿来翻看了一眼，姚娜的笔记还挺详细的，并且字体娟秀，看得清楚。

"你一会儿还有事吗？"米乐问她。

姚娜摇了摇头，其实她只是想去吃点东西就回寝室。

"跟我去趟体育馆。"米乐把笔记还给了姚娜，带着她往排球馆去。

姚娜上了米乐的车后，整个人都晕晕乎乎的。

米乐的车！米乐在开车！她坐在副驾驶席！她能吹一辈子！

他们到的时候体育馆里刚刚休息。

李昕俯下身撑着膝盖，司黎助跑后撑着李昕的后背跳了过去，差点撞到刚进门的两个人。

司黎赶紧紧急刹车，姿势就好像艺术体操最后的动作似的，高举双臂，腰部前挺。

童逸喝着水走了过来，问米乐："你怎么过来了？"

米乐把手机丢给了童逸："老师认识你了，我帮你签到还惹了事。"

"没骂你吧？"

"没有，就是被安排跟你和李昕做小组作业。"

"小组作业是什么玩意？"童逸纳闷地问。

"你连这个都不知道？"米乐神奇地看着童逸。

一边的司黎忍不住插了一句："什么？大学还有作业？"

米乐都震惊了："你都大三了吧，你是怎么顺利念到现在的？作业也记分的好吗！"

司黎挠了挠头发，笑呵呵地回答："我全交给其他人给我完成了，好久没担心这个都忘记了，或者找教练去摆平。"

"太夸张了吧？有点假。"米乐依旧不相信。

司黎："我们可以提交申请，就说有比赛耽误了。"

童逸："咱们那节课叫什么来着？"

米乐对童逸展现了优雅的微笑："童逸，我告诉你，你要是给我拖后腿，自己看着办！"

童逸心里咯噔一声，接着看向李昕。

李昕的眼睛都直了，自己估计还不如童逸呢。

米乐指了指姚娜："我们组的另外一名成员。"

"辛苦你啦，女同志。"童逸抬手想拍拍姚娜的肩膀，结果发现姚娜身高顶多160厘米，最后拍了拍头，这个高度顺手。

"我们过来分个工。"米乐对他们俩说。

姚娜跟着点头。

身高156厘米的她，仰望着自己的组员，他们几个人的身高分别是：185厘米、198厘米、209厘米。

而她显得像个孩子。

童逸跟李昕视死如归地跟着米乐、姚娜去了一边。

童逸看到米乐和姚娜的笔记都迷糊，感觉这并不是一件容易的事，于是问："我找个人帮我，最后交上去行吗？"

"需要讲自己的作业，如果你上去读都磕磕绊绊的，我们全组的分都很低。"米乐立即瞪了童逸一眼。

童逸立即精神了："放心吧，我绝对不会拖你们的后腿，我跟李昕好好学习，天天向上，努力完成这次作业。"

"那先把笔记抄了。"米乐说道。

童逸立即打了一个响指："叶熙雅！"

"你自己来！"米乐直接给了童逸一拳。

童逸垂头丧气的，拿着米乐的笔记本看，然后说道："你写字真好看。"

"抄！"

"凶什么啊，我写，我现在就写。"童逸拿来笔记本跟笔，直接坐在了地面上，在休息的椅子上抄笔记。

李昕则是跟姚娜要了手机号码，客客气气地说："我们抄完了就把笔记本还给你，我会打电话联系你一起做作业的。"

姚娜真没想到这几个人还挺好说话的，立即应了，接着赶紧跑出了体育馆。

李昕跟童逸坐在椅子前抄笔记，米乐坐在椅子上盯着其他人训练。

童逸写得手累了，晃了晃手回头看了一眼，接着对米乐说："我打球给你看啊？"

"懒得看，辣眼睛。"明明就坐在旁边看了半天了。

童逸已经站起身了，到了球场上对米乐说："等着瞧吧，帅哭你！"

说着，进入了队伍里，换下了一个人，开始了平日里的训练赛。

别看是训练的比赛，两队人都打得十分认真，平日里磨炼的默契让他们的配合相当优秀。童逸接到球的时候偶尔会轻喝一声，或者跟队友安排，谁去接这个球，偶尔给队员指点，还真有点队长的范。

原来并不是整日里带着队员胡闹啊。

认真时的童逸跟平时完全不一样，不再是吊儿郎当的模样，而是严肃的、不苟言笑的，甚至还有点严厉，然而这个样子反而更帅一些。

米乐一直坐在旁边看着童逸，看到童逸的动作行云流水，一气呵成。

王牌。

当之无愧的王牌。

童逸扯起衣摆擦汗，只是一个小小的动作而已，却露出了自己的腹肌。

童逸真怕再惹到米乐。

在米乐离开训练馆之后，他召集了全队的人员，过来研究他们的选修课。

研究结果就是：队长，你怎么选了这么一节课？

童逸非常无奈，找人去打听了这节课老师的所有行程安排。

第二天他就跑去蹭这个老师的课了，还怕自己听不懂，叫上了队里比较聪明、学习相对来说好一点的几个人一起听。

一节课听完，几个人都跟个傻子似的对视了一眼，接着相视一笑。

果然，没有一个人听懂。

紧接着，他们跟着老师浩浩荡荡地又去听了一节课。

老师也注意到他们了，下课之后，他走过来问童逸："这是来我这里刷好感度呢？"

"这不是要弄小组作业嘛，我两眼一抹黑，只能刻苦努力了。"

"你这临时磨枪也不行啊，主要是前面几节课的内容，那些才是重点。这样吧，我这里也有录过视频到网上，你看看我的视频，顺便给我点一波赞。"

童逸立即觉得老师也不容易，还得跟学生求赞，立即豪爽地答应了。回到寝室拿出自己的笔记本电脑，看了看老师的视频，童逸顿时觉得老师好可怜。

老师一共发了26个视频，但播放量加起来还不到2000。

整个主页都透露着一股凄凉劲。

奋斗吧，为了不再给其他人添麻烦。

童逸拉着李昕坐在笔记本电脑前一起看教学视频，两个人看得互相掐大腿，掐晚了对方就容易睡着。

坚持看了两个视频，李昕开始翻书，惊讶地说了一句："我们刚才听的不是这学期讲的！"

"不都是从头开始听吗？"童逸也震惊了，跟着翻书。

两个人看了看书，再去看笔记，最后绝望地嗷嗷叫唤。

不过既然下定决心了，他们俩还是继续看了需要看的内容，还坚持给老师点赞，并且留下了评论：好！讲得好！

米乐回到寝室里的时候，李昕已经仰着脑袋睡着了。

童逸没理李昕，自己在奋笔疾书。

米乐走到童逸的身后看，看到童逸在画框框，每个框框里都是自己的大体思路，打算之后按照这个总结。

"看来你还不是特别笨。"米乐看了一会儿，感叹。

童逸吓了一跳，刚才太入神都没注意到米乐进来了，立即回头看他。

"坐过去点，我教你。"米乐搬来自己的椅子坐到了童逸身边。

"李昕睡着了，我们俩坐近点。"童逸笑嘻嘻地说道。

"要不去我的桌子？"

"别了，电脑还在这里呢，我都整理一部分了。"童逸点了一下鼠标，屏幕亮了，上面还真的整理了不少文档。

米乐见童逸是真下了苦功夫，忍不住抿嘴笑。他也不是特别不通情达理，知道童逸努力了就可以了。在不耽误自己的情况下，米乐也会帮童逸两把。

米乐打开童逸的文档，看着童逸做的简陋的东西，忍不住吐槽："我小学多媒体课的时候做的 PPT 都比你这玩意强。"

"你们还考那个？后来不是都有模板吗？有钱就能买。"

"做 PPT 跟会 Word 和表格都是基础课程吧？肯定要学的。"

"我记得你节目里说过你上的是什么国际小学，也学这个？"

"怎么说得你好像没上过学似的？"

"就没怎么好好上过，我大多是在体育馆里。"

"从小就学习不好？"米乐开玩笑似的问，小时候不是分分钟满分成绩拿回家吗？

童逸立即摆了摆手："小时候家里困难嘛，我爸直接给我送体校去了，可以申请免学费，还有补助。"

刚说完，童逸就闭了嘴。

这是在梦里说的事情，如果现实里也这么说了，后果很可能是……

童逸偷偷看了米乐一眼，发现米乐的动作也停了下来，扭头看向童逸："你家里……小时候困难？"

"对……我从小……爸爸就忙……所以……"

"忙和经济困难挨边吗？"米乐继续追问。

"主要是我爸穷养儿子，对我抠。啊！我觉得我有思路了。"童逸立即开始认认真真地做作业，不再回答米乐的问题了。

米乐看童逸一会儿，没再搭话，就好像没太在意似的。

他把注意力放在了李昕的身上。

李昕也挺单纯的，没有什么心机，如果童逸故意隐瞒，他无论怎么问童逸都不会说的。不如就去问李昕，李昕肯定傻乎乎地全说了。

这也是米乐不再问的原因。

然而童逸还以为蒙混过关了。

李昕睡得非常难受，差点跌倒了才醒过来，伸手拿来手机看了一眼消息，接着问童逸："司黎他们要下楼去吃点夜宵，你去吗？"

"我不去，我继续研究一下作业。"

"哦……"李昕把手机放进口袋里，直接出了寝室。

米乐原本在洗漱，想了想后跟了出去，见到李昕跟司黎站在楼梯口等人。

他立即走了过去，站在他们两个人面前说道："李昕，问你个事，关于童逸的。"

"问我也行，我大多都知道。"司黎首先抢答。

李昕跟着点头："对，司黎也知道一些，你问吧，什么事？"

"柳绪是童逸的龙凤胎妹妹？"米乐问道。

司黎立即摇了摇头："不是。"

不是？！

司黎很快又接了一句："不过他俩确实是亲人。"

"对，那天我跟你说了啊。"李昕也跟着说了一句。

不是龙凤胎……不过确实是亲戚。

所以梦里是他臆想的吗？

米乐紧接着又问了一个问题："童逸曾经家里条件很不好，他爸还差点出事被冤枉吗？"

这个问题问完李昕跟司黎都迷茫了："没有啊，他们家一直非常有钱啊。"

李昕跟着点头："我认识童逸的时候，他就是宝马车接送上下学。"

"哦……这样啊。"米乐点了点头，蹙着眉走了回去。

难道又是他多想了？

等米乐回去后，李昕忍不住问司黎："柳绪跟童逸也算龙凤胎吧？你为什么要否认啊？"

"不对啊，他们家那一窝是三胞胎！"司黎立即反驳。

"这么严谨吗？不过为什么是一窝？"

"童逸跟柳绪那么大个的孩子，还能一口气生三个，她妈也是厉害。"

"我们也不是出生的时候就两米。"李昕嘟囔了一句。

"我出生就有57厘米！"司黎反驳。

"你现在怎么这么矮？"

司黎被气得差点跳起来打李昕的头。

"不过米乐为什么问这个，童逸家里穷过？"司黎叉着腰纳闷地问。

"我是没听童逸说过，不过童逸是后来转到我们学校的。他之前的那个学校好多家里都是贫困地区选出来的好苗子，大多免费上学，这算穷过吗？"

"不知道啊……我们一会儿吃什么？"司黎很快就不去想这些了。

事情也真就如此。

童逸跟柳绪的确不是龙凤胎，童逸还有一个不知道是弟弟，还是哥哥的兄弟。缺根弦的家人分不清他们几个了，顺序都搞不明白。

不过这个兄弟跟童逸关系不好，也跟童逸不是一个脑回路的，根本不联系。

童逸的兄弟是华大的，自己考上去的，据说现如今还算是华大校草级别的。

童逸是一个不愿意提起过往的人，就算是跟李昕都没说过自己家里的那点破事。

童爸爸条件好起来后，怕童逸还受到以前事情的干扰，带着童逸去了另外一个城市，送到了条件更好的学校。也是那个时候，给童逸买了一个阴宅别墅住着。

去到那里后，就算是重新开始了，李昕知道的童逸，就是一个从小家里就很有钱，宝马车接送，自己住大别墅的孩子。

米乐站在寝室里盯着童逸看了半天，看得童逸心虚，都不敢有多余的动作。

米乐又拿出手机来，发了一会儿微信消息。

接着对童逸说："我先出去一趟，有个应酬要去，你先自己弄吧，有问题问姚娜。"

"嗯嗯，你去吧。"童逸如释重负地点了点头目送米乐离开。

米乐拿走了自己的车钥匙，打开门出去。

童逸立即虚脱了似的倒在了桌子上，扯了扯后背的衣服，因为紧张后背全是汗。他都能想象到，现在被米乐知道了这件事情，绝对会被揍一顿，这都是轻的。

说不定米乐一激动，来一个激情犯罪，他就一命呜呼了。

在米乐走了之后，童逸继续搞自己的作业，弄到一半就开始想。

应酬？

是不是得喝酒啊？

还开车去的，别酒驾回来了！

越想越觉得担心，不过又想到他不认识米乐的那些年，米乐也没出什么事，估计喝酒也会找代驾，或者住酒店，也不会出什么事。

他想了想后，给米乐发了一条消息：少喝点。

米乐没回。

童逸爬上床睡觉的时候，已经12点多了，他跟李昕一直在搞这个小组作业。

好在童逸三分钟入睡，没一会儿就进入了梦乡。

童逸非常顺利地进入到梦里，看到米乐居然坐在沙发上喝香槟。

他走过去，到了米乐的身边坐下，说了一句："少喝点。"

米乐看到童逸觉得有点奇怪，微微蹙眉，接着思索了一下问道："我为什么能看到你？"

"怎么了？"童逸疑惑地问。

"我不该睡着了啊，怎么会做梦？"

"梦？"童逸现在还是身体不由自主的时间段，所以都是不受控问出来的这些问题。

"不对劲啊……为什么会做梦？我睡着了？这点酒我不应该会醉……难道酒里加了东西？"米乐睁大了一双眼睛，惊恐地看着童逸。

童逸被吓得心里"咯噔"一下，想要努力冲破禁制，结果还是听到自己回答了一句："你想太多了吧？我们一直一起在这里啊。"

米乐坐在沙发上沉默了一会儿，童逸开始跟着尝了一口香槟，还一脸嫌弃味道难喝。

禁制结束后，童逸立即扭头问米乐："你到底是什么情况？跟谁应酬？现在在什么地方？"

　　"我妈强迫我认识的朋友，关系一般，位置在凯嘉琳酒店 799 包房里。"米乐快速回答。

　　"我想想办法。"

　　"在不能确定真相前千万别报警！我们都是公众人物会有影响。"米乐特意叮嘱了这样一句话。

　　"好。"童逸不假思索地答应了。

　　童逸急得不行，左右看了看情况，发现没有能让他醒过来的渠道。

　　最后干脆心一横，打开窗户从窗口跳了下去。

　　米乐吓了一跳，他还是第一次亲眼见到童逸"自杀式"醒来方法，整颗心都提起来了，快速追过去看，看到童逸已经消失不见了。

　　楼下没有"尸体"。

第八章
米社长与讨厌鬼

童逸从床上直接坐了起来，浑身一颤，吓得额头冷汗直流。

就算是在梦里，经历一次死亡前的崩溃也是让人十分难受的，那种心脏的快速紧缩感直接传达到了现实之中。

令人窒息的恐惧，下坠时的失重感，还有就是紧张。

蹦极还有一线生机，让你不至于心里没底，但是这种醒来的方法，真的非常可怕。

上一次是送药跳进泳池里，这一次是想去救米乐。

童逸快速起身，外套都来不及穿，找出自己的车钥匙就快速下了楼。

寝室已经关门了，童逸绕了一圈，最后在一楼到二楼缓步台的窗户跳了出去，接着还要跳跃铁大门。

找到自己的车，童逸开始默念自己的开车口诀。

他的驾照下来不久。

驾照是十八岁生日后去考的，因为也不着急考了一年多。如今驾照刚拿到手不到两个月，他的开车水平真就不怎么样。

坐在车里他才算是冷静下来一些，下意识就想报警，这样还能速度快一些。

可是想到米乐的叮嘱又放弃了，传出消息对米乐有影响，还是换一种方法比较好，他把电话打给了许哆哆。

许哆哆接听电话后，有点不爽地问："喂，这么晚了有事吗？"

无论是谁，大半夜被惊醒都会不悦。

"帮我个忙，我的朋友出事了，你去我说的地址帮我救个人，需要你立即过去！"

"什么事？"许哆哆疑惑地问，不过已经在同时穿衣服了。

童逸这种语气，就知道童逸已经非常着急了，许哆哆跟童逸认识很多年，自然会帮。

"我的朋友好像被人下药了，你帮我去看看。"童逸回答。

"你别着急，我很快就会到。"许哆哆很快挂断了电话，应该已经在行动了。

童逸也不敢怠慢，挂断了电话后也开着车往米乐说的地方赶过去。

他的车技不行，这次因为着急，开得比平时都快，快得童逸自己都提心吊胆的。

这附近的路是真的很差劲，好在导航上显示的位置，距离他们学校并不算太远，也就十分钟左右的路程。

童逸因为开车很急，在一个剧烈颠簸的路段没控制好，差点撞到路肩。

好在他反应还算快，调转车头躲开了。

然而这个紧急调转幅度太大，车子没打转向灯突然转弯的架势，差点撞到另外一辆正常行驶的车。这个场面的惊险程度，超越了童逸这个新手司机能应对的范围。

他再次快速调整车，接着车子结结实实地撞在了路边的电线杆子上。

车速很快，撞击让车的前脸全部都毁了。

童逸坐在车里靠着安全气囊剧烈喘息平复心情，艰难地伸手去开车门，迟疑了一下还伸手去拽下了手机。

下车后他跟踉跄跄地走路，觉得腿疼得厉害，低头就看到自己的腿被划到了，伤口巨大，几乎裂开到了骨头，十分可怖。

他下意识地吞咽唾沫，心里默念：友谊赛凉了，省队选拔凉了，国家队凉了……

这伤口肯定会耽误比赛。

不过这个时候童逸也没想太多，试着拖动腿站在路边想要打车，继续去找米乐。

然而这附近的车少得可怜，真有车看到童逸这个架势也不愿意拉。

现在童逸应该叫的是救护车。

他只能拖着腿，往酒店那边一点一点地走，同时还在时不时回头，想要打辆车。

用手机的 App 叫车，也半天没有一个人接单。

这个时候童逸接到了许哆哆打来的电话，那边声音很沉，说了那边的情况："你的朋友没事，还在睡觉，身边没有其他人，他也是正常地在睡眠，没有任何问题，你被耍了。"

童逸终于反应了过来。

米乐发现了，心中不确定，所以又用了另外一种方法试探他。

然而这种情况下，他居然能放下心来，只是感叹了一句："哦……他没事就好。"

"你在哪里呢？你的声音不太对。"

"我车撞到电线杆了，腿受了点伤。"

"你在那里等着，我马上过去。"

许哆哆挂断电话没多久，就出现在了童逸的身边。

童逸看到许哆哆也不惊讶，只是坐在了路肩上休息，看了看自己的腿。

"伤成这样还不去医院？"许哆哆气得不行，对着童逸喊。

"刚才不是着急嘛，现在确定没事了我就去。"童逸还有心情笑，估计也只有他这种性格在这种情况下还能笑得出来。

"不疼吗？"许哆哆问。

"疼，"被问了之后，童逸终于说了出来，"真疼啊，我长这么大都没这么疼过，我这条腿不会废了吧？"

童逸说完，忍不住捂着脸哭了起来："疼死我了……我之后还有比赛呢，我开车水平怎么就这么差呢……"

许哆哆走到童逸的身边，伸手按在童逸的腿上，童逸腿上的伤口以肉眼可见的速度复原。

童逸看着自己一点事情都没有的腿，还伸手摸了摸上面的血，又问："老姐，原来你这么牛啊？我以前有什么得罪你的地方你多担待着点，以前我有眼不识泰山，你别往心里去。"

"现在道歉已经来不及了！"许哆哆拒绝得毫不留情，"如果没有我，这次你怎么办？就这么受伤腿废掉？"

"如果没有你，我也进不了他的梦里，一切都不会发生。"

腿已经没事了，童逸立即擦了擦自己的那几滴眼泪，调整自己的情绪。

许哆哆跟着坐在路肩上，撑着下巴看着童逸问："说说看吧，究竟是怎么回事，你就算没心没肺，也不至于被戏弄成这样也一点都不生气吧？"

"你那么聪明，估计都猜到了吧？"童逸问。

"嗯，猜到了。"

"你说这件事，能算是他戏弄我吗？我在他没有允许的情况下，擅自进入到他的梦里，知道了他很多秘密。他是一个超级注重隐私的人，这种情况下不得恨死我？"

许哆哆听完想了想，点头道："的确会生气。"

"他应该是发现什么了，所以才试探我，估计只是想看看我会不会去找他，这才会叮嘱我不要报警，这样就能证明他的猜想了。估计说的时候也没想太多，他不会想到我车技这么差，居然会自己撞到电线杆上。"

童逸吸了吸鼻子，努力忍着眼泪，却还是显得委屈巴巴的。

"难得你都这德性了，还替别人着想。"许哆哆的话里带刺。

"哆哆，交个朋友怎么就这么难呢……"童逸问完，又哭了起来，一个快两米高的大男生哭得跟个小傻子似的。

"怎么了？"许哆哆拍了拍童逸的肩膀问。

童逸在哭诉，说话也颠三倒四的。

"我一直在惹他生气，你了解我的，我都是凭直觉做事情，然后就会惹他生气。我已经非常努力了，可是还是一次一次地出问题……我明明很努力，可是做出来的事情就是不招人喜欢……怎么办？你说我是不是就是个傻子？"

许哆哆看着童逸这个样子，本来该做一个人生的导师，然而看到童逸哭得眼泪一把鼻涕一把的样子，居然被逗笑了。

"哭得好丑啊……"许哆哆说。

"你还有心情笑我！我都要头疼死了！"

"你不在意他戏弄你，我在意。在我这里，他就是一个陌生人，而你是我哥们儿。"

"你别收拾他！这事也不怪他！他也不会想到我会出事。"

"放心，不会让你心疼的方法。"

顶多是让米乐心疼的方法。

许哆哆说完，就转过身，走到了一个墙壁边，直接走进了墙壁里。

米乐做了一个梦。

梦里童逸知道他出事了后，用极端的方式强迫自己醒过来，然后开车往他这里赶，在半路上出了车祸。

然而童逸还是凭借着自己的毅力下了车，拿着手机导航，拖着重伤的腿往酒店蹭着走。

这是许哆哆给米乐安排的梦，让他梦到童逸在这一晚上发生的事情。

总有一天会真相大白，到时候米乐应该承受今日的愧疚。

或者不是愧疚，而是知道童逸都做了什么。只要米乐不是铁石心肠，知道真相后也不至于跟童逸闹得太僵。

童逸是真的在意他。

米乐看到童逸的样子心疼得要命，直接从梦里惊醒，第一件事情就是打电话给童逸。

打电话的时候，手都在发抖。

千万不要有事！

他没想到童逸会跳下去。

也绝对不要出事！

几声后，童逸接通了："喂？"

"你在哪里？！"米乐急切地问道，音量都没控制住。

电话那边沉默了一会儿，回答："我在寝室里写作业。"

米乐立即放下心来，擦了擦鼻尖的冷汗，又问童逸："做到这么晚？"

"我不想给你拖后腿。"

"你怎么鼻音这么重，跟哭了似的。"

"作业实在是太难了，我不会做。"

米乐听着童逸委屈巴巴的声音，突然没忍住，温柔地笑了起来。

"回去以后我教你。"

"好。"

童逸站在路边挂断了电话，看着保险公司拖车离开。

他又跟保险公司复述了一遍事情的经过，一直十分配合。

"你是不是受伤了？"工作人员看到童逸身上有血，裤子也划坏了，跟着问了一句。

"没多大事，无所谓。"伤口已经好了，只是阵仗有点吓人。

等事情处理完，童逸被人送到了学校。

他为了不露馅，再次翻越围栏，接着从缓步台窗户爬了回去。

为了不吵醒李昕，一直摸黑换了裤子，将垃圾袋整理好，接着坐在马桶上发呆。

惊魂未定就是这种心情吧，反正瞌睡虫是一点都没有了。

米乐没事就好。

米乐回到寝室看到童逸在洗头。

他站在厕所门口看了看童逸的状态，又盯着童逸的腿看了半晌，一句话都没说。

童逸也注意到米乐了，还跟他打招呼："嗨，44 码大脚。"

"嗨，快二百斤的胖子。"

童逸扑哧一声乐了，继续洗头。

米乐依旧站在门口没走，盯着童逸看，顺便提醒："右边耳朵后面还有泡沫没洗干净。"

"怎么，你要用洗手间？"童逸洗耳朵的同时问米乐。

"没事。"

米乐昨天吓得手脚冰凉，后半夜都没睡好。他甚至开始自责，明明可以用其他的方法，为什么非得用这种呢？

然而他当时想到的比较有效的方法，也只有这个了。

太着急想要验证了。

幸好那是梦。

幸好都是他多想了。

此时的他心里还在忐忑，生怕童逸真的出事了，梦得太过真实让米乐仿佛经历了一场浩劫。所以他想一直看着童逸，反复确认童逸没事才能放心。

童逸洗完头出来，把毛巾丢在了一边，转过头对米乐说："我今天有友谊赛，超级紧张。"

"你都是打过全国比赛的人，怎么会对这种比赛紧张？"

"就是紧张，这次友谊赛会有人来选拔队员，能不能进国家队，这次还挺重要的。"

"那你加油。"米乐立即鼓励道。

"不行，还是紧张，得抱一下。"童逸说完，就张开手臂示意米乐过去。

米乐愣了一下，不过还是走过去抱了童逸一下。

童逸终于抱到了米乐，高兴得不肯松手，继续嘟囔："好紧张啊……"

"我紧张的时候一般都会听音乐，要不你试试看？"米乐问。

"抱一会儿也许能好。"

"嗯……你……加油。"米乐真不擅长说这种鼓励的话。

童逸笑了笑，轻声应了一句："嗯。"

这次友谊赛，大多是本市跟临市的学生过来 H 大比赛。

主要是 H 大是新校区，学校大，场馆设备齐全，比租用的场馆环境还要好一些。以至于作为主场，童逸他们队就成了第一支比赛队伍。

童逸他们是毫无悬念的第一支队五，所以很早就上场做热身了。

他们的队服是黑色的，一支具有传奇色彩的队伍登场，还是上一次全国比赛的冠军队伍，自然备受瞩目。

观众席人还挺多的，坐着其他的观赛队伍，慕名而来的观众，还有本校的学生。

排球队本来没指望他们能有啦啦队。

他们原来的校区不是体育生就是理科生，遍地是狼，没有啦啦队这个概念。但是看到别的学校有啦啦队，内心还是会产生一种羡慕的心情。

司黎看着四周，看到有一边坐了一大片服装一样的妹子，就忍不住感叹："哪个学校这么牛，这是拉来了两车的啦啦队吧？"

"唉，有妹子的学校真好。"队友也跟着感叹。

童逸正在活动身体，看看自己的身体有没有其他的损伤，确定没事后才放下心来，紧接着就听到司黎激动地大叫了一声。

童逸奇怪地看过去，就看到米乐居然来了，还让其他学校来的人激动了一阵子。

米乐来了之后，在大范围啦啦队的前排位置坐下，对身边的一个女生说了什么。

然后就看到那个女生号召啦啦队起身，开始给童逸他们队伍喊口号加油。

因为队伍是临时组建的，没有牌子，没有旗子，只有统一的服装跟整齐的加油动作。

这一阵过去，全场沸腾了。

这也太壮观了吧。

米乐带的艺术系啦啦队大多都是学过舞蹈的，外形过得去，大多是美女，平时一起出去的时候也有默契，给排球队临时加个油也是可以的。

童逸忍不住乐了，米乐不但来看他的比赛了，还带了这么多人给他助阵，真的倍有面子。

其实前阵子，艺术系跟体育系闹得挺不愉快的。

童逸跟田径队的那场纠纷，让米乐挂了彩。艺术系的女生知道了这件事情气得不行，虽然平时跟米乐并不熟，但是对米乐的印象特别好，于是看体育系的人格外不顺眼。

也就是传说中的护短。

事情一传十，十传百，大家都知道了。

艺术系的几个女生没事就跑到田径队去捣乱。

他们的塑胶跑道在室外，几个女生没事就去跑道上占着地方，不是打着遮阳伞聊天，就是聚在一起自拍。这一举动，害得田径队有几天都没办法好好训练。

好好说不行，田径队有点火了，后期两边闹了起来，关系再次恶化。

紧接着，童逸居然跑到剧场外面去爆爆米花。这在戏剧社的人看来，童逸是来示威、找茬、给他们添堵的。

童逸这一举动，就跟吵到邻居，然后买来了震楼神器似的，就是一个祸害人的法子。

两边开始了不对付的战争。

让人没想到的是，米乐居然突然组织他们来给排球队加油。米乐提出来后，艺术系很多人表示反对。

"才不要给一群讨厌鬼加油！"

"他们比赛关我们什么事情？我表演话剧的时候他们会来帮忙控场吗？"

米乐想了想，点了点头："可以，到时候我找他们来看场子。"

"看场子？"宫陌南奇怪地问，话剧演出需要看场子的吗？

"对，他们的气质十分符合。"米乐想起这些人放贷的模样就想笑，维持秩序的话绝对是一流的。

"你最近心情好像总是很好。"宫陌南盯着米乐问。

"呃……"米乐突然一怔。

最后，米乐还是用了帮忙文宣部为理由，请来了一群人过来做啦啦队。

毕竟这次来了几个学校的人，体面一点也好。

本来来时还不情不愿，结果到了现场就被现场的气氛感染了，不由自主地跟着加油，还心潮澎湃。

主场绝不能输！

赛场上，终于宣布了跟 H 大排球队对阵的球队。宣布完后，就听到一边发出了哀号的声音。

童逸他们得逞了，笑嘻嘻地上场等待对手。

跟他们对决的居然是熟人，上次全国比赛的时候遇到过。不过正是因为遇到了，对面连24强都没进去，本来也不算太弱的队止步24强，提起来特别丢人。

上场后，对面一名队员就过来问他们："不是一个42码脚一个41码脚吗？司黎你多少的？"

司黎晃了晃自己的脚："41码的。"

"42码的呢？别虚报情况啊你们！"

"这呢。"童逸走过来说道。

一群人看看童逸，再看看童逸的脚，忍不住吐槽："开什么玩笑？！"

童逸第一次尝试比赛前脱鞋，还第一次看到自己的鞋脱下来，被对手队伍所有队员传阅了一遍。

童逸扭头问李昕："他们这算捧臭脚吗？"

李昕也看愣了："反正肯定是捧臭鞋。"

对面一群人传阅完毕后，把鞋子还给了童逸，他重新穿好鞋子还在偷乐。

对面一名队员惊呼了一声："他真的穿进去了！"

"你们真的不是残疾人代表队？"另外一个人跟着问。

"放屁，你们被残疾人打败了丢不丢人？"童逸气急败坏地反驳。

对面终于无语了。

这个时候吕教练跟着几个人走了过来，吕教练笑得春风满面的。

"我的孩子们都挺精神的吧？"他对身边的人说。

"嗯，一个个看起来都不错，要是打篮球就好了。"H大的篮球教练看着童逸他们向往地说道。

对手队伍的教练快步走了过来，问吕教练："你们这次是不是有点欺负人了？主场作战，还报了个这么荒唐的数据？"

吕教练还装蒜："这不就是趣味运动会吗？规则不就是这样吗？"

"就这鞋号，谁能想到是你们？"

吕教练嘿嘿直乐，接着大手一挥说道："要不我们让一让你们？"

"你打算怎么让？"

吕教练看了看自己的队伍，想了一下，接着喊了一句："李昕，你今天到副攻手的位置。"

李昕，身高将近两米一的二传，说起来还挺出名的。

李昕家里的基因都挺正常的，爸爸身高188厘米，母亲身高167厘米。

当初到体校的时候，他一直打的是二传的位置。结果到了高中身高开始不受控制，然而那个时候又到了大学选拔的阶段，临时换位置不太稳妥。

以至于李昕一直是二传，毕竟在这个位置久了技术还是很硬的。

到了大学，吕教练有意给李昕换为副攻手，然而还在磨合期，一次都没正式比过，这一次正好练练手。

李昕去了副攻手的位置，队员都没表示出来什么，还都挺淡定的，至少不会太荒唐。

结果吕教练又突发奇想，说道："童逸，你去二传位置。"

"什么？！"童逸立即震惊了，他没去过那个位置啊！"教练，玩大了吧？"

"让让他们。"

童逸想了想还是去了，说真的，站在这个位置让童逸觉得特别的难受。

真的开场后，H大这边打得是鸡飞狗跳的。

童逸托球，尽可能送给队友，却还是听到："童逸，这球太高了！"

"队长，这球有点低，打不到。"

"刚才那球不是给我的吗？"

童逸打着打着，就回到了自己习惯的范围去了，结果就撞到了现在的主攻手，来了个人仰马翻。

米乐特意找来了艺术系的人给他们加油，结果童逸他们打的……米乐都没脸看了，一直沉着脸没说话。

啦啦队的人也没什么心情继续加油了，就坐在场地边看着。

不出意外，第一轮输了。

童逸结束后走到吕教练身边："教练，这回玩大了。"

吕教练也没想到会被打得这么惨，轻咳了一声，说："下一轮回到自己的位置去。"

"好嘞！"所有队员一起回应。

"之后怎么打？胶着一点？"童逸喝了一口水问。

吕教练笑了笑："按照你们的风格打。"

"妥了。"童逸立即懂了。

"我们要不要喊一个口号？"司黎凑过来问。

吕教练点了点头："小点声喊。"

排球队众人聚过来，小声喊了口号："只要胜利，不要友谊，加油！"

喊完口号第二轮开始。

吕教练看到观众席终于来了一群人，忍不住笑了起来。他把国家队的老朋友叫来了，然而他们居然迟到了。

吕教练上一轮也没让队员好好打，因为位置需要磨合，节奏也很慢。所以现在童逸跟队员们的体力，依旧处于巅峰状态。

继续比赛后，他们回到自己的位置，可以得心应手，肆意施展了。

尽情表演吧，小兔崽子们，那些人此时正在录像呢。

吕教练笑得越发得意了，然后又一次听到篮球教练感叹："这么好的苗子，打篮球就好了。"

吕教练："……"

这一轮开始，再也没有了上一轮的状态，所有人就像换了一个人似的，严阵以待。不再是开玩笑的状态，而是真的在进行一场正式的比赛。

压倒性的对决。

从气势上，到技术上，对方都已经完败。

比分在逐渐拉大，到了后面对方似乎已经丧失了最后的战斗意志。

"有点帅啊……"啦啦队里渐渐有了这样的声音。

"那个1号好帅。"

"1号就是招惹过社长的人。"

"不过确实有点帅。"

"小司黎好努力啊！"

"司黎加油！"

因为跟司黎熟悉，啦啦队还单独给司黎加了一波油。

六十多号漂亮妹子一起喊司黎的名字加油，米乐都看到司黎换位置的时候直接顺拐了。

米乐看着赛场上一直在战斗的身影，一次次跳跃，接着力挽狂澜，是他不熟悉的童逸。

就连司黎也是这样，平日里有点"二"，但是他全程都在努力。

仿佛这才是真正的他们，只有在排球的赛场上，才能释放出他们的本性来。

这场比赛，H大的队伍毫无疑问地赢了。

比赛结束，吕教练带着自己最喜欢的几个孩子去找自己的老朋友，推荐的意思十分明显。几个孩子还当吕教练又要在别人面前臭显摆了，还挺配合的。

不过老朋友之间说话，他们也听不懂，待了一会儿就跑了。

"我带的这批孩子挺不错吧？"吕教练笑呵呵地说道。

"童逸是挺不错的，身体灵活，各项都可以，就是这个脚真的不会耽误动作？"金曾问他。

童逸各项都算是完美的，唯独这个脚真是让人觉得心惊胆战的。

"完全没问题，收他的时候我就各种都测试了，确定一点问题都没有，我才收的，这点你完全可以放心。"

"这个李昕……身高209厘米的二传，如果能够成功换到副攻手的位置应该会不错，但是二传……"金曾抿着嘴，似乎有点不看好。

"最近我的确在训练他这方面。"

"至于司黎，个子太矮了。"金曾是第一个直接否决了一个选手。

"司黎的身体十分灵活，脑子也机灵，不到最后一刻都不会放弃，是一个很不错的选手。而且自由人的身高也没有什么硬性的要求，只要技术过硬就可以了。"

金曾还是摇了摇头："我们选拔的时候，还有一个备选，个子比他高三厘米，两个人的水平不相上下，你说我们会选哪个？"

吕教练不肯作罢，一个劲地追着金曾推荐司黎。不过金曾的态度十分坚决，似乎连商量的余地都没有。

现在金曾能够看中的选手，有想法招过去的也就只有童逸一个人。

吕教练再回头看看这批队员，总觉得有点遗憾。

米乐在比赛结束前就离开了球馆，主要是注意到有其他学校的人想要过来跟他要签名了。他来这里是给球员加油的，不能喧宾夺主，这点事情他还是懂的。

而且，他还有另外一件事情一直惦记着。

他开着车子一直沿路寻找。

早上回来的时候着急，没有注意看，这次则是按照自己梦里的踪迹一点一点地寻找。在一处颠簸地段，还真的看到了一根歪歪扭扭的电线杆。

电线杆明显遇到过撞击，还有十分清晰的刮痕，旁边立了一个支架支撑着，还没有人过来修缮。

米乐找了一处不算违章的地方停了车，走到电线杆旁边盯着电线杆看。

接着，他又看了看四周的环境。

努力回想梦里的内容，接着沿路寻找，在行走的地方看到了血滴的痕迹。然后在一处路肩的位置，看到了一片血迹。

他蹲在路肩的位置看，心口突然剧烈地揪紧了一下。

他又看了一会儿，接着到了附近的一家店铺问："大爷，昨天晚上这里出车祸了吗？"

"对，都半夜了，突然就撞上了，估计那个小伙子是酒驾了，不然怎么好端端就撞电线杆上了？"

"呃……是什么样的车？"

"车不认识，怪生的，杂牌车吧，撞得都看不出来是个什么车了。"

童逸的车的确不太普遍，如果是奔驰、宝马、路虎这样的车，这些店主绝对能一眼就认出来。

米乐犹豫了一下，又问："司机是什么样的人？是不是个子特别高？"

"对，特别高，那大傻个子可不好看，旁边的人都比他矮一头。"

米乐抿着嘴唇点了点头，怕自己白问问题让人讨厌，最后还选了点水果。

他拎着苹果上了车，坐在车上发呆。

真的？

还是假的？

明明这么多破绽，现实里还留了痕迹，为什么童逸身上没有伤？为什么司黎他们否认了他的话？

到底是怎么回事？

这不现实啊……

"童逸……你到底是什么样的人？"他忍不住嘟囔出声。

坐在车里想了一阵子，他又想起童逸说过，他从小身边就发生各种各样的灵异事件。想到这里，他拿出手机，拨打了一个很少联系的电话号码。

拨通后，屏幕显示了一个名字：陆闻西。

"喂？"陆闻西接听后，奇怪地问，"怎么了？"

"陆叔叔，我想问你一个问题。"

"嗯，你问。"

"就是……问题会显得有些奇怪。"

陆闻西那边笑了笑，声音吹拂话筒，发出呼啦呼啦的声音："没事，你问吧，估计更奇怪的事情我都经历过。"

"我经常会做梦，梦到一个人，梦还是连续的，并且我会记得特别清楚。"

"呃……需要我解梦？我可不擅长这个。"

"不是，我怀疑是两个人共同做一个梦。他曾经在梦里说过的事情，在现实里走嘴也说了出来，还有……"

米乐把昨天晚上的事情也跟陆闻西说了。

包括梦里童逸受伤,第二天他看到童逸一点事情都没有,仿佛事情只是米乐自己的猜想,反而这边的车祸现场还在。

电话那边的陆闻西沉默了一会儿,接着问道:"跟你一起做梦的小子叫什么名字?"

"是我学校的,叫童逸。"

"童逸……我去。"陆闻西骂了一句。

"怎么了,陆叔叔?"

"我去问问我干女儿是怎么回事,有消息了我回复你。"

"好的。"

挂断电话,米乐觉得自己什么答案都没得到。

他开着车往回走,到了学校附近收到了微信消息。

他停了车子看,还以为是陆闻西给他回复消息了,没想到是童逸发来的:庆功会来不来?校内超市二楼的就餐区。

童逸:司黎说,感谢你请来啦啦队,今天简直是他的人生巅峰。

米乐迟疑了一下,还是去了,刚过去就看到这里真聚集了不少人。

其中,居然还有柳绪。

柳绪喝了酒,似乎有点醉了,拍着大腿跟身边的司黎吹牛:"我跟你讲,比心机的话一般没人比得过我。"

"对,这方面你非常牛了!"司黎神捧场,眼睛却盯着桌面上的好吃的。

"目前来说,我还是战无不胜的!"

"为了这个我们干一杯。"司黎又跟柳绪碰杯,一抬头看到了米乐,立即喊了一句,"你也来了?"

柳绪看到米乐的一瞬间就变了脸,揉着头说:"哎呀,喝了好多呀,人家不能再喝了。"

"欸?刚才不是你说今天谁先倒下谁孙子吗?"司黎纳闷地问。

"你在说什么呀?你怎么可以让女孩子喝这么多呢?"

米乐不愿意看柳绪拙劣的表演,只是问司黎:"童逸呢?"

"订了东西,只能送到学校门口,他和李昕去接了。"司黎回答。

米乐只能坐在一边等,司黎立即孝顺地送过去一些东西问:"米乐,你吃点什么?"

"矿泉水。"

"好的，我给你取瓶新的。"

米乐坐在这里后，排球队众人就开始拘谨了，柳汉子就成了林黛玉，没有了刚才的热闹。

好在没一会儿童逸就回来了，看到米乐就乐呵呵地说："你也来了？你回复我一下啊，我就早点回来了。"

"你跟我过来一下。"

童逸立即点了点头，走的时候还叮嘱排球队一众："吃的给我留点！"

结果没人理他。

两个人到了二楼铺位还没出租的位置，打开门就能进去，找了一个别人看不到的位置，米乐说道："把裤子脱了给我看看。"

"什么？！"童逸受了一惊，惊讶地问，"你重点要看哪里？"

"腿。"

童逸还挺为难的，不过还是脱了，给米乐看自己的腿。

真别说，藏在运动裤里面的肉比小腿白多了，但是没有伤。

"可以了吗？"童逸问米乐。

米乐点了点头，陷入了沉思。

"你想再看看其他地方我也不介意。"

"不感兴趣。"

童逸重新穿好裤子，嘟嘟囔囔地问："你这是要干什么？"

结果米乐突然过来，撑着童逸身边的墙壁，目光灼灼地看着他："你对 Hello Kitty 有什么看法？"

"挺白的？"

"你对我是什么想法？"米乐继续问。

"啊……想法挺多的。"

"比如呢？"

"这样……那样的……想法。"

"哪样？"

"想揍你，还想和你做朋友。"童逸依旧拐弯抹角的。

米乐终于罢休了，收回手退后了一步，不过目光一直没从童逸的身上离开。

"童逸你知道吗？一般来说，人在回忆的时候，眼睛会往左上方看。在构思谎言的时候，眼睛会往右上方看。"米乐突然说道。

"呃……"童逸的大脑飞速运转，接着说，"我觉得你的这个论据不对。"

"为什么？"

"因为我是左撇子，跟一般人的习惯是不一样的。"

米乐沉默下来，想了想自己看过的书，似乎的确是调查的右撇子。如果童逸是左撇子的话，结论真的有可能不同。

米乐真的是绝望了，最后干脆问："你会不会梦到我？"

"噗……"童逸居然笑出声来。

"笑什么笑？"

"你到底怎么了？"

米乐见童逸居然笑自己，也觉得刚才的那个问题怪让人不好意思的。

最后只能说："算了，我回寝室了。"

"一起吃点东西吧，大家都挺感谢你呢，今天的氛围超级好，让我们第一次感受到了 H 大的温暖。"

"不去。"

路过聚餐的地方，就发现又来了一群女孩子，有几个女孩子看到童逸就特别兴奋地叫了一声童逸的名字。

"刚才依依都等你半天了。"有一个女生起哄。

米乐突然想起来，他帮童逸签到的时候看到过"依依"的表白。

米乐突然叫道："童逸。"

"嗯？"童逸奇怪地问。

"回去，我教你作业。"

童逸立即乐了："行。"

说完立即屁颠屁颠儿地跟上了，东西也不吃了。

回去的路上，米乐还忍不住问："你平时都怎么处理追求者的，怎么还跟追求者有来往？"

"啊？谁啊？"

"刚才的依依，我在微信首页缩略的字看到过她在表白。"

"我微信里的人跟现实里的人都对不上。"童逸说着拿出手机来，特意拽了一下米乐的袖子。

米乐回头就看到，童逸打开了自己的微信，往下翻找，全部都是未读消息。

那些表白童逸一条都没看过。

接着，童逸一个一个地全部都删了好友。

等删完了全部不认识的人，童逸笑嘻嘻地举起手机给米乐看："这次做对了吧？我都删了！"

"这次？上次是什么？"米乐问。

童逸想抽自己嘴巴子。

童逸就跟被拔了毛的雕似的，垂头丧气地跟在米乐身后往寝室走。

米乐感受到了童逸的模样，什么都没说。

再问童逸肯定什么都不会说了，不过米乐心里大致有点谱了。而且，现在问出来了，他该怎么应对呢？

他有点迷茫了。

突然回头看向童逸，童逸立即站住了脚，惊恐地看着他。

他又不能杀人……

米乐啧了一声继续朝前走，进入寝室里就看到孔嘉安在寝室里奋笔疾书。

米乐将自己的包丢在桌面上，取出自己的笔记本电脑，同时对童逸说："你把你做的作业给我看看。"

"哦，好。"童逸点头应了，到自己的座位打开笔记本电脑。

"社长，我在吃这个美白丸你要不要试试看，我觉得挺管用的。"孔嘉安从自己的抽屉里拿出来几袋放了在米乐的桌面上。

米乐看着这几袋药，又看了看孔嘉安，问道："你的家庭条件好像不错？"

"啊……一般吧，小康家庭，不过我做平面模特。"孔嘉安说完，继续抄笔记了。

其实这些美白、促进新陈代谢的药物不太贵，一个月的量加一起也就四五百元。但是很多东西都是要持续使用才会有效果，不然就是含有其他的化学元素。

一直这么持续下去，对于普通学生来说开销也挺高的。孔嘉安不但一直吃，还随手就送了米乐一些。而且，孔嘉安用的护肤品也大多是 LA MER 这种品牌，背的包也都蛮不错，所以让米乐稍微有点诧异。

不过他没多注意，拿着笔记本电脑到了童逸的书桌边坐下，两个人一起看作业。

"奋斗到那么晚就弄了这么点？"米乐嫌弃地问。

"底子差，全靠磨。"童逸回答。

米乐已经做得差不多了，所以多半是在指点童逸该怎么弄。

童逸坐在椅子上，米乐就坐在他的身边，因为要改他电脑上的东西，所以只能探过身来，用双手敲击键盘。

童逸侧过脸就能看到米乐近在咫尺，他忍不住多看了米乐几眼。

"你的错别字怎么这么多？"米乐修改的时候问道。

"就是……不小心。"童逸解释。

孔嘉安回头的工夫，就看到童逸直勾勾看着米乐的眼神，又重新坐好了。

迟疑了一会儿，孔嘉安起身伸了一个懒腰，凑到了他们俩身后问："小组作业吗？"

"嗯。"米乐随便回答了一句。

"我还以为社长都不弄这些东西呢，大多都是在工作。"

"我再有半个月就要去拍戏了，作业还能来得及，不过期末考试应该不会参加了，到时候也得跟学校审批。"米乐重新坐好，翻自己的笔记找东西。

"哇！好辛苦啊……社长，我帮你捏捏肩膀吧。"孔嘉安说完，就伸手去碰米乐的肩膀。

米乐立即躲开了："抱歉，我不喜欢别人碰我。"

"哦……那好的，我要去超市，你们需要我带什么吗？"

两个人都拒绝了。

孔嘉安没再自讨没趣，离开了。

等孔嘉安回来后，就看到童逸的手搭在米乐椅子的靠背上，米乐写了字后重新坐好，身体靠在了童逸的手臂上，也没表现出来什么。

孔嘉安将手里的矿泉水瓶放好，又回头看了看他们两个，重新坐好抄笔记。

米乐已经习惯自己能梦到童逸了。

然而他还是第一次梦里也在他们的寝室里面。

米乐坐在书桌前看剧本，童逸坐在书桌前写作业。

前一刻钟，两个人谁都没有说话，谁也没打扰谁，就这么静静地坐着。

等一刻过了，童逸就立即凑了过来，笑嘻嘻地叫："米乐小哥哥……"

"嗯。"米乐冷淡地回应了一声。

"你干什么呢？"

米乐又翻开了一页剧本，接着回答："我发现我只要在现实里看过的东西，在梦里就能够原封不动地出现。所以我今天试了试剧本，发现剧本也是对的，我正好能在梦里看看剧本，背背台词，也算是废物利用了。"

"呃……"

废物利用？

童逸有点做贼心虚，这还是米乐试探完他，两个人第一次在梦里相见。

现实里心照不宣，梦里是不是就要开诚布公了？

又或者米乐有可能兴师问罪？

然而米乐什么都没有做，只是静静地看剧本。

童逸坐在米乐的身边陪着他，坐了一会儿觉得没有意思，于是凑过去，却被米乐推开了。

米乐把剧本往桌面上一放，发出一声响来，接着扭头看向童逸。

童逸吞了一口唾沫，有点不敢跟米乐对视。

"是真的伤到了吗？"米乐突然开口问。

"什么？"

"昨天晚上，真的出车祸了吗？"米乐到现在都在执着于这个问题。

"啊？我都没离开寝室。"童逸不想告诉米乐，生怕米乐有什么心理负担。

"你是怎么做到的呢？"

"什么……怎么做到的？"童逸继续装蒜。

"这不正常啊，怎么可能梦到一样的内容呢？"

"啊？你说什么我不懂。"

"你这种脑袋一点事情都瞒不住，我看你一眼就知道你在说谎。你还自以为自己很聪明，还当自己能瞒天过海了是不是？"米乐气得伸手在童逸的身上拧了一把。

"别别别，挺疼的。"童逸只能求饶。

"你继续说谎是因为什么？怕我收拾你？"

童逸指了指自己的身后："你看到我透明的翅膀没？"

米乐觉得童逸这句话莫名其妙，问："什么意思？"

"我翅膀硬了，所以敢干让你不高兴的事情了。"

"那你的翅膀一直非常硬，因为你持续不间断地惹我生气。"

"呃……"童逸有点尴尬，抬手挠了挠鼻尖。

"这方面，你非常的爱岗敬业，兢兢业业，以勤补拙。"米乐继续补刀。

"是夸我吗？"

"自己分析分析？"

童逸垂头丧气地坐着，突然捧起米乐的手："我以后一定对你好，我会超级努力。"

米乐就一脸冷漠地看着他："对我好的第一步，跟我说实话。"

童逸终于点了点头，承认了："昨天晚上确实出车祸了，我腿受伤了，不过我朋友说我就是皮外伤，如果伤到骨头就要找她爸爸了。"

"你的朋友是谁？"

"许哆哆。"

米乐并不知道许哆哆，甚至没见过。

他知道陆闻西跟许尘领养了一个女孩，但是女孩从来没公开露面过，也不知道女孩叫什么。

所以童逸回答的时候，米乐也没多想，注意力全在童逸的腿上。

米乐伸手按着童逸的腿，心疼地问："疼吗？"

"挺疼的，都给我疼哭了，你别觉得我不爷们儿啊，是真疼。"

"对不起，是我自作聪明了，害了你。"

"我也没怪你，出事也是我自己开车不行，你怎么能预料到这些。"

米乐心疼得心口直抽，靠近童逸，将额头抵在童逸的肩膀上，居然觉得比童逸还疼。

"我多想点就好了，明明带司黎去医院的时候是让我开车送的，我找你的时候怎么就不能多动动脑子呢？只知道急于求证。"米乐愧疚得哽咽了，靠在童逸的怀里掉眼泪。

童逸吓了一跳，手忙脚乱地抱着米乐，心疼地拍了拍米乐的后背："我的祖宗啊，你可别哭，你一哭跟惩罚我似的，我倒是心疼起来了。"

"我自以为自己聪明，结果净干傻事。"米乐继续检讨自己。

"没有，你是真聪明，我看到你都害怕，尤其是你对我笑，笑得我心惊胆战的。"

"笑为什么要害怕？"米乐奇怪地抬起头来。

他的眼睛还是红的，睫毛上还挂着眼泪，哭得可怜巴巴的，然而这样看起来十分招人疼。

童逸看着米乐哭鼻子的样子愣了会儿神，才回答："你总会在算计我的时候，才笑得那么开心。"

"我哪有那么坏？"

"对，不坏，是我想多了。"

童逸捧着米乐的脸，帮米乐擦了擦眼泪："别哭了，我没怪你。"

认真地道了歉，看到童逸真的没事米乐才终于好了一点。

米乐醒过来后看到了手机里的未读消息，是陆闻西发来的。

陆闻西：你应该是想太多了，不会有这种事情发生的。

陆闻西：我已经问过了，放心吧。

米乐看着手机屏幕有点错愕，甚至有点不相信。

不过还是礼貌地回复：谢谢陆叔叔。

还在看手机的工夫童逸也起来了，米乐偷偷看童逸，发现童逸都没理他。

童逸拿着手机进了洗手间，看着屏幕上的字有点慌张。

许哆哆：怎么露馅了呢？

许哆哆：昨天我爸对我严刑拷问，我咬紧牙关什么都没说！

许哆哆：你那边不能露馅啊！我告诉你，你要是坑我，我就收拾你！

童逸：可是米乐那边都已经发现了，他那么聪明肯定心里知道真相了。

许哆哆：那也不许承认！

童逸：可是……怎么不承认啊？

许哆哆：就是臭不要脸，死不承认，没脸没皮，你不是最擅长吗？

童逸：主要是我智商不行。

许哆哆：不错啊，自我认知水平提高了不少。

童逸也知道不能坑了许哆哆，毕竟当初许哆哆是帮他，要是因为这件事她被家里罚了，他还怪过意不去的。

于是他只能同意了，把坦白的事情放一放。

走出洗手间，童逸开始躲避米乐的眼神追击，就当什么都没发生似的，顺着拐离开了寝室去晨练。

米乐坐在书桌前看着童逸离开，没说什么。

孔嘉安刚洗漱完，看到童逸离开忍不住笑了，说道："你们俩现在关系看着还不错啊，我听戏剧社里其他人说的，还以为你们俩之间不共戴天呢。"

"也就是还行，他这个人比较傻。"

"我没在寝室都听说了，你因为他还跟田径队的闹矛盾了？我一回来看，我被子都被换过了，就知道肯定出事了。"

"嗯。"米乐冷淡地回应了一句。

"我听说童逸当时还在玩游戏，没第一时间帮你。这种男生不靠谱，没看上去那么重情重义，一般遇到这种事，肯定是第一时间帮室友啊！他这不是傻了，简直就是个坑货。"

提起这个米乐还觉得气呢，于是点了点头："嗯。"

"我有一个朋友被一个男生追，追她的时候特别好，最开始玩游戏也就是偶尔玩一把，结果后来越来越过分。后来在一起久了还开始打她，各种臭脾气，家务活也不干，我真担心童逸以后的女朋友，估计不会比我朋友好多少。"

孔嘉安说完，到自己的书桌前涂脸护肤。

米乐听着孔嘉安的话忍不住蹙眉，手里拿着剧本都没看进去。

孔嘉安又看了看米乐，继续说："真的，我是朋友遇到过这种类型，知道这种类型都是渣男。追的时候花言巧语，还说自己就是个直男性子什么都不懂，其实本质是坏的，根本就是个渣！从一点小事就能看到大，平时装得跟好人似的，关键时刻掉链子。"

"你好像很讨厌童逸。"米乐问道。

"就是替你抱不平，对你来说，那就是无妄之灾啊！"

"哦……"米乐点了点头，继续看剧本。

如果说没有梦境，那么米乐十分同意孔嘉安的话。说不定会更讨厌童逸，毕竟他是当事人之一。

但是，如果梦境里的童逸跟现实里的是一个人的话，那么米乐相信，童逸当时是真的并没有多想。

童逸全程没理会那两个人，没想到会打起来，毕竟是米乐自己突然动手。

童逸也很快就过来帮他了，米乐生气的点是童逸招惹的麻烦，以及迟了的那 30 秒钟。

童逸就是一个傻子。

一个用自杀的方式醒来，自己出了车祸还会拖着受伤的腿，一步一挪去救他的傻子。

童逸的确做错了事情，错了就是错了。米乐也的确生气，一连气了几天。这些没有必要否认。

然而一个人是不是恶劣到根里，米乐自己看得出来，这不用别人告诉他，他自己清楚。

"社长，我去剧场了，你去吗？"孔嘉安临走的时候问米乐。

"不去，我快开机了，需要准备。"

"嗯，好的，拜拜。"

等孔嘉安离开后，米乐才放下剧本，啧了一声。

随手拿起手机发了几条消息后，又看向孔嘉安的床铺，微微蹙眉。

这个孔嘉安有点……就好像是故意较劲似的。

童逸这几天都跟米乐保持了一定距离，为的是不暴露更多的信息，能瞒一天是一天。

与此同时，米乐也开始不再梦到童逸了。

没有童逸的梦都是片段，或者干脆不记得是什么内容，虽然也天马行空，但也不至于太离谱。

这就更显得跟童逸一同的梦是那么与众不同，只有童逸出现过的梦，才会格外清晰。

两个人难得再次一起说话，是在选修课的那天。

到了 11 月天气已经很冷了，教室里没有空调，没有旁听的学生后里面又特别空旷，使得童逸冷得打战。

童逸坐在米乐的身边，说话都有点不利索地问米乐："你就只穿个毛衣不冷吗？"

"不啊。"米乐奇怪地看向童逸。

他是真的不觉得冷，很多次颁奖典礼等盛典都选择在冬天举行，天冷得就像跟人过不去似的。

这种场合米乐他们需要穿正装，西装里面不能穿秋裤，并且常年露脚踝。

有的时候外面披一件大衣还是好的，更多的时候是不能穿，觉得冷了还不能表现出来。所以，米乐对于现在的温度还能穿毛衣，已经觉得十分温暖了。

童逸不行，还扯开裤腿给米乐看："这些秋裤设计真不合理，你看看，才到我小腿的位置，勒死我了。"

"你不能定做吗？"矿主家的傻儿子怎么能这么亏待自己？

"我本来就不是一个穿秋裤的人！结果来了 H 市，天气教我做人。现在这条还是天气冷了我临时买的，过两天找地方订做去。"

"我可以给你做。"

童逸突然想起来米乐喜欢服装设计，不由得惊讶："你是不是能给我的秋裤做得时尚时尚最时尚？"

"不，顶多就是你能穿。"

"啊……还有那么一点小失望呢。"

"有得穿就不错了。"

童逸笑嘻嘻地点头："做！做出来！我高价买！"

"一条五百。"米乐开始骗冤大头。

"才五百？你在秋裤上签个名给我，我直接给你翻一倍行吗？"

"呆子。"米乐笑了笑没回答，他根本没打算要钱。

童逸还是觉得冷，等着上课的时候把外套的拉链往上拉。他这件外套的设计还蛮特别的，拉链一直通到头顶帽子边。他戴上帽子，将拉链拉到了顶端，整个脑袋都被装进了衣服里面。

米乐扭头看了看身边的人，突然觉得特别丢脸，非常不想坐在童逸的身边。

童逸却浑然不觉，还靠着后排桌子短暂地休息，等待上课。

身边的李昕就跟出家了似的，口里念念有词，对于之后的事情十分紧张，生怕拖后腿了。以至于李昕全程都没看童逸一眼，不知道童逸是什么造型。

老师进来后整理自己的设备，抬头就看到了童逸，他悄声地走到童逸身边来回打量。

童逸的这种傻子形象引来了老师的强势围观。

"老师好。"米乐跟老师问好，顺便提醒童逸。

童逸赶紧坐直了，往下拉拉链，却意外地卡住了，只能凑到米乐身边让米乐帮忙把拉链拉下去。

米乐嫌弃得直咧嘴，不过还是伸手帮童逸把拉链拉下来。

童逸看到老师嘿嘿傻笑，接着说道："老师好。"

"造型还挺别致，要是冷就第一组来吧，省着一会儿冻得不方便了。"老师大手一挥，他们第一组就上台了。

好在童逸跟李昕都做得挺用心的，米乐跟姚娜本来就是功课不错的人，他们这组的分给得还挺高，算是一个开头彩。

下台后李昕跟童逸如释重负，还击掌庆祝了一下，就跟比赛胜利了似的。

重新坐下后米乐取出手机来，刚打开微信，童逸就发来了红包。

——祖宗。

——不应该夸几句吗？

——别那么抠了行吗？

——跟着我的口形念。

——童逸好棒。

——童逸最棒棒。

米乐点击屏幕收了红包，接着打字回复：可以，秋裤鼓励。

童逸：感谢祖宗在寒冷的秋天，给我带来了远离家乡后久违的温暖。

米乐：小意思，客气了。

米乐动手能力挺强的，第二天晚上就给童逸做出了一条秋裤来。

尺寸是米乐亲自量的，材料是米乐自己开车出去买的，回来后到戏剧社的服装间，用了一个下午的时间就做出来了。没什么华丽的样子，唯一说得上有特色的地方，就是在裤裆的位置绣了一个米乐的签名。

米乐把秋裤拿回去给童逸后，童逸激动得不行。他忙不迭地就把秋裤换上了，真别说，特别合身。无论是长度，还是肥瘦，都做得一点不差。

"就这手艺，你以后真在娱乐圈混不下去了，也不至于饿死。"童逸说完，穿着秋裤在寝室里晃了好几圈。

寝室里李昕跟孔嘉安都在，都盯着童逸的秋裤看，眼神里还透露着那么点羡慕。

李昕弱弱地说："我也参加小组作业了。"

童逸赶紧对米乐说道："不用给他做，别累着了！"

做秋裤，是他一个人的特权！

米乐回答："做倒是无所谓，不过我得有时间。"

李昕也不强求，笑呵呵地点头。

童逸穿着秋裤开心得跟个傻子似的，还在说着自己此刻的心情："我突然觉得我不该打排球，我就该去做模特走秀。啪啪啪，走路生风的那种，我个头也够，维密要是有男模，到时候我就穿着这条秋裤去，当年就得我开场。"

"可以说是非常不要脸了。"米乐忍不住数落童逸。

童逸特别开心，穿着秋裤就去司黎他们寝室显摆了。

李昕也屁颠屁颠儿跟着去了。

孔嘉安看完了全程，只是看米乐愿意帮童逸做裤子，还有童逸高兴的样子，就知道两个人的关系比他想象的要好。

孔嘉安知道不是自己想多了，低下头看书的时候，注意到米乐在整理社团用的易拉宝，全部都立在了寝室角落的位置。

这个易拉宝是话剧表演的时候，在学校内做方向指引用的。今天米乐亲自开车去印刷店取的，没带回社团，就立在了寝室里。

过了一会儿，童逸献宝似的捧回来了一辆遥控车，跟米乐说："米乐，你玩不玩？司黎室友买的，贼带劲。"

"不玩，幼稚。"米乐特别不屑，躺在床上将腿贴在墙壁上立着，同时还在敷面膜。

童逸跟李昕兴致勃勃地在寝室里玩了许久，后来李昕的女朋友发消息找他，两个人便互发消息去了。

童逸觉得没意思，于是爬上床拿起手机看综艺。

这回他不看米乐小时候的综艺了，而是开始看米乐后来参加的综艺，一个接一个地看，也不觉得腻。

翌日。

这一天上午所有人都有课，外加是期末，还真就没有人再翘课了。原本孔嘉安也是去上课的，然而今天突然翘课，中途回了寝室。

进入寝室里，果然没有其他人在。

他放好自己的包看着寝室里的东西，走到洗手间照镜子，看到米乐放在洗手池边的保险箱，随手推进了洗手池里。

他不是第一次干这种事情了。

他一直不太喜欢童逸这群人，甚至可以说很讨厌，一直以来都相处不来，好在后来米乐来了寝室，他想米乐肯定能治得了童逸。

果然，后来他们的矛盾还挺多的。

可惜，在他不在寝室的时间这群人似乎相处不错，这让他非常不爽。

他又走出去，走到了易拉宝的旁边，扶着一边用力踹了几脚下面，拉出来看确定坏了才重新放好。

接着，他将童逸放在书桌上的遥控车启动，在寝室里跑了几圈，撞了几个地方后，造成了遥控车撞了东西的假象，最后将遥控车重新放好。

确定做完了之后，孔嘉安才心情不错地哼着歌离开了寝室。

宫陌南把米乐叫到了剧场的储物间，给米乐看易拉宝："你取回来的时候检查过吗？这两个是坏的，现在如果扯出来，这个就要拦腰断掉了。"

米乐看着易拉宝坏了有点意外。

他那天是戴着口罩跟帽子去的，十分怕被认出来。虽然着急，但是不至于没检查，所以看到易拉宝坏了有点诧异。

"拿过来后就是坏的吗？"米乐问她。

"对，我想看看有没有写错什么，结果发现拉不开。虽然可以用胶带粘上，但是有点影响美观，毕竟这也关系到形象问题。"

米乐点了点头，这些他都知道，想了想后吩咐道："你联系一下印刷厂，问问多久能再做出来一个，我过去取。"

宫陌南看了看时间，觉得有点来不及了，却还是去问了。

第一场的时候估计是用不上了，不过后面还会有表演，依旧会用到。

米乐看着易拉宝坏的地方，干脆从戏剧社的储物间里找来了几块板子裁切出来，用双面胶小心翼翼地把画面粘在板子上。

米乐做这些东西很细致，他也尽可能地让有问题的地方看不出来破绽。

全部粘好之后，他发消息给童逸：我需要你过来帮我个忙。

童逸那边很快就回复了：行，去哪里找你？

米乐：剧场。

童逸：我还有一会儿下课，下了课就过去，会非常非常快。

米乐：没事，你上课要紧。

宫陌南看着板子松了一口气，接着问米乐："这样的确可以立起来了，可是该怎么支撑呢？"

"我让童逸他们帮忙扶一下板子，他们欠我个人情，会帮忙的。"

"那就好。"

今天有演出，宫陌南还是女主角，又是戏剧社里的主要干部，自然要去别的地方忙，待会还要化妆，于是匆匆地离开了。

米乐在储物间又开始修复第二个易拉宝，与此同时发送了几条消息出去。

易拉宝坏了两个，都是拉出来想要固定住非常困难，说不定会造成更严重的撕裂，就算有层塑料膜都拯救不了。

在整理的工夫，有人过来送东西，米乐稍微抬头看了一眼后说道："孔嘉安，你等一下。"

孔嘉安放下手里的东西，点了点头，站在米乐的身边看着米乐的动作。

原本跟孔嘉安一起的人还准备等他，结果发现米乐并没有说什么，知道是他们碍事了，赶紧离开了。

等仓库里只有他们两个人后，米乐才开口说话："孔嘉安你知道吗？童逸怕我。"

"呃……为什么要突然说这个？"

"因为怕我，所以如果他碰到了我的东西，绝对会第一时间看看坏没坏。如果坏了半夜都会爬出学校去把东西修好，大不了就花十倍、二十倍的价钱弄出来，这才是他能干出来的事情。"

孔嘉安知道米乐的意思了，立即不说话了。

"我知道这件事情不是童逸做的，也不是李昕做的。所以，你能告诉我你这么做的原因吗？"米乐问。

"我……不是故意的……"孔嘉安还算聪明，知道这个时候不是不承认的时候，如果承认了情况还能好一点。

"和你有过纠纷的店员来过学校，气势汹汹地来找过我。"米乐突然说道。

在米乐去孔嘉安打工的店里去找他的时候，他和店里的其他人发生了矛盾，米乐帮忙解决了才成功地把孔嘉安带了回来。

"你别相信他说的！"孔嘉安急切地喊道，喊完就发现自己失态了。

"呵，你知道他说什么了吗？"

"不是……他那种人，狗嘴里吐不出象牙来。"

米乐点了点头，接着说："其实店员并没有来过。"

孔嘉安这次才真的愣了，接着蹙眉看向米乐，心里暗道糟糕。

碰上不好对付的了。

"前几天我生疑，特意去店里问过，知道真相后还真挺惊讶的。"

米乐第一次说店员来过，是为了诈孔嘉安。没想到孔嘉安真的慌得不行，这就让米乐的心里有数了。

"听说，你是偷盗高手？"米乐抬头看向孔嘉安。

孔嘉安笑得有点尴尬，赶紧摇头："并没有。"

"店里总是丢东西，监控也查不到，顾客只能找前台投诉。"

"这不关我的事……"

"店里还真开除了一个店员，也就是被你嫁祸的店员。他被开除后很委屈，竟然偷偷安装了针孔摄像头，还真拍到了点东西。"

孔嘉安心中一惊，却连连摇头："我不知道你在说什么。"

"好有骨气的样子……但是我手里有证据，我估计不会还给你，而是一直留在我的手里，因为我怕你突然有一天跟我翻脸了，黑我一次。"

孔嘉安看着米乐，表情变了几变，显得十分精彩。

的确，孔嘉安有点小聪明，人品也不怎么样。

但是他是没碰到手段更阴损的人。不巧，米乐就不是什么好人。

"你想怎么样？"孔嘉安问出了这样的话。

"我不会对你怎么样，你不招惹我，我也不会关注你，毕竟我真的对你这种小杂碎一点兴趣都没有。"

这句话真的挺狠的，让孔嘉安下意识握紧了拳头。

"这样吧，"米乐终于弄好了第二块板子，接着对孔嘉安说，"首先，你把钱还给他们，如果你再犯，我就要公开我知道的东西了，到时候你可以试试看那种感觉。"

"你倒是愿意帮助别人。"孔嘉安忍不住嘲讽，表情开始变得狰狞。

"对，惩治恶人，积德行善。"

"好。"孔嘉安同意了。

"还有，我跟辅导员说了，你可以换到之前那个床位去，离开我的视线，我很烦。"

"好。"

"最后告诉你一件事情，我其实什么证据都没有，不过现在我有了，刚刚我录了音，你承认了，真棒。"

米乐说完就笑了起来，每次算计人成功后，他都会笑得特别愉悦。

孔嘉安睁大了一双眼睛看向米乐，简直要气疯了。

这都在米乐的计划之内。

米乐是特意安排人，让他们安排孔嘉安来储物间送东西。接着，米乐开始一次次地诈孔嘉安，最后诈出了孔嘉安自己承认的话来。

孔嘉安突然冲过来，拿起桌面上的剪刀想要攻击米乐，结果很快被人按住了，还气急败坏地踹了孔嘉安一脚。

米乐甚至都没躲，他注意到童逸躲在门外了。他知道孔嘉安有什么异常，童逸一定会第一时间过来帮他。

童逸现在绝对是米乐随传随到的人，下了课就风风火火地赶过来了。结果到了储物间门口看到孔嘉安他们进去，米乐单独留下了孔嘉安。

童逸也识趣，站在门口等，准备等孔嘉安离开了再进去，结果就围观了全过程。其间他还跟米乐对视了一眼，米乐什么表示也没有，估计是不反感他留在这里。

童逸按住了孔嘉安，拿走了剪刀，扭头看了看米乐，确定人没事才松了一口气。

童逸看着孔嘉安气得不行，又补了两脚才罢休："你原来是这种人啊？"

孔嘉安被揍了也不敢说什么了，这么两个人在，孔嘉安真的不是对手。

米乐在这个时候说道："你如果老实点，我也不会找你麻烦，好好地继续上学，把钱还回去，好好做人吧。不过以后我盯着你呢，你自己掂量着办。"

孔嘉安躺在地面上没说话。

米乐继续安排："之后，退出戏剧社，从寝室搬走，我就当什么事情都没发生过，怎么样？"米乐继续问。

"嗯。"孔嘉安答应了一声。

童逸放开了孔嘉安，孔嘉安也学聪明了，低着头离开了。

童逸去关上门之后，才震惊地说："你怎么这么厉害？"

"你不该说我心机吗？"

"看完全过程的我只想为你鼓掌，干得漂亮。"

米乐笑了笑没回答。

在童逸眼里，米乐只要不算计他，干什么都是可爱的。

米乐拿着牌子对童逸说："一会儿你帮我去指定地点扶着这两个牌子，如果有人打听，你就告诉他们怎么来剧场就可以了。"

"这个轻松，我给李昕他们发消息。就两个牌子吗？不够我们施展啊。"

"你们轮换着来，记得别凶神恶煞的，对人要有礼貌！"

"好。"童逸一口答应了。

"尤其是司黎，爱冒充大佬，让他改改那股劲。"

童逸笑呵呵地发消息，还跟米乐说了起来："我刚来队里的时候司黎就不服我，天天学长似的过来想要欺负我跟李昕。尤其是听说我大一就当副队长，他特别地不爽，天天跟我叫嚣。"

米乐双手环胸点了点头："嗯，想象得出来，不过他现在跟你关系不错。"

"我给收拾服了。"

"也的确是你的风格。"

第九章
小老弟与大无赖

今天戏剧社有演出，算是新校区的第一场。

排球队上次被戏剧社的啦啦队感动了，这次也全部出马，帮戏剧社忙活这件事情。一群人高马大的人，穿着戏剧社粉红色的小马甲，帮忙搬布置板。

还有一群人骑着小绵羊摩托车，在学校里拉着人来回跑，这倒是成了学校里的一道风景。

后来学校里还有一个笑话一直流传：黄体育跟韩艺术喜结连理了。

童逸虽然个头大，但是特别怕冷。他拿了一个小凳子，坐在学校门口帮忙扶着牌子。后来冷得不行就站起身来到处蹦跶，嘴里还在念叨："啊，太冷了，这地方还不如我大东北呢，根本不是一个冷法。有一种冷，叫侵入骨髓。"

说完去接板子，结果板子边沿有木刺，划到了童逸的手指。

童逸立即不干了，又把板子还给了司黎："不行，我得邀功。"说完就把自己手上的口子拍下来，然后发给米乐。

童逸：[图片]

童逸：你看！

童逸：被板子刮破了。

童逸：你赶紧看啊，再不看一会儿就愈合了！

过了一会儿，米乐才回复他：给你呼呼。

童逸想起梦里小米乐给他"呼呼"手的样子，忍不住笑了起来，眼神格外温柔，接着继续打字说：好冷啊，我都快受不了了。

祖宗：回头我给你送个暖手宝。

童逸：不，我要你"呼呼"。

童逸单手扶着板子，低头去看手机，发现米乐半天没回。

等了一会儿，米乐直接过来了，依旧是全副武装的样子，给童逸递过来一个暖手宝："我平时用的。"

童逸伸手接过来，是一个乳白色的大鸡蛋形状的暖手宝，手感还不错，磨砂面的。

"呼呼呢？"童逸伸出手去。

"我还得马上回去。"

"呼呼呢？"童逸意外地坚持。

米乐盯着童逸看了半响，有点没辙，走过来扯下口罩给童逸呼了呼手，接着扭头就走了。

童逸看着米乐离开，笑得跟开了花似的。

旁边的司黎都没眼看，一个劲地啧啧摇头，有种儿大不中留的感慨。

童逸扭头就跟他继续唠叨："我觉得今年冬天是暖冬。"

司黎："哦。"

童逸："你是不知道，秋裤有多温暖。"

司黎："哦。"

童逸："发现没有，现在米乐贼听我的话，我已经把他驯服了。"

司黎觉得前面的话还能听，后面连他都听不下去了，白了童逸一眼。

童逸那恨不得狂摇尾巴的样，真不知道是谁把谁给驯服了。

回到寝室后，他们就发现孔嘉安已经搬走了。

寝室里空出了一个床铺来，童逸又开始有地方放东西了，美滋滋地哼歌，移动着自己的东西。就算再有人搬进来，也得是下学期了，或者干脆就是等他们到大三的时候了。

多了放杂物的地方，这让童逸心里头那个美啊。

李昕回到寝室，就突然凑到童逸身边问："童逸，你不是怕冷吗？"

童逸点了点头："嗯。"

他们新校区的中央空调不知道是怎么回事，打开之后就开始徐徐往外冒冷风，在这种时间段真的是冷得要命，怎么调整都不行。

估计就是设备不行，或者干脆没有制热功能。

童逸还特别怕冷，刚刚秋天棉服都穿上了。

"我跟我女朋友在校外去看了，找到了一家小别墅……"

"还别墅呢？"童逸立即打断了，旁边什么环境他又不是不知道。

"其实就是村里一个三层的小房子。"

"行，继续说。"

"我们俩打算去那里租几个月的房子，房东给生暖气，屋里特别暖和。房东是一对老夫妻，五六十岁了，他们俩腿脚不方便住在一楼，二楼跟三楼都是空的。最近不少嫌寝室冷的学生都去问过，我们俩准备租了，就想能跟认识的人一块租。"

童逸点了点头，终于反应过来了："你是想让我跟你去租房啊？"

李昕点了点头。

童逸扭头看了看正在看剧本的米乐，只要米乐在，寝室是冰窖他也住！

"我不去。"童逸回答得直截了当的。

"为什么啊？环境还挺好的，还有自己的小院子，重点是暖和。"

童逸再次摇头："我不去，你去问问司黎他们吧。"

李昕似乎很想不明白，不过见童逸不愿意去，估计是觉得不方便，也就没再强求，离开寝室去问其他寝室的人了。

等李昕走了，童逸立即凑到了米乐身边说："你放心，我不去，我留在寝室陪你。"

"其实你搬走了正好，我让左丘明煦住进来。"

"放屁！不行！我跟其他人一起住不习惯，我尊重你不带外人，你也得尊重我，不许让别人搬进来，不然我跟你急！"

米乐忍不住蹙眉，无法想象跟童逸单独住在寝室是什么样的情况。

不过他还是提醒："我还有十天就进剧组了，你确定之后要一个人住在寝室里？"

童逸立即就愣了，立即说了一声："至少这十天我不搬走。"

说完就起身去追李昕了。

米乐目送童逸出去，忍不住笑。

没一会儿李昕过来收拾东西，同时还在跟童逸念叨："我先搬过去，等你过去的时候我帮你搬东西。"

"行。"童逸点了点头。

"你真要一个人住三楼一整层？"

"对，不就俩屋子吗？我一个屋子住，一个屋子放我的鞋，省得别人住进来烦我们。"

李昕点了点头，整理好自己的行李箱就走了。

其实李昕的东西并不多，一个行李箱里主要就是放被子，在寝室关门前就走了。

米乐目送李昕离开，忍不住问："怎么走得那么着急？"

"只要能跟他女朋友在一起，他每次都是飞奔过去的。"

米乐听完忍不住笑："他们俩感情挺好啊。"

"这可是李昕的初恋，他仿佛供祖宗似的伺候他女朋友。"童逸说着到了米乐旁边，问："你这次拍戏多久啊？"

"三个月。"

"那岂不是得在剧组过年？"

"对，其实在家也没意思，在哪里过年都一样。"

童逸点了点头，若有所思了一会儿才叹气："唉，会想你的。"

"想我虐你？"

"你怎么我都行，你不嫌累就行。"

米乐有点受不了了，继续低头看剧本。童逸趴在米乐的书桌上盯着他看。

米乐被看得有点不自在，问："看什么？"

"多看几眼，不然十天以后就看不到了。"

"你期末都不用复习吗？"

"复习我看不懂，我考试一般靠运气。"

米乐直接踹了童逸一脚："你赶紧看书，不懂的我教你。"

"我的课跟你的不太一样吧？"

"你的那些东西我看一看就会了，赶紧的。"

童逸还是拿来了自己的书，坐在米乐的书桌前跟着看，嘴里还忍不住念叨："手冷。"

"我暖手宝呢？"

"没电了，正充着呢。"

米乐没说话，然后就感觉到童逸伸过来拽他的袖子。

寝室里没别人在的时候童逸越来越大胆了，也不怕米乐揍他，就要过来拉米乐的手。米乐直接把童逸的手拍走了。

"你再拍一下试试！"童逸突然特别厉害似的说。

米乐不信邪，真拍了一下，紧接着手就被童逸抓住了："被我逮到了吧。"

米乐想要把手抽回来，童逸就是不松手。

"你盯着目录看五六分钟了。"米乐提醒。

"我在思考，应该从哪里开始复习。"说完，终于翻了一页。

米乐也没再计较，自己继续看剧本。童逸心里美滋滋的。

一个人复习，一个人看剧本，并排一起坐着，这样一坐就是两个多小时。

时间差不多了，米乐准备洗漱睡觉。

童逸忍不住问米乐："这种温度你能洗澡吗？"

"难道不洗？"

"你真是一个战士。"童逸对米乐亮出了大拇指哥。

米乐没搭理他，直接进去卫生间洗澡了。

其实这种时候洗澡，脱衣服靠勇气，关闭热水、擦干净身上的水也靠勇气。

米乐在浴室里也就折腾了十几分钟就出去了，其中还包括了吹头发。这种温度米乐也不再保护头发了，温度最重要。

出来后就看到童逸正站在门口等他，手里拿着一个小毯子给他披上了："我给你被窝里放了暖手宝，被窝是热乎的，你赶紧进去吧。"

米乐点了点头，接着看到童逸也进了洗手间。

米乐进入被窝后感觉到了一点温度，身体蜷缩着半天才缓过劲来。

刚觉得有点暖和了，童逸就从浴室里出来了，一边擦头一边往米乐的床铺来，还直接准备上来。

"你干什么啊你？！"米乐都被童逸震惊了。

童逸胡搅蛮缠地往米乐的被窝里躺："我要冷死了，我缓过来以后就回去。"

说着就进了被窝，童逸进来简直带进来了冷空气，让米乐打了一个寒战。

"你被窝真暖和。"童逸感叹了一句。

"你给我滚出去！"

"我不，我冷！我是为了陪你才留下来的，你就不能体谅一下我，让我暖和起来再走吗？"

"我用不着你陪！"

童逸不管，继续在床上赖着。学校的床不大，住两个身高这样的男生明显有点挤。米乐无奈了，就像一个没有灵魂的玩偶，还时不时问一句："暖和了没有？"

"还没。"

"我看你身上已经挺暖和了，滚回去吧。"米乐再次催促。

"你这里好暖和，我都躺困了，晚安。"

"晚安？！"米乐再次被童逸震惊了。

"你放心，我就在这里睡一下。"

"刚才是谁说的只要暖和了就走？"

童逸仿佛失忆了，躺在床上没一会儿真的睡着了。

米乐扭头就能看到童逸的睡颜，气得咬牙切齿的。

有一句话说：同床异梦。然而米乐跟童逸却同床同梦。

以往的梦境都非常离奇，这次却非常现实，米乐发现自己回到了家里。

依旧是间大房子，冷冰冰的，没有任何值得他留恋的地方。

米乐的家里并不是什么高档的别墅，而是在市内比较繁华的地段直接买下了一栋大厦的两层楼。两层房子被打通，在房子两边各有两个电梯。

从楼下的一个电梯上去后，只通往米乐一个人的区域。走出电梯是单独的客厅，里面还有他的练歌房、工作室和卧室，卧室里还有大大的衣帽间跟浴室。

通常来说，这个电梯只有米乐会进。

然而米乐在家里没有隐私可言，他的母亲控制欲很强，很多次都借着帮米乐收拾房间为由，去看米乐的房间，这也导致他去各地工作也好游玩也罢，都不会买纪念品，因为会暴露自己的行踪。

说那里是他的家，不如说是一家比较固定的宾馆。他只偶尔回去一次，在里面的衣物都很少。

他在自己的房间里逛了逛，打开衣柜选了一件衣服，换好了之后照着镜子，确定自己的仪表没有问题了，才乘坐电梯下楼。

刚巧，他走出电梯的时候看到了陶曼玲，她走过来帮他整理衣领。

"还是你让我们省心，"陶曼玲这样说，"那丫头才多大，我记得今年是高三吧，不好好准备高考，就把男朋友领回家来了。"

米乐有点疑惑，跟着陶曼玲走到楼下的大客厅，就看到宁薰儿也在。更让米乐意外的是，宁薰儿身边坐着童逸。米乐想起陶曼玲的话，顿时觉得这个梦有点扯淡。

首先，陶曼玲每次看到宁薰儿都会像一个疯子一样的崩溃，会吵闹，会骂人，会面目狰狞，简直就是个乡野泼妇的样子，现在的陶曼玲却十分平静。

还有宁薰儿跟童逸，两个人坐在一起毫无 CP 感。尤其是童逸，坐在那里眼睛滴溜溜地乱转，最后看向米乐，眼睛里都是疑惑。

童逸是一个很好懂的人，米乐看一眼就明白童逸此时的想法。

童逸在用眼神问他：这是什么剧情安排？

"我跟他相爱了！"宁薰儿看到米乐后说了这样一句话，仿佛是在炫耀，显得十分急切。

米乐也是无奈了，好认的兄弟就此成了妹夫。

童逸坐在宁薰儿身边跟着点头，然而眼神却不是这样，表情明明是大写的：什么鬼？

"哦。"米乐回应了一句。

他甚至在思考，如果童逸碰上宁薰儿会不会看上宁薰儿，毕竟宁薰儿也是一个长得不错的女孩子。

"我说过的，我今年就会考上 H 大，你别想甩开我，到时候我就会一直跟童逸在一起。"宁薰儿继续说道。

米乐抬手揉了揉自己的眉头，觉得有点头疼："放过 H 大吧。"

"我就是要证明，你能得到的我也能得到，现在童逸爱我。"宁薰儿继续对米乐示威。

陶曼玲则是坐在了米乐的身边，冷笑了一声说道："你都不如我们家米乐的一根手指头。"

"他能做到的我都能做到！"宁薰儿不甘示弱，底气十足地对陶曼玲说。

童逸憋坏了，愣是提前冲破禁制，对宁薰儿说了一句："你放屁！"扭头看向米乐问："这什么情况啊？她谁啊？！"

米乐还没回答，宁薰儿却首先说道："童逸，你明明说会对我负责的。"

童逸特别不解，侧移了一下问宁薰儿："我为什么要对你负责？"

"那天你喝多了酒，我们俩一起过夜的，现在我已经怀了你的孩子。"

"怎么还有这种剧情？"童逸都快崩溃了。

陶曼玲竟然还没察觉到不对劲，大笑着骂宁薰儿："果然是贱人的女儿，做的事情也这么不知廉耻。"

"这有什么？结果令人满意就可以了。"宁薰儿说完就扭头问童逸："童逸，你忘了吗？你说你叫'童一'，以后生个孩子就叫童二，我们孩子的名字都定好了。"

米乐原本觉得头疼，毕竟一下子看到两个让他觉得浑身难受的人。结果听到"童二"这个名字，竟然扑哧一声笑了出来。

这么严肃的场合，米乐竟然笑场了。

"我……"童逸被气得不行，直揉脑袋，"米乐你不要脸，你先是让我生个 Hello Kitty，这回又让我有了个童二，你还能给我安排什么？"

陶曼玲突然质问童逸："你怎么和他说话呢？"

"啊……"童逸有点尴尬，"我们是好朋友嘛，开玩笑比较多。"

"开什么玩笑，我儿子是完美的！他怎么可能有你这样的朋友？我告诉你们，我时刻盯着呢，只要有一点不好的消息，我一定会第一时间给我儿子摆平！他的一生都不会有一条负面新闻！"

陶曼玲最惧怕这个。她自己被那些新闻给毁了，所以陶曼玲一直用最极致的方法控制米乐，连米乐交朋友都会控制，毕竟当年陶曼玲就是被自己曾经的好友给出卖了，才会出现一堆负面新闻来。

提起这些事情，陶曼玲一定会炸。

米乐身边唯一能过得了陶曼玲审核的朋友，就只有左丘明煦一个人。

童逸被陶曼玲狰狞的样子吓到了，目瞪口呆地看着。米乐则是垂着眼眸，抿着嘴唇没说话。

这里是米乐的梦境。梦境里的陶曼玲，是米乐记忆中的陶曼玲。

童逸会被吓到也正常，陶曼玲在外界都是知性、成熟、美丽的存在，这么发狂的样子，外人自然没见过。

"妈，"米乐终于开口了，"他不是我的朋友，你回去休息吧，总这么发脾气会影响到皮肤。"

陶曼玲终于冷静下来，怒视坐在对面的两个人："听到没有，你们说的事情是不可能发生的！我绝对不允许这样的事情发生！"说完，陶曼玲甩袖离去。

等陶曼玲离开了，米乐才有勇气抬头看向童逸。

米乐已经做好心理准备，或许童逸会觉得失望，因为他没有鼓起勇气一起对抗，还撒了这样的谎。或者他刚才的话会让童逸觉得心里难受，然而跟童逸对视的瞬间，就看到童逸在笑，接着对他说："喂，别露出那么难过的表情啊，我看着怪心疼的。"

米乐错愕了一瞬间，忍不住问："你是傻子吗？我为了能够安稳否认了跟你的关系。如果哪天出了什么事情，我估计也会为了自保否认一切。"

"我能理解啊，你是艺人。"

"可你以后也会是运动员，你也会出现在公众的面前，你那么厉害，肯定会成功的。"

说完之后，童逸居然高兴起来："你终于承认我厉害了。"

　　"我的重点不是这个！"

　　"米乐，"童逸突然叫他的名字，接着继续微笑，"没事的，无论发生什么都没事的，我不会怪你。"

　　"你是傻子吗？"米乐问他。

　　"这个问题我问过我爸很多次，我爸都是苦笑不说话，可能是我们童家的基因就是这样。但是米乐你跟那个女人不一样，我相信你，你做什么都有你自己的理由，你别有心理压力行吗？我不想成为你的负担，我想成为你的依靠。"

　　宁薰儿在这个时候说道："童逸，你果然还在意米乐！"

　　童逸扭头看向宁薰儿："嚯，都快忘了你的存在了。"

　　"你一点都不在意我！"

　　童逸指着宁薰儿问米乐："她是谁啊？跟个吸血鬼似的。"

　　宁薰儿有白化病，并不算严重的那种。她的肤色很白，脸上涂了妆之后就会变得肤色均匀，看不出来什么，只是白得有点离谱而已。

　　她的头发颜色也有些浅，是天生的卷发，瞳孔也不是正常的黑色。

　　好在宁薰儿的五官很精致，白化病反而让她有了点混血儿的感觉。

　　然而宁薰儿很瘦，还有因为休息不好留下的黑眼圈，这样的形象让童逸觉得有点可怕，真的有点像吸血鬼，这还是好听的。

　　真拍鬼片让宁薰儿去穿条白裙子，自带恐怖色彩。

　　"她是我妹妹宁薰儿，那个私生女。"米乐回答。

　　"你为什么会梦到我跟她在一起？"

　　"她曾经说过，会抢走我的一切，让我尝试一把她的感觉。"

　　"她的一切被抢走，关你什么事？她妈妈不是小三吗？"童逸特别不解。

　　"就是嫉妒吧。"米乐叹气回答。

　　宁薰儿看到这一幕气得不行，起身对他们两个说道："我是不会放弃的！"说完就跑开了。

　　"这孩子怎么跟灰太狼似的？"童逸纳闷地问。

　　"我的梦比较低级？"

　　两个人静坐了一会儿，童逸突然接到电话，看到来电显示是爸爸，不由得惊讶："哟，还有我爸戏份呢？"

　　接通后，童逸听到童爸爸说："儿子，你回来一趟，我给你找了一个后妈。"

　　童逸跟米乐顿时感觉有点不妙，童逸战战兢兢地问："我后妈叫什么？"

"宁薰儿。"

童逸跟米乐对视，都在对方的眼眸里看到了些许崩溃的样子。

"这小丫头片子动手挺快啊。"童逸感叹。

"神奇……"米乐跟着感叹。

接着话筒里传来宁薰儿得意的声音："米乐，你逃不出我的手掌心！"说完便挂断了电话。

两个人对视了良久后，童逸擦了擦额头的冷汗："你终于开始祸害我爸了，最让我崩溃的还是安排了一个爱情的剧情。我做梦都不敢想象我爸给我找了个后妈，但是你胆肥，你敢做啊！"

"怀着你的孩子，做了你的后妈？以后你们家的关系有点混乱啊。"米乐也开始觉得崩溃。

"米乐，你做梦怎么这么缺德呢？"

米乐开车带着童逸往童逸家走，途中童逸忍不住问："咱俩好像不在一个城市住吧？"

"你住 H 市？"米乐问。

"对啊，我也是后来搬过去的。"

米乐点了点头。

从米乐的家里开车去童逸的城市，不停不歇也得走二十多个小时。不过梦里就是这么神奇，两个人聊天的工夫就到了童逸的别墅。

童逸开始心虚，应该不会出现许哆哆吧？不过这里是米乐的梦境，米乐开车进入别墅区童逸就觉得环境不对劲。这地方，怎么跟电视剧里的那种大城堡似的？这并不是他的家，看起来，这是米乐想象的家的样子。

开车进院子天突然变黑了，路边的路灯一闪一闪的，旁边还有猫头鹰咕咕的叫声。园区栏杆边爬满了蔷薇花的藤蔓，艳红色的蔷薇花盛开，透着一股诡谲的美感。

"你想象里，我家就是这样的？"童逸看着车窗外问道。明明是去他家，他却跟观光旅游似的。

"你不是说你身边总是出现灵异事件吗？"

"所以一会儿梦里会闹鬼吗？"

"我……也不清楚。"米乐已经开始虚了。

话音刚落，车前面就快速出现了一个人影，对他们睁大眼睛还吐出长长的舌头，脸上全是血，又快速消失了。

米乐吓了一跳，赶紧踩了一下刹车，将车停在半路。

童逸快速解开安全带安慰米乐："来，哥哥抱抱，没事啊，都是梦，没有鬼的。"

米乐怕得嘴唇都发白了，靠在童逸的怀里缓了会神。

"其实我不怕鬼。"米乐解释。

"嗯嗯，咱不怕的。"

"就是刚才突然出现，我才有点慌。"米乐再次解释。

"对，我都懂，我也被吓了一跳。"童逸抱着米乐的同时还在帮米乐一下一下地顺后背。

"怎么办？"米乐问。

"什么怎么办？"

"我们怎么去你家里？"

"要不换我开车？我开车就是慢了点。"

"岂不是要下车然后绕下去？"

"肯定的啊。"

米乐犹豫了，抱着童逸不松手："我不想下车。"显然，连这片刻的工夫米乐都不敢单独行动。

"那你继续开车？"童逸问。

"再突然出现东西怎么办？"

"那……那……怎么办？"童逸也没辙了。

这个时候车子再次启动了，童逸一回头，就看到车后面有三个鬼在帮忙努力地推车。

"你梦里的鬼还挺乐于助人的。"童逸看完忍不住感叹了一句。

米乐完全不想回头看，把脸埋在童逸的怀里不肯拿出来，还小声嘟囔："你别说这些事情。"

"行，我不说。"

"别松开我。"

"我不松开。"

童逸再傻也看出来了，米乐怕鬼。

这个时候就是展现实力的时候了，童逸坏笑了一声，接着说道："从你身后伸进来了一条手臂。"

米乐的身体立即一僵，完全不敢动。

童逸赶紧说："没事，我帮你解开安全带，你再往我怀里来点他就碰不到你了。"

"嗯。"

童逸把米乐的安全带解开了，继续抱着米乐，享受着三鬼推车的待遇，一直往"他家"走。

到了楼下车停了，推车的鬼已经不见了，两个人面临了要分开下车的难题。

米乐一直拽着童逸的衣角不肯松手，童逸这么大的体格只能钻到驾驶席，跟米乐拉着手在同一个车门下车。

站在"童逸家"的家门口，童逸忍不住感叹了一句："我家可真大啊，你说我们俩进去会不会是美人与野兽的剧情。"

"你爸是美人，宁薰儿是野兽吗？"

"那就是我爸被吸血鬼给抓了，最后我们要过关斩将才能把我爸这个小公主救出来。"

两个人壮着胆子推开门，看到了古堡里的情况后同时愣住。里面金碧辉煌的，墙壁都是黄金做的，大吊顶上面的挂坠全部都是一克拉以上的钻石。

在童家，钻石只配做吊灯装饰，地面上是金砖铺成的，墙壁是金子砌成的，古堡样式的家里面是大大的热炕头，整个客厅里有一百来平的炕。炕上还有炕桌，上面铺着绣着龙凤的桌布，桌面上摆满了……钱！

"嚯！厉害！"童逸看到"自己家"都笑出声来了。

米乐看着这个场面，也有点被震撼到了。

童爸爸在这个时候跟宁薰儿拉着手走出来了，笑呵呵地招呼他们俩。

童逸居然还有心情跟米乐说悄悄话："我咋觉得这俩站一起更像父女呢？"

"如果有一天，你爸真给你找了一个比你还小的后妈你会怎么做？"

"夸我爸厉害呗。"

童逸跟米乐在热炕头坐下，米乐还摸了摸用金子做的炕热乎不热乎。

这个时候有几个鬼端着食物送了上来，吓得米乐一下子蹿到了童逸身边。

童逸拍着米乐肩膀安慰："看起来那么厉害的一个人，怎么怕鬼呢？"

"我不是怕，我就是嫌他们丑。"

"你这算不算鬼身攻击？"

童爸爸笑呵呵地招待米乐，根本没看出来米乐的害怕："小老弟，我们俩喝一杯啊？"

米乐问："不会喝着喝着变成血吧？"

"不会不会，我们喝的是二锅头！"

米乐奇怪地继续问："不应该喝茅台什么的吗？"

童爸爸十分不解："为什么呢？"

米乐回答得理直气壮："茅台贵啊，更符合你们的身份。"

童逸摇了摇头，说道："其实都不是，我爸爱喝老雪花。"

"老血花？"米乐纳闷地问。

"算了，说了你也不懂，反正就是一种啤酒。"

宁薰儿一直看着他们，突然示威似的对米乐说："叫妈妈！"

米乐忍不住蹙眉："你没听到他刚才叫我小老弟吗？"

宁薰儿也疑惑了："那你应该叫我什么？"

"小嫂子？"米乐问。

"也行，是长辈就行。"宁薰儿倒是不挑。

童逸则纳闷了："那我该叫她什么呢？"

米乐回答他："各论各的，你叫她妹妹。"

童逸非常满意："好的。"

宁薰儿："……"

童爸爸："……"

过了一会儿，童爸爸喝开心了，开始跟他们聊家常："我啊，很早就期待有一天，可以一家四口坐在一起吃饭。"

"一家五口，"米乐提醒童爸爸，"你媳妇的肚子里还有你儿子的孩子呢，叫童二。"

童逸："……"

童爸爸："……"

宁薰儿："……"

童逸直揉脸，这饭没法吃了。

这时，童爸爸意味深长地开口："其实有一件事情，我一直瞒着你们俩。"

童逸嘟囔道："我有种不好的预感。"

米乐已经做好心理准备了："你的预感说不定是准的。"

"其实当年我们抱错了孩子，童绪不是我的亲生女儿，米乐才是，其实你们俩是双胞胎兄弟。"童爸爸说道。

两个人听完完全笑场了。

米乐用脚踢了踢童逸的脚："我能跟这玩意是双胞胎？"

"基因变异了？"童逸扭头去看米乐，问，"我们俩除了都挺帅的，还有哪里像？"

两个人对视了一眼后，米乐淡定地回答童爸爸："没事的，我们本来就是兄弟，现在是亲上加亲。"

"对啊！"童爸爸豁然开朗。

"嗯嗯。"米乐点头。

童爸爸依旧非常乐观："正好你跟宁薰儿也是一家人，我们真的是亲上加亲了。"

米乐疑惑地问："我跟童逸是双胞胎，那跟宁薰儿就不算是一家人了吧？"

"也对啊！"童爸爸再次豁然开朗。

宁薰儿听完突然愤怒："什么？米乐居然是你的亲生儿子？"

"对啊。"童爸爸回答。

宁薰儿立即不干了，站起身来，变脸说道："我不干了！你们自己一家人过吧！"

"那你肚子里我的孙子怎么办？"童爸爸急切地问。

"我根本没怀，我骗人的。"说完，宁薰儿就真的离开了。

等宁薰儿离开了，只留下一屋子三个爷们儿面面相觑。

童爸爸心理素质特别好，"媳妇"跑了，"孙子"没了，还有心情跟米乐说："小老弟，咱们继续喝。"

米乐问："我不是您的亲儿子吗？"

童爸爸嘿嘿直乐："我骗人的，我不喜欢宁薰儿。"

童逸看得大开眼界："剧情真是一波三折啊。"

米乐在一边笑个不停，他自己都服了自己的梦了。

童逸看着他笑跟着笑，笑容里透着宠溺。

米乐都笑出眼泪来了，还有心情问童逸："你能带我去参观你的房间吗？"

"其实我也有点好奇我的房间什么样。"

两个人一同上楼到了童逸的房间。

打开门，居然看到了雕窝，还是上次米乐踹童逸出去的雕窝。两个人走到了窝的边缘往下看，就看到了童话梦境里美丽的景色。

米乐喜欢死这里了，到处都是绿色，周围十分安静，仿佛只有他们两个人。

米乐干脆躺在窝里，仰面看天空。童逸跟着在旁边躺下。

"在这里好舒服。"米乐眯缝着双眼，像一只惬意的猫咪。

"只要你喜欢，鸟窝也是天堂。"

"这是你的房间！"

"行吧。"

童逸开始蹙眉，说道："其实从之前开始我就觉得胸闷了，有种喘不上气来的感觉。"

"身体不舒服？"

童逸看了看米乐，没回答上来就消失不见了。

童逸睁开眼，就看到米乐压着自己，压得他要窒息了。

做梦梦到鬼，让米乐下意识地往童逸的身边靠，愣是给童逸给压醒了。

能怎么办？他只能继续坚持，保持这个睡姿。

米乐比童逸淡定多了，醒来后直接下了床整理东西，童逸也跟着下床去了洗手间，没一会儿又从厕所里出来了，随便拿毛巾擦了擦脸就要出门。

"你的脸都不涂东西吗？"米乐看着童逸问道。

"我皮肤底子好。"

"过来。"米乐招呼童逸过去。

童逸立即乖乖过去，见米乐要给他涂东西的架势，他一脸嫌弃。

米乐拿出自己的护肤品递给童逸，先是水，接着是乳。

他的手比一般男生嫩很多，揉在童逸的脸上带着温暖的感觉，触感很棒。

"这还要涂好几样啊？"童逸问。

"对啊，还有面霜。"米乐说的时候，还在跟童逸介绍，"每种护肤品都有专有的作用，渗透的程度，保湿的作用都是不一样的。尤其是面霜，保湿的作用是最大的，我一般建议面霜要用好的。"

"……"童逸没听懂，不都是涂脸的吗？分那么多干什么？综合成一个不行吗？

童逸从来没用过这些东西，看着他笨手笨手洗脸式的涂抹，米乐甚是无语。于是，他只好把手示范，用指腹把面霜点在脸的各个部位再涂匀，然后趁机拍了拍童逸的脸。

童逸问他："你是帮我涂脸，还是趁机抽我巴掌？"

"当然是……趁机抽你巴掌。"

童逸懒得和他计较，准备去买早餐了："这回好了吧？"

米乐回头看了看，说道："等会儿，还有防晒跟颈霜，我这里还有护手霜，你自己涂。"

童逸盯着米乐的保险箱，看着里面的东西，根本认不出来哪个是什么。

童逸有点想溜："我就去买个早餐。"

"很快就涂完。"

童逸又乖乖地站好了。

童逸自己找到了护手霜，一下子挤出来一堆，他慌张地回头看米乐，见米乐没骂他才松了一口气。

"来来来，我挤多了，匀点给你。"

米乐看着他手上的护手霜，嫌弃地说："我还没洗漱呢，涂护手霜干什么？"

"滋润！"

"赶紧滚吧。"

"行，等我回来一起吃早饭。"

米乐站在寝室里整理自己的东西，等门关上才忍不住笑了起来，心情意外地不错。

童逸到了食堂里，派了几个人帮他打饭，自己则是跑去给米乐买水煮西蓝花跟小米粥，生怕别人买错了米乐不爱吃。

等买完这些东西，又风风火火地跑回寝室。

司黎坐在食堂里吃早饭，忍不住骂："这傻子太没出息，整天跟在米乐身边，那叫一个忠心耿耿。"

队友也跟着笑："真看不出来，童逸还跟大明星处得挺好的。"

司黎打算再去买杯豆浆，到了窗口就听到附近有人在骂米乐。

"水煮西蓝花居然也算一道菜，艺术系真霸道，单独占了一个窗口。"

"就是那个米乐带起来的风潮，现在不少人跟着米乐一起吃这玩意。"

"我怎么看米乐那么不顺眼呢？长得也没多好看，瘦得跟个要饭的似的。"

"我也没觉得有多帅，娘们兮兮的。"

司黎听完就有点不爽了，豆浆也不买了，站在旁边叉着腰直截了当地说道："我最烦一些人在别人背后骂人，你们这么厉害当面去骂啊。"

那几个人看司黎也觉得眼熟，毕竟都是体育系的，忍不住反驳："你不也看米乐挺不顺眼的吗？怎么还帮他说话了？"

"我当面骂过他啊，但我骂不过他。你们可以试试看去，你们要是能骂过他，我是你们孙子。"

这几个人看司黎的眼神就好像在看神经病，也看不出司黎是什么立场。想了想后，灰溜溜地走了。

实在是排球队这群人在H大都出名，个子高，人也张扬，跟H大的一股黑势力军团似的。

等这些人走了，司黎继续去买豆浆，突然听到有个女孩子弱弱地跟他搭讪："你好……请问，你认识米乐是吗？"

司黎很少被女孩子主动搭话，难得一次还挺激动，扭头就看到了一个非常漂亮的女孩子站在他身边，不由得心神一荡。

面前的这个女孩子皮肤极白，白得几乎透明，外加五官精致，脸也很小，看起来就像一个混血儿。

女孩子看到司黎之后羞答答的，有点不好意思地问："你认识吗？"

"哦哦，认识认识，关系还行，怎么了？"司黎终于缓过神来回答。

"我想见米乐，但是不知道怎么才能见到他，刚才听到你帮米乐说话，所以想着你应该跟米乐关系不错，想问问你。"

司黎买完了豆浆，拿着豆浆有点发愁，最后还是摇了摇头拒绝了："恐怕不行，我不敢往他那里带人，不然他老人家该收拾我了。"

毕竟，现在司黎还在叫米乐爸爸。

女孩子有点为难，特别诚恳地请求："你就帮帮我吧，我有急事马上就要回去了。我在这边的窗口等了好久都没看到米乐来这里吃饭，真的没办法了。"

"这……不太好。"司黎真的有点不好意思拒绝漂亮女孩子的要求，"我还得吃早饭。"

"我等你吃完。"

司黎完全没话说了。

女孩子真的就规规矩矩地坐在司黎身边，等待司黎吃完了早饭。

司黎没辙，给童逸发消息，询问：米乐他还在寝室吗？

童逸：刚跟我打了一架，出去了。

司黎：你又怎么招惹他了？

童逸：就强行喂了他一块肉，他吃了，吃完觉得很好吃，然后揍了我一顿走了。

司黎不用仔细问就知道，童逸一准又说了什么讨人厌的话惹了米乐。

"我也就能带你到戏剧社门口，他们最近都有演出，估计他有空就会去盯着别人排练。之后你就自己找吧，我不管了。"司黎对女孩子说。

"好，非常感谢。"

司黎带着女孩子往戏剧社走，途中有队友招呼他，他刚回头，朋友就给他拍了一张相片。

司黎居然跟女孩子单独走了，十分罕见。

这张相片被发到了排球队的群里，童逸还在寝室里吃早餐，看到相片就觉得有点不对劲。相片里女孩子只有一个侧脸，虽然比昨天梦里的女孩子稍微胖了一点，没有那么吓人了，但是还是能看出来，这个女孩子非常像宁薰儿。

童逸立即给司黎打电话，询问："那个女的是谁啊？"

"不知道，突然出现的，说是要找米乐，想让我带路。"

"你站在原处别动，我马上过去。"

"你来干什么？"

"你待着就行了。"

挂断电话，童逸扔下筷子就跑了出去。

宁薰儿，上次见到米乐的时候带了刀，要划花米乐的脸，还曾经说过要夺走米乐在意的东西。现在宁薰儿突然来 H 大找米乐了，让童逸觉得十分不安。

童逸全程狂奔找到了司黎，到了司黎的旁边喘得不行。

司黎觉得莫名其妙的，奇怪地看着童逸，问："你怎么了？"

宁薰儿还停在他们身边，看着他们两个人，也有些奇怪。

童逸则是看向宁薰儿，看到宁薰儿穿的是一条连衣裙，看上去没有什么地方能放凶器。

最后注意力放在了宁薰儿的双肩背包上面。

"我帮你拿包吧，妹妹。"童逸说着，直接上手去拿宁薰儿的包。

"不用！"宁薰儿立即拒绝了。

童逸冷笑了一声，直接将她的包拽了下来。

司黎还当童逸在抢劫，这个时候无脑护的本性露了出来，立即警惕地问童逸："得手了，我们要跑吗？"

宁薰儿慌得不行，伸手去抢自己的包。

"你们在干什么？"米乐突然在这个时候出现，站在不远处看着他们三个，最后将目光落在了宁薰儿身上。

"我是来找你的。"宁薰儿的手还拽着自己的背包的带子，看着童逸的眼神充满了警惕，回答米乐都显得有些漫不经心。

昨天在梦里，他们俩可不是这种状态。

"你找我干什么？"米乐态度冷淡地问。

"有事找你。"

"有事就说。"

"我们俩能单独谈谈吗？"宁薰儿终于回头看向米乐。

米乐十分不想跟宁薰儿单独说话，于是抿着嘴唇有点不耐烦地看向一侧，对她的问题置若罔闻。

童逸一直抱着宁薰儿的包不松手，俨然一副打劫的样子，这倒是跟他的形象很搭配。长了一张打家劫舍的脸，今天真就干了"伤天害理"的事儿。

"包里有什么东西吗？"米乐注意到宁薰儿似乎很在意自己的包，所以问了一句。

他也怕宁薰儿突然发疯，从包里拿出硫酸之类的东西。

他跟宁薰儿的接触不多，记忆最深刻的就是被袭击的那次，根本没有什么好印象。

宁薰儿扯着自己的包，发现抢不回来后终于承认了："有。"

米乐伸手对童逸说："给我。"

童逸立即把包乖乖地给了米乐。

包到了米乐的手里，宁薰儿就没之前那么抗拒了，反而冷静下来，似乎包里的东西本来就准备给米乐的。

米乐打开包，从里面拿出一个 U 盘来。再翻翻，没有其他东西了。

"这么一个东西，至于背这么大一个包？"米乐疑惑地问。

"其实之前还放了一条围巾想送给你，后来实在是太冷了，我就拿出来自己戴上了。"宁薰儿委屈巴巴地回答。

米乐："……"

米乐看着 U 盘，怀疑宁薰儿是不是要给他的电脑里下病毒，不过还是叹了一口气，对宁薰儿说："你跟我过来吧。"

虽然抗拒，但是实在好奇宁薰儿又要搞什么幺蛾子。

童逸立即跟着他们准备一起去戏剧社。

"你就不用过来了。"米乐对童逸说。

"我保护你啊。"童逸回答得理直气壮。

米乐依旧倔强地摇了摇头："我怕你进剧场后被我们社员打跑，万一我保护不了你呢？"

"好的，拜拜，再见！"童逸扭头就走了。

童逸也是靠实力，在戏剧社那边将自己的友好度刷到了负数。每次去戏剧社找米乐，都得偷偷摸摸的，生怕哪里杀出几个人来拿着扫把轰他。

米乐看着童逸离开觉得好笑，拎着包带着宁薰儿往剧场的方向走。

宁薰儿则是时不时回头看向童逸，觉得很奇怪，问道："你不是没几个朋友吗？"

"怎么？"米乐问她。

"就是感觉……你好像没以前那么形单影只了，现在还有人担心你。"

"所以你看着很不开心是吗？"

宁薰儿没回答，沉默地跟在米乐后面一直走。

米乐也不再说什么了，毕竟他跟宁薰儿真的没有什么话可说的。

宁薰儿向往的是米乐那种被众人簇拥的生活，米乐向往的反而是能够不被注意到的平静生活。

到了戏剧社，不少人都对宁薰儿有点好奇，毕竟米乐很少带人进来。

宁薰儿本身也是一个美女，没有上一次见到米乐时的颓态。胖了一些，不再是瘦骨嶙峋，脸上的黑眼圈也没了。

这样一看，两个人倒是挺……般配的？

进入了有电脑的房间，米乐让其他人先出去，自己坐在电脑前把 U 盘插进去，接着对宁薰儿说："你坐在窗口的位置，让狗仔队能拍到你。"

"哦，你怕有绯闻？"

"对。"米乐回答得直截了当。

打开 U 盘，就看到里面有一些短视频跟相片。相片是偷拍的，里面是米唐跟宁薰儿妈妈在一起的相片，模样亲密。短视频也是两个人在家里亲密的状态，显然是偷偷安装了摄像头。

"你拍这些做什么？"米乐看着这些东西问宁薰儿。

他单手托着下巴，看着这些陷入了沉思。

"我觉得你应该会需要，或者你交给陶曼玲，她会用好的，曝光这件事情后我就不用这么难受了。"

"曝光后你也会被推到风口浪尖上，这一点你有想过吗？"

"我马上要高考了，之后我就出国留学，所以我不怕。"

米乐删除了痕迹，接着将 U 盘收了起来，放进了自己的口袋里。

他看着宁薰儿，似乎是在观察，半响才说道："说说你的想法吧，我这个人比较多疑，你如果不说明白，我就会认为这是一个阴谋。"

"其实上次去找过你之后，我也想过，恐怕我的仇恨点放错了位置。我该恨的是米唐，而不是你。我妈妈做第三者，你跟陶曼玲才是受害者，我却以自己为中心，太把自己当回事了，觉得所有人都对不起我。"

"嗯，然后呢？"

"我觉得我应该跟你正式道个歉，但是又觉得仅仅是道歉，你估计不会原谅我，于是我想到了这个方法。我知道你一直想要报复米唐，所以我给你筹码。"

"我原谅你又能怎么样？我们注定没办法和睦相处。"米乐依旧无法理解，宁薰儿为什么希望他能够原谅她。

无事献殷勤，非奸即盗。

"我也就是想让我的心里能够舒服一点。"宁薰儿说得十分认真，她经常会想起那天的事情，然后后悔自己的荒唐。

"看过心理医生了吗？"

这个问题让宁薰儿一愣，诧异地看向米乐。

"我觉得你不太正常。"米乐这样补充。

"你觉得你自己正常吗？"

"……"

"因为一个人出轨，搞得一家人都有抑郁症的倾向，这也是米唐的能耐。"宁薰儿说完握紧了拳头。

"虽然我了解的不多，但是我觉得就算抑郁症也不会产生去加害别人的心理，你应该去看一看，你是一种病态。"

宁薰儿不再说话了。

"这些东西我会留着，既然你愿意帮我，我也愿意放缓速度，至少让你能够安安静静地高考结束。你留学的钱存够了吗？"

宁薰儿点了点头："我存了点钱，而且我可以自己打工。"

"也就是没存够。"米乐知道出国留学的开销，先不说打工难不难，仅仅靠自己打工根本不够她生活的。

"嗯。"

"这些爆料估计也能卖个好价钱，到时候这些钱我都转给你，够你在国外过几年的。如果你还想正常生活，这几年就不要回来；如果你不想，想趁机红一把的话就可以回来刷个脸。"

"我不会回来的。"宁薰儿回答得斩钉截铁，她并不想红，至少不想用这种方法。

"嗯，以后你也不要跟我刷什么感情牌，说你是我的妹妹之类的事情，我对你没有感情。我们的关系放在这里，我对你也没有什么抚养义务。"

"我明白，你不用这么着急跟我撇清关系，我不会再纠缠你的。"

米乐只是习惯性将所有的事情都事先交代清楚，提前约法三章。

如果都说清楚了对方还是不听，那么就别怪米乐不客气，这就是他的做事风格。

这个时候，米乐发微信叫来了宫陌南。

宫陌南进来后看了看宁薰儿，接着问米乐："有什么事情吗？"

"你卖我一件外套。"

"啊？"

"随便卖我一件，暖和点的。"

宫陌南看了看宁薰儿身上穿的衣服算是懂了，点了点头回答："等会儿，我社团柜子里就有，我去取过来。"

宁薰儿坐在椅子上等了一会儿，宫陌南就回来了，把外套递给她："我们这还是挺冷的，穿上吧。"

"谢谢。"

宁薰儿穿上外套打算离开的时候，突然停在门口回头问米乐："围巾你还要吗？"

米乐拒绝得干脆利落："不要。"

"哦。"

宫陌南忍不住笑："我挺喜欢的，给我吧。"

宁薰儿立即取下围巾给了宫陌南，戴上外套的帽子离开了。

宫陌南将围巾给了米乐，笑着说道："别那么别扭行不行？"

米乐拿着围巾，又握着 U 盘，迟疑了一会儿才忍不住蹙眉："真的没有什么阴谋？"

宫陌南耸肩："我怎么知道？"

"小三上位的新手段吗？"米乐又问。

宫陌南："虽然不懂，但是你可以想想，如果你是小三，你会想用这种方法上位吗？"

米乐摇了摇头。

"行啦，我不跟你聊这个，我可不想知道你太多的秘密。"宫陌南转身离开了，留下米乐一个人冥思苦想。

是他把其他人都想得太坏了吗？

昨天在梦里，他还把宁薰儿定义为无脑女配的形象，今天宁薰儿就出现了。

正发呆的工夫，他收到了童逸发来的消息。

童逸：祖宗，骂我一句。

米乐：蠢货。

童逸：看到你依旧生龙活虎，我就放心了。

米乐正看着屏幕乐呢，突然就接到了一个电话。

他接听后，是童爸爸爽朗的声音："小老弟，忙不忙啊？"

"不忙，怎么了童叔叔？"

"听出来是我了？"

"嗯，就您一个人这么叫我。"

"是这样的，有人叫我给电影投资，我看了几个剧本挑选不出来，我把资料传给你，你帮我看看行不？毕竟你是圈内人，懂得比我多。"

"这个……恐怕有点不好吧叔叔，万一我看不好怎么办？"

"没事的，大家都是一家人嘛，有钱一起花，赚了我分你一半，赔了算我的。"童爸爸说得一点都不在意，毕竟他投这么多电影根本就没赚过。

米乐想了想后，同意了："好，您发给我吧。"

米乐回到寝室里，打开笔记本电脑后就跟童爸爸视频。

"首先这个科幻电影别投，小公司投了都容易倒闭。"米乐拿起了自己的平板电脑，左右划给童爸爸看。

"嗯嗯，行，不投这个。"童爸爸在视频那边还在嗑瓜子，显得漫不经心的。

米乐拿着平板电脑继续看，同时问道："叔叔，你们家有什么产业需要打广告吗？"

"除了矿都黄得差不多了。"童爸爸毫不在意地说。

"你的矿也没办法打什么广告吧，你为什么要投资电影？"

"就是进入娱乐圈了，说出去倍有面子。别人一问我，你跟那个谁谁谁认识不，我就说认识，我们喝过酒，听起来多牛！"

人间真实。虚荣的大人。

米乐看着这些备选突然迷茫了，这怎么选？

他翻着翻着，看到米唐的新电影也在备选里面，他还是在这些资料里才看到他爸下一部戏拍什么、档期，以及演员都是谁。

正看着，童逸回了寝室，手里还抱着一个大袋子。

童逸进来后探头看了看，看到自己的爸爸在视频那边还挺诧异："你看着那张老脸不会吐吗？"

童爸爸听到了之后立即骂道："小兔崽子说什么呢？"

童逸没搭理他爸，扭头跟米乐解释："我爸突然跟我要你电话，我觉得你应该懂，就把你电话给我爸了。"

"嗯。"米乐随口回答了一句，还在继续看剧本。

"我买了个电褥子，还买了一个插排，这就解决了床铺那里没有插孔的问题了。"童逸说着，就开始搬米乐床铺上的东西。

米乐抬头看了看，立即蹙眉："你搬我的床铺干什么？"

"给你铺电褥子啊！"

"你就买了一个？"

"对啊。"

米乐立即就猜到童逸的心思了，这是打算继续睡他的床了，立即起身去拦着："我不用，你铺你那里吧。"

"别啊，我也是一番好意，买多了浪费了，我过几天就搬走了。"

"你还会在意这点钱？"

"在意啊！怎么不在意？我家的钱也不是大风刮来的。"他们家的钱是辛辛苦苦挖出来的。

童逸从来就没这么动作利落过，愣是在米乐的阻挡下把电褥子铺好了，又把被子挪了回去。

米乐气得直吹自己的刘海，接着踹了童逸好几脚。

童逸也不在意，还搬张椅子坐在米乐的书桌边，拿出自己的书来看，还真像是要复习似的。

米乐重新坐下看剧本，正翻呢，就听到童爸爸在电脑那边嘿嘿直乐。

"你笑什么？"童逸问。

"你们感情还挺好的。"

"我挨揍的时候你看出来我们感情好了？"童逸没好气地问。

"你活该。"

"你胳膊肘怎么往外拐呢？"

"都是自己家人，有什么拐不拐的？"

童逸低下头偷笑，让米乐有点怀疑童逸是不是跟童爸爸说过什么了，不然童爸爸怎么这么对他？扭头就看到童逸在笑，再看屏幕童爸爸也在笑。

应该是他多想了。

又看了一会儿剧本，米乐开始犯愁了："你们也不打广告光投资的话，确实不好选择。"

"童逸，你想想看我们家还有什么买卖没？"童爸爸抛球给了童逸。

童逸也挺为难的，想了想后嘟囔："我们家有副产业，我爸也很少去管理，然后安排的人动不动就贪钱，搞得乱七八糟的，没几年就黄了。"

"一直是这样？"米乐都无语了。

"差不多吧，每年都在黄，黄得多了我们俩就习惯了。"

这给米乐气的，这是俩败家子凑一块了，居然还能有钱到今天，立即对童逸说："把你们家的清单整理给我，我看看怎么管理。"

"你还会这个？"童逸十分诧异。

"肯定比你们俩强！"

"行，我找人整理一份！"童爸爸说着就拿出手机来，给人发消息安排这些事情。

安排完了，童爸爸继续说："小老弟，你要是帮我们弄明白了，我们也不会亏待你，依旧是赚钱了叔叔就分给你一半。"

这绝对是一本万利的买卖，米乐一点投资都没有，单纯帮忙管理一下，让这些产业不黄，米乐说不定就能净赚不少。

这条件说得米乐的小心脏蠢蠢欲动的，心脏在胸腔里荡秋千，忽上忽下的，特别刺激。

结果童逸还坐在旁边嫌弃地说了一句："爸，你什么时候这么抠的？"

"年底分红！顺便送你几套房子。"童爸爸立即补充。

米乐的眼睛都亮了一下，立即含蓄地客气："不至于的，随手帮忙而已。"

"哦。"童爸爸回应了一声继续嗑瓜子了。

童逸凑到了米乐身边，对米乐说："你别跟我爸假客气，你这么客气完他就真的不给了。"

米乐也不好意思要了，低头继续看剧本。

半晌，童爸爸在那边说道："小老弟，我把我们家产业的大致情况表给你发过去了。"

"嗯，好。"米乐接收了之后，就发现这份表格往下拉，半天都拉不到头。

表格还挺清晰的，产业名称、分店数量、店铺工作人员数量，工作人员的工资、盈利情况。最让米乐震惊的是行业的杂。从菜市场到微纳米科技有限公司，从熟食加工到品牌女装，再从美甲美睫到一家即将倒闭的模特包装公司。

酒店就有八家，都是不同的名字，分别在不同的城市。连锁饭店有 49 家，然而依旧是不同的名字，涵盖烤肉、火锅、寿司跟兰州拉面。

米乐看到后来都觉得头疼了。

"童叔叔，你把酒店改成统一的名字，成为连锁酒店。既然是连锁酒店，装修跟店内的一切东西都要统一进行更换，重新设计。"米乐终于开口了。

"行。"童爸爸立即同意了。

"这个恐怕需要一笔不小的费用，不过……"米乐的话还没说完，就被童爸爸打断了。

"小老弟，你不用担心钱，放心玩吧。"

这是玩吗？

就这种漫不经心的态度，到现在还有钱挥霍真是一种奇迹。

米乐继续低头看，接着说道："女装可以在电影里打广告，不过你们的女装是什么风格的？"

童逸就坐在米乐的身边，随手打开了一个淘宝店给米乐看："这家。"

"这些款式都是很久之前的吧？销量看起来很……凄凉。"

"之前的设计师跑了，我们也没太在意，就在别的地方随便进点衣服卖，讲究薄利多销。"

米乐无奈地看着淘宝店，揉了揉眉头。

"这家女装店交给我来管理吧，设计师什么的我来张罗。"米乐主动请缨。

"对，正好你喜欢设计。"童逸点了点头。

"你怎么知道我喜欢？"

"你……你……你不是帮李昕改过裤子，还给我做了秋裤吗？"童逸心虚地说道。

米乐笑了笑没说什么。

装！你继续装！既然你想装，我也不着急。

"这个微纳米科技有限公司就让它倒闭了吧。"米乐说道。

这个公司每年都在亏损，然后公司里的人还在各种申请科研基金，估计真的拨款下去，也被这家公司的人层层剥削，剩下不了什么了。

还有就是，米乐跟童家人都不懂这个领域，就算以后这个领域真的很有发展前途，他们不懂，搞一个公司也是瞎搞。

"行，那就倒闭吧。"童爸爸继续嗑瓜子。

米乐看着这爷俩，突然觉得自己肩膀上的担子特别重。

之前他顶多是工作比较忙，不过也就是看看剧本、参加综艺、拍拍广告。

现在呢，看着这些投资意向书，再看看这些产业的烂摊子。虽然一个表格上显示的都是他未来能从中赚多少钱，他还是觉得压力特别大。

米乐第一次觉得钱多了挺不好的，因为钱多了，他得发愁这个钱该怎么运用，钱该怎么花，外加钱该怎么管理。

米乐正看着呢，童爸爸突然意识到一个问题，问米乐："小老弟，你这么帮我，我是不是也得给你发工资？"

"这个……不是有分红吗？"

"分红是分红，工资是工资，这是两码事。按照你说的，你得帮我不少呢，我也不知道具体该给你发多少。要不这样吧，我明天让人给你送张黑卡过去，你想花钱就从里面刷，我帮你还，就当是工资了，行不？"

黑卡，无限透支信用卡，就算是国内的最高额度也到了一千万，只有财力到达一定程度，通过了银行的审核才能发的卡。

这种卡米唐跟陶曼玲这么多年都没有，童爸爸说送就送了米乐一张。

米乐还是觉得不妥，刚要开口拒绝，童爸爸居然生气了："房子房子不要，黑卡黑卡不要，你非得惹我生气是不是？"

米乐终于同意了："那行，我要。"

临睡觉前，米乐一直在埋头研究，颈椎都有点不舒服了。

童爸爸跟他视频聊了一会儿就困了，关了视频去睡觉，甩手掌柜的一面体现得淋漓尽致。

米乐活动了一下肩膀，童逸立即站起身来到了他身后："我帮你放松一下。"

"怎么放松？"米乐警惕地看着童逸。

"我们队里经常高强度的训练，互相给队友进行放松，放心吧，我也有十几年的经验了。"

米乐这才不再坚持，让童逸帮自己晃肩膀，用手肘揉颈椎。

真别说，做得还挺像模像样的。

米乐觉得好多了，回头夸了童逸一句："是挺解乏的，感觉好了一点了。"

"那行，你歇会我去洗漱。"童逸说完就快速冲进了洗手间，打开水洗澡，没一会儿就又出来了，"我洗完了，里面还有热气不冷了，你去洗吧。"

"哦。"米乐站起身伸着懒腰进入了洗手间。

等米乐从洗手间出来，就发现童逸这次没等他，而是直接趴在了他的被窝里，看到他出来还拍了拍枕头："快上来，电褥子果然好暖和。"

"你给我下来！"米乐吼了一声。

"我不想回去睡，我会脚抽筋的，我是运动员不能这样祸害自己的身体！"

米乐爬上梯子去拽童逸下来，结果被童逸提着腋下直接拎上了床，按着他在被窝里躺好了。

童逸在米乐身边躺好，嘟囔："等你回来以后，我就买一个大点的床回来，学校的床太窄了。"

"你一个人睡的话绰绰有余。"

"晚安。"

"别逃避话题。"

童逸没回答，竟然没一会儿就睡着了。然而米乐失眠了。

白天宁薰儿突然过来送来了一些东西，这让米乐想了很多很多的东西，开始计划以后的事情。

然而今天童爸爸送来了这些资料，也会让米乐冥思苦想许多。

白天的爆料，童爸爸的电影投资，是不是都可以利用一下？但是童爸爸这么信任他，他却利用童爸爸是不是有点过分？

事先跟童爸爸说清楚应该可以吧，童爸爸似乎很好说话的样子。

想着这些，米乐到了晚上三点多还在失眠，翻来覆去地睡不着。

第十章
小鲜肉与童五亿

米乐要离开去剧组的那天早上，童逸在寝室里转了几圈，跟在米乐的屁股后面转悠。

米乐收拾行李箱，来回看看有没有什么东西落下，童逸就跟个尾巴似的，跟得米乐直烦。

"不买早饭吗？"米乐都快习惯童逸去给他买早饭了。

"你马上就要走了，我离开一秒，就少一秒的相处时间，我不舍得走。"童逸委屈巴巴地回答，"我让司黎帮我们带了，他得吃完早饭才能带过来。"

"呵。"米乐将行李箱整理好后，走进了洗手间，从保险箱里取出了自己的洗漱用品。

童逸又跟了过来，在米乐洗漱的时候站在米乐的身边，像是米乐洗漱都需要保镖似的。

在米乐刷牙的时候，童逸突然抬起手环住了米乐的肩膀："锁喉！"

米乐还在刷牙，被锁喉的一瞬间吓了一跳，竟然吞了好多牙膏沫进去。

被童逸锁喉不是开玩笑的，米乐被憋得够呛，好半天才挣脱开，气得不轻还得顾及形象先去漱口，放下牙刷就开始满寝室追着童逸打。

童逸终于开始道歉了："我错了，祖宗，别打了，怪疼的。"

被米乐揍得有点扛不住，童逸抓住了米乐的手腕抵挡："好了好了，不打了行不行？"

米乐不同意，还准备继续揍童逸，推搡间童逸将米乐按在了衣柜的柜门上。

他双手的手腕被童逸握着，按在柜子上，居高临下地看着他。

"怎么，你还打算造反了？"米乐问童逸。

"没有，就是怕你累坏了。"

"那你别惹我啊。"

结果童逸突然笑了起来："其实你刚才特别有意思，明明都气死了还得先漱口。"

米乐抬腿想踢童逸，结果童逸也抬腿挡，两个人再抬头的时候发现距离还挺近的。

就在这时外面有人敲门："爸爸！我来给你送行了。"

童逸翻了一个白眼松开了米乐，转过身去开门。

司黎进入寝室还在邀功："我特意买了早餐过来跟你们一起吃，怕你们俩饿了，我好不好？"

结果这两个人都没回答，气氛一时间有点尴尬。

吃早饭的时候他们三个人全程沉默，弄得司黎有点慌张，还以为是自己的早饭带得不对劲。

在寝室等到米乐正式要离开的时候，两个体育系的男生看着米乐来回换了几件外套。

"我看哪件都不太暖和。"童逸注意温度问题。

"有机场拍摄，所以服装不能含糊。"米乐回答。

"不会冷吗？"

"在室外的时间很少。"

送走米乐的车，童逸把双手插进外套的口袋里，看着车离开突然觉得心里不太舒服。

从父母离婚后，他还是第一次尝试到怅然若失的感觉。

他扭头对司黎说："完了，现在我就想去追车了。"

"在他离开之前被揍回来？"司黎奇怪地问，完全没有理解童逸的心情。

不过旁边的左丘明煦懂了，走过来拍了拍童逸的肩膀："没事，时不时打一个电话、发个短信嘛。我寒假会去剧组探班学习，你要是感兴趣可以跟我一起去。"

"我们只有春节几天假期，之后就要封闭训练了。"童逸无精打采地回答。

"几天就够了，我们也去不了几天，剧组也挺忙的。"

"你春节不回家的吗？"

左丘明煦笑了笑，接着说道："这一点，我跟米乐家里的情况差不多，不过我心态比较好。"

跟童逸说话就不能拐弯抹角的，果然，童逸没听懂。

到了训练馆里，童逸就陷入了沉思。

这个时候训练馆里其他人突然聚在一起，一群大个子看一个人的手机，后来干脆拿出自己的手机看，全部都在关注一个视频。

叶熙雅走过来拍了童逸的后背感叹："厉害啊童五亿。"

童逸觉得莫名其妙的，问："什么玩意？"

叶熙雅拿出了视频给童逸看。原来是米乐参加的综艺节目终于播出了，制作完毕之后，加了后期效果，能够看出来米乐给他打电话时的全过程，甚至还有表情。

被问是不是推销的时候，米乐的表情相当精彩，就是想生气又不能在镜头前生气的样子。

童逸看的是有弹幕的版本，还能看到屏幕上飞过的弹幕。

"小哥哥的声音有点好听。"

"好尴尬啊，明显跟米乐不熟的样子。"

"推销什么的？哈哈哈——"

"哈哈哈——"

"传说中米乐朋友很少，现在看来果然是这样。"

这个时候已经到了童逸要求加米乐微信，视频通话的片段。当时为了不被发现，并没有拍摄米乐的手机屏幕，只能听到童逸的声音。当五亿这个数出现了之后，弹幕简直炸了一样。

"五亿？！"

"我真是飘了，居然敢看一个五亿的节目。"

"五亿加微信就值了？！我不用五亿，五千就行！"

"好有钱！"

"果然米乐能主动去交往的朋友，都是非常有钱的。"

"说米乐主动的人，别忘记了米乐一直没加小哥哥微信好吗？"

"什么情况？五亿？小哥哥缺女朋友吗？很会花钱的那种。"

接着镜头一转，看到了童逸在镜头里的样子。

"排球小哥哥！"

"是跟米乐一起逛商场扣杀娃娃的小哥！"

"他跟米乐关系很好。"

"原来是他。"

"为什么我不知道他，他是谁？"

"好帅啊，笑得我都跟着姨母笑了。"

"完蛋，我觉得我恋爱了。"

童逸看完，忍不住问叶熙雅："我是不是要火了？"

"你之前就火了。"

"我怎么到现在都没有火了的感觉呢？"

"我们这穷乡僻壤的破地方，都时不时来粉丝追星，已经非常有诚意了。我们岭山校区第一红的是米乐，第二就是你了，你的人气艺术系的那群人都羡慕哭了。"

童逸继续看，过会技术分析的微博都来了："你看看这个微博，分析得跟真事似的。"

童逸拿来手机看微博，就发现有人在分析他跟米乐的关系。

他们俩短短几分钟的对话，被他们翻来覆去地看，就好像高考阅读理解题似的，被他们分析得很有内涵。

[截图]×7。

从几句话里可以分析出：

1. 米乐一直有储存童逸的手机号码，还是从寝务老师那里找到的。

2. 童逸一直有申请成为米乐的好友，但是米乐没有接受。

3. 童逸说原来还有这招，就证明童逸也是想要米乐的手机号码的。

[截图]×4。

从这些对话可以看出：

1. 童逸不但愿意借给米乐钱，还愿意卖掉自己的房产套现给米乐。

2. 五亿加米乐的微信，童逸觉得挺值的。

3. 米乐的话证实，童逸是真的能够拿出五亿来借他。

合理猜测：

两个人关系有些微妙，看着挺好，实际上米乐又有点嫌弃童逸。

评论也是各种说法不一。

墨鸯未晚：看到的时候就觉得好甜啊，全程姨母笑。

舒玖：我不是米乐的粉，然而我突然成了他和童逸的粉丝是什么鬼？

Dian_點：之前看到米乐突然多了一个好朋友，就觉得好奇怪，后来一看，哦，果然很有钱……没有黑的意思，只是单纯觉得米乐身边能被米唐、陶曼玲认可的朋友，肯定有一种原因在其中。

波浪浪不浪：米家的人给我的感觉就是谁红跟谁玩，交往的朋友也大多是很有钱的。所以在借钱这个环节出来的时候，我就已经确定米乐肯定是第一了。

小平板：米家全家人给我的感觉就是不舒服。

黄鸡咯咯哒：最恶心的还是这对夫妻俩疯狂蹭儿子的热度吧？每次出点什么事儿就开始刷育儿经，发全家福出来炒热度，看得眼睛都要生疮了好吗？

超气的：米乐可能是娱乐圈最势利眼的小鲜肉了，人品也不敢恭维，而且脸很酸，一看就是娇生惯养大的，估计私底下更大牌。

童逸看了一会儿就把手机扔一边去了："我看着怎么这么生气呢？"

"大家都分析，米乐是因为你家里有钱才跟你们做朋友的，后面好多人还说心疼你什么的，说你是被米乐骗了。"叶熙雅也拿着手机在刷评论。

或许是因为女孩子更喜欢八卦，叶熙雅已经看到很下面了，甚至把许多回复的回复都打开看一眼。

"米乐什么样我比他们更清楚！他们都懂什么？！"童逸没接触过这些事情，光看到这些评论就觉得特别生气。

米乐是无辜的，明明什么都没做，自己还特别痛苦，却要被一群人恶意揣测加谩骂。

去看叶熙雅的屏幕，上面还有骂得更难听的："没办法，现在艺人都这样，越红关注他们的人越多，这样奇葩就会出现了，把艺人骂到抑郁症自杀的情况都有呢。米乐这么红，会这样也不奇怪。"

童逸气得想砸手机："我是受不了这个气，我想挨个骂回去。"

"你现在也是被关注的人之一，太冲动还容易给米乐招黑。而且黑粉越骂越起劲，你不如不搭理他们，免得他们更亢奋。"

童逸气闷地拿着手机又看了一会儿，他没想到什么事情都能引得一群黑粉去骂米乐一顿。

但是看到米乐的微博里又特别和谐的样子，有粉丝控场，又想去挨个摸摸米乐粉丝的头，夸他们几句。

米乐下了飞机乘车到剧组的工夫，就看到了童逸的红包轰炸。

——没事。

——咱别跟他们一般见识。

——你什么样我都知道。

——我就乐意给你钱花。

——看你花我钱我还高兴呢。

米乐抿着嘴唇忍不住笑，扭头问自己的助理："出什么新消息了吗？"

"综艺在我们飞机上的时候播了。"

"哦……"米乐回应了一句，接着打开手机微博看了看消息，接着发现自己好像还没关注童逸的微博。

找到了童逸的微博，看到童逸发了一条新的微博。

童逸：有钱真好。

米乐知道童逸是想帮他说点什么，却说不出来什么，于是发了这个，证明自己不傻。他给这条微博点了一个赞，接着关注了童逸的微博。

看着"互相关注"这四个字，米乐的心口还颤抖了一下。

这是他丢掉一切负担，做出破格的事情的第一步。

米乐给童逸回红包。

米乐：我不缺钱。

童逸：我生气就想给你钱，你不收我就更生气了。

米乐：你的钱是你爸爸的钱，你怎么花得理直气壮的？

童逸：我用我的生死相随换来的财富不可以用吗？我爸也说当时要不是为了让我过上好日子，他就放弃了，所以我也是功臣一位好吗？

米乐：放弃？当时是什么情况？你家里出现过什么事情吗？嗯？

童逸：呃……

一个只在梦里说过的事情，童逸又顺口说了出来。

童逸：我要去训练了。

米乐：好，我也马上要到剧组了。

米乐进入工作状态后，其实没什么时间理会童逸。

这部戏是古装剧，每天早上六点钟他已经坐在化妆间里化妆了，拍摄到晚上十一点左右是他合同上写的时间。

不过当天如果出现什么意外，估计就会拍摄到凌晨，米乐从来不会多说什么，一直配合拍摄。

米乐无论多晚回去都会仔仔细细地洗漱外加晚间护肤，整套下来后他已经困到几乎昏迷了。

他躺在床上打开微信，看到童逸给他留了一屏幕的红包，他眯缝着眼睛回复消息：刚刚结束，我也要睡觉了。

拿着手机等了一会儿童逸也没回复，他闭上眼睛就睡着了。

夜里迷迷糊糊地仿佛听到手机震动，心里一直惦记着童逸的消息，让他睡得很不踏实。

米乐挣扎着摸到手机，打开屏幕看了一眼，并没有未读消息，就又将手机放了回去。

第二天早上醒来，他坐在马桶上，终于能跟童逸聊一会儿天了。

童逸：昨天晚上睡着了，你醒了吗？

米乐：嗯，已经醒了。

童逸：你肯定没想，我打赌你都没梦到我。

米乐：哦？

童逸：唉，等我去探班的时候跟你坦白一件事，估计你会觉得十分灵异且玄幻，但是我发誓我没说谎。

米乐：为什么非得你来了再说？

童逸：我怕你听完生气。

米乐：我走之前为什么不说？

童逸的回答特别简单明了：忘。

米乐：行了，我要洗漱了，一会儿又要化妆了。

童逸：化妆的时候不能聊天吗？

米乐：化妆间时不时会进来人，看到我的手机不太好，那群人的眼睛都带钩子的。就算没聊什么，之后也会被乱传。

童逸：好吧。

米乐：嗯。

放下手机，米乐开始洗漱，洗漱完看到童逸都没再说什么，似乎没见到童逸本人，都能想象到这个大个子不太高兴了。

童逸没事做的时候想到了左老师，也就是上次跟田径队打架的时候，处理他们之间事情的老爷子。

他拿出电话主动联系左老师，刚巧左老师刚刚到学校，倒是有时间，童逸可以直接过去。

进入左老师办公室的时候，左老师正在泡茶水。

童逸笑呵呵地跟左老师打招呼，接着在左老师的办公室里坐下，问道："老师，您不忙吧？"

"嗯，你是来问你的小朋友的事情吧？"

"对，你上次觉得他有点偏激嘛，我过来打听打听。"

左老师倒完水，坐在了童逸的对面，说了起来："我以前遇到过跟他差不多的一个学生，没有他有名气，不过也是一个很有才华，并且各方面都非常不错的小伙子。他性格也是有点冷淡，思想论调有点极端，大致就是……"

说到这里，左老师沉思了一下才继续说了起来："他会觉得拐卖妇女儿童这件事情，就要让所有偏远山区的人口全部灭绝，那些人消失了，这样就彻底解决这件事情了。还有，他还说过如果一个人犯了罪，他的父母也逃避不了责任，应该一起去蹲监狱。还有一次一个女孩子碰坏了他的东西，他不依不饶地报复了这个女孩子一学期，一直耿耿于怀。"

童逸微微蹙眉，接着摇了摇头："米乐应该不会这样，他是一个很讲道理的人。"

米乐会报复人，也是那个人真的让米乐非常讨厌了。

"米同学的确没有这么离谱，但是他也积压了很多的负面情绪，还有外界的压力。内心中压抑久了，就会得病，这才是我担心的问题。"

童逸想了想后说道："什么病？焦躁症？"

"抑郁、偏执之类的病症。"

"呃……您之前那位学生，也得病了？"

"他自杀了。"

"哈？！"童逸惊讶地睁大了双眼。

"我曾经也做过辅导员，带一个班级，他就是我班级里的学生。我虽然有注意到他的一些极端，却没有太在意，出事后才发现他一直有心理问题。从那以后我就很注意这方面。他们大多很钻牛角尖，很多事情都会往最坏的方面想，我查阅过资料，容易患抑郁症的性格特点米乐有两点：责任心强和较真。"

"他会有抑郁症吗？"

左老师继续询问："他的睡眠情况好吗？"

童逸摇了摇头："据我所知，不好。"

"其实我们不能说他有抑郁症，只是希望他能够避免心理上出现问题。我最初的想法也只是跟他聊聊天，尽可能地避免这些事情的发生。不过我发现他好像对其他人很排斥，这就需要你这些亲近的人进行疏导了。"

"我该怎么做才能让他好一点？"

左老师跟童逸说了很多，一般这么啰唆的说教童逸都会不耐烦听，今天却格外认真地听了许久。

接着，他又从左老师那里借走了不少资料，打算带回去看看。

回到寝室翻看这些书，不知不觉看到了夜里两点多。手机一直放在他的床头，收到米乐的消息他第一时间拿起了手机，打了个电话过去，对面很快接听了。

米乐："喂？还没睡吗？"

童逸："睡不着。"

米乐："这么晚不休息，明天训练能行吗？"

童逸："可以的，没事。"

米乐那边应该是在整理东西，接着说道："唉，我这边好忙。"

童逸拿着手机"嘿嘿"直乐，心血来潮地说："米乐，我唱首歌给你听吧。"

童逸看到书上写，音乐可以补充能量，改善心情状况。

"嗯，好，你唱吧。"

童逸唱歌其实也就是一般，完全就是仗着声音好听，歌词都记不住多少，只能大致哼唱了几句。

米乐听了一会儿，接着说道："童逸。"

"嗯？"

"这首歌是我的新歌，还有出单曲，歌词也没有公开过。"他只在梦里哼唱过。

童逸吓得手机掉在了床铺上，手忙脚乱地拿起来，发现电话被他挂断了。

他抹了一把脸，绝望地哀号了一声，他真是每天都在努力掉马，米乐不揭穿他真的非常给他面子。

米乐进组拍摄一段时间后，剧组已经没有最开始那么忙碌了，让他开始有时间继续研究剧本，还能顺便看看童家的产业，想办法管理起来。

童爸爸也十分配合，给了米乐一些联系方式，只要米乐交代了，这些人就会去照办，随时听从米乐的派遣。才没几天，就已经开始设计连锁酒店的装修方案了，其他的产业也在米乐的改动计划内。

米乐回到房间，打开电脑跟童爸爸视频。

童爸爸正在车上，打开视频的时候还在跟司机聊天，扭头看了看米乐问："小老弟怎么瘦了？"

"拍戏比较辛苦。"

"别累坏了。"

"叔叔您能戴耳机吗？我想跟您商量个事情。"

童爸爸很快同意了，满车厢找耳机，找到的时候也到地方了。

童爸爸拿着手机下了车，走进家门后说道："现在说吧，家里没别人。"

"我想求您个事情。"

"行，你说吧。"

"我希望你能投资我爸爸的电影。"米乐说到了这件事情。

"可以啊。"童爸爸完全没有犹豫就同意了。

"不过是先投资，再撤资，这期间还需要您配合我演一出戏，有可能会有损您的名誉，所以提前询问您一下。"

"影响我的名誉，什么名誉？"童爸爸还挺感兴趣的。

"就是会影响到别人对您的印象。"

"这有什么，无所谓。你说的演戏是怎么回事？你觉得我是演戏的料吗？"童爸爸激动地问。

"我可以教您。"

童爸爸也知道，米乐这是要收拾他爸了。他本来就看米唐不太顺眼，要不是觉得米乐不错，他都不愿意跟米唐还有陶曼玲来往。

米乐在视频那边说着自己的计划，童爸爸听着还觉得挺有意思的。米乐这一举，带着点最后的试探，还有彻底跟米唐决裂的架势。

"你这是要彻底跟家里闹翻了？"童爸爸问。

"嗯，我受够了，该挣扎一下了。"

"我是可以配合，但是你有没有想过，他们到底是你的父母，之后真要是闹大了，你也会被牵连。"童爸爸这么说，完全是站在米乐的角度考虑的。

他作为一个旁观者，当然是希望闹得越大越好，这样他有瓜吃。

但是他心里向着米乐，不希望米乐受到牵连。

米乐想得明白："注定会被牵连，血肉亲情是撇不开的，然而受害者不应该被攻击，我说不定还能引来一波同情。而且，演戏做艺人本来就不是我想要的，大不了不再混娱乐圈，又或者降低工作强度，不要什么名气了，只接自己喜欢的作品，也挺好的。"

“你跟童逸说过了吗？”

“还没，我觉得应该先征求您的意见。”

“我这里完全没问题。”

米乐没有再说这件事，扭头就说起了酒店的事情，童爸爸很快被转移了注意力。挂断视频还是童逸那边打来电话，非要跟他聊天，这边才断了视频。

童逸特别不愿意挂断视频，每次都哈欠连天了，也非要继续看着米乐。

米乐跟童逸视频的时候，大多是米乐在这边忙自己的，看看剧本，看看资料。

童逸则是一直直勾勾地盯着手机看，仿佛一个痴汉。

“先不跟你聊了，我要去对戏。”米乐对童逸说道。

“这大半夜的去对戏？”

“对。”

“行吧，去吧，不用管我。”童逸说完就开始噘嘴。

挂断视频米乐开始收拾行李。

他跟学校申请期末考试的事情，辅导员有帮他争取，不过有几科还是需要米乐回去参加考试。他跟剧组申请了之后，得到了三天的空闲时间，可以回H市参加期末考试，其中有一天的时间都是在路上度过的。

明天米乐就要回H市了，他告诉了左丘明煦，但是没告诉童逸，打算回去给这个傻子一个惊喜。

收拾好行李箱，他还特意去照了照镜子。确定自己的状态还行，终于放下心来。

回到H市当天，米乐刚回到学校就参加了一场考试。

他拿出笔回忆这些题就觉得脑袋直疼，明明都复习过了，但是连续坐飞机再坐汽车，让他耳膜有种发胀的感觉。

还没缓过来就要开始考试了。这一科考完，看着辅导员发来的消息，他又风风火火地跑到下一个考场了。考完这两科后，米乐还去辅导员那里参加了两场补考。

就跟小型的监狱似的，整个教室里只有米乐一个人，放了一个桌子，考完这一科接着答下一科。

米乐看着卷子想题的工夫，冷得把手放进口袋里才能缓过来，不然都没办法写字。连续的作战让米乐仿佛在渡劫一样，走出教室他都没给童逸发消息，没地方去干脆回了寝室。

进去后就觉得寝室太过冷清。

李昕跟童逸都搬走了，孔嘉安的床铺也是空的，他的床铺就跟没住过人似的，也就是几个保险柜在占着位置。

他坐在寝室里给童逸发消息：在哪呢？

童逸队里大四的学生，有的下学期就要去实习了。

他们并不是被选进队里，就一定会走体育道路。到大四依旧没混出头的，后来有改行的，也有做体育老师的，还有一些开了健身馆。

这几位期末考试后就要回去了，下学期估计见面的时间也很少。所以他们考完今天的科目就出来一起喝酒了。

出来的时候，他们都嚷嚷着不醉不归，明天的考试爱咋咋地。毕竟明天考完试当天晚上，就有一位买了票，要离开了。

童逸作为新任队长是肯定要去的，然而酒量嘛……真就不怎么样。喝了两瓶啤酒后脸就红得跟猴屁股似的了，看谁都乐。

司黎跟童逸完全相反，喝醉了之后就抱着酒瓶子哭，还骂骂咧咧的："老子瞧不起你们，要……要是谁喝得少……谁我孙子……"

"我跟你们讲，米乐特能喝。"童逸突然提起了米乐。

"他能喝，你叫他过来帮你喝！"

童逸摇了摇头："不，我不让他喝，他胃不好。"

结果一摇头，就觉得更难受了。

"我不喝了……我想回去睡觉，我还得……聊天呢。"童逸晃晃悠悠地站起来，立即有人拉他。

"别走啊！没喝完呢！"

"我不喝了，我请客行吗？"童逸问。

"行。"

童逸一边笑一边骂，走到前台的位置，询问："现在多少钱？"

"一千两百多。"阿姨随口回答。

"你从我这里刷一千五，再给他们上两箱酒。"童逸拿出自己的卡给了阿姨。

阿姨拿着童逸的卡看了半天，没看到是哪个银行的卡，怀疑童逸把别的店的会员卡拿出来了，问："你是不是拿错卡了？"

"没有，就是这个卡。"

阿姨拿着刷了一下，发现真的能刷，童逸结完账拿走了自己的黑卡，晃晃悠悠地往回走。喝醉酒脑袋容易短路，童逸下意识地往学校走，接着回到了寝室。

上楼梯的时候童逸突然反应过来了，他怎么回寝室来了？不过想了想，他还是走了上去。他今天要睡米乐的床！

走进寝室，推开门看到灯是亮着的，他探头看了看，发现米乐坐在书桌前发呆呢。

他有一瞬间的恍惚，不过还是快步走了进去，到了米乐的身边。

"米乐。"他笑呵呵地叫了一声，模样像地主家的傻儿子。

米乐看着童逸，看到童逸晃晃悠悠地到了他面前。

他抬手扶着童逸问："怎么喝酒了？"

"送队友。"

"喝了多少？"

童逸比量了一个二。

米乐蹙眉："二十瓶？"

"两瓶。"

"……"

童逸被米乐扶着的工夫，自顾自地就跪在了米乐的身前，米乐拉他他都不站起来。

"我要跟你承认……承认一个错误。"童逸跪得老老实实的。

米乐还当童逸要坦白了，点了点头说："行，你说吧。"

童逸开始抱着他的腿，将脸埋在他的腿上嘟囔："我好想你啊。"

等了半天就说这个？

"我问你，你回答好不好？"米乐将手揣进口袋里，让自己的手能暖和过来。

"好。"

"你是不是会跟我做一样的梦？"

"是。"童逸老老实实地回答了。

米乐握紧了拳头又松开，接着继续问："你是不是早就知道我们做着一样的梦？"

"当然知道……我特意……进去的。"

"你是怎么进去的？"

"我一个朋友懂这些神神叨叨的……东西，我就……我就让她帮我，很快就进去你的梦里了……"

米乐做了一个深呼吸，努力让自己不爆发。虽然早就猜到是这样，但是真

305

的知道真相了，米乐还是有点气。这家伙是怎么做到这么理直气壮的？

怎么好意思？！

"你为什么要到我梦里？"米乐问。

"就是……你算计我，我还不能揍你，我就去梦里收拾你。"

"从什么时候开始的？"

"从……你算计我。"

"我是说梦。"

童逸想了想后回答："就从我跳广场舞，我们吃霸王餐的那个梦开始的。"

米乐点了点头。其实前几个梦米乐都没在意，只是觉得这个梦记忆好清楚，他也是到了后来才渐渐发觉不对劲。

"我以为我天天梦到你不正常，结果是你安排的？"米乐气得不轻，特别在意这个问题。

童逸立即摇了摇头："不是的，我不能主动进入你的梦……得你自己梦到我，我才能进去，所以……真的是你梦到我了，我控制不了这个。"

这样的话，还是米乐的脑袋里有暗示，才能梦到童逸。

气归气，看到童逸干脆躺在地面上了，瓷砖还挺凉的，还是起身将童逸扶了起来。抱着这个大家伙，米乐就开始怀疑这家伙真有二百斤，米乐扶着童逸都得咬着后槽牙。

"你多少斤？"米乐问他。

"一百多斤。"童逸含糊地回答。

"一百八有了吧？"

"没到。"

米乐扶着童逸，让童逸能够重新站好，用手捏着童逸的下巴再次问："跟我说实话，多少斤？"

"一百……六……"

"我不信。"

"一百七十六……"

"你比我重了整整五十斤！"

"你怎么才这么瘦？！"童逸惊呼了一声。

"我一直这个体重。"米乐平日里就经常被人说瘦得离谱。

"瘦成……骨头架了……"

"站好！"

童逸立即歪歪扭扭地站好了。

米乐看着童逸，有点不知道该怎么做。他不擅长照顾人，可以说长这么大都没照顾过别人，更何况一个醉鬼了。这样的情况下，他应不应该给童逸洗漱？

"你先躺上去。"米乐指了指自己的床，他发现童逸的床铺根本没有被子。

"好。"童逸开始爬，米乐生怕他掉下来，一直小心翼翼地扶着。

等童逸躺好了，米乐才去洗手间找了一条毛巾，出来给童逸擦脸。

童逸当成是喂他东西吃，一张嘴吃了一口毛巾，紧接着就吐了出来："不好吃。"

米乐没理会，擦完脸又换了一条毛巾帮童逸擦脚。

没一会儿，两个人就都睡着了。上来得匆忙，电热毯都没插，只是靠着彼此取暖，也特别舒服。

在梦里，童逸清醒多了。前面一刻钟，童逸都在清醒的状态下躺着休息。在看到米乐后，童逸高兴得不得了："你个小没良心的，总算梦到我了！"

"童逸！"

童逸很快意识到不对劲了，按住了米乐的手说："怎么了？你是不是生气了？我错了行吗？"

"你不知道自己错在哪里了吗？"

"这话让你说得真让人来气，无论哪里我都错了，我用知道吗？反正错了就是错了！"

"你求生欲越来越强了。"

"咱有话好好说行吗？"童逸颤颤巍巍地问。

"你进我的梦里，要收拾我的时候，跟我好好商量过了吗？"

"呃……"

"你知道了我这么多秘密，还跟我装没事人似的，有好好想过我知道真相后会怎么样吗？"

童逸回答不上来了，吞了一口唾沫，吓得不轻。

"其实我很早就开始怀疑了，也是这么长的一个过渡期，让我想了很多。恐怕没有这个梦，我们俩也不会成为朋友，估计早就打得不可开交，然后老死不相往来了。"

童逸也沉默下来，他也知道会是这样。

如果不进入米乐的梦里，了解到米乐的另一面，他估计还会非常讨厌米乐。

307

米乐甚至开始自我检讨："我承认我不算一个好人，好多次我都觉得我像小说里的负面角色，家世背景好，心机深，性格差，还总是在做反派做的事情。"

"没有，你特别好，特别特别好。"童逸赶紧安慰米乐。

"我原本觉得我会很生气，然而我又很庆幸，觉得能跟你袒露心扉真好，能和你成为朋友，真好……"

不用压抑自己的想法，坦坦荡荡地交朋友，真好啊。

童逸再次提起了缘分论："我就是觉得我们俩有缘！要是在 KTV 没遇到，你也不会对我记忆深刻是不是？要不是同寝，咱俩也不会不打不相识是不是？"

"别提你的那些事了，提起来我就又要生气了。"

"哦……"

米乐往后退了几步："你现在可以思考总结，你这段时间犯的所有错误，然后写一份检讨书交给我。如果字数少于三千字，内容不够深刻，我就一天不理你。"

"别啊……我写，不就检讨书吗？"

"不理你是不是有点太轻了？要是写得不合格，我之后就把检讨书文你后背上，在你后背文一个千字文，检讨书文在身上世间绝无仅有。"

"……"童逸又尿了。

紧接着，童逸突然消失了。

米乐还没回过神来，也跟着醒了。

童逸在梦里被吓了一跳，在床上一伸腿踩到了米乐床尾的栏杆，疼得身体一颤，叫了一声："啊！"

米乐躺在他身边，完全是被童逸吓醒的。

"怎么了？"米乐含糊地问。

"脚，脚踩到栏杆了，脚指头掰了一下，疼死我了。"童逸抬起自己的脚来揉了揉，疼得龇牙咧嘴的。

童逸自己的床尾没有栏杆，租的房子里也是大床，今天没意识到，撞得够呛。个子高，腿太长就是这点不好，枕着枕头后学校的床都装不下他们。

米乐伸手帮童逸揉脚，揉了一会儿发现童逸不动了。

他抬头就看到童逸直勾勾地看着他，不由得有点慌了。他还是第一次尝试刚刚一起做完梦，然后一起醒过来。

"脚还疼吗？"米乐问他。

"好多了。"

米乐直接推开了童逸："刚才我说过的三千字检讨书，既然你已经醒了就去写吧。现在是早上五点钟，时间还可以。"

"什么……什么检讨书？"童逸还想装傻。

米乐直接捏着童逸的下巴，恶狠狠地说道："你之前喝醉了，已经全部跟我坦白了，别再装了行吗？"

"真的？"

"是的。"

"……"

米乐说着下了床，打开了寝室的灯。

童逸刚坐起来就又倒下了，头疼得厉害。

米乐站在旁边，就像一个"没有感情的杀手"，催促道："快点，下来，给我写检讨书！"

童逸立即灰溜溜地下了床，到处找本子跟笔，最后到了书桌前开始发愁该怎么写。

"你坐得挺舒服啊，给我跪着写。"米乐立即过来踹了一脚椅子。

童逸想了想，这么大的事情，跪就跪吧。

于是推开椅子跪在书桌前，看着本子，一句话都写不出来。

"写不出来就把你剁了！"米乐叉着腰督促。

"写！我写！"童逸吓得头皮发麻。

童逸就这样跪了一个多小时，憋出来了不到五百个字。

童逸昨天酒桌走得早，早上李昕发现童逸不在家里，打电话给司黎，让司黎去看看童逸是不是回寝室去了。

司黎也怕童逸昨天晚上没回来，赶紧披上毯子过来找童逸了，生怕童逸昨天晚上睡大街，这要是冻死了可就完蛋了。昨天一群人都喝得不行，早上回过劲了才后怕起来。

米乐去了剧组，司黎也没有什么顾忌了，到了童逸的寝室门口试了试，发现没锁门，直接推门走了进来，然后就看到童逸跪在地上写检讨书。

再抬头，看到米乐坐在旁边跷着二郎腿，在复习功课。

"什么情况啊这是？"司黎走进来问："米乐，昨天这傻子回来袭击你了？"

米乐摇了摇头，这种事情真不好解释。

"没惹你，你让我们队长跪着干什么？你是不是又用了什么阴招威胁他了？"司黎又问。

米乐还没生气呢，童逸先急了："你怎么跟他说话呢？"

"嗯？"司黎一愣。

"我跪得好好的，你突然进来干吗啊？"童逸趁机站起来问司黎。

司黎都傻了，疑惑地问："你还没醒酒呢？"

"醒了，没事了，你不用管了，走吧。"童逸赶紧说，说着就要推司黎出去。

司黎还没回过神来呢，挣扎着不出去："不是，什么情况啊？我用跟着跪吗？这是一种考前仪式吗？"

米乐被司黎给逗笑了，伸手拿了童逸的检讨书自己藏了起来。

"没什么，考前祈祷，心诚则灵。"米乐帮童逸挽回面子。

"还有这招？"司黎傻乎乎地问。

"对，你也回去跪跪吧。"

"行，我回去试试。"司黎又披着被单往回走了。

等司黎离开，米乐说道："你也开始洗漱准备期末考试吧，检讨书等我们有空了再继续写。"

"行是行，你什么时候走？"

"明天一大早就走了。"

"你带我走吧。"

米乐无情地摇了摇头。

童逸去洗手间洗漱，刷牙的工夫米乐进来了，从童逸的身后抱住他，童逸刚想乐，结果画风一变，米乐一使劲勒住了他，接着说了一句："锁喉！"

童逸深刻地了解到了自己朋友的一大特点：记仇。

童逸嘴里的牙膏沫就那么含着，被米乐锁喉还不能反抗，等到米乐松开后又继续刷牙。

第十一章
爱哭鬼与自恋鬼

上午第一个科目考试结束。

米乐还准备再看看书，他上午只有一科，下午还有一科，这两科考完就算是大功告成了。

拿到手机点开微信，就看到了童逸发过来的一长串红包。

——米乐小哥哥。

——你还没交卷吗？

——我都出来了。

——我下午都没有考试了。

——就明天下午还有一个。

——然后就结束了。

——不过我们队集训。

——我们还没放假。

——还没交卷啊？

米乐：我出来了，下午还有一科。

童逸：怎么还有啊？我去你那边接你去。

米乐：不用，我们俩去食堂集合吧，我还没吃饭呢，都饿了。

童逸：行。

米乐放下手机，觉得心情好多了。

他背着包，快步朝食堂走，其间还帮碰到的学生签名加合影。刚放下笔就看到前面站了一排大个子，吓得粉丝都灰溜溜地跑走了。

"凶神恶煞"的大个子们看到米乐后，态度都还不错。

李昕笑呵呵地问："你也回来参加考试了？之前因为你不用考试，我们还羡慕了一阵子呢。"

司黎跟着问："听说你其实学习成绩很好，你是怎么做到的？"

米乐想了想后回答："考试是肯定要考的，补考还得单独给我出一套题，麻烦，我就尽可能地回来了。学习好可能是因为智商吧。"

司黎竖起大拇哥："行，你的回答满分。"

童逸已经在不知不觉的状态下到了米乐的身边，问他："你想吃什么？"

"这都快中午了，还有粥吗？"米乐问。

"没有了，中午有面条跟米饭，还有鱿鱼炒饭。"

米乐听得蹙眉："面条不行，比米饭还容易发胖。"

"你都瘦成骨头架了好吗？"

"不行，我拍戏拍到一半突然变胖会穿帮的。"

"你就算胖了，古装那么厚也发现不了啊。"

"脸会胖的。"

"你脸小到跟身体比例不符了。"

两个人说话的工夫已经到了食堂门口，米乐回头问司黎他们："你们昨天晚上喝到几点？"

司黎想了想后回答："都后半夜了，两点多。"

"就你们一个球队的？"

司黎也不知道抽什么疯，觉得他们一群单身狗吃饭没面子，说道："还有不少小姑娘呢！"

童逸走得好好的，突然回头，震惊地看向司黎："后来去小姑娘了？"

"你忘了，你明明坐在四个小姑娘中间喝的酒！"司黎开始胡乱吹童逸有多牛，还问李昕，"对不对？"

李昕也跟着点头："童逸特别受欢迎！"

司黎："可不就是，我们体育系的系草贼牛，受欢迎，不比你这个校草差。"

"哦？"米乐挑眉看向童逸。

童逸一个劲摇头。

"对！还有一个小姑娘跑来跟童逸要电话号码了！"司黎开始加码。

"我拒绝了啊！"童逸立即回答。

这件事情是真有，他们喝到一半有个女孩子跟他要联系方式，他说他对身高 180 厘米以下的人不感兴趣，拒绝了。

司黎继续跟米乐吹："反正就是特别受欢迎！"

米乐笑着点了点头："那可真厉害。"

"没有，别听他瞎说。"童逸立即对米乐解释。

"我觉得很厉害啊，没事的，都是男人嘛。"接着对童逸微笑。

看到米乐这么笑，童逸顿时觉得膝盖一软，差点当场就给米乐跪下了。

"童逸，你这是跪习惯了？"司黎注意到了，问童逸。

"心诚则灵。"童逸委屈地回答。

"以前也没见你考试的时候这么虔诚。"李昕也觉得纳闷。

童逸站住了，对他们几个人说："昨天的合影拿出来。"

李昕乖乖地拿出了手机。

童逸拿着手机到了米乐身边，给米乐看手机里的相片："你看，合影里一个雌性都没有。"

"这个男生是谁？我怎么没见过，你还揽着他肩膀。"米乐指着一个人问。

"他是即将毕业的，训练馆很少去，所以你觉得脸生吧。"

"你们关系很好？"

"不好。"童逸立即否认了。

"怎么能说不好呢？"司黎在旁边问道，"他要毕业，你差点就哭了。"

"你毕业的时候我也哭。"

"对啊，咱俩关系也好啊。"

"滚蛋！看到你就烦，满嘴跑火车！"童逸凶巴巴地对司黎吼了一句。

司黎吓了一跳，小声嘟囔："我就是……觉得咱体育系不能输。"

"啧！以后别瞎说就行了。"童逸瞪了司黎一眼，拽着米乐的书包带，带着米乐快速进入食堂，不跟他们几个一起走了。

跟着童逸走的同时米乐一直在笑，他知道司黎是什么样的人，所以根本没在意。但是童逸在意死了，估计是怕检讨书再多一千字。

米乐进入食堂里到处看了看，想要选选吃什么好。

童逸递出自己的饭卡："我请你。"

"你充卡都充多少钱？"

"别提了，"提起这个童逸就生气，"大一报到的时候我爸不懂，就觉得我能吃，反正得待四年呢，就给我充了十万进去。这卡用了一年半了，还时不时请客，到现在都没花完。"

"也是厉害。"米乐由衷地感叹。

他一个星二代的饭卡里一次性顶多充一千，这都够他用一年了，也是他在学校的时间不多。

"有一次我刷卡，一个打饭的阿姨感叹她第一次看到数额几乎要蹦出屏幕的卡，我能怎么办？我也不能炫富啊。我就说我读大学，一家五口来陪读，用一张卡。"

米乐站在窗口前咯咯咯地笑了半天，像是食堂里跑出来的鸭子。

"我有点想吃红烧肉了……"米乐委屈巴巴地开口，"但是我只能吃几块，还得是瘦肉。"

童逸从窗口探头往里面看了看，发现红烧肉肥得仿佛全部都是油似的。

"那些红烧肉我全要了。"童逸对里面说。

米乐赶紧走了过来："你买那么多干什么？"

"在里面挑瘦肉给你吃。"

说完，童逸就捧着一个盆去了桌子那里，引来了整个排球队。

"童逸，你这是要请客啊？"司黎过来问。

"行，我挑几块瘦的，剩下你们吃。"童逸拿着筷子认认真真地挑了半天，接着夹了五块瘦肉出来，剩下的一盆都不要了。

米乐坐在椅子上看着童逸败家，旁边还有其他人，他想发作都发作不出来。

米乐下午还有一科需要去参加考试。

童逸一直把米乐送到了考场门外，偏偏身后还跟着大半个排球队的人，那架势仿佛米乐去考试，身后带了一众人高马大的保镖。米乐平日里都不带保镖，为的是不会显得自己跟其他的学生不一样，今天多少有点不适应。

进入考场回头看了一眼，看到这群人忍不住苦笑，哪里像一群学生啊，简直是一股黑势力。

米乐坐下后给童逸发消息，毕竟旁边有人说话不方便：我要考试了，你下午还需要继续训练吗？

童逸：我们队考试的时间段放假一星期，考完才继续练。

米乐：那你在寝室等我吧，我考完就回去。

童逸：好。

米乐考完试，就觉得肩膀都轻松了不少。他怕挂科，在飞机上都没补觉休息，整整复习了一路，今天早上也在临阵磨枪，总算是完成任务了。

他戴上口罩跟帽子，走出考场的时候还有其他的考生过来跟他要签名。稍微耽误了点时间，米乐才回到寝室。

米乐打开寝室的门，就看到童逸的书桌前坐着一个人，穿着连帽的黑色卫衣，此时帽子还戴在头顶，长腿搭在桌面上，手里拿着手机在看视频。

米乐先是随便看了一眼，接着问："你饿了吗？"

那个人没回答，回头看了看米乐，上下打量。

米乐停下来扭头看向他，问："怎么了？"

那个人摇了摇头，也不知道是在回答什么。

米乐觉得有点奇怪，盯着他那张跟童逸几乎一模一样的脸问："你是谁？"

"柳枫。"他回答，声音与童逸也有些差异。

米乐看着柳枫有点诧异，没想到童逸还有一个跟他长得这么像的兄弟，不由得有点愣神："你是童逸的……弟弟？"

"是兄弟。"柳枫回答。

"跟柳绪呢？"

"你还认识柳绪？"

"对。"

柳枫点了点头，接着说道："我们是三胞胎。"

"三胞胎？！"米乐惊讶得声音都有点不对劲了，这就有点厉害了。

"嗯。"

"你……也是 H 大的？"

"不，我是华大的，我们已经全部考完了。"

华大的学霸啊。真看不出来童逸那么呆傻的模样，居然有一个学霸兄弟。

柳枫还觉得挺有意思的："你居然能区分我们，我刷脸进来这个寝室的门，寝务老师根本没怀疑。"柳枫放下手机问米乐。

"因为童逸看到我根本不是你这种状态。"

"我在网上看到了，你们俩似乎关系很好，他还要借你五个亿。"

"哦，不过是个游戏。"

"我能看出来，他是真的会借给你。"

"哦，是吗？"

米乐回答得特别冷淡，他对陌生人的态度就是这样，就算是童逸的弟弟，米乐也不会特殊关照，客客气气的。

柳枫似乎看出来米乐对他的态度了，没再自讨没趣，继续捧着手机看视频。

米乐拿出手机来给童逸发消息：你去哪了？

童逸：我过来接你了。

米乐：我都回到寝室了。

童逸：哈？！我去买瓶水的工夫就考完了？

米乐：我在教室里签名就有五六分钟，你这水买得挺久啊。

童逸：别提了，碰到一个小姑娘非要跟我表白，我拒绝之后就哭哭啼啼的，别人还以为我抢她钱包了，当场就把我控制住了，我解释了半天。

米乐：……

童逸很快回到了寝室，进来之后看到米乐笑得跟开了花似的，扭头看到柳枫就愣住了："你怎么来了？"

"放假了就过来了，过来需要你解释一点事情。"

"什么事情？"

"你红了以后一群人跑来跟我要签名，觉得我是你，让我觉得很烦，你能不能对外说明一下我不是你？"

"哦，这事啊，你怎么不打电话？"童逸回答得有点尴尬，他完全忘记这茬事儿了。

"我没有你手机号码。"

"那……你联系柳绪啊。"

"我也不愿意跟她有联系。"

米乐一看，这家的三个孩子关系也是十分一般了，三胞胎能混成这样也是十分罕见。也难怪柳绪愿意跟童逸套近乎，这个柳枫看来也挺不好交往的。

"要不我发个微博，咱俩拍一个合影，我说我们是兄弟，让他们别去纠缠你可以吗？"童逸拿出手机问柳枫。

"可以。"柳枫倒是不挑。

"我们俩自拍？"

"无所谓。"

两个兄弟凑在了一起，柳枫摘下帽子，跟童逸的发型完全不同，标准的乖乖男的发型。两个人站在一起，童逸比柳枫高出一截来。

他们俩比量了半天，拍出来的相片都不怎么样。

"米乐，帮我们俩拍个照吧。"童逸没辙了，找米乐求助。

米乐拿来了童逸的手机，看着这俩人隔了半米的距离站在了一起，有点无奈："能站近一点吗？"

两个人不情不愿地往一块靠了靠。

米乐对着他们俩拍了几张后，来回翻看哪张的表情好。

童逸凑了过来跟着看，问道："我能直接发吗？"

"我帮你修个图吧。"

"不用修吧，我看着挺好的。"

"用不了多久。"米乐已经开始下载 App 了，他对这方面特别地执着。

柳枫在一边看着他们俩，静静地等待。

米乐偶尔看柳枫一眼，接着问柳枫："你多高？"

"一米九。"柳枫无精打采地回答。

他要比童逸瘦一些，整个人都是无精打采的病态模样，说话的时候语气也特别丧气，白长了一张帅脸。

"脚多大？"米乐又问，他比较好奇的是这个。

"44 码。"柳枫回答。

"为什么他是正常的？"米乐问童逸，一米九穿 44 码，跟童逸比起来都算是正常了。

"我怎么知道。"童逸也觉得特别冤。

等米乐修完图，童逸很快发布了微博。

童逸：这位是我的孪生兄弟，大家不要认错我们俩咯，我的兄弟不喜欢生活被打扰。[图片]

童逸发完，就把手机收了起来。

"你一会儿就走吗？"童逸问柳枫。

柳枫道："你这地方穷乡僻壤的，连个酒店都找不到，你给我安排一个地方住一晚吧。"

"我安排？！"童逸一听就不愿意了。

就在童逸犹豫的时候，寝室的门突然被敲响了。

米乐去开门，看到司黎站在门口，问："童逸兄弟来了？"

"你怎么知道的？"米乐好奇地问。

"我手机聊着天呢，突然看到微博消息推送了，我要进去一趟。"

司黎见米乐让开了位置，立即走了进来，看到柳枫后瞬间摆出了自己的恶霸脸来，走过去凶巴巴地说道："你来这里干什么？一个柳绪就罢了，现在你也来了是不是？"

柳枫看着司黎，没说话。

司黎继续叫嚣："我告诉你啊，别以为童逸傻你就可以肆意骗他，既然当初选择了跟着妈妈走，你就别再纠缠童逸跟童叔叔了。别看到童逸现在过得好就眼红，家产一分钱轮不到你们。"

柳枫盯着司黎看了一会儿，接着指着司黎问童逸："他是傻子吗？"

司黎突兀地大吼："你什么态度啊你，学长跟你说话呢，你态度要好一点。"

"学长？"柳枫冷笑了一声问。

"对，我今年大三了，肯定比你们俩大一级。"

"我已经开始读研了。"

司黎回头看向童逸，就看到童逸点了点头："他……他比较聪明，跳级了……现在已经读研了。"

说完拉着司黎回来，到了一边："行了，你别警告了，他来不是为了那个。"

他对司黎说完，又扭头跟柳枫解释："抱歉哈，他就这样，米乐最开始也跟他不对付过。"

结果司黎根本管不住，又跑过去跟柳枫示威了："我告诉你啊，你要是不老实，别怪我收拾你。"

说完还晃了晃拳头。

之前柳枫一直靠着桌子，被警告了之后直接站直了身体，比司黎高出10厘米来，这个示威一下子没了气势。

就算是瘦，190厘米还是190厘米啊。

"司黎，帮我们带几份饭吧，吃完饭我得带柳枫去我租的房子住。"童逸立即一副劝架的样子拉住司黎，让司黎不至于那么没面子。

司黎立即同意了，从童逸的手里拿走了卡，屁颠屁颠儿地去了。

司黎每次帮童逸带饭，都能顺便连自己的那份也买了，所以他也愿意帮忙跑腿。

这之后，寝室里就陷入了安静，三个人都不说话。

童逸陷入了绝望，明天早上米乐就走了，他还想着今天晚上跟米乐叙旧呢，结果柳枫突然杀出来了。

米乐同样不爽，突然出现了一个兄弟，性格也不好交往。

只有柳枫一个人安安静静地做着病态美男子，继续看视频。

压抑的气氛持续到司黎回来，他带了四人份的饭，自然是要留下来吃的。

吃饭的时候，司黎没注意到童逸跟米乐的沉默，看到柳枫挑食，立即絮絮叨叨地说："你看看你病鸡一样的样子，再看看我们童逸的体格，你简直弱爆了，胡萝卜得吃，而且青椒多好吃。"

"我不爱吃。"柳枫冷淡地回答。

然后司黎开始吃柳枫碗里的青椒。

柳枫沉默地看着，等司黎挑完了，看着自己的饭迟疑了一会儿，还是继续吃了。

吃完饭，童逸带着柳枫去自己租的房子，留下米乐一个人在寝室里。

他坐在寝室里，看了一会儿童家的资料，突然觉得心情差到完全不想继续看了，将平板电脑一扔，进入洗手间洗漱。

洗完澡出来就觉得冷得不行，没有人给他毯子，电褥子也忘记插上了，他躲进被子里好久才缓过来。躺在床上拿出手机，也没看到童逸发来的消息，不由得有点不高兴。

不高兴 + 不高兴 = 非常不高兴。

正犹豫着要不要给童逸打电话的时候，突然有人敲门，看没人开门自己用钥匙开了门走了进来。

米乐探头看到童逸走进来，不由得惊讶："你怎么回来了？"

童逸大大咧咧地说："回来陪你啊。"

米乐看着面前站了两个童逸，瞬间迷茫了。又做梦了，还是一个真假童逸的梦，估计是被柳枫刺激到了。现实里童逸跟柳枫至少身高不一样，发型不一样，说话的声音也不一样。

梦里的这两个人真的是完全一样，说话的时候都是统一的低音炮配上满嘴大碴子味的口音。

米乐觉得这道题挺简单的，他将其中一个拉到一边了两个人单独知道的问题，这个童逸 A 全部都回答上来了。

他觉得他已经猜到了，不过为了公平起见，拉着童逸 B 到一边问了同样的问题，童逸 B 居然也全部回答上来了。

然后他就蒙了。

童逸 A："米乐，你知道我是真的对不对？"

童逸 B："你别扯了行吗？刚才的问题我全部都回答上来了。"

童逸 A："我也回答上来了。"

童逸 B："你是偷窥过我们的梦吗？"

两个童逸开始对视，接着互相打量，没一会儿话题就变了。

童逸 A："这么一看，其实我后脑勺也挺帅啊。"

童逸 B："嗯，就是头发有点长了，后面的雕花都看不清楚了。"

这两人聊着聊着，还觉得挺投缘的，竟然聊到一块去了。

米乐原本还以为自己有区分真假童逸的重任，结果就看到这两位爷笑呵呵地勾肩搭背，哥俩好似的开始讨论怎么打排球。

真假童逸还有种相见恨晚的感觉。

米乐坐在他们俩对面喝着奶茶，看得津津有味的，越看越觉得有意思。

幸好只有一个童逸，不然两个童逸凑一块每天说一段对口相声，那可真的要命。

童逸特意定了一个闹钟，想趁早起来送米乐。

结果是米乐听到闹钟的声音醒过来，接着把童逸叫醒的。

"你定这么早干什么？要去给我买早饭？食堂都没开门吧？"米乐坐起身来随手整理头发，还有点没完全醒过来。

他有点起床气，难得好好睡一觉，被吵醒没发飙就不错了。

童逸跟到了卫生间门口："我就是想早点起来我们聊聊天。"

没一会儿，米乐敷着面膜走了出来："既然难得起一个大早，我就陪着你写检讨书吧。"

"我不是这个意思……"童逸都快忘记这事儿了。

"别做了坏事也跟个没事人似的，既然你有这样的觉悟，就继续跪着写吧，反正这三千字必须写完。"米乐说完，还照着童逸的屁股踹了一脚，因为童逸个子高，脚也得抬得老高。

童逸眼睛都直了，看着米乐把检讨书拿出来，只能硬着头皮继续跪着写了。

自作孽不可活。

童逸写着检讨书肠子都要悔青了，他怎么就那么贱呢？非得提前一个小时定闹钟？写了一个小时后，童逸终于有了进步，检讨书字数直逼一千五百字。

米乐拿来检讨书看了看，童逸也换个姿势缓一会儿，接着给司黎发消息：帮我给柳枫送个早饭，然后给他送走。

没一会儿司黎就过来了，童逸一瘸一拐地给司黎去送饭卡，还说了一句："回来的时候顺便帮我带份饭。"

"用带米乐的吗？"司黎问。

"不用，他一会儿就走了，你赶不上他回来。"

童逸坐在寝室里等早餐，等到最后居然看到司黎跟柳枫一起回了寝室。

"童逸，笔记本电脑借用一下。"司黎乐呵呵地捧着自己的电脑走了进来。

"什么情况？不是让你送走吗？"童逸特别直白地表达了自己的不欢迎。

"柳枫说他能帮我做一个视频剪辑，总结出来我的比赛视频，跟那个自由人的资料片进行对比，之后交给教练。如果那边的人看了，我说不定还有机会。"

之前，司黎因为身高差了3厘米，错失了关键性的机会。

对此司黎失望了好久。

尤其是送走毕业的学长，让司黎知道他只有这一次机会了。

今天早上去给柳枫送饭的工夫，跟柳枫说了这件事情。原本只是想炫耀自己是差一点就踏进国家队的人，让柳枫别小瞧自己。

结果柳枫想了想后，表示可以再争取一下。

柳枫属于一个宅男，平时不太爱跟人交际，也不爱运动，喜欢摆弄一些奇奇怪怪的东西，一研究就能十天半个月不出门。

视频剪辑自然也会。

司黎自然是想再争取一下的，直接把柳枫请了回来，带到了童逸的寝室，还奉献出了自己的笔记本电脑。

童逸的笔记本电脑一般不太用，也放在了寝室，没多想也跟着拿出来给了柳枫，同时问："你确定可以？"

"只能说争取一下，毕竟决定权不在我这里。"柳枫打开两个笔记本电脑，同时打开，还跟司黎要了比赛视频。

"那你不回家了？"童逸问柳枫。

"我回去也是在房间里不出去，跟家里的人没什么好说的。"柳枫是一个特别公平的人，他不但跟童逸的关系不好，还跟柳绪甚至是妈妈的关系也特别不好，就跟个陌生人似的，这放假回不回家对他来说没有什么区别。

"过年你也不回去？"司黎站在旁边问柳枫。

"我又不去拜年。"柳枫打开电脑，下载自己需要的软件。

司黎道："你要是不嫌弃，过年跟我回成都去，我带你吃成都地地道道的火锅！"

柳枫扭头看向司黎。

司黎说："我给你松松肩吧，这方面我是专业的。"

"我不太喜欢别人碰我。"

"没事，放心吧，我手法可以的。"司黎说完就凑上去了。

柳枫被司黎折腾得龇牙咧嘴的。童逸倒是不在意这些，反正米乐走了，其他随意。

他微信问了米乐的意见，得到了同意他才说道："我问过我室友了，你可以留在这里住，睡我的床，这样方便你时不时联系司黎，以后有事找司黎就行了。我还是住我租的房子那边，我比较怕冷。"

"哦，行。"

"这张床是米乐的，他有洁癖，所以你别碰他的东西。"

"哦。"

司黎立即兴奋地对柳枫说："你要是在这里住，我就给你买点日用品去。"说完兴高采烈地走了。

米乐回到剧组后，收工回到房间刚刚静坐一会儿，突然接到了陶曼玲朋友的电话，立即接通，问："冯阿姨。"

"你妈真的跟那个畜生离婚了？"冯阿姨在电话接通后，就立即问了这样一句话。

"什么？"米乐完全不知情。

"我听说他们俩离婚了，但是不确定是不是真的。两个人都互相折磨这么多年了，她终于想通了吗？"

米乐知道，冯阿姨肯定是试图联系过陶曼玲，但是一直没联系到，才将电话打到了他这里。然而米乐也是全部都不知情，诧异得不行。

"阿姨，我现在就问问是怎么回事，等有消息了我打电话给您。"

挂断电话，他立即给最亲近的几个人打电话。有人不知情，有人支支吾吾什么也不说，陶曼玲的电话也完全打不通。

米乐着急的工夫，接到了陶曼玲前任经纪人的电话。

"我听说你在打听你妈妈的事情了，他们不敢说，所以来询问我，我可以告诉你，他们俩确实离婚了，就在昨天。"

"我完全不知情……"米乐的心中已经想到了什么。

"这次两个人吵得非常厉害，陶曼玲还砸了米唐的书房。她离开家里后找不到信任的人，就找到了我。他们俩离婚的手续是我全程帮忙办的，现在陶曼玲已经从家里搬出来了。"

"您知道他们为什么会突然离婚吗？"

电话那边的人居然笑了："这话让你问得，你不应该是最清楚的吗？这几年你妈妈过得怎么样，你比我更清楚才对。"

不知道为什么，米乐居然眼眶一热。

他的确恨陶曼玲，更恨米唐。

他这些年都过得不快乐，罪魁祸首就是这夫妻二人。他们俩互相撕咬，却害得他被牵连，他恨透了。

过惯了苦日子，稍微得到点甜头，突然被感动得一塌糊涂。

可怜，可悲。还有就是释然，终于可以结束了吧。

"米乐，你也别着急。"电话那边的人继续说道，"你妈妈现在还算是冷静，离婚后就立即释然了。她只是有点没脸来见你，想要自己静一静。"

"哦，好的。"

"我给你打电话，也是希望你能够硬气一点。别做会让自己不开心的事情，自己爱护好自己，这个圈子已经很乱了，你能保持最初的自己才是好样的。"

"好，我知道。"

"米乐，我能猜到你的心情，也能理解你对他们俩的疏远，但是，让我特别自私地求你一件事情，可以吗？"

米乐不知不觉间，嗓子就有点哑了，声音沙哑地道："好，您说。"

"如果有一天你妈问你，你恨不恨她，请如实回答你恨她，这是你的权利。但是如果有一天你妈状态不对想要跟你说说话，你也别挂断电话，你是她最后的寄托了，我怕她……"

"我心里有数。"

"好。"

挂断电话后，米乐独自冷静了一下，接着给冯阿姨回了电话。

之后，他再次给童逸发过去视频，看着童逸迷茫的样子竟然瞬间被治愈了。

看到童逸后就觉得什么都好了。

"我爸妈离婚了，真好。"米乐说完，眼睛又红了。

"嗯，真好。"童逸跟着感叹。

米乐低着头擦眼泪，絮絮叨叨地说着自己的心情："我明明恨死他们了，但是知道我妈也不是彻底不在意我……我就一圣母！当年没狠下心才会回来受罪，都是自找的……"

"你只要做到别让自己后悔就行。"童逸嘴笨地安慰。

"我现在不知道是高兴还是难受。"

"行了行了，你可别哭了，再哭揍你。"

米乐突兀地抬起头，眼泪戛然而止。

"滚！"米乐骂。

童逸捧着手机在床上滚了一圈。

入眠，又是一场梦境。米乐很多次梦到这个场景，是他一次次想要洗脑忘记，却总也忘不掉的记忆。

他再一次回到了教室里，站在自己的书桌前，桌面上都是垃圾。

盒饭扣在了他的桌面上，汤汁流淌了半个桌边，还在滴答滴答地往下滴，周围还有其他的垃圾。过分真实的梦境，让他闻到了混合的酸臭味。

他进入教室的时候，还听到同学们的议论声："就是他吧，星二代，拽死了……"

"写个情书给他都至于交给老师，逼得人家小姑娘转学。"

"垃圾！"

"垃圾人坐垃圾座。"

米乐在自己的书桌前站住，教室里突然安静下来。

他以为是别人看到他的表情很臭才停下来，结果顺着他们的目光看过去，居然看到童逸穿着他们学校的校服走了进来。

能把校服穿得这么帅，也是童逸特殊的能耐。

童逸走进来，看到米乐的书桌后，低声问了一句："谁干的？"

教室里没有人回答。

米乐看着童逸，这样的身高，这样的长相配上学渣的本性，真在学校里也该是校霸一样的存在吧。

童逸生气的时候并不多，然而此时明显生气了，用脚踹倒了一个椅子，再次问："都哑巴了吗？谁干的？"

终于有个人战战兢兢地指了一个人。

童逸立即走过去，抓着那个人后脖颈子的衣服，将人拎了过来，按着后脑勺将这个人的脸埋进了垃圾堆里。

"自己的饭，自己吃完，不吃完我整死你。"童逸死命地按着，吓得那个人的双腿都在打战。

童逸眉头微蹙，看着那个人哭着吃桌面上的垃圾，才算是满意了。

童逸回过身来看着所有人，再次问："你们谁看到他亲手把情书递给老师了吗？"

无人回答。

"你们怎么知道他是自愿的？你们这么欺负人是校园暴力，支持这种事情、默认这种事情都是人渣。"

童逸继续骂："你们就是嫉妒，因为米乐长得好看，家世好，脑子好，你们这辈子不睡觉地努力都赶不上他。所以你们就见不得他好，看到有其他人也想要欺负他一下？"

童逸冷笑着环顾四周，冷冷地说道。

"让他心里不舒服后，你们心里就舒服了是不是？我告诉你们，你们就算得逞了，他依旧牛，因为他是米乐。"

米乐盯着童逸看，竟然觉得童逸这个渐变雕塑发型在他们学校出现都不违和了。

然后他笑了起来。

第一次梦到这个场景他还能淡定，甚至有种有人撑腰了的自豪感觉。

童逸转过身来，盯着稚嫩的米乐看了半晌，说道："要不咱俩换书桌，你坐我的位置。"

"你是哪个位置？"米乐看着教室问。

"你没给我安排吗？"

米乐也有点纠结了，最后干脆拉着童逸往外走："我们一起逃课，我整个学生时代都不敢尝试。"

"我常干这种事情，来，我带你走。"童逸拉着米乐的手往外走。

走在学校的走廊里，童逸还在到处看，问："你们学校挺大啊，跟拍偶像剧的学校似的。"

"嗯。"

"你这个时候也挺好看的……"童逸轻声说。

米乐本来就是一个有着初恋脸的少年，初中的时候更是眉眼精致。

米乐看着童逸问："你这个时候就这么高了吗？"

"对啊，我初中就一米八了。"

"不会很违和吗？"

"体校遍地我这么高的。"

"不过一米八才是正常身高，看习惯了就觉得，还行。"

下楼梯的时候，米乐突然冲到了童逸的后背上："背我。"

"好的。"童逸还背得乐呵呵的，快速地下楼。

结果两个人刚到了学校栏杆边，就被老师发现了。

他们俩慌得不行，童逸手忙脚乱地将米乐推上栏杆。米乐到了墙上后伸手拉着童逸上来，两个人越过栏杆开始狂奔。跑远了，确定没有老师追上来，两个人开始乱逛。

"去吃东西吧。"米乐对童逸说。

"你带钱了吗？"童逸问米乐。

米乐掏了掏口袋，没带。

童逸也跟着掏口袋，没带。

"去吃霸王餐？"童逸问，他也是有过经验的人了。

"不太好吧？"米乐居然问得出口。

"都已经是逃课的少年了，还怕这个？"童逸跑过去将米乐扛在肩头，拔腿就跑。

米乐惊呼出声："你干什么？"

"不行，太可爱了，我要偷孩子。"童逸扛着米乐继续狂奔。

然而跑着跑着，米乐就不见了。童逸有些错愕，接着注意到他自己似乎又长高了一些。

他到处乱走，接着停在了一栋别墅前，他左右看了看，确定这里是梦的中心点，其他地方都很模糊，米乐一定在这里。

他走进院子，绕着走了一圈，探头看到了是高中生的米乐跟左丘明煦。

两个人并肩坐着，根本没有印象里的默契，完全是陌生的两个人，彼此都不说话。

童逸撑着下巴靠在窗台看着他们俩，还能看到谈笑的两家人。

"你们俩说说话啊，毕竟是一起长大的，应该有很多共同话题。"陶曼玲走来对他们俩说。

"对，还都是艺术生，以后都是要做艺人的。"

家长说完一同离开了。

童逸立即趁机跳进了窗户，走进来坐在了两个人的对面，问他们俩："你们俩怎么回事？跟相亲似的。"

左丘明煦抬头看了看童逸，微微蹙眉，站起身就离开了，坐在了客厅的沙发上看手机。

"小明怎么这么'中二'？"童逸全程盯着左丘明煦看。

米乐叹气回答："我们俩并不是很早就关系很好，只是层层选拔后，两家人觉得我们俩最适合做朋友，硬是逼着我们俩培养友谊。"

不过很快米乐便笑了起来，继续说道："其实我跟他也是后来关系才好起来的，有种同病相怜的感觉。我跟他都是被家里安排好了未来，他喜欢宫陌南，两个人在一个班里，但是宫陌南家庭条件特别不好，家里不许他们在一起，硬生生地让他们分开了。后来也因为这个，他们俩闹过几次分手，到现在都跟宫陌南在地下恋，就是怕家里出来搅和。"

"这么说起来，小明同学也挺可怜啊。"

这一次的梦，内容全都是米乐最讨厌的过去。

而这一次有童逸陪他，帮他撑腰，在他尴尬的时候陪着他聊天。

就好像，未来的未来都会有他在。

第十二章
主攻手与大明星

三天后，媒体曝光了米唐跟陶曼玲离婚的消息。然而消息很快被压住了，到最后都没有什么大消息传出。

娱乐圈内三天两头传说某某情侣分手了、结婚了，刚结婚的情侣就爆出来怀孕了、出轨了、离婚了。

像陶曼玲跟米唐这种老夫老妻，也时不时会传出一些消息来。然而这些消息半真半假，很多人都不信。大部分人都觉得，这又是媒体在搞那些恶心人的事情，几乎没多少人在意。

只有米乐清楚，因为消息是他放出去的。这只是预热而已，好玩的还在后面呢。

童逸跟左丘明煦来剧组探班的时候，正好赶上春节。

剧组并没有停工，演员也没有几个休息的。其实对于当红的艺人来说，一年只休息个几天都是正常的。

今年米乐的休息时间已经非常多了，春节还在上班也算是正常。

"这部戏还有半个多月就要杀青了，之后我没有工作安排。"米乐说。

童逸："可是我要去集训了，而且还是国外集训。"

"国外？H大这么有实力了？"

童逸说完就闭上了嘴，他原本是打算给米乐一个惊喜的，他要告诉米乐自己要进国家队了，结果一不留神就把集训的事情说了出来。

米乐看了看童逸，不用童逸自己说就已经猜到了，立即喜出望外。

他感叹出声："我们童逸小哥哥怎么这么厉害呢？以后童逸小哥哥也会是

奥运冠军是不是？"

"肯定的！毕竟我有实力。"童逸终于开始美了，抱住了米乐。

"什么时候出发？"

"初九那天的飞机，之后需要训练很久，封闭式训练，我还不太确定在里面可不可以用通信设备，我教练也不知道近几年的规矩。"

"只有你一个人被选中了吗？"米乐继续问。

"还有李昕跟司黎，不过他们俩都是被叫过去参加集训的，最终能不能进入名单还得看他们自己，只有我一个算是板上钉钉的人选。说起来也是神奇，柳枫帮司黎剪辑了一个视频，真可以说是改变司黎的命运了，硬是给司黎安排进去了。"

柳枫的视频做得特别认真，会剪辑出两支队伍如果遇到同样类型的问题，司黎跟另外一名自由人做出的应对。因为是帮助司黎的，所以都是剪辑了司黎表现好的一部分。

还总结了司黎的个人成绩，各种数据。

吕教练将视频送给了朋友，还请了一顿饭，后来那个人帮忙尝试了一下，还真就让司黎进入了备选名单。

"现在柳枫是司黎亲爹一样的待遇了，被司黎带回成都过年去了。"童逸说的时候还在笑，明显是在替司黎感到高兴。

"如果是我，我也会特别感谢柳枫，毕竟是已经错过的机会，愣是有了扭转的余地，最后还成功了。成功了，就是国家运动员；失败了，以后说不定只是一个健身教练、体育老师，或者做其他的行业。"

"对，我原本对柳枫的印象不太好，现在也觉得他不错了。"

"至少比柳绪强。"

两个人又聊了一会儿，米乐卸妆完毕，一起出了化妆间乘车去预定的酒店吃饭。

米乐回到酒店房间里，洗漱完走出来还没开始护肤便接了一通电话。

陶曼玲失踪这么多天之后，终于有了消息，愿意主动联系米乐了。

陶曼玲的声音听起来十分疲惫，却还算状态不错："你也听说了吧？我跟米唐离婚了。"

"嗯，我知道消息了。"

"抱歉一直没告诉你，我……"话到后面就说不下去了，真的非常难以启齿。

"你现在在哪里？"米乐问陶曼玲。

"我在老家，给你外公外婆上了坟，还在老宅子里住了几天，自己给自己做饭吃，过得还行。"

"嗯，听起来不错。"

"明天就是除夕了，我想去剧组看看你，可以吗？"

米乐迟疑了一会儿，才回答："我的朋友也在这里。"

"左丘吗？"

"还有童逸。"

陶曼玲沉默了一会儿，终于问了自己最想知道的问题："离婚的消息是你放出去的吧？你反击的计划里有我吗？"

米乐并没有隐瞒，如实回答："我只是想要曝光真相，告诉大家米唐出轨多年，你们的婚姻早就名存实亡。我攻击的重点对象的确是米唐，但是你该知道，这件事情曝光之后，你们这些年里秀的假恩爱也会被扒出来，你也会被嘲讽。"

"嗯，还有吗？"

"没有了，就这些。"

陶曼玲那边沉默了良久，才回答了一句："也好。"

"你不想阻拦吗？"

"迟早要曝光的，与其别人中伤我，不如你来做，你要是觉得痛快你就反击吧。"

米乐反而不知道该说什么了，母子之间的关系搞成这样，也真的是非常罕见了。

"那你明天还来吗？"米乐问。

"嗯，我去看看你，顺便正式见见你的朋友。"

挂断电话，米乐又偷偷哭了一场。

他不确定这是不是他想要的结果，只是觉得能够这样，他已经满足了。

这次见到陶曼玲，童逸真的是肉眼可见的紧张。

陶曼玲虽然不是一个好妈妈，但是米乐终究是她儿子。她对童逸态度只能说是客气，但是并不亲热。

除夕这天晚上，剧组组织演职员一起包饺子。

陶曼玲来探班，剧组也跟着热闹了不少，毕竟也是老前辈。按照陶曼玲的辈分，就连剧组里的导演都需要敬她三分。

陶曼玲跟米乐坐在一起包饺子，童逸坐在旁边看着，什么也不会做。

陶曼玲难得主动跟童逸搭话："童逸在家里不包饺子的？"

"不，我是跟着我爸长大的，我爸的厨艺就会煮个面条下个疙瘩汤，其他什么都不会。没人教我，我到现在都不会。"童逸如实回答。

"过来，我教你。"陶曼玲招呼童逸过去。

童逸立即懂了陶曼玲的意思，特别殷勤地过去了，跟着陶曼玲学包饺子："那我得认真学。"

结果童逸包了两个就开始玩花样了，包了一个特别肥的放在了米乐面前："小兔兔饺子。"

米乐没好气地白了童逸一眼，不甘示弱地包了一个鸟的饺子："这个是雕。"

左丘明煦坐在旁边低头跟自己女朋友发短信。

陶曼玲得了空看向了左丘明煦："左丘，你家里还阻挠你跟你女朋友吗？"

"呃……分手了。"左丘明煦的嘴巴特别严。

"我这边有几个戏，需要漂亮的女演员，保证不会有弯弯绕绕的，酒局也不会有，在剧里演个女三、女四的小角色，片酬不高，需要吗？"

左丘明煦的眼睛都亮了："需要！"

"看来就是没分手。"

"阿姨，米乐真是您带大的，整天就知道诈别人，这样你们会觉得开心吗？"

陶曼玲被左丘明煦逗乐了："开心。"

陶曼玲说给的资源倒不是假的，真帮宫陌南联系起来。

左丘明煦坐在陶曼玲身边，问："我的能顺便安排了吗？"

陶曼玲如实回答："你家里看不上这种小角色，非要一开始就是男二号或者干脆男一的角色。"

左丘明煦叹了一口气。

这个时候，左丘明煦拿来了自拍杆，非要拍一个合影。

合影里，米乐跟童逸、陶曼玲、左丘明煦站在一块，米乐捧着小兔兔跟小雕的饺子，笑得格外甜。

米乐收到合影之后发了微博。

米乐：新年快乐。@陶曼玲 @童逸 @左丘明煦 [图片]

评论区：

Sunny：男神新年快乐！

包包子姐姐：这绝对是米兔兔所有相片里笑得最开心，最自然的一张，你是天使吗？

皇·爱：还在剧组辛苦，照顾好自己。

左佐佐佑：我乐逸！

闹闹：怎么没有米导演？真的离婚了？

陶曼玲在正月初一那天就走了，说是要继续去工作了，就算离婚了以后也仍是一位女强人。

当初的丑闻曝光多年后终于沉淀下来，现在陶曼玲的事业也重新有了起色，她这样的性格自然不会再错过机会。

半年后。

待一切平息下来，时间过得飞快。

米乐答应过宁薰儿，不会打扰到她高三最后的生活。直到宁薰儿出国到学校报到了，米乐才一举曝光了米唐出轨的事情。

这次的爆料十分详细。

有米唐跟小三在一起亲密的相片，显然是在家里拍的，还有宁薰儿跟米唐的亲子鉴定书，这也是最近才偷偷去做的。

紧接着，之前爆料陶曼玲跟米唐离婚的消息再次被扒了出来。还有当年小三对陶曼玲的攻击，也被放了出来。在新闻被炒得最热的时候，陶曼玲自己发声了。

微博是用便签发的，从语气能够看出来，的确是陶曼玲本人所写，而非公关文。

陶曼玲：

我承认我跟米唐离婚了，时间是在半年前。

现在回忆起以前，真的觉得自己很荒唐，愚蠢至极。

我是被宁女士爆出丑闻后，才知道米唐出轨了，并且他们已经有了一个女儿。当时我十分愤怒却无法做什么，因为丑闻有一部分是事实，我的确应该为自己的罪行买单。

然而我做了最错的决定就是忍耐，没有曝光米唐的事情，还跟米唐互相折磨多年，为了维持表面的和平，伤害了米乐。

经过这些年的冷静，我终于决定离婚。

希望其他的女性在遇到这种事情的时候，能够理性对待，而不是像我这样痛苦了这么多年。

抱歉，做了让你们失望的事情。

还有一句抱歉，单独说给米乐。

评论区非常热闹：

简曦：我觉得你还算是聪明，比那些明知道老公出轨还坚持不离婚的女艺人强多了。之所以用"算"这个字，是气愤你居然用了这么多年才下定决心。

一点也不温暖：第一没有否认自己的错误。第二没有试图洗白自己。第三没有胡乱煽情。第四明确指出了米唐出轨、小三加害，虽然没有文采但是简练，这份声明可以的。

夕洋：难怪米乐除夕的合影里没有米唐，只有陶曼玲一个人。

莫郁溟：知道你跟米唐离婚了，突然就看你顺眼了起来。

素心心心心：没事的，婆婆，以后我跟老公会孝敬您的。

南幕：各位乘客，下一站骂渣男 @ 米唐，喷贱三 @ 宁穗，安慰 @ 米乐，督促米乐好友安慰米乐 @ 童逸 @ 左丘明煦 。

就像蝴蝶效应一样，米唐跟陶曼玲这些年的料都被挖了出来。

陶曼玲这个声明还算是聪明，让之前秀假恩爱的视频被曝光后，不至于那么难堪。

作为当事人，米唐跟宁穗都没有发声，就连米乐也在沉默。

其实早在一个月前，米唐就已经焦头烂额了。

电影已经开拍了，各种工作已经准备到位，然而开机才半个月，童总突然要撤资。甚至拿出了合同说是米唐违约，乱七八糟说了一堆的问题出来，有些更是无中生有。

米唐气到不行，着急拍摄却没空跟童总纠缠，最后的结果是电影方退还前期投资的 80%，其中 20% 算是违约金。

最开始童总这边打款就非常慢，开机后催了几次，也只打过来当初讲好的款项的 20%。

米唐只能拆东墙补西墙，临时谈投资。可是款项不到位，让剧组的工作被延误了很多。勉强拍了几天就停工了，所有剧组成员干耗着。

一个剧组在拍摄场地一天的费用已经非常高了，按照米唐这部剧拍摄的规模，一日的经费超过五十万元。尤其是艺人的档期问题，这么一直搁浅，只会是一直在赔钱的状态。

这样过去了半个月，剧组赔的钱，比强行留下的违约金还多几倍，米唐只能将自己的家产搭进去。

刚刚算是平稳了，这边他出轨的消息就被曝光了。

这是故意安排好的，时机都拿捏得很准。接二连三的重锤砸下，米唐接近崩溃，原本还好好的投资商也跟着接二连三地撤资。

主要是拍摄时间长，花销大，本来是看好米唐导演的名声，结果米唐成了万人唾骂的主，自然会撤资。商人看重的不是情面，而是利益。

米唐一下子就垮了。

家底全部搭进去补上剧组的欠款，后面的投资商撤资让电影彻底停拍。

演员以后的档期对不上，之后还会不会有时间拍这部戏就不一定了，前面拍摄过的部分是不是要重新拍摄也是未知数。

这让米唐一下子就陷入了深渊。

他也是在几天后才敢去看新闻，发现他持续被骂，他连公关的费用都拿不出来。

陶曼玲虽然有人安慰，但是她之前压榨米乐，甚至以自杀威胁米乐的消息也被媒体挖了出来，同样有人骂陶曼玲这个女人太可怕。

宁穗自然也是被骂得最惨的一个，很快清空了自己的微博，关闭了留言系统，许久没有登录账号了。

最被人心疼的就是米乐了，这些天里他都没有发声。

米唐看着消息就觉得心脏都要受不了了，气得吐出一口血来，接着倒在了地上。最后是米唐的助理发现他倒在地上，叫了家庭医生急救。

米唐躺在床上悠悠醒转后，他让助理打电话给米乐。

"米乐，米导他病倒了，您能不能来看看他？"助理问得十分客气。

电话那边传来米乐冷冰冰的声音："他不是我爸。"

接着电话被挂断。

米唐翻了一个身，心情难以平复。

名和利、亲情、爱情都没有了。

他一无所有了。

童逸进入国家队一年半后，便参加了一届奥运会。

童逸依旧是主攻手的位置，成为了国家队的首发队员。让人意外的是，司黎竟然也是首发队员，可见这段时间有多努力。

只有李昕是替补队员，不过不再是二传手，而是副攻手位置，会这么安排也不奇怪。

奥运会开幕式的时候，米乐就跟左丘明煦、宫陌南一块去了。

当时左丘明煦已经有了点名气，拍了一部戏的男二号，紧接着又接了一部戏的男一号。虽然都是偶像剧，但是周期短，从开始到上映只用了一年的时间，难度低，还受年轻人喜欢。

宫陌南则是在陶曼玲的帮助下演了几个小角色，积少成多，因为漂亮被人熟知。

左丘明煦也是个大少爷，自然也有经济实力。他花重金给宫陌南买热搜，疯狂吹嘘自己女朋友的美貌，让宫陌南的人气也高了不少。

当然，两个人依旧是地下恋的状态。

前些年国家男排并没有女排出名，但是并不代表不出色。这一届的奥运会排球比赛，竟然也意外地受关注。

就算是奥运会，也是几个项目比较受关注，比如，跳水、游泳、跑步类、体操。

国内最喜欢的还是乒乓球项目，有种碾压一切的爽感。

这一次，不少人开始关注男排，是有一小部分人比较关注童逸，想看看这位因为长得帅出名的年轻人，是不是真的非常厉害。

两场比赛结束后，整个微博就沸腾了，连带着好些人都关注了起来。

帅！

真的又帅又有实力，认真的时候超级迷人，最重要的是具有爆发力跟实力。

就连播报赛事的时候，解说员都会激动地喊童逸的名字。

"童逸到前排了！这一球漂亮！得分！童逸！没错，是童逸！"

米乐三人组一直看到了决赛，总决赛的时候看到最后的比分，米乐居然坐在观众席上泪目了。

他在现场，看着他们的努力，带着国家的骄傲，还有就是看到好友的成绩的激动。

看哪，比赛场地上那么优秀的男人是我的挚友，带我走出深渊的人，明媚得像一轮太阳。

在接受采访的时候童逸已经语无伦次了，不知道自己在说什么，乱七八糟地说了一堆："得冠军的感觉挺好的，他们都很优秀，嗯……还有……就是高兴，我看到米乐都哭了。"

"米乐坐得那么远都看到了？"

"对啊，我眼神好。"童逸回答完笑得特别大声，接着继续跟队友庆祝。

可能是因为这次的采访太仓促，记者没过瘾，在童逸结束比赛，私底下吃饭的时候，记者再次找到了童逸。

当时童逸跟米乐三人组以及李昕、司黎他们正在一起吃老鸭粉，这是比完赛才能吃的人间美味。

记者过来采访童逸："听说你家里有矿，你为什么还这么努力做运动员？"

童逸跟个傻子似的，竟然如实回答了："因为打排球能上大学，我学习不好考不上。"

米乐听完立即撞了撞童逸的手臂："别这么回答。"

"啊？那怎么回答？"童逸小声问。

"换个好听点的说法。"

童逸想了想后才再次回答："因为智商不够，体力来凑。"

米乐忍不住翻了一个白眼，问记者："这些能删吗？"

"可以的。"记者的嘴，骗人的鬼。

米乐凑到了童逸的身边，说道："你就说你对排球充满了热爱，想要将排球发扬光大，为国家争光。"

"其实我最开始是打篮球，我投不中三分还抢不到篮板，才一气之下打排球的。"

"你……你能不能别这么诚实？"

童逸点了点头，接着特别正经地对记者说："你重新问这个问题。"

"听说你家里有矿，你为什么还这么努力做运动员？"

"我热爱排球，排球能让我赚更多的钱。"童逸回答。

米乐恨不得把鸭血粉丝汤扣童逸脑袋上。

当天夜里，这段完整的视频被播放出来。

努力学开车：我觉得童逸的回答没毛病啊。

小枫酱：承包我今日份全部笑点。

一纸白书：米乐不愧是做艺人的，果然偶像包袱很重，还要督促朋友，结果被气到翻白眼，哈哈哈！他们怎么这么可爱？

童逸是跟米乐一起回国的，同行的还有排球队其他队员。

运动员凯旋，机场自然有很多粉丝接机。

童逸完全不知道，他现在的热度已经完爆一线小鲜肉，成了最近最热门的"老公"人选。

长得帅，个子高，身材好，脾气好，不但家里有矿，还是世界冠军外加傻白甜。

走过人群的时候，童逸看着人山人海的场面有点被震撼到了。

米乐一直跟在童逸身边，俨然已经完美融入队伍了，居然也不违和，这是一般人都没有的待遇。

走到一半，童逸突然听到有人喊米乐："老公！米乐老公我爱你！"

童逸原本已经走过去了，结果又后退了两步，问那个女孩子："你刚才叫他什么？"

女孩子被问到，立即尖叫起来，接着回答："老公。"

"别乱叫，不然收拾你。"童逸居然当场威胁起来。

米乐回头看到童逸居然在吓唬自己的粉丝，立即问道："你干什么呢？"

"没什么。"童逸秒怂，扭头对女粉丝低声再次威胁，"不许告状。"

女孩子愣愣地点头。

童逸立即跟着米乐继续离开了。

比赛结束后，童逸除了被安排的工作外，其他的综艺等邀请一律不接，留在家里沉迷于看米乐的电视剧。

米乐在那部古装剧结束后，没有了父母的控制，完全自己掌控时间，工作也少了很多。

他很挑剧本，烂剧不接，团队不专业不接，只接自己喜欢的，真人秀跟综艺也很少去了。

他不需要热度，只想安安静静地做个演员而已。

演员，而非偶像。

他现在已经完全接手了童家的全部产业，所有都管理得井井有条，让童家的资产在两年内翻了一番。

不过还得是米乐拿着数据去告诉童家父子，他们才知道自己的钱又多了，这爷俩才开始感叹米乐的厉害，毕竟他们都不知道自己之前有多少钱。

米乐本来就喜欢服装设计，童家的服装品牌也被米乐经营得不错，成了如今的潮牌。

店里的首席模特是宫陌南，长得好看、身材好的模特穿麻袋都好看，自然能吸引人去买。

最近柳绪也跟着做了店里的模特，开始还惦记着要销售分成，当半个老板。

不过柳绪最后被米乐收拾得服服帖帖的，她的段数在米乐面前完全是小孩子过家家，最终只拿绩效工资而已。

米乐怀疑柳绪坚持不了多久就会不干了。

童逸捧着平板电脑，看得眼泪一把鼻涕一把的。

米乐正在画设计图，看到童逸哭成这样，忍不住问："你要死啊？"

"太惨了……我说你为什么要把柔柔让出去啊？你就不能画个眼影，涂涂深色的小嘴唇黑化一下？你为什么不能直接告诉柔柔那些事情都是你做的，你在背后默默守护她很多年了？"

"……"米乐看着这个入戏太深的大傻子有点无语。

童逸正在看米乐跟他相遇之前拍的那部剧，米乐在其中演的是温柔男二。

剧本就是这么安排的，他是男二号，就是一个招人疼的角色，他也没办法左右。

结果童逸还来劲了："你说你收拾我的时候挺厉害的，你怎么就不能好好收拾收拾秋慕呢？这货居然还误会柔柔，那么伤害柔柔！在柔柔最伤心难过的时候都是你在陪她啊！"

"我只是按照剧本演。"米乐回答。

童逸放下手里的平板电脑，走到米乐的身边说："嘉嘉别怕，以后我疼你。"

嘉嘉是男二号的昵称。

"我是米乐。"米乐耐着性子提醒。

童逸还是走不出来："对，如果剧里也是米乐，肯定会把柔柔抢过来。"

这种骗小姑娘的偶像剧，居然也能让童逸沉迷成这样。

米乐放下手里的东西，坐在了童逸的身边陪着他一起看剧，一起去看里面的剧情。

所谓的友谊，似乎也没什么诀窍。

两个不开窍的人莫名其妙地相遇了，跌跌撞撞地经历得多了，竟然也开了窍。

人的一生就像没有回路的阶梯，走上一阶，后面的一阶会跟着消失。

人如果不往前走，就会坠入深渊里。

好在他在前进时遇到了愿意带着他走向解脱的人，那个人很傻，傻到他看不下去，但是朝他伸出手来时却意外的帅气。

曾经踽踽独行，可能会一生孤寂的人，也有人愿意守护了。

真好。

童逸一向脾气很好，好到米乐一直觉得他不会生气。然而，他还是把童逸惹生气了，还是好多天不理他的那种。

　　事情是这样的，前些天他有一场应酬，并且非常重要，他只能去参加，最后喝得酩酊大醉。他当晚好像是被人扶回家的，据说打开门后便看到童逸坐在他家客厅里，灯也没开，门外的光倒映在童逸的眼睛上，竟然直反光，吓得扶他的人惊叫了一声。他在这时酒也醒了三分，抬头看向童逸。童逸打开灯，从朋友手里接过他，说了句"谢谢"后直接关上了门，将人家关在了门外。

　　米乐缓了一会儿神，问："你怎么来了？"

　　"我不能来吗？"

　　"也不是……"

　　"米乐同学！"童逸突然嚷了一句，吓得他一怔，"你之前答应过我什么来着？是不是说过不喝酒了？不是淡出娱乐圈了吗？为什么还去应酬？"

　　"我……"

　　"你兔子耳朵硬了？！"

　　"……"他往童逸身上一靠，"胃疼。"

　　见此情景，童逸立即心软了，帮他倒了杯温水，送到了他的手里，接着满屋子找止痛片，找的时候还在嘟囔："这玩意不能老吃！你都快成止痛片专业户了！"

　　"嗯嗯……"他含糊地应了一声。

谁知童逸找止痛片的同时找到了一个剧本，拿起来看了看随后走过来质问："怎么又接和她合作的戏了？她上次拍戏炒绯闻，搞得你像个渣男似的，害得你被骂了半年多。"

"本子挺好。"

童逸气得不行，把剧本和止痛片丢给了他："痛死你得了！"

说完扭头就走了，他身体不舒服还不能去追，之后的几天童逸都没理他。

米乐发现梦境格外清晰后，便意识到他进入了有童逸的梦境里。

他身上穿着一身金色蟒袍，便大致猜测出是梦到了自己的新剧本剧情了，他的身份应该是太子。身边还有几名太监在待命，他仔细看了看，从身材上就可以断定这里面没有童逸，不由得松了一口气。如果他给童逸安排了一个太监的角色，童逸一准跟他急。

正想着，一名身材高大的太监总管黑着脸走了进来，面色阴沉地看着他。他和童逸对视后，再看看童逸身上太监总管的衣服，没忍住扑哧一声笑出声来。

童逸气得咬牙切齿的："米乐，你的梦越发缺德了！"

"我没办法控制……"

童逸看了看周围，气得找了一个地方就坐下了。

周围其他的太监偷偷看了看童逸，似乎非常震惊，没一会儿突然来了侍卫进来扣押住了童逸："怎么和太子说话呢？"

米乐赶紧阻拦："别碰他，我准许的，你们都退下去吧。"

侍卫们依旧非常不悦，退出去后还盯着童逸呢，似乎童逸稍有不对便会当场拿下。

米乐摆了摆手："你们都出去，把门关上。"

其他的小太监纷纷退了出去，将门关上。

门刚关上，他便到了童逸身边，一个劲儿地帮童逸顺后背，安抚："我的锅，我的错，不该给你安排这种身份，下次就应该给你一个玉树临风的。"

童逸看了他一眼，觉得好一点了，却听到了下一个问题："你还完整吗？"

童逸转过身，掀起衣摆自己看了看，接着暗暗松了一口气。

米乐看一眼就懂了。接着，他带着童逸跳窗户出去，脚下一踩两个人竟然轻盈地上了房顶。

这也就是梦境，若是当真在古代，有人纵着轻功在太子的宫殿中飞檐走壁，那是要被弓箭射下来的。他们两个人却很自在，直接出了太子的府邸。

落地后米乐看着两个人身上的服装有些不妥，在自己身上一点，一秒换装，接着给童逸也换了。

现如今童逸也是经历过大风大浪的人了，看到这样的一幕也不会慌乱，反而十分淡定。

出了太子府，童逸便不搭理米乐了，自顾自地闲逛。米乐跟他不远处，也不主动搭话，只是竭尽可能地与童逸并肩。

街道上车马骈阗，摊位前毂击肩摩，两个人逐渐被挤散。

童逸个子高，米乐随便一找便能找到童逸，刚想过去，却看到来了一辆马车，车中的小姐掀开车帘看了一眼，接着说道："这不是太子府的小太监吗？抓进马车。"

很快便有一群人风风火火地将童逸抓上了马车。

米乐看到这一幕也不管什么修养了，直接追了上去，纵着轻功到了马夫身边，掀开车帘朝里看。

童逸正在和女主角抗衡，主要是童逸推着她的脑门不让她靠近自己，接着问："怎么回事，她怎么也在梦里？她好像还对我感兴趣。"

女主也在这个时候说道："我才不要嫁给太子，我喜欢的是你！"

童逸不解地看着她："如果我没记错，我是个太监吧？"

"我不在乎。"

"你有病吧？"

马夫和侍卫还在攻击米乐，米乐在梦里武功自学成才，真能和他们对付一二，竟然还能朝童逸伸出手来："过来。"

童逸自然看不得米乐与旁人打架，还是一打几的情况，很快拉住了米乐的手，跟着米乐纵着轻功离开了马车。

两个人再次飞檐走壁，直到一个小楼上才停下来。

米乐探身去看马车，听到童逸问他："男女主争抢一个太监，你这个梦依旧是狗血剧情。"

"还不是我赢了？"

"你真厉害。"

"不可能让你被人抢走。"

"哼，抢不走，只能是被你气走的。"

米乐扭头看了童逸一眼，轻笑了一声后解释："应酬不得不去……"

"是，你是领导，你是宇宙中心，没你不行。"

"左丘明煦那边出了合同纠纷，闹得挺不愉快的，我去是为了谈成和平解约，不然违约金是一大笔钱。"

童逸并不知道这件事，不由得意外："他们愿意给你这个面子？"

"当然是不肯了，所以我动用了童叔叔的实力，达成了合作关系。人家给了我面子，我也不能不给人家面子，你说是不是？"

"那你怎么不跟我说……我又不是不通情达理的人。"

"而且，这次的剧本女主角不一定是她。"

童逸指着下面的马车说道："她都出现在梦里了，而且，剧本上写着呢。"

米乐冷笑了一声："有我在，她还能进组？"

童逸终于明白了，问道："你是故意的？"

"也不是，我本来就觉得剧本写得不错，我也很喜欢这个角色。剧组最想邀请的也是我，还知道我和她有过不愉快，我也没给他们确定的消息。估计为了能顺利请到我，他们会考虑换女主。"

"你就不怕她再次报复？"

"第一次算计我，我忍了，给她留了余地，如果再招惹过来，她也不掂量掂量我是什么样的人。"

"对，论心机没人是你的对手。"

"这算是夸我？"

"算！"

"那好吧。"

童逸又坐了一会儿忍不住问："那我这几天不是白生气了？你和我说清楚不就好了吗？"

"我就是好奇……"

"好奇什么？"

"好奇你能憋几天。"

童逸终于坐不住了，站起身来对米乐说道："我们决一死战吧！"

"不要，"米乐摇了摇头，"醒了自己滚过来见我。"

"哦……好的。"

"乖。"米乐终于笑了起来。

【全文完】

图书在版编目（CIP）数据

半糖 / 墨西柯著 . — 北京：北京燕山出版社，
2021.12
　　ISBN 978-7-5402-6253-2

　　Ⅰ . ①半… Ⅱ . ①墨… Ⅲ . ①长篇小说 – 中国 – 当代
Ⅳ . ① I247.5

中国版本图书馆 CIP 数据核字 (2021) 第 232370 号

半糖

作　　者：墨西柯

责任编辑：王月佳

特约编辑：阿　掰

装帧设计：柚子酒

封面绘制：容　境

出版发行：北京燕山出版社有限公司

社　　址：北京市丰台区东铁匠营苇子坑 138 号 C 座

电　　话：010-65240430（总编室）

印　　刷：长沙鸿发印务实业有限公司

开　　本：880mm×1230mm　1/32

字　　数：383 千字

印　　张：11

版　　次：2021 年 12 月第 1 版

印　　次：2021 年 12 月第 1 次印刷

定　　价：54.80 元